Los cuerpos extraños

Novela
Crimen y Misterio

Lorenzo Silva
Los cuerpos extraños

DESTINO

El papel utilizado para la impresión de este libro es cien por cien libre de cloro y está calificado como **papel ecológico**.

Ediciones Destino, un sello editorial de Editorial Planeta, S. A.
Avda. Diagonal, 662-664, 08034 Barcelona (España)
www.edestino.es
www.planetadelibros.com

Adaptación de la cubierta: Booket / Área Editorial Grupo Planeta
Fotografía de la cubierta: © Ángel Mateo Charris
Fotografía del autor: © Ana Portnoy
Primera edición en Colección Booket: junio de 2015

Depósito legal: B. 10.840-2015
ISBN: 978-84-233-4942-5
Impresión y encuadernación: CPI (Barcelona)
Printed in Spain - Impreso en España

Biografía

Lorenzo Silva (Madrid, 1966) ha escrito, entre otras, las novelas *La flaqueza del bolchevique* (finalista del Premio Nadal 1997), *Noviembre sin violetas*, *La sustancia interior*, *El urinario*, *El ángel oculto*, *El nombre de los nuestros*, *Carta blanca* (Premio Primavera 2004), *Niños feroces*, *Música para feos* y la Trilogía de Getafe, compuesta por *Algún día, cuando pueda llevarte a Varsovia*, *El cazador del desierto* y *La lluvia de París*. Es autor de los libros de relatos *El déspota adolescente* y *El hombre que destruía las ilusiones de los niños* y del libro de viajes *Del Rif al Yebala. Viaje al sueño y la pesadilla de Marruecos*. En 2006 publicó junto con Luis Miguel Francisco *Y al final, la guerra*, un libro-reportaje sobre la intervención de las tropas españolas en Irak (reeditado en 2014), en 2008 un ensayo sobre *El Derecho en la obra de Kafka* y en 2010 *Sereno en el peligro. La aventura histórica de la Guardia Civil* (Premio Algaba). Además, es autor de la serie policíaca protagonizada por los investigadores Bevilacqua y Chamorro, iniciada con *El lejano país de los estanques* (Premio Ojo Crítico 1998) y a la que siguieron *El alquimista impaciente* (Premio Nadal 2000), *La niebla y la doncella*, *Nadie vale más que otro*, *La reina sin espejo*, *La estrategia del agua*, *La marca del meridiano* (Premio Planeta 2012) y *Los cuerpos extraños*.

Para Paula, que llegó con este libro

Advertencia usual

Como de costumbre, los lugares que aparecen en este libro están inspirados, siempre con cierta libertad, en lugares reales. Algún personaje, y alguno de los hechos narrados, se inspiran también en sucesos reales, pero con idéntica libertad en su recreación. El relato que sigue ha de considerarse por tanto fruto de la invención del novelista y no debe inducir a atribuir conductas, acciones o palabras concretas a ninguna persona existente o que haya existido en la realidad.

De los treinta grados del signo de Tauro es la piedra a que dicen *camiruca*, que quiere decir tanto, en aquel lenguaje, como olvidadiza en éste. Y su virtud es tal que, el que la trae consigo acaécele olvidamiento de todas las cosas que ha de hacer, que no le viene en miente ninguna de ellas en cuanto la trae. Y si le dieren de los polvos de ella, o de la pulidura, a beber, olvídalo por siempre hasta que se muere. Y ha otra extraña virtud que usan mucho las mujeres que quieren mal obrar, que si toman los polvos de ella, y los amasan con alguna cosa húmeda, y los ponen en su natura aquellas que no son vírgenes, apriétalas de guisa que son más fuertes de corromper que las que son vírgenes.

ALFONSO X, *Lapidario*

I

Yo seré tu celador

—Te tienes que ir.

No era una pregunta, ni un reproche, tampoco una suposición. No había en sus palabras, ya, la más mínima aspiración a intervenir en lo que fuera a suceder, como en mayor o menor medida la tiene quien da en indagar, recriminar o tratar de anticiparse a los hechos. Lo dijo, más bien, como si levantara acta de algo cierto y fatídico, frente a lo que no tenía más opción que resignarse y dar un paso atrás. Por una vez, sin embargo, se equivocaba. Y me reconfortó poder decírselo:

—No, mamá, nos quedamos. No vamos a dejar que se eche a perder toda esa comida que has hecho. Es lo bueno que tienen los muertos: a diferencia de los vivos, pueden esperar lo que haga falta.

Nadie mejor que yo sabía que no siempre era así, y no por los difuntos, precisamente, sino por los vivos que a propósito de ellos tenían la voluntad y la capacidad de picarnos espuelas a quienes habíamos sido tan inconscientes como para hacer del siempre embarazoso escrutinio de la muerte nuestra manera de afrontar el transcurso de los días. De hecho, lo primero que había pensado, al ver aquella mañana de domingo el nombre de mi superior parpadeando en la pantalla de mi teléfono móvil, había sido lo mismo que mi madre, apenas terminada mi conversación con él, acababa de poner en palabras.

La información que me suministró mi jefe de grupo y

principal hacedor de mi agenda, el siempre circunspecto comandante Rebollo, alimentó de entrada mis peores temores. Era un jefe considerado, en absoluto proclive a esos tics del mando que, en tiempos más tenebrosos, habían hecho de los desdichados que vestían el uniforme que guardaba en mi armario lo más parecido a un siervo de la gleba. Lejos de acuciarme, comenzó interesándose por mis circunstancias:

—Perdona por molestarte en domingo —se excusó—. Espero no pillarte en demasiado mal momento. ¿Puedes hablar?

—Me pilla en Salamanca, mi comandante. Tratando de honrar a mi madre, como ordena el mandamiento. Es su cumpleaños y tenemos reunión familiar para celebrarlo. Pero sí, puedo hablar.

Rebollo dejó escapar un leve carraspeo.

—Felicítala de mi parte, y transmítele mis disculpas. Tenemos una emergencia, ya te lo imaginas. Alguien se ha cobrado una buena pieza y va a haber follón. Ha aparecido muerta una alcaldesa.

—Tenía que acabar pasando —opiné, arrepintiéndome casi en el acto de mi irreverente espontaneidad.

—Confío en que seas capaz de disimular tu satisfacción —me afeó—, porque te va a tocar hacer como que te interesa que se castigue al culpable. Nuestro señorito ha reclamado el asunto y la superioridad ha tenido a bien otorgarnos el honor de resolverlo. Ante la única decisión que me compete, a quién darle oportunidad de colgarse una medalla, me ha sido inevitable acordarme de mi brigada favorito.

—Están a punto de saltárseme las lágrimas, mi comandante.

—No me lo agradezcas más de lo que merezco. Me ha sido inevitable porque una vez más viene dictado por Pereira. Supongo que cuando ascienda a general y deje la unidad podré elegir yo en lugar de tener que asignar todos los casos estelares a su investigador fetiche.

—Ya falta menos, mi comandante. Dentro de poco usted podrá dar cancha a gente más espabilada y yo podré ponerme al fin con todos los sudokus que tengo atrasados. ¿Puedo preguntar de dónde era alcaldesa la difunta y dónde le han interrumpido la trayectoria?

Me dijo el nombre de una localidad costera levantina de mediano tamaño que no me era desconocida. Había estado un par de veces por allí y recordaba vagamente su paseo marítimo. En realidad, a aquellas alturas, después de dos décadas levantando cadáveres por todo el territorio nacional, casi ninguna localidad, levantina o no, mediana o ínfima, me era desconocida, y casi de cualquiera guardaba algún vago recuerdo. También ocurre que con los años todos los lugares se acaban confundiendo un poco, en una suerte de caprichosa geografía personal que comunica sus calles y caminos como si todo el país o todo el mundo cupieran en una borrosa comarca por la que están condenadas a vagar la memoria y la imaginación del viajero que los recorrió.

—Allí es donde mandaba, zona de la Policía —me explicó—, pero su cuerpo ha aparecido en el término municipal de un pueblo vecino, mucho más pequeño, y por tanto de nuestra responsabilidad. Eso le va a permitir a su señoría contar en la instrucción del caso con el celo y la perspicacia que nos caracteriza, y que a ti te tocará demostrarle.

—Lo haré con el fervor que eso merece —prometí.

—No me cabe ninguna duda —dijo, y hasta me pareció que lo creía—. No sé mucho de las circunstancias, tal vez pueda contarte algo más a lo largo del día. Lo que me dicen es que la encontraron esta mañana unos turistas extranjeros en una playa sin urbanizar, una de las pocas que quedan por allí, y que suelen utilizar los que hacen nudismo, porque está más o menos apartada de las carreteras principales.

—Algún día habría que revisar el reparto de competencias. Esto de correr con la seguridad de todos los despoblados nos carga con los peores marrones, aparte de incrementar la carga de trabajo.

—Es lo que hay, Vila, haberte metido a madero, además tendrías sindicato y podrías manifestarte sin que te arrestaran. En cuanto al cuerpo, no sé si por ponerla en consonancia con el entorno, me dicen que estaba desnudo de cintura para abajo. De cintura para arriba le dejaron solamente el sostén, por si crees que eso significa algo.

—Que es usted un poco cursi, mi comandante.

—¿Cómo?

—Mi sargento Chamorro me regañó una vez por usar esa palabra. Dice que mejor sujetador, que es como lo llama cualquier mujer.

—Pues el sujetador, si la sargento así lo manda. Ah, como único signo de violencia, marcas en el cuello de estrangulamiento, que en tanto el forense le hace la autopsia es la causa presunta de la muerte. También te interesará saber, creo, que el marido había denunciado de madrugada la desaparición, y que ya había un operativo buscándola cuando se recibió la llamada de los turistas. Y eso es todo por ahora.

—No está mal. Lo suficiente para amargarme el domingo.

—Hay una parte buena. El coronel me ha dicho que te llame pero que no hay necesidad de que te fastidie el fin de semana. Al parecer ha tenido un tira y afloja con el coronel de la comandancia, que quería que su gente de policía judicial asumiera la investigación. El trato es que ellos se encargan de todas las gestiones inmediatas, de hecho ya han levantado el cadáver y están haciendo el análisis de la escena del crimen, y nosotros llegamos mañana para hacernos cargo del paquete, con su apoyo. Lo que me toca a mí es llamar a su comandante para organizar cómo nos dan ese apoyo y hasta dónde les dejamos compartir la tarea. Prometo tenerte eso resuelto para cuando aterrices.

—Le estaría muy agradecido. A mis años y desde la modestia de mis galones de suboficial, no me apetece especialmente disputarle el territorio a un joven comandante sediento de ascensos y deseoso de mostrarse ante sus subordinados como un imbatible macho alfa.

—Por ese lado no te preocupes. Es una comandante.

Confieso que no pude evitar que se me alzaran las cejas. Dado el reciente acceso de las mujeres a las academias de oficiales del Cuerpo, no había muchas que hubieran alcanzado ese rango. De hecho, debía de ser una de las pioneras. Lo que no supe si interpretar como una suerte o como un contratiempo peor que el que me había imaginado. Dependería, como casi todo, del carácter y la actitud de la interesada.

—Igual le digo. Apáñese con ella, por favor.

—Descuida. Salís mañana a primera hora, ya me he encargado de que os reserven coche y el resto de la intendencia. Te llevas a Chamorro y a Arnau, antes de que me los pidas. Es un embolado y tienes derecho a hacerte el equipo a tu gusto. Para que digas que soy un cabrón.

—Ni muy borracho me permitiría decir tal cosa, mi comandante.

—Pues eso es todo, por ahora. Mañana nos vemos. Dile por favor a tu madre que siento haber interrumpido la celebración.

—No se apure. Ya sabe la clase de pringado que echó al mundo.

—Míralo por el lado amable, Vila. Esto huele a que vuelven a adornarte el pecho, seguro. Vas a codearte con los que parten el bacalao.

—Sí, menuda potra tengo.

Para bien o para mal, ya había rebasado esa edad en que colgarse chatarra de la pechera el día de la patrona (que viene siendo el único en que un tipo como yo se pone el uniforme, para descubrir que desde la patrona anterior la dieta fue excesiva o el ejercicio físico insuficiente) le parece a uno una distinción. Como decía un veterano suboficial junto al que tuve la suerte de servir, las recompensas militares tienden a concederse en exceso cuando no hay demasiado valor que reconocer, y en cambio recaen siempre de menos sobre los que se juegan el pellejo cuando hay una guerra de verdad. Y en otro orden de cosas, más íntimo y amargo, a partir de cierto momento, lo que uno juzga realmente un privilegio son esos pechos despejados que ostentan en su desnudez el galardón más envidiable: la juventud de sus dueños y los años que todavía no les han cambiado por recuerdos y quincalla.

La mirada que asomó a los ojos marrones y diáfanos de mi madre, al expresar su temor a que mi trabajo nos arruinara la reunión familiar, agravó mi melancolía, que tras tranquilizarla me apresuré a apartar de un cintazo, la única forma sensata de tratar tan nocivo sentimiento. Mientras ella regresaba a la cocina para continuar con los preparativos de la comida, miré el reloj: las doce y media. Ya era hora de entrar a expulsar del lecho a mi legítimo heredero, que la madrugada anterior había salido de marcha con sus primos. A veces me preguntaba si su buena disposición a acompañarme en aquellas visitas a su abuela, aun siendo más espaciadas de lo que me dictaba mi sentido del deber filial, no se debía tanto a su amor de nieto como a la posibilidad de explorar junto a los hijos de mi única prima, buenos conocedores, el vibrante ambiente nocturno de la venerable ciudad universitaria. Por un lado, me parecía bien, y celebraba que mi hijo veinteañero tuviera ganas de divertirse y mantuviera de esa manera festiva, que viene a ser la más eficaz, el vínculo familiar que yo mismo descuidaba de forma censurable, habida cuenta de lo reducido del círculo de mis consanguíneos. Por otra parte, en cambio, sus actividades nocturnas me producían un difuso desasosiego. Recordaba mis propias andanzas juveniles por aquella ciudad, más de una vez junto a la madre de sus compañeros de correrías, en cuya pandilla yo venía a ser, el primo de Madrid y medio uruguayo y sin padre por añadidura, una especie de postizo algo estrafalario. Hubo más de un amanecer que a la vez que las piedras milenarias alumbró mi sensación de soledad en compañía: esa arraigada conciencia, que nunca me ha abandonado, de ser una suerte de marciano entre aquellos con los que camino. Por suerte para él, Andrés parecía más acorde con el mundo, pero ello no disipaba mi inquietud al verlo desaparecer hasta la salida del sol. Mi profesión me ha permitido constatar hasta qué punto la noche puede ser manto protector para tarados y ocasión propicia para la torpeza humana.

Busqué una melodía adecuada en mi teléfono móvil de última generación, uno de los dos minicaprichos, a lo sumo, con los que mi renta de funcionario congelado y divorciado me permitía llevar una vida semejante a la de las *celebrities* que lideran nuestro mundo y sirven de faro y luminaria a nuestras nuevas generaciones. Abrí la puerta de la leonera donde mi hijo roncaba a pierna suelta, y que durante el resto del tiempo era una habitación normal, y me acerqué sigilosamente hasta la cama en la que yacía enrollado en el edredón. Acerqué el teléfono hasta donde supuse que podía estar su cabeza y le di al *play*.

Comenzaron a sonar unas campanas dulces y ligeras, y después una cálida voz femenina que hacía los coros, junto a la suave percusión que anunciaba la inminente entrada del solista. Éste cantaba al fin en voz baja, casi como si se esforzara para no irritar al auditorio:

> La estrellita que una noche divisé
> fue la que hizo verdadera la ilusión que yo soñé,
> mis harapos en fino lino convirtió
> y me impuso una tarea de un bellísimo valor.
> Cuando te asalte la duda
> o a punto estés de ceder a una tentación,
> llámame con un silbido,
> yo seré tu celador.

A partir de ahí, se arrancaba un piano que ya no era tan leve, al que acompañaba un sintetizador que llegaba incluso a resultar molesto. Fue el instante en que el ronquido cesó y el cuerpo bajo el edredón comenzó a moverse. Luego sonó un graznido bajo la cobertura:

—Papá, eres un carca.

—No te quejes, soldado. Carcundia por carcundia, podría haberme inclinado por Iron Maiden. *22 Acacia Avenue*, por ejemplo.

—Ya, se te agradece —rezongó—. ¿Qué demonios es eso?

—Germán Coppini, *Pepito, el grillo*. Un himno que deberías conocer, si es que no lo has oído nunca. Y atender a la letra, que ningún rapero alcanzará jamás con esos ripios que ahora consideráis canciones.

Mi hijo asomó la cara somnolienta:

—Punto uno, no eres tan viejo para hablar así. Punto dos, odio el rap. Punto tres, estoy hecho polvo. ¿No puedo sobar un poco más?

—No, no puedes.

—¿Y eso?

—Tu abuela está haciéndote de comer. Queda feo que duermas hasta que te ponga el plato en la mesa, te lo zampes y luego te largues. Adecéntate y dale un poco de conversación antes, si no te sabe mal.

—¿Y tú?

—Tengo que hacer unas llamadas.

—¿Muerto?

—Muerta.

—¿Lejos?

—A cinco horas de aquí. Tres y poco de Madrid.

—¿Hay que salir pitando?

—No, por una vez podemos hacer sobremesa y todo. Anda, quítate el olor a chotuno lo antes que puedas y ve con tu abuela.

—A sus órdenes, mi brigada. Joder, sólo he dormido cuatro horas.

—Siento desanimarte, pero con menos tendrás que tirar más de una vez, mi pequeño saltamontes, cuando empiece la vida real.

—Vale, no me abrases más. Ya me levanto.

Lo dejé con su aseo y me fui a la sala de estar. La desvaída luz de febrero atravesaba los visillos como un anuncio todavía débil de la primavera, para la que aún faltaba casi un mes. Al otro lado de los cristales se adivinaba el color cálido de la piedra salmantina, tan agradecida que le bastaba aquella luminosidad desteñida para resultar hermosa. Allí vivía mi familia materna desde hacía décadas; más en concreto, desde los años cuarenta del siglo pasado, cuando mi abuelo, emigrado del pueblo al término de la guerra, había conseguido el alquiler que mi madre prorrogó a su muerte para pasar sus últimos años, con su hijo ya colocado y destinado entonces a varios cientos de kilómetros de Madrid, en la ciudad que la vio nacer. Allí, en aquella quieta urbe de provincias alborotada por los estudiantes, estaban las raíces que me convertían en castellano, una rara especie de bípedo sin plumas que se distingue por una suerte de pundonor entreverado de desapego. Eso le permite ser capaz de las mayores hazañas, contra el rey o con el rey, desde la batalla suicida de los Comuneros hasta la conquista de medio mundo justo después de haberse zampado Al-Ándalus, y no aprovecharlas en modo alguno, dejando todo el rendimiento al primer mercachifle avispado que pasa por allí. Con el tiempo había ido descubriendo que ese carácter, trabado en mis genes, no dejaba de ser pertinente para explicar mi propia biografía, en la que no faltaban los esfuerzos y, en cambio, escaseaban las ganancias. Había intentado otras vidas, y quizá a esa pretensión había obedecido mi juvenil decisión de estudiar Psicología, ciencia incierta pero a primera vista lucrativa, dado el desarreglo mental mayoritario de la mujer y el hombre contemporáneos. Sin embargo, no lo había hecho en buen momento, porque a finales de los ochenta todas las facultades españolas, y la de Psicología no era una excepción, expelían muchos más titulados de los que el país requería. Siempre había pensado que presentar la solicitud para ingresar en la Guardia Civil fue una solución de rebote, la primera que me cruzó por la mente y funcionó, y que a partir de ahí me había ido dejando llevar sin más. Ahora, al filo del medio siglo, comenzaba a sentir que me había dejado guiar inconscientemente por mi naturaleza, y que ella me había conducido allí donde encajaba, pese a mi natural propensión a creerme una pieza descartada del engranaje social.

A fin de cuentas, qué mejor lugar para un espécimen como yo que el instituto que puso en pie otro sujeto anómalo, en cuya sangre, como en la mía, convivía el desasimiento castellano con la herencia exótica. Francisco Javier Girón, más conocido como el duque de Ahumada, que no fue el fundador pero sí quien organizó la Guardia Civil, descendía por una parte de un maestre de la orden de Calatrava, rancia nobleza castellana, y por otra del emperador Moctezuma. Quizá sólo alguien así podía llegar a diseñar un cuerpo lo bastante extravagante como para que en él pudiera hallar su sitio el fruto de la fallida unión entre una castellana de una pieza como mi madre y un uruguayo inconsistente como, según todos los indicios de los que dispongo, incluidos los recuerdos de los siete años que viví junto a él en Montevideo, debió de ser o debía de ser aún mi padre, dondequiera que estuviera.

Volví a espantar una de esas imágenes que los años me habían enseñado a no dejar más de una fracción de segundo asomadas a la pantalla de mi mente y marqué sin más demora el número de Chamorro. La sargento, mi fiel compañera de fatigas, tropiezos y ocasionales aciertos, tardó un número inusual de tonos en responder. De hecho dejó sonar tantos que temí que se cortara la comunicación. Estaba seguramente a punto de hacerlo cuando entró su voz pastosa:

—¿Sí?

—Hola, Virgi. ¿Dormías?

—No, no, es que... Bueno, sí.

Me sorprendió. Chamorro era ave madrugadora, y rara vez exhibía vacilación o incurría en insinceridad.

Gaditana de nacimiento, también tenía genes castellanos, burgaleses en su caso, que la inclinaban a la firmeza y a ir siempre de frente. De hecho, aquélla podía ser la primera mentira que me constara que había intentado colarme.

—Si es mal momento puedo llamarte en un rato —le ofrecí.

—No, no te preocupes. Tampoco... Vamos, que esta noche no he dormido muy allá, eso es todo. ¿Qué hay? ¿Lo que me imagino?

—¿Qué crees tú que podía llevarme a perturbarte el descanso dominical? La novedad es que esta vez nos dejan unas horas para arreglarnos. Salimos mañana a primera hora. Pereira le ha cedido al coronel del lugar el privilegio de levantar el mantel y barrer las migas.

—¿Muy lejos?

—*Comunitat Valenciana*. Lo bueno es que el pueblo tiene playa.

—En eso estoy pensando yo, ahora mismo.

—Oye, ¿estás bien?

—Sí, descuida, nada que no pueda atajar el ibuprofeno.

La mención de aquel principio activo me infundió tranquilidad. Podía ser, sólo, que Chamorro estuviera en uno de esos días, aunque jamás la había visto bajar el pistón por ello, si acaso le agriaba un poco el talante. Quizá lo que le ocurría no era más que al ser domingo la había sorprendido con la guardia baja. Le seguí contando:

—Para tu conocimiento y efectos, esta vez hay una peculiaridad. Salimos de caza mayor, me temo. La difunta es una alcaldesa. De la ciudad colindante con el pueblo en cuyo término municipal la dejaron tirada. Semidesnuda y tendida sobre la arena, para más señas.

—¿Semidesnuda?

—Sólo el sujetador.

—¿Violada?

—No le han hecho aún la autopsia. No me consta.

Chamorro estornudó al otro lado de la línea. Luego

carraspeó y, con la voz todavía tomada, acató, qué remedio, su destino:

—Está bien. ¿A qué hora mañana?

—No hace falta sobreactuar. No me han dicho nada al respecto. Llega a las ocho como siempre y a las nueve nos ponemos en camino. Así dejamos tiempo para que se decante la cosa, sobre todo para que los jefes se delimiten el territorio entre sí. Con un poco de suerte, cuando lleguemos los valencianos nos lo han resuelto. O se ha entregado el fulano que se ligó el sábado a la alcaldesa y asunto concluido.

—No caerá esa breva.

—En fin, tienes casi veinte horas para mentalizarte.

—Aprovecharé para preparar por una vez una maleta como Dios manda —suspiró—, y para hacer alguna compra, por si se nos alarga el asunto. Menos mal que ahora abren los domingos.

—No opinan lo mismo los pequeños comerciantes. Salvo los chinos.

—Ya lo sé. Perdona mi insolidaridad. Me conviene.

—Perdonada. Otra cosa. Llama tú al elemento de tropa. Rebollo nos deja llevarnos a Arnau. Prefiero que seas tú quien le dé la noticia de que se olvide de todos los planes que tuviera para esta semana.

—Muy agradecida.

—Hay que sudar los galones, mi sargento. ¿Estás bien de veras?

—Sí, te veo mañana.

Y me colgó, casi con brusquedad. Aquel súbito silencio en la línea me dio mala espina, casi peor que el hecho, completamente inaudito, de haber sorprendido a Chamorro durmiendo más allá del mediodía. Desde hacía un par de semanas la notaba algo más distraída de lo común en ella, que era nada en absoluto. No le había dado mayor trascendencia: cosas que suceden cuando la gente, por puntillosa y recia que se esfuerce en ser, empieza a acercarse a la cuarta esquina de la vida, que ella ya tenía a sólo un año de distancia. Su tono y sus reacciones a lo largo de aquella breve conversación telefónica, algo más desabridos que de ordinario, hicieron en cambio que me saltaran las alarmas. Algo no iba como debía, y entre la reservada disposición de Chamorro y el contexto siempre tenso de una investigación de homicidio, que nos despachaba nada menos que al jardín de la política municipal española, no iba a estar en la mejor situación para averiguarlo y ofrecerle mi ayuda, si es que en algo podía serle útil.

Me permití desear, en cuanto a lo segundo, que el asesinato de aquella alcaldesa no tuviera nada que ver con su gestión. Aunque mi comandante me lo hubiese reprochado, no me producía ningún alborozo el hecho de que un político muriera violentamente, ni tenía el menor interés en poner los pies en semejante campo de minas. Que en los últimos tiempos la ciudadanía sintiera un comprensible desafecto hacia unos gestores públicos que habían sumido al país en la bancarrota, después de haber obtenido muchos de ellos jugosas rentas para sí y para sus correligionarios (o hijos, o cónyuges, o novias, o amantes, o compañeros de pupitre), no excitaba hasta ese extremo mi afán justiciero. Tampoco consideraba una suerte que la relación más frecuente, de un tiempo a aquella parte, entre alcaldes y guardias civiles fuera que los primeros salieran esposados entre los segundos. Algo que, dicho sea de paso, reverdecía, nunca mejor dicho, viejos laureles de los tiempos fundacionales del Cuerpo, cuando allá por el año 1845 los primeros guardias detenían a alcaldes que dirigían o amparaban partidas de bandoleros, distinción que entre otros correspondió a los de Malcocinado y Pina, en Badajoz y Castellón respectivamente.

No, no era una suerte para los de mi empleo tener que vérselas con quienes partían el bacalao, por emplear la misma expresión con que los había aludido mi jefe inmediato. Cuando el deber te conducía hasta ese territorio, y alguna experiencia tenía al respecto, para alguien como yo había más papeletas de salir trasquilado que de ganarse la condecoración con la que bromeaba el comandante, siempre que el esclarecimiento del asunto pasara por desvelar alguna de las inmundicias, ventajas o dobleces con que los hombres y mujeres públicos hubieran dado en engrasar sus carreras, en el caso no improbable de que te cruzaras con alguno que se hubiera permitido esa clase de licencias. No participaba de la sistemática presunción de deshonestidad en que habían caído mis conciudadanos respecto de la clase política, porque por mi oficio había adquirido el hábito de acusar sólo con pruebas y también la certeza de la variedad casi infinita de la pasta humana; pero conocía algo el terreno por el que debía pisar y peinaba más canas de las que hacían ya imposible albergar según qué ingenuidades.

Para apartar mi cerebro de tan oscuros pensamientos, me vino bien la comida familiar. Incluso el guirigay que se montaba en tales ocasiones, y al que contribuía con su verborrea el marido de mi prima, un por lo demás simpático registrador de la propiedad que, aparte de permitirle a ella llevar un nivel de vida que había hecho que la sintiera cada vez más ajena a mí, con sus bolsos de Loewe y el Mini descapotable en que se movía por Salamanca, tenía, como todos los individuos de formación leguleya, una opinión sobre todo y la tendencia a expresarla con muchísimas más palabras de las estrictamente indispensables. Mientras le escuchaba pontificar sobre lo divino y lo humano y desgranar la incompetencia de todo el mundo menos él, comenzando por su colega que a la sazón ocupaba la presidencia del Gobierno, me abandoné al gustoso paladeo del vinazo de sesenta euros que habían traído para la ocasión, y que en las condiciones normales de mi existencia no me era dado catar. Se trataba de un potente caldo de Toro, del que me adjudiqué sin rubor más de media botella, ante la timidez alcohólica del resto de los comensales. Ni mi madre, por su sobriedad natural, ni mi tía, que se había instalado en una viudez estoica, ni mi prima, preocupada por la línea, ni sus dos hijos y el mío, que se daban a la Coca-Cola para paliar los excesos de la madrugada anterior, entraban apenas en la disputa, y el registrador hablaba demasiado para ser un competidor del que hubiera que temer. De modo que le dejé arreglar el país y el mundo, asintiendo a todo, y cuando me preguntó, al hilo de un comentario de mi madre, qué sabía de lo de la alcaldesa, que era noticia de apertura del telediario, me limité a decir:

—Nada. Dejaré que mañana me sorprendan. Es lo mejor.

Por la cara que puso, temí haberme pasado de seco. Intuí que mi primo político me estaba dando pie a lucirme, para poder lucirse él a su vez en la siguiente sobremesa comentando el caso de la alcaldesa con la información privilegiada extraída al primo picoleto de su mujer. Por suerte, el vino me permitía superar cualquier embarazo.

Mientras ayudaba a mi madre a recoger la cocina (en la sala, el registrador zapeaba con el mando de la tele, mi prima y mi tía se dejaban hacer y los tres jóvenes, dirigidos por la hija de mi prima, digna heredera de su padre, miraban vídeos en una tableta), tuve con ella uno de esos momentos de confianza maternofilial que el transcurrir de los años vuelve cada vez más raros y a la vez más sustanciales.

—¿Cómo estás? —me preguntó.

—¿Yo? Bien, como siempre. Bueno, un poco más viejo.

—En serio. Me preocupas un poco.

—¿Qué te preocupa?

—Hasta cuándo vas a vivir así. Siempre rodando por ahí, fuera de casa, mal comiendo, me imagino, y todo lo demás. Y solo.

—No estoy solo. Te tengo a ti, a Andrés. A la tía. Y al Castelar ese con el que emparentó, y que nunca nos dejará aburrirnos.

—Tú me entiendes.

—Ya te he dado un nieto, y ha salido bastante majo,

para lo que hay por ahí. Y se puede vivir solo. Tengo tu ejemplo, sin ir más lejos.

—No es en lo que me gustaría que me imitaras. A veces pienso que me equivoqué, en esa parte. Pero tampoco encontré a nadie que...

—Lo mismo me pasa a mí. No te voy a traer aquí a la primera petarda que me haga caso. Además, qué pensaría el registrador.

Se rió. Y yo me sentí, en ese segundo, con pleno derecho a existir.

—Eres de lo que no hay, hijo mío. ¿De verdad estás bien?

Sonreí. Pensé bien mis argumentos. Debía convencerla.

—En la gloria, mamá. Tengo trabajo, y hasta me lo pagan. Un buen hijo. Y un piso, pequeño, pero es mío, no pueden echarme.

—Está bien. Haré como que te creo.

—Créeme, y encima me dedico a proteger a mis conciudadanos. ¿Cabe imaginar mayor honor que ése, ser útil a tus semejantes?

Mientras miraba a mi madre, recordé, por un automatismo, los versos de la canción: *Llámame con un silbido, yo seré tu celador*. En ese preciso instante sonó mi móvil. Pepito, el grillo. O lo que es lo mismo, mi gran jefe: el coronel Pereira. Lo que rara vez era buen presagio.

2

Luz en el hogar

Conocía a mi coronel desde que era comandante, cuando ambos estábamos aún lejos de los cincuenta que él ya había rebasado y que yo cumpliría pronto. El tiempo había corrido más a su favor que al mío, lo que era justo: para eso él había hecho el gasto de pasar una oposición y sacar buen número en dos academias de oficiales, mientras yo, vago y acomodaticio por naturaleza, me había conformado con la moderada salvaguarda frente a la adversidad que proporcionaba una carrera de suboficial impulsada sin sobresaltos por el sucederse de los trienios. En todo ese tiempo él había sido mi jefe, mientras no dejaba de hacer lo que correspondía para que su carrera progresara hasta lo más alto; ni en su despacho, ni en los pasillos, ni en los pupitres de los sucesivos cursos de ascenso en los que había seguido manteniéndose entre los primeros de la clase. Al principio habíamos trabajado codo con codo, pero con el tiempo, y mientras él continuaba su escalada hacia las regiones celestes, se habían interpuesto otros, el más reciente Rebollo, ante los que yo respondía y a los que él, se suponía, debía respetar. Sin perjuicio de eso, y aunque los dos teníamos asumida la necesidad de guardar las formas, nunca se había roto el hilo directo entre ambos. Lo que tiene la confianza, cuando se ha adquirido con los pantalones remangados y el agua hasta las rodillas, es que es para siempre.

Nada de esto, empero, me hacía olvidarme de la distancia, paulatinamente abismal, que se iba abriendo entre ambos. Y mucho menos de que un jefe siempre es un jefe, y cuanto más alta es su investidura y más modesta aquélla en que le conociste, más cautela debes tener a la hora de usar de la familiaridad que pueda dar en concederte. La confianza que él se puede tomar contigo, en atención al pasado común, poco tiene que ver con la que tú puedes tomarte con él. De modo que descolgué el teléfono y me dirigí a él con el saludo formal:

—A la orden de usía, mi coronel. Cuánto bueno.

—Relájate, Vila. Y no finjas. Cágate en mis muertos, si te apetece. Una vez más, y ya van unas pocas, te estoy dando el domingo. Y encima no puedo ser más inoportuno. Me dice Rebollo que estás con tu madre.

—Así es, pero ella ya tiene asumidas las servidumbres del servicio. Y usted ya sabe que a sus muertos no pienso faltarles al respeto.

—Serás el único, después de los años que llevo dando por saco. Tú sabes que lo hago por una buena causa. Por eso mismo te llamo.

—Usted dirá.

—Ya te ha dicho Rebollo que te ocupas del asunto Ortí Hansen.

—Perdone, no le oigo bien.

—Karen Ortí Hansen. La alcaldesa asesinada.

Ahí reparé en que ni siquiera me había preocupado aún de aprenderme el nombre de mi muerta, lo que vistas las circunstancias y teniendo en cuenta la posible proyección del caso, tanto en la actualidad nacional como en mi rutina cotidiana de los próximos días, era una negligencia intolerable. También constaté que mi inmoderada libación de tinto de Toro me había embotado un poco el entendimiento, efecto indeseable al que tendría que sobreponerme lo antes posible, si no quería ofrecerle a mi coronel una deplorable impresión. Como primer ejercicio mental, me anoté la filiación extranjera que su nombre y apellidos hacían suponerle a la alcaldesa, algo nada sorprendente en la región levantina, expuesta al turismo de masas europeo desde hacía medio siglo, pero no tan común entre los cargos públicos.

—Ah, sí, disculpe, debe de fallar la cobertura —mentí.

—Le he dicho a tu comandante que te mande a ti no porque te odie, sino porque necesito un tío curtido para comerse este marrón. Ya me disculparás, y ya te compensaré como pueda y me dejen. No puedo mandar a alguien a medio hacer a nadar en un tanque lleno de tiburones, espero que lo comprendas, y también espero que serás coherente con lo que tienes entre manos, no sé si me estoy explicando.

—Lo comprendo, no se preocupe por eso, y procuro ser siempre coherente, en la medida de mis capacidades, mi coronel.

—Lo que quiero decir es que si mando a un tío hecho y derecho, y no a un niñato, es para que tengas el cuajo y el temple que una faena como ésta requiere. Y que, por una vez, te olvides de las florituras.

—No le capto, mi coronel.

—Vamos, Rubén, que nos conocemos. Sé cómo piensas, sabes cómo pienso y ambos sabemos que nuestros pensamientos no coinciden y que eso no es impedimento para que nos llevemos bien, mientras tengas bajo control a ese bolchevique cáustico que llevas dentro.

—Soy apolítico, mi coronel. Como buen militar.

—Ya. En plata y a lo práctico: vas a meterte en la boca del lobo, y he aquí que mi jefe tiene instrucciones, y el jefe de mi jefe también, lo que significa que yo las tengo y que a ti te toca cumplirlas. En cuanto algo roce a alguien de los que ya sabes, me llamas inmediatamente.

Pese a su discurso, deliberadamente críptico, entendía lo que quería decirme y no podía aspirar a seguir haciéndome el tonto al respecto. Si continuaba por ahí, podía acabar cabreándose, y con razón. De modo que resolví salirme por un aspecto lateral de la cuestión.

—No me estará diciendo que me salte a mi comandante.

—Te estoy diciendo justamente eso mismo. Primero me llamas a mí, esperas mis instrucciones, y luego le cuentas a Rebollo todo lo que tenga que saber, para que no le pillen en renuncio y no le rompan el espinazo, pero esta vez quiero ser el primero en enterarme de todo. Vas a ser mis ojos y mis oídos en este asunto, y créeme que si te cargo con esa responsabilidad es porque necesito tenerlos ahí puestos.

—Como mande, mi coronel. Aunque habrá que contar con la variable togada, que en este caso no dejará de tomarse algún interés.

—¿Te refieres a su señoría?

—Al mismo. O la misma.

—Es un juez, en esta ocasión. Hemos tenido suerte: es un veterano, no ha querido moverse porque tiene allí montada su vida y vive bien al solecito del Mediterráneo. Me han dicho que es un tipo sin grandes ambiciones, que no se casa con nadie, bueno técnicamente y nada pusilánime. Ya le he llamado, me he puesto a su disposición y le he anunciado que mañana estará allí el investigador más competente de los que tengo a mis órdenes, un tío frío y de mi total confianza.

—Gracias por pintarme así. No sé si lo merezco.

—Yo sí que sé que no lo mereces. Pero también sé que no me vas a dejar mal. Y no sólo porque si me dejas mal te parto las piernas.

—Me queda claro.

—Rubén —dijo, tras un breve silencio.

—Mi coronel.

—Aunque tengamos nuestras diferencias, a mí tampoco me gusta tener que plegarme a según qué cosas, puedes estar seguro. Preferiría que pudieras trabajar sin más, como con cualquier otro caso. Y no voy a pedirte que hagas, o dejes de hacer, nada que te avergüence.

—Contaba con ello.

—No vivimos en un mundo ideal, mi brigada. Vivimos entre la mugre, y con ella tenemos que hacer algo que valga mínimamente la pena. A cualquiera le apetece echarse al monte, pero suele conseguirse más con astucia. Aunque nos toque tragarnos algún sapo.

—Iba a callármelo, pero está empezando a preocuparme. ¿Hay algo más que debería saber, en relación con esta historia?

—Ésa es la segunda parte de lo que te quería decir. Mañana a primera hora te espera en su despacho el comandante Ribes, de la unidad de delitos económicos y anticorrupción. No sé hasta qué punto puede guardar relación con lo que vas a investigar, pero tenemos abierto un expediente en el que aparece el ayuntamiento que presidía esta señora. El tema es bastante más amplio, y la relación con esa corporación es un fleco que abrimos no hace mucho y que tenemos aún a medio desbrozar. Me parece indispensable que antes de salir para allá te pongan en antecedentes y que te mantengas coordinado con Ribes.

—¿A través de mi comandante? ¿O tampoco?

—A través de lo que yo vaya decidiendo en cada momento. Por ahora vas y que te cuente. Y guárdalo para ti, puede que tenga que ver con tu caso, puede que no. Si finalmente hay relación, ya decidiré.

—¿Era la alcaldesa una corrupta?

—No lo sé. No es su nombre el que teníamos.

—¿Quién, entonces?

—¿Quién va a ser? El convidado de todas las fiestas: el concejal de urbanismo, que lleva toda la vida. La alcaldesa era nueva. Ribes te lo contará todo, mañana. Sólo quiero que lo tengas en cuenta, para que te sitúes acerca de la gente con la que vas a jugarte los cuartos.

La excepcionalidad con que se planteaba el caso, en lo tocante a los principios generales de actuación, la relación particular con mi superior inmediato y mi propio desempeño, no podía alejarse más de lo que habría deseado. Con todo, traté de mostrarme conciliador.

—Se lo agradezco, mi coronel.

—En otro orden de cosas, puede que te encuentres

alguna resistencia entre nuestros compañeros del lugar. He tenido esta mañana una charla desagradable con el coronel jefe de la comandancia, al que le ha entrado un ataque de protagonismo. Alguno no madura ni con el tiempo ni con las estrellas. Si alguien te toca las pelotas, invoca mi nombre y dile que lo hable conmigo. Tengo el encargo directo de quien procede de ocuparme de esto, y quien lo tiene que saber ya lo sabe, así que no creo que se atrevan a morder, por mucho que puedan ladrar.

—Por la cuenta que me trae, intentaré entenderme con ellos.

—Me parece bien. Pero si falla la diplomacia, les tiras la bomba atómica. Nos jugamos demasiado los dos. Siento haberte metido en el lío, pero por otra parte me alegra poder torear esto contigo.

—Ya que estamos, me alegra que le alegre.

—Disfruta de lo que te queda de domingo. ¿Estás con el chaval?

—Ya es un hombre. En dos años acaba Derecho.

—Joder, cómo pasa el tiempo. No le dejes hacerse picapleitos.

—Se hará lo que pueda, el pobre, como todos. Aquí o en Berlín.

—También es verdad. En menudo agujero nos ha metido esta pandilla de chorizos, y lo que nos queda de mirarle las telarañas.

—Contrólese, mi coronel, o acabará simpatizando con aquellos a los que algún día no lejano lo mismo le encargan reprimir.

—Eso es lo peor de todo, Vila. Que ya no simpatizo con nadie.

—Parece que es una especie de epidemia.

—No me consuela. Lo dicho. Suerte y buena caza.

Colgó y me dejó con una sensación sombría. No tanto por él: no me cabía duda de que por mal que fuera el país o el mundo, incluso por mal que lo hiciera yo al gestionar el delicado encargo que acababa de ponerme en las manos, Pereira acabaría tocando la fortuna a la que estaba naturalmente predestinado. Como le dice a otro viejo perdedor Noodles, el mafioso venido a menos encarnado por Robert de Niro en *Érase una vez en América*, a los ganadores se los conoce en la línea de salida. Y que él llegaría a la meta en tal calidad era algo tan evidente como se desprendía de la tortuosa diligencia de la que acababa de hacerme partícipe aquella tarde de domingo en que la mayoría del país andaba en el sopor de la digestión y maldiciendo el lunes que se avecinaba. Lo que no estaba tan claro era que la ley a la que entregaba todos mis desvelos, como el tinglado que en ella se sostenía, mereciera tanto afán de sus servidores, cuando era notorio que se complacía en desvendarse los ojos a discreción para caer sobre unos con todo el peso que les ahorraba a otros, o cuando menos se lo pensaba dos veces antes de hacérselo sentir. Quise creer en la filosofía de mi coronel, y en aquello de la astucia como forma de hacer valer la justicia, pero mentiría si dijera que tuve éxito. Me reincorporé a la tertulia familiar, aún monopolizada por el marido de mi prima, con un aire algo taciturno, lo que no escapó, porque nada de lo que pasara detrás de mi frente se le escapaba, a la atención de mi progenitora. Prolongué la sobremesa hasta que noté que el alcohol estaba lo bastante diluido en mi torrente sanguíneo como para no exponerme a que mi carrera quedase truncada por un bobo delito contra la seguridad vial, lo que hizo que el sol ya comenzara a ocultarse cuando nos pusimos en camino.

Antes de despedirme, y tras fundirnos en el beso y el abrazo de rigor, mi madre me miró muy dentro de los ojos y me dijo:

—No te preocupes. Sé que lo harás bien. Todo lo bien que pueda hacerse. A mis setenta y tres años, es lo único que no dudo nunca.

—Lo tendré en cuenta, mamá.

Y volví a abrazarla. Cada vez era más pequeña y más frágil. No sólo ella. Cada vez, no lo ignoraba, lo era yo también. Cada vez era más pequeño y frágil todo, en fin, aunque seguir adelante como si nada venía a ser, en cierta forma, el heroísmo diario que compensaba el empequeñecimiento general. Lo era en el caso de mi madre. Deseé que lo fuera en el mío. De la resistencia a dejarse aniquilar por el achicamiento venía, acaso, la única grandeza de todo cuanto nos rodeaba.

Pese a la sucesión de acontecimientos inconvenientes o inquietantes que había ido empedrando mi domingo, durante el viaje de vuelta a Madrid me sentí de relativo buen humor. Me gusta conducir, y me gustaba especialmente compartir la ruta con mi hijo, con quien había pasado algunos días menos de los que habría deseado, por avatares de la vida, el trabajo y mi defectuosa gestión de las relaciones conyugales. Aunque durante buena parte del trayecto ninguno dijo nada, él supongo que por la falta de sueño, y yo porque me apetecía abstraerme en la conducción, eso no mermaba en absoluto el bienestar.

Al fin, tras superar un repecho de la autopista, acabó apareciendo ante nosotros el perfil iluminado de Madrid. De noche todas las ciudades son hermosas y parecen limpias, aunque sean tan sucias como la que me tiene como vecino y estén tan desfiguradas como la dejaron los especuladores que al calor de la fiebre de los años locos, esos últimos del siglo XX y primeros del XXI en que el crédito era ilimitado y todo estaba permitido, dieron en incrustarle cuatro torres desaforadas. Monumentos a la soberbia y la supuesta grandeza de entidades que poco después, en algún caso, hubo de intervenir el Gobierno y rescatar el contribuyente, ese paladín incauto que siempre está ahí para socorrer con lo que no tiene a quien no se lo merece y jamás arrimó el hombro, y al que nadie le echa un cable, así se esté ahogando en aceite hirviendo. Ese pagano incorregible e infinitamente paciente que también, recordé, costeaba mi sueldo, y ante el que me tocaba responder una vez más, lejos de casa y con un asunto turbio entre las manos.

Llevé a mi hijo a donde ahora vivía, que ya no era la

casa de su madre, sino un apartamento compartido con otros estudiantes, alternativa a la que yo mismo le había animado no por la motivación habitual de los que están en mi tesitura: dejar de una puñetera vez de pasarle a la ex el dinero mensual. De hecho, seguía transfiriendo puntualmente a la cuenta bancaria de su madre la pensión de alimentos, como había hecho sin fallar un solo mes a lo largo de casi veinte años, pero me parecía que era bueno que mi hijo fuera dando algún paso en el arte de sobrevivir por sí mismo. Si la tormenta le desarbolaba alguna vez el barco, siempre podía acogerse al puerto materno o al mío, donde tenía y tendría su habitación, pero uno no acaba siendo nunca lo que no empieza a ser en algún momento, y que el panorama estuviera tan negro como lo estaba para los jóvenes de su generación no era sino un argumento para que comenzara a espabilarse cuanto antes. Tras callejear un rato por los vericuetos de Lavapiés, donde había terminado por poner su nido junto a otros insolventes, lo dejé ante el portal.

—Que descanses. Y no te pases emporrado todo el día.

—No tomo drogas, papá. Te aturden, y eso no me va.

—Ya. Tampoco te pases el día con la Play. Dale al derecho procesal, aunque sea mucho menos emocionante que el *Call of Duty*.

—Tampoco me tiran los videojuegos. Oye, ¿de verdad tú has hecho algún esfuerzo por enterarte de qué va tu hijo?

—No puedo saberlo. Todos los hijos mienten a sus padres, o les ocultan algo. Y eso es saludable, si no son cosas que te hagan mal.

—Para ya el sermón, anda.

Me dio un beso en la mejilla y le correspondí. Sé que hay culturas, y no son pocas, donde los padres y los hijos, y más si son varones, jamás se besan. Siempre me ha alegrado infinitamente no pertenecer a uno de esos pueblos salvajes. Hay que rozarse con la carne de la propia carne, de lo contrario el mundo es un pedrusco demasiado frío.

—Y que se te dé bien. Ya te iré siguiendo por el telediario —me dijo, mientras bajaba del coche y antes de cerrar la puerta.

—Intentaré que no me veas. Soy un as esquivando la cámara.

—Ya lo sé. Pero te vas haciendo mayor.

—Gracias. Acabas de quedarte sin paga.

—Era broma, hombre. Buenas noches.

Como no era la primera noche que le despedía y no me quedaba a velar su sueño, metí primera y puse en marcha el coche con presteza y relativa dignidad. Tenía enchufado el teléfono a la toma de audio del vehículo y mientras buscaba la salida de aquel laberinto, por el que deambulaba algún grupo festivo (muchos menos que años atrás: la vida nocturna madrileña había decaído notablemente), volví a buscar la canción que había usado esa mañana para despertar a Andrés. Me apetecía escucharla entera, tranquilo y a solas, con ese trasfondo inmejorable para la música que son las calles de una ciudad por la que uno conduce de noche. Era una canción de cuando yo tenía la misma edad que mi hijo, lo que suponía abandonarme a un ejercicio de nostalgia, ese vicio pernicioso que convierte en llorones a todos los que tienen ya más recorrido a las espaldas que ante sí. De vez en cuando conviene, pese a todo, que los vicios le venzan a uno, incluso que desencadenen en uno sus más patéticos efectos secundarios. No llegué a soltar la lágrima, pero admito que se me erizó la piel al oír estos versos:

> Que sepas
> que hay luz en el hogar,
> que tu llamada ansío
> y poderte guardar.

No era lo que debía hacer a las nueve de un domingo en el que aún me faltaba preparar una maleta y en vísperas de un lunes en el que más me valía madrugar y estar descansado. Tampoco tenía mucho que ver con lo que sugería aquella letra, pero quizá el sentimiento que la inspiraba no estuviera muy lejos del que me llevó, en el primer semáforo, a buscar aquel número en la memoria de mi teléfono. No lo pensé dos veces antes de marcarlo. Hacía ya mucho tiempo que me pensaba lo justo lo que sentía con toda claridad que deseaba hacer.

La voz que apareció al otro lado de la línea sonaba serena, despierta. Casi parecía que hubiera estado esperando mi llamada. Aunque me cuidé mucho de dejarme arrastrar por esa burda suposición.

—Hola, Rubén.

No, no tenía por qué estar esperándome. La sorpresa ya no existía, en un mundo de pantallas que delataban el número. Yo solía tenerlo oculto, mi oficio así lo aconsejaba con carácter general, pero a según quién, y a según qué hora, prefería llamar sin embozarme.

—Hola, Caro. ¿Ocupada?

—No sé, depende. Qué me sugieres.

—Me preguntaba si con un poco de suerte no tendrías un plan mejor y te apetecería que me pasara por allí.

—Soy una mujer infortunada. Me temo que ni siquiera poniéndome el listón tan bajo tengo un plan mejor, esta noche.

—Gracias por el halago.

—Gracias por recordar mi número. Acércate, anda. Aunque mi frigorífico bien podría ser declarado zona catastrófica, creo que también puedo mejorar la cena que fueras a hacerte tú esta noche.

—En el cielo te contarán esa obra de caridad.

—Si existe y si llego, que ya no sé qué veo más improbable. No te entretengas mucho por ahí, que mañana tengo zafarrancho.

Encontré aparcamiento a sólo una calle de su casa, lo que no solía ser ni mucho menos la tónica habitual. Vivía en la zona nordeste, no lejos de la M-30, un apacible barrio residencial construido en los años en que aún no se calculaba que cada vivienda necesitaría dos plazas de garaje, como mínimo. No me preguntó antes de abrirme el portal a través del portero automático. Cuando llegué al descansillo de su piso, en la planta 14 del edificio, la puerta estaba entreabierta. Con todo, y comoquiera que fui educado en la consideración al prójimo, y no en la tosca costumbre actual de avasallarlo, la golpeé con los nudillos.

—¿Da su señoría su permiso? —pregunté.

—No seas cretino, pasa y cierra —me invitó su voz desde el interior.

Con aquella broma reproducía las primeras palabras que le había dirigido en persona, unos ocho años atrás, antes de entrar en el despacho que ocupaba, como juez sustituta, en un juzgado de Zaragoza. Habíamos estado hablando mucho por teléfono con anterioridad, en el curso de una investigación por un asesinato que se encontró como regalo al tomar posesión de aquella plaza interina y que a la sazón era el objeto de mis desvelos. Aunque el cadáver había aparecido en Zaragoza, y por eso le tocaba a ella, mis pesquisas se desarrollaban en Barcelona, lo que llevó a aquella instrucción remota y a la relación estrictamente telefónica. Finalizado el caso, por motivos del servicio, pero también por la curiosidad personal que había ido despertando en mí su voz cristalina y sin embargo decidida, fui a verla y el encuentro confirmó el interés que había ido nutriéndose a distancia. Carolina Perea era una pelirroja flaca, unos pocos meses más joven que yo, de insondables ojos azules. También era una mujer agradable y fuerte, una rara combinación ante la que confieso mi debilidad. Entonces, ocho años atrás, no había pasado nada. Ni yo era muy proclive a mezclar mi zarrapastrosa vida personal con los asuntos profesionales, menos aún en el nivel jurisdiccional, ni ella estaba en esa onda, con un matrimonio del que la otra parte era también juez y que por entonces funcionaba. Hacía poco más de un año, sin embargo, había venido destinada a Madrid, o mejor dicho había buscado ese destino para huir de un divorcio apocalíptico, como es frecuente entre los togados. Se había acordado de que yo estaba entre los pocos a quienes conocía en la capital del reino y había buscado y marcado mi teléfono. Desde entonces, poco más o menos, teníamos algo parecido a una relación. Consistía en que yo me dejaba caer de vez en cuando, si a ella le venía bien, y que otras veces, menos, ella me llamaba y si yo no estaba por ahí olfateando el rastro de algún homicida se venía a mi humilde madriguera y desconectábamos un poco de nuestras respectivas soledades. No era demasiado romántico, pero resultaba conveniente, apaciguador y, sobre todo, restituía por un instante nuestra fe en el género humano, algo que los dos, por razones semejantes, necesitábamos.

Empujé la puerta y apareció ante mí la sala de estar de su apartamento. No tenía demasiados metros, en conjunto, pero sus pocas habitaciones eran espaciosas. Sobre la mesa de trabajo que tenía al fondo se veían apilados los expedientes en los que habría debido estar trabajando hasta poco antes: los de las vistas del día siguiente, deduje. Sobre la mesa de comedor, mantel y cubiertos para dos. No había velas. Carolina no era de esas mujeres. Su estilo era más pragmático.

—Pasa sin miedo, ya está todo hecho —dijo, asomando la cabeza desde la cocina—. Tampoco esperes ningún manjar.

—Cualquier cosa me sirve. Hoy me ha cebado mi madre.

—Ah, mamá... ¿Te ha dado algún *tupper*?

—No iba a poder aprovecharlos. Mañana cojo carretera y manta.

—Déjame adivinar. ¿La alcaldesa?

—Justo.

—¿No hay nadie más en tu unidad para que le partan la cara?

—Sí, pero son más listos, supongo.

—De eso nada —negó, mientras dejaba sobre la mesa una ensalada de bastante buen aspecto—. Y hablo por experiencia. He tenido el privilegio de instruir una causa en la que fuiste el investigador.

—Quizá me has interpretado mal, señora juez. No te he llamado para comentar nuestros respectivos trabajos, precisamente.

—¿Ah, no? Lástima. Tenía preparada una disertación sobre cómo veo la media docena de juicios que tengo mañana. Cada uno más fascinante que el anterior. Sólo a una despistada como yo se le ocurre pasarse al orden mercantil en mitad de una recesión sin precedentes.

—De que eres una despistada, yo soy la mejor prueba.

—Pero no te he malinterpretado. Sé para qué llamaste.

—¿Seguro?

—Seguro. La cena es ligera. Y sé bien lo rápido que puedes comer.

En ese momento reparé en que llevaba la blusa lo bastante desabrochada como para que no fuera difícil atisbar lo que llevaba debajo. Era algo que me gustaba de Carolina. Tenía los años, los rasguños y la perspicacia suficientes como para saber que la vida es corta, y que cada uno de nuestros titubeos la acorta un poco más. Y aquella media melena que se había dejado crecer la hacía más atractiva, y las redondeces que había ganado su figura la volvían más acogedora, y su tez pecosa, a la luz templada que despedían unos halógenos hábilmente amortiguados por un regulador de intensidad, era un reclamo al que bajo ningún concepto venía dispuesto a resistirme. Que fuera juez no dejaba de ser un accidente de la vida. Nadie es perfecto.

Me escurrí de entre sus sábanas al filo de la medianoche. Era buena hora para ella y algo peor para mí, que aún tenía que llegar hasta mi casa y preparar la maleta. Salió del adormilamiento en que se había dejado caer y me observó mientras me vestía, sin decir nada. Cuando hube completado la operación me incliné a darle un beso. No estoy muy seguro de dónde comienza la frontera entre la mera sensualidad y el amor verdadero, pero sí tengo claro que ninguna mujer que le permita a un hombre acceder a su intimidad se merece otra cosa que la mejor forma de respeto y de cariño que el hombre en cuestión haya aprendido a proporcionar a sus semejantes. Carolina se dejó besar y me correspondió con suavidad, algo de lo que también era capaz. Luego, antes de irme, me susurró con su voz soñolienta:

—Vas a meterte en un charco malo. Ten cuidado, mi Quijote.

—Lo tendré. Y tú guárdame tu virtud y tu belleza, mi Dulcinea.

—No estoy en condiciones de prometerte ninguna de las dos cosas. Como se pone en los contratos cuando alguien no quiere verse demandado por incumplimiento, haré mis mejores esfuerzos.

—No espero más.

—Si en algún momento te sientes solo o apaleado, silba.

—¿Y acudirás?

—Si me lo permiten mis responsabilidades, por qué no. En todo caso ya sabes que soy bastante buena por teléfono.

—Lo sé, así me sedujiste.

—Pues nada, ofrecido queda. Vamos, vete a dormir. Y no dobles las camisas de cualquier manera cuando hagas la maleta. Que esos buitres municipales te vean guapo cuando los interrogues.

—Con que no me veas feo tú, mi autoestima estará a salvo.

—Ve tranquilo entonces. Sabes que me pone tu triste figura.

—Como dicen en mi Sudamérica natal: a partir de los cincuenta, o das pena, o das plata. Puestos a elegir, prefiero la pena.

—Todavía no los has cumplido. Y a mí no me van los imberbes.

—Qué sería del mundo sin las mujeres que saben mentir.

—Tú lo has dicho. Hala, puerta. Que tengo que descansar algo esta noche, para mañana poder impartir justicia en condiciones.

—No seas demasiado dura con ellos. No sabían lo que hacían.

—Eso dicen todos. Buenas noches.

No sabía muy bien lo que era aquello, pero me venía bien que Carolina estuviera en mi vida. Las preocupaciones pesaban menos, las miserias de mi mundo y mi condición resultaban menos humillantes, hasta las fatigas se hacían más llevaderas. Esa noche, después de hacer el equipaje del día siguiente, sin poder evitar acordarme de ella en cada camisa que plegué, aún me quedaron fuerzas para conectarme y dedicar media hora a preparar mi trabajo. Busqué y leí todo lo que se contaba de Karen Ortí Hansen en los periódicos digitales, rastreando sobre todo los del lugar. Hija de español y danesa, de sólo treinta y dos años, había llegado al ayuntamiento con una promesa de regeneración, descabalgando al viejo dinosaurio del partido que gobernaba la ciudad desde hacía dos décadas. Se había apoyado en una fracción de la agrupación local, harta de las formas caciquiles de su predecesor y deseosa de una renovación para contener la sangría de votos que anunciaban las encuestas. Karen había salvado para su partido la alcaldía con una campaña de cercanía a los vecinos. Y en eso estaba, en hacer las cosas de otro modo, según decían los periódicos, cuando se la cargaron. Busqué y encontré una fotografía de su concejal de urbanismo. Aquella cara no me ayudó, precisamente, a conciliar el sueño.

3
Bienvenido al circo

El despertador de mi teléfono, obediente a la programación que le había introducido cuatro horas y media antes, se disparó a las seis, y no diré que me sonara a música celestial. Tampoco lo pretendía el compositor de la canción que tenía seleccionada a esos efectos, ni mucho menos sus intérpretes. Había renunciado ya a explicar por qué recurría para levantarme a aquella pieza, en la misma infame grabación en formato MP3 que años atrás, justamente por la época en que conocí a Carolina, me había pasado una compañera de fatigas policiales para quien representaba el recuerdo de una vida anterior. Siempre he pensado que la música y la poesía hablan por sí, llegan a quien llegan, y quienes, por el motivo que sea, no perciben de forma espontánea su vibración no deben ser importunados con exégesis por aquellos que sí se ven interpelados por ellas. A quienes creían que sólo alguien afecto a un ideario que jamás fue ni sería el mío podía sentirse espoleado por aquel himno, sin miedo ni esperanza, les dejaba que pensaran de mí lo que quisieran. A fin de cuentas, la vida es demasiado corta como para gastar trozos de ella en reparar los malentendidos que sobre uno puedan llegar a producirse. Ni la naturaleza de nadie ni la atención que prestamos a los demás son nunca lo bastante consistentes como para sentirse ofendido por lo que crean que eres o dejas de ser.

Sabía las razones, muy distintas de las mías, que habían llevado a alguien a escribir aquellos versos rotundos que una mañana más vinieron a arrancarme de las brumas pantanosas del sueño:

> Cada uno será lo que quiera,
> nada importa su vida anterior.

Al escucharlos, me olvidaba de que casi un siglo atrás habían funcionado como sortilegio para convencer a seres sin futuro de dejarse matar por las causas, no siempre cabales, a las que servía el cuerpo de choque en el que se habían enrolado. Los versos eran buenos, lo suficiente como para admitir distintas lecturas. Jamás había pasado por mi cabeza la ocurrencia de llevar sobre ella el gorro que aquella compañera se había puesto en su día y de cuya añoranza me dio prueba al regalarme la «Canción del legionario». Y sin embargo, me reconfortaba dejarme mecer de buena mañana por esa idea de que todo puede recomenzar siempre y cada día que amanece todas las posibilidades siguen intactas. Quienes como yo hayan malogrado alguno de sus días anteriores, estoy seguro de que entenderán de lo que estoy hablando.

Gracias a aquel himno, y al sentido del deber que a partir de cierto momento reemplaza al deseo como motor principal de la existencia (aunque Spinoza discreparía de esa dicotomía, y me costaría rebatirle), salté de la cama con el vigor que ya no tenía y aún dormido completé mi aseo, me vestí y me despaché un café de la máquina que me había regalado mi hijo por Navidad. La rapidez con que me permitía salir de casa provisto de un chute de cafeína era un argumento más para querer a mi vástago, que en esa discreción para no dilapidar sus escasos fondos en un regalo inútil para su padre, conforme a la extendida costumbre navideña, me había acreditado una madurez prometedora. Fue ya en el transporte público, denso de humanidad gracias a los recortes que compensaban los miles de bajas registradas en las huestes trabajadoras durante los últimos años, donde empecé a tener alguna posibilidad de utilizar mis neuronas supervivientes para organizar las tareas del día y recordar por qué me había levantado con margen para llegar media hora antes a la oficina. Rebollo, que vivía lejos, tenía el hábito de adelantarse al tráfico de la autovía por la que debía desplazarse y aparecía por la unidad a eso de las siete. Llegando a las siete y media tendría tiempo de hablar con él para que me pusiera al día, ir a ver al comandante Ribes como me había mandado el coronel y, con los deberes ya hechos, salir rumbo a Levante a eso de las nueve.

Mi cálculo no falló. Según llegué, y antes de encender mi ordenador, fui al despacho de Rebollo y lo encontré allí. Sobre su mesa, siempre muy limpia, tenía escrupulosamente alineados cuatro montoncitos de folios. Los documentos más recientes de los cuatro expedientes que en ese momento reclamaban su atención. Estudiaba uno de ellos con aplicación y concentración envidiables, al menos para mí, que no sabía trabajar sin revolver unas cosas con otras. Por eso, entre otros motivos, él mandaba el grupo y yo salía al campo con el machete.

—¿Da su permiso, mi comandante?

—Hombre, Vila, adelante. Gracias por madrugar.

—Mi cuerpo no lo agradece tanto, pero andando el día me alegraré de haberlo hecho, supongo. ¿Hay novedades?

—Unas cuantas. Ayer no quise volver a molestarte.

—Pues usted dirá.

—He preparado un memorándum con cuatro datos básicos. Espera que te imprimo una copia.

Trasteó en su ordenador y a los pocos segundos su impresora escupió dos folios que me alargó inmediatamente.

—Ahí tienes, en primer lugar, el teléfono de la comandante Menéndez, que es con quien tendrás que templar gaitas nada más llegar. No creo que te ponga demasiados problemas, me ha parecido una tía coherente. Todo lo que nos pide es que haya alguien suyo en el equipo como enlace, para que ella pueda tener al tanto a su coronel sin tener que dar rodeos y sin andarnos llamando todo el tiempo.

—Parece razonable. Y gente suya vamos a necesitar.

—Claro que eso es lo que me dice a mí. A ti te toca tomarle la medida sobre el terreno. Confío en que no dejarás que te intimide.

—No sufra por mí. No es el primer huevo frito con el que he de lidiar.

—Ya, ya lo sé —observó, pasándome por alto aquella poco respetuosa alusión a la estrella dorada de ocho puntas que también él llevaba sobre las hombreras—. Hablé con ella anoche, antes de irme a dormir, y el resultado oficioso de la autopsia es que, en efecto, la alcaldesa murió estrangulada. Entre las dos y las tres de la madrugada del sábado al domingo. Como son currantes y conocen los procedimientos, se han trillado el terreno y han localizado a varios testigos que dicen haber estado en la playa, o en sus inmediaciones, hasta una hora que nos lleva más o menos hasta las tres de la mañana. Ninguno de ellos vio nada sospechoso. Si no aparece alguien que diga otra cosa, podemos partir de la hipótesis de que la llevaron allí después de esa hora.

—Muy provisional, en todo caso.

—Dije «hipótesis», mi brigada.

Cuando un jefe más joven que tú antepone el posesivo a tu grado, lanza un aviso sutil del que tuve buen cuidado de acusar recibo. Aunque el trabajo policial exige contraste de pareceres y la mayoría de los que andamos en él estamos acostumbrados a hacerlo al margen de jerarquías, éstas siguen siempre ahí, y conviene no olvidarlo.

—El procedimiento homicida no nos sugiere gran cosa en cuanto a la profesionalidad o no del autor o autores —continuó—, pero el sitio donde la dejaron estuvo bien escogido. Desde el camino asfaltado hasta el apartadero donde debieron de parar el coche hay un sendero corto que en el primer tramo está cubierto de vegetación y sólo al final es de arena suelta. Ni una sola huella de neumático. De ahí al lugar donde tiraron el cuerpo, a unos treinta metros duna adentro, sólo hay arena fina que anteanoche estaba totalmente seca. Sin rastro aprovechable tampoco por ahí. Los de criminalística han peinado todo y no han encontrado nada. Lo que tiene su interés es la postura en que la dejaron. Anoche me mandaron un par de fotos. Aquí las tienes.

Me acerqué a mirar su monitor. Hizo dos clics con su ratón y ante mí apareció aquel cadáver semidesnudo, en esa intemperie doble que al cuerpo humano sin ropa le confiere la muerte, a la que en aquella ocasión se sumaba el desprecio patente del homicida. Karen Ortí Hansen, o la carcasa inerte que quedaba de lo que la había contenido y representado ante los demás, había sido abandonada bocabajo, con la cara enterrada en la arena, la cabellera castaña con mechas rubias caída al descuido a ambos lados y los brazos extendidos hacia el frente. Como si la hubieran arrastrado por las muñecas, lo que, según supe luego, confirmaba el resto de un par de surcos localizado por nuestros compañeros en el lugar del crimen. La imagen, en conjunto, no podía transmitir más desamparo. Reparé en su espalda, moteada por algunos lunares oscuros que se dibujaban nítidos sobre la blancura de su tez; en las extremidades finas y de musculatura ligeramente marcada, que sugerían algunas horas de escultura en el gimnasio; en las nalgas bien formadas, ni demasiado voluptuosas ni demasiado enjutas, cuya exposición venía a reducir, y no parecía casualidad, a la mujer que había sido poderosa a la categoría de despojo humano que cualquiera podía sopesar con toda la ventaja. El sujetador, lo único que se sobreponía a su piel y la protegía escasamente en su extensión visible, la dorsal, era de un color morado oscuro. Como los hábitos de los penitentes, pensé. Cediendo a una de esas ideas peregrinas que a veces uno no puede controlar, me la imaginé ajustándoselo frente al espejo, esa misma mañana, o quizá esa tarde, sin saber que iba a ser el último trozo de tejido que la vestiría. De donde, buscando algo que fuera más pertinente a mi cometido, mi mente pasó a formular la pregunta que di en trasladar sin más divagaciones a mi comandante:

—¿Indicios de agresión sexual?

Rebollo permaneció mirando abstraído la fotografía.

—No. De relación sexual sí, pero sin eyaculación. Consentida y con preservativo, según interpreta el forense.

—Con suerte, algo de ADN podemos pescar, pese a todo.

—Es probable. La duda es si será relevante.

—Si no es del marido, puede ser un hilo del que tirar.

El comandante volvió la vista hacia mí.

—No lo descartes —dijo—. La alcaldesa había terminado su agenda oficial a las doce menos diez, en una cena a beneficio de una asociación de afectados por esclerosis múltiple. A esa hora subió a su coche, el particular, porque había renunciado al oficial, y ésa fue la última vez que la vio su equipo. Su marido la estuvo llamando al móvil desde que empezó a preocuparse, sobre las dos, y sonaba, pero no lo cogió nadie. A las cuatro no aguantó más y fue a denunciar su desaparición.

—El teléfono no ha aparecido, imagino.

—Ni el teléfono, ni el coche, ni el resto de sus pertenencias personales. Y en cuanto al teléfono, dejó de estar operativo sobre las tres y diez de la mañana. Por si te sirve de algo, a efectos de situar, siempre «hipotéticamente», el momento en que se deshicieron de ella.

No se me escapó el retintín que había puesto en aquel adverbio mi superior. Era más nuevo y tenía mucha menos experiencia que yo en investigar homicidios, pero eso no me autorizaba a creer que fuera un incapaz, ni a ignorar que, como acababa de demostrarme, sabía mirar las piezas del puzle y trataba de hacerlas encajar con criterio.

—¿Se sabe ya dónde se apagó?

—Todavía no. Pero si me dejas apostar, no será lejos de la playa.

—Algo nos dirá el recorrido que hiciera antes.

—Tampoco contaría con que sea mucho.

—Pesimista lo veo, mi comandante.

—Es pronto para ser pesimista u optimista, pero esto me huele mal.

Le observé con curiosidad. Se había involucrado de veras en la interpretación de aquellos pocos indicios con que contábamos. Y no dejaba de parecerme útil lo que hubiera sacado en conclusión.

—¿En qué sentido? —le pregunté.

—Esa foto, mírala bien: la forma de matarla, la forma de dejarla, ni vestida ni desnuda del todo, como si no les importara una mierda, o quisieran hacer ver que no les importa una mierda, tanto da. Quien se la quitó de en medio la odiaba, pero no fue un calentón. Estaba todo calculado, incluso el momento y el lugar. Ahora falta ver si el cerebro al que vas a enfrentarte es competente o incompetente, meticuloso o descuidado. Eso definirá nuestras opciones de llegar hasta él.

Me permití sonreír.

—Eso, y el tiempo, mi comandante. El que fuera tuvo poco para hacerlo, pudo tener algo más para planearlo, tal vez, pero siempre mucho menos del que tenemos nosotros para buscarle las vueltas. Ésa es la baza con que contamos, siempre. Y no es mala, tanto si el asesino quiso cometer el crimen perfecto como si sólo improvisó.

Rebollo dejó escapar un suspiro.

—No cuentes con trabajar sobrado de tiempo. Nadie te va a forzar a pintar nada que no tengas pruebas para sostener, pero vamos a ir con el aliento en el cogote. Y con los medios encima y enredando, mucho, desde que pises allí. Tengo instrucciones al respecto del coronel, a quien a su vez le ha advertido su señoría: hay secreto de sumario y a los plumíferos ni agua. Ni la más mínima información.

—Sabe que de eso ya soy consciente.

—De la misma manera que sé que tienes algún teléfono y que algún periodista tiene el tuyo. Si te llaman, ni se lo cojas. Si en algún momento interesa utilizarlos, será la superioridad quien decida y marque los tiempos y a quién. El jefe ha sido terminante sobre el particular.

—Pierda cuidado, mi comandante, no es con mis amigos periodistas con quienes más me apetece hablar en estos momentos.

No faltaba a la verdad. De hecho, ya había ignorado, esa misma mañana, dos llamadas que se habían colado en mi móvil, una de ellas de mi por lo demás buen compadre Marly, siempre atento a aquella clase de jugadas. Mi comandante no tenía mucho más que contarme y dio por concluida nuestra entrevista con una última advertencia:

—Sé que sabes lo que hay, y quizá mejor que yo, pero ve con más tiento que nunca. A mi mujer le gusta Madrid, le he prometido que haré lo que pueda para que no me trasladen antes de tiempo.

Me gustó el rasgo de humanidad: aunque no dejaba de ser un jefe, Rebollo tenía esos destellos, que despertaban mi ternura.

—Lo tendré presente. A la orden.

Me dirigí a mí cubículo. Faltaban unos minutos para las ocho y encontré ya en su puesto a Chamorro. Tenía encendido el ordenador y comprobaba su pistola HK reglamentaria. Lo suyo era que no tuviera que usarla, y no lo haría salvo que metiéramos la pata en el curso de la investigación, pero llevar una herramienta de esa clase bajo la axila nos recordaba, a ambos, que allí no nos dedicábamos a resolver problemas de ajedrez, sino a tratar de adjudicar conductas violentas que certificaban la peligrosidad de nuestros clientes. Por lo demás, la sargento tenía mala cara y unas ojeras pronunciadas, y al saludarme lo hizo con un tono de voz algo más apagado de lo habitual:

—Buenas. Por mi parte, todo listo.

Miré la mesa donde se sentaba el guardia Arnau. Se veía limpia y la pantalla de su ordenador no despedía luz alguna.

—¿Y el grumete? —pregunté—. ¿Ha llegado?

—Sí, está recogiendo el coche. Supongo que aparecerá de un momento a otro. Así que nos ponemos en marcha cuando mandes.

—¿Cómo estás? No se te ve radiante, si puedo decirlo.

—También podrías callarlo, para ser delicado por una vez.

—Me preocupo por ti, nada más.

—No tienes por qué. Estoy bien.

—¿Y todo va bien, también?

Chamorro alzó los ojos hacia mí y por un instante percibí el fulgor de su indefensión. No tardó mucho en correr sobre él la cortina de su habitual dureza, pero fue consciente de que no se me había escapado el detalle y no quiso despacharme con un embuste rutinario.

—Podría ir bastante mejor, supongo. Pero ésa es otra cuestión.

—Si en algo puedo ayudar...

—No es el lugar, tampoco el momento —rechazó—. Prefiero que nos centremos en la tarea. Me vendrá bien distraerme.

—Como quieras, pero si hay algo de lo que debas ocuparte y quieres quedarte aquí, lo hablo con Rebollo y me llevo a Salgado.

Chamorro miró hacia la mesa de la cabo Salgado, entre cuyas virtudes, que las tenía, no se contaba la puntualidad. Se zafó por un momento de sus pensamientos sombríos y forzó una sonrisa.

—No voy a dejar que tu honra y el caso corran semejante peligro —se burló, y recuperando el gesto serio, añadió—: Además, no hay nada de lo que tenga que ocuparme aquí. Nada en absoluto.

Aquel tono melodramático era completamente impropio de Chamorro. Confieso que por un instante dudé si no debía pedir yo que me asignaran a otra persona, y obligarla a que se quedara a atender sus cosas, fueran éstas las que fueran. Sin embargo, sabía que con eso la ofendería y que mi sargento haría lo imposible para sobreponerse a lo que hubiera podido dejarla en aquel estado. Se la veía tan abatida y apesarada como nunca se había mostrado ante mí. A ratos, parecía casi noqueada, pero la camaradería también consiste en mantener a tu lado al camarada cuando no atraviesa por su mejor momento.

—Está bien —dije al fin—. Os dejo un poco más para prepararlo todo. Antes de marcharnos tengo que ir a hablar con una persona.

Mi compañera pareció regresar de su ensimismamiento.

—¿Una persona? Qué misterioso.

—Luego te cuento.

—Si quieres y puedes.

—Quiero y diría que no puedo, pero ya me doy permiso yo.

—Vale. Como tú veas.

Tampoco aquella apatía era un rasgo habitual de su carácter. Con la mosca detrás de la oreja, pero sin ninguna opción, según me había dejado claro, de averiguar por el momento nada más, me encaminé hacia las dependencias del grupo de delitos económicos y anticorrupción. Estaban en el mismo edificio, como otras unidades centrales, aunque por lo común cada cual se ceñía a su territorio como si de compartimentos estancos se tratase. Rara vez lo que hacía uno tenía que ver con lo que hacía el grupo vecino, y en general era mejor que así fuera. Cuantas más narices anduvieran metidas en un mismo asunto, más complicado era administrarlo. Busqué el despacho del comandante Ribes. No me fue demasiado difícil dar con él. Venía a ocupar la misma ubicación que el de Rebollo en nuestra parte del edificio.

Ribes también estaba con la puerta abierta y examinando un expediente. Era algo más joven que Rebollo, le eché sobre los treinta y ocho. Lo había visto alguna vez en la cafetería, desde hacía no demasiado tiempo: no llegaría siquiera al año. Nunca había hablado con él.

—¿Da su permiso, mi comandante?

Alzó la vista del papel y dijo con seguridad:

—¿Bevilacqua?

—El mismo. Me alegra que no se trabe con mi apellido, para variar, pero si quiere ponérselo más fácil, todos me llaman Vila.

—Como usted lo prefiera, brigada. Pase y siéntese, por favor. Y si no le importa, cierre antes la puerta, si es tan amable.

Aquel trato respetuoso no dejó de agradarme: no sobra que de vez en cuando los jefes cachorros respeten las canas de los viejos suboficiales. Tampoco me disgustó su manera, suave pero puntillosa, de preocuparse por la confidencialidad de nuestra entrevista.

—Tengo el encargo de mi jefe, por orden del coronel, de ponerle al día lo más rápido y lo más a fondo que pueda —comenzó—. Por lo que me han dado a entender, espero no equivocarme, tengo que ser transparente con usted y puedo contar con su absoluta reserva.

—Lo primero no soy quién para decir, con lo segundo puede contar. Tengo instrucciones precisas del coronel. Me llamó ayer.

Ribes no pudo ocultar un leve asombro. Un brigada que recibía directamente instrucciones que a él le venían por medio de otro.

—Trabajé mano a mano con él durante unos cuantos años —expliqué—. No termina de quitarse la costumbre de marcar mi número.

—Él sabrá, para eso es el jefe —dijo, con gesto impasible—. En fin, le doy el titular: no sé hasta qué punto, pero esta muerte le mete de lleno en una maraña cuyas últimas ramificaciones están todavía por ver. Tenemos que andar todos con pies de plomo, también usted, para no echar abajo el mecano que llevamos varios meses armando.

—Comprendo. Me ha tocado la lotería.

—Más o menos. ¿Está familiarizado con las tramas de delincuencia económica y organizada?

—Lo justo y necesario. Prefiero el crimen artesano, la verdad.

—Le alabo el gusto. Yo llevo con esto diez años, casi desde mi primer destino, en Andalucía. Lo que ocupa mi día a día se parece mucho al trabajo de un contable o un auditor de cuentas. Tengo un primo que lo fue, auditor, durante un par de años, y que solía contar que es el trabajo más ingrato y aburrido que ha hecho nunca. Desde que estoy aquí entiendo bien lo que quería decir. Aunque de vez en cuando la tarea tiene sus emociones. Por ejemplo, la que nos ha reunido.

—Sí, emocionante va a ser, por lo que parece.

—Aquí, además, tenemos una dimensión añadida. ¿Se ha topado alguna vez con los políticos, en su trabajo como investigador?

—Alguna vez, de refilón.

—Esto es otra cosa. Esto es darse de frente con ellos. Ha entrado en su cortijo, donde se juegan sus cuartos, su ser y su no ser. Posiblemente, el entorno más hostil para un policía en este país.

—Le veo empeñado en alegrarme el lunes, mi comandante.

Ribes sonrió aviesamente.

—No, le estoy poniendo en lo peor. A partir de aquí trataré de contarle dónde estamos y qué posibilidades tenemos para ir adelante. En este caso, aunque no se lo crea, hay algo que nos da cierta ventaja.

—¿Ah , sí? ¿Qué?

—La investigación no la empezamos por ellos, sino por otro lado: por el de los malos de verdad, los carroñeros que contaminan todo lo que tocan. Con esa compañía, los políticos son más vulnerables.

—No estoy seguro de seguirle.

—Le explico: a veces estas historias arrancan en la propia esfera de actuación del político. Los contratos que adjudica, sus negocios particulares que compatibiliza con la política, su tren de vida injustificablemente alto, sus amistades peligrosas y sospechosas. Pero en este caso llegamos desde el otro lado. Recibimos una serie de informes que apuntaban a una trama de blanqueo a gran escala de dinero procedente de actividades delictivas en Italia. Nuestro contacto con los Carabinieri es muy fluido, por interés recíproco, y fueron ellos los que nos alertaron de que había un flujo de fondos significativo desde las cuentas de un par de clanes napolitanos hacia el Levante español.

—Válgame Dios —no pude evitar decir.

—No es ni mucho menos un fenómeno aislado, ni algo que nos pille de nuevas. Es un secreto a voces que España ha sido refugio y lavadora de mucho dinero sucio y caliente, que entre otras causas cebó nuestra burbuja inmobiliaria hasta reventarla. Con nuestro vicio de no preguntar de dónde viene el dinero, que las leyes antiblanqueo se han limitado a sustituir por unos trámites burocráticos que pueden sortearse corrompiendo a alguien en el lugar de origen, más la percepción de que somos un país blandito por las garantías de nuestro sistema judicial y la benignidad de nuestras cárceles, y a todo eso súmale el sol y el buen clima, hace tiempo que sabemos que somos un destino soñado para lo peor de cada casa. La pega es que con eso no puedes procesar a nadie. Necesitas chicha: movimientos, apuntes, testaferros.

—Y eso es lo que vino de Italia.

—Exactamente. Y con un grado de detalle y tan precocinado que en seguida empezó a darnos frutos. Los italianos son unos hachas en estas cuestiones, han tenido que aprender por huevos, si no querían que aquella gente se les quedara con el país. Ése es el objetivo supremo de cualquier trama de crimen organizado que se precie, hacerse con el poder político, o con trozos de él, que es lo que le permite maximizar la rentabilidad de sus negocios. Y aquí es donde llegamos al meollo de nuestra cuestión. Esto es, qué fue lo que empezamos a encontrar en cuanto tiramos de los hilos que los Carabinieri nos pasaron.

—No sé si quiero oírlo.

Ribes me observó durante un par de segundos, disfrutando del momento. Me fijé un poco más en él. Era un chaval de ojos azules, no demasiado agraciado, que había estado, seguro, en bastante mejor forma física cuando superó las pruebas de la academia, aunque a veces los jefes un poco pasados de peso engañaban, y luego te corrían como si nada la maratón. También presentaba una prematura alopecia, no podía saber si por razones genéticas, por haberse pasado muchas horas echando o comprobando cuentas o por el roce del tricornio, que también hace su efecto, aunque no era probable que lo hubiera lucido muy a menudo. Y sin embargo, tenía cierto magnetismo. Ése que le da a alguien, imaginé, la convicción de que sabe unas cuantas cosas que otros querrían saber y no están en condiciones de averiguar.

—Lo va a tener que oír, me temo —prosiguió—. Tengo órdenes, y la manía de cumplirlas. El caso es que cuando comprobamos los contactos de los testaferros, los movimientos de sus cuentas, los contratos de sus sociedades pantalla, sus licencias urbanísticas, nos topamos una y otra vez con lo mismo. En distintos municipios, gobernados por diversos partidos, no sólo los mayoritarios, sino también alguno regido por independientes o por coaliciones, aunque menos, porque ése es un asidero más inseguro. En total, hemos encontrado ocho ayuntamientos infiltrados, en mayor o menor medida. El *modus operandi* del blanqueo pasa siempre por establecer relaciones algo más que cordiales con alguien clave en el ayuntamiento en cuyo término municipal se van a producir las operaciones de lavado. Dependiendo de la intensidad de esas relaciones, la operación es mayor. Desde la reforma de un hotel antiguo o de un restaurante venido a menos, hasta la promoción de hoteles nuevos, centros comerciales o desarrollos urbanísticos. El tope de la gama, un proyecto, todavía en trámite, para levantar un casino. La joya de la corona, la lavadora industrial exprés. A unos treinta y cinco kilómetros de donde apareció su muerta, brigada.

—Si no sonara a telenovela barata, diría que estoy

empezando a marearme. El coronel me dijo que la alcaldesa no estaba pringada.

—No, que sepamos. Como se imaginará, detrás de todo esto hay un trabajo ingente de averiguaciones bancarias, con la Agencia Tributaria, los registros mercantiles y de la propiedad, y unos cuantos pinchazos de comunicaciones. Por ahora, es verdad, ninguna de estas gestiones nos ha llevado a la alcaldesa. Pero sí a alguien de su equipo.

—El concejal de urbanismo.

—Sí, nada muy original. Por no aburrirle, le resumo: según nuestros datos actuales, lleva mojando diez años, como mínimo. Su patrimonio, entre el declarado y el que le hemos localizado a través de sociedades de Gibraltar y Andorra, no lo explica con su sueldo ni después de tomarse o hacerle tomar al que le escuche varias pirulas de LSD.

Me chocó que tuviera ya sobre él datos tan concretos.

—El coronel me avanzó que lo de este concejal era un fleco reciente de la investigación, que lo tenían a medio explotar aún —dije.

A Ribes se le escapó un gesto de satisfacción.

—Trabajamos rápido, todo lo rápido que podemos y nos dejan los malos y las trabas de todo tipo que hay para descubrir de quién es el dinero cuyo dueño no quiere ser conocido. Aunque todavía nos queda tarea con él. Por ahora, hemos podido establecer algunos pelotazos que pegó en el pasado, pero nada o muy poco de sus manejos actuales. Para eso, precisamente, le hemos pinchado el teléfono.

—¿Y?

—Digamos que no es de los bocazas, cosa rara entre los políticos, porque viven deprisa y algunos se sienten demasiado impunes, lo que a veces nos sirve en bandeja las pruebas con sólo ponerles la oreja. Lo que ardo en deseos de saber es lo que haya dicho este fin de semana. He puesto a uno de mis chicos a escucharlo ahora mismo.

—No hace falta que le diga que tengo todo el interés en enterarme de lo que haya hablado y con quién.

—Previos los trámites legales oportunos, supongo —bromeó.

—Por descontado.

—Déjeme su correo —pidió, serio—. Esto es lo que puedo contarle por ahora. A partir de aquí, si le parece, nos vamos poniendo al tanto en función de lo que cada uno se vaya encontrando por el camino.

—Me parece.

—Bienvenido al circo, brigada. Le aseguro que no se va a aburrir.

De eso no me cabía duda. Lo que me preguntaba era si me tocaría hacer de payaso, como de costumbre, o de comida para el tigre.

4
A pelo y a pluma

Soy consciente de que investigar delitos por cuenta de la ley, y no a sueldo de un millonario o de una rica heredera casquivana, como Philip Marlowe, es actividad poco propicia a los alardes creativos del investigador, y mucho menos el marco idóneo para esa autonomía que tanto le envidia el gris polizonte al carismático detective. Sin embargo, mientras caminaba de regreso hacia mi unidad, después de entrevistarme con Ribes, tuve como nunca la sensación de ser una marioneta a la que manejaban a la vez un número insoportable de titiriteros; demasiados como para acertar a coordinar un solo movimiento que no resultara caótico. Repasé la lista de la gente, toda ella de superior graduación, ante la que en mayor o menor medida me veía obligado a rendir simultáneamente cuentas: Rebollo, Pereira, Ribes...

A ellos debía añadir, antes de que acabara el día, a la comandante del lugar, que también pediría lo suyo y, por encima de todos, a su señoría el juez, árbitro supremo del partido. Esto último, siempre que hiciera abstracción de los intereses políticos que planeaban sobre el caso y que aún no sabía a quiénes podían llegar a concernir ni a quiénes, y de qué rango, podían echarme también encima. En teoría, y según la impresión de mi coronel, a esos últimos efectos podíamos contar con la cobertura del juez, que con la ley en la mano podía repeler a cualquiera que tratara de estorbar o influir en el recto curso de la justicia. En la práctica, y ya lo había visto alguna vez aunque no me dedicara a los mismos negocios que el comandante Ribes, esa independencia judicial venían a condicionarla unos cuantos factores, entre los que había que contar la orientación ideológica del juez, su arrojo personal o las esperanzas que tuviera de hacer carrera posterior. En cualquier caso, comenzaba a sentir una presión que por experiencia sabía que debía expulsar cuanto antes del centro de mis cavilaciones. Es lo bueno de tener encima más de lo que uno es capaz de gestionar: que torturarte por ello viene a ser tan eficaz como olvidarte de todo y conducirte como si pudieras hacer lo que te venga en gana.

Con este pensamiento en mente, me permití entrar silbando en nuestras dependencias, donde a esas horas ya se congregaba todo el personal. Fue la cabo Salgado la primera en saludar mi llegada:

—Hombre, mi brigada, se te ve contento. ¿Has ligado el *finde*?

—No seas mala, Inés. Fui a ver a mi madre.

—No es incompatible.

—Ni el tema del día, tampoco. Ya te habrán contado, imagino, que nos han adjudicado lo de la alcaldesa.

—Algo he oído. También que te llevas a otros.

—Con este asunto sobre la mesa, haceos a la idea de que os tocará pringar igual a los que os quedáis. Va también por ti, Lucía.

—Ya contaba con ello, mi brigada —respondió la aludida.

Miré por el rabillo del ojo a Lucía. No sabía a qué carta quedarme con aquella guardia. En el año que llevaba en la unidad había demostrado tener cabeza y maneras, pero no terminaba de convencerme para lo que allí nos solía caer. A veces parecía segura y a veces se agobiaba al borde de perder los papeles. Rebollo también tenía dudas sobre si mantenerla o aconsejar su traslado, y confieso que temía el momento en que volviera a pedirme mi opinión y no se conformara con las largas que le había dado la última vez. Era una de las señales que me indicaban que no había nacido para mandar. Un mando como es debido tiene claro cuándo ha de fusilar a alguien y, una vez constatada la necesidad, ordena formar el pelotón sin mayores miramientos.

—Inés —me dirigí a la cabo—, te daré a lo largo del día el nombre de alguien de delitos económicos para que le pidas unas grabaciones.

Salgado me puso ojillos seductores.

—Suena interesante —observó.

—He dicho para que se las pidas, no para que las escuches. Aún.

—Confío en que mereceré tu confianza...

—Depende de hasta dónde confíen en mí y del margen que me den. ¿Ya tienes el coche, Juan? —le pregunté a Arnau.

Mi leal escudero, reminiscencia de mi juventud ya ida y báculo de mi madurez, se volvió y mostró en alto las llaves del vehículo.

—Lo tengo.

—¿Qué nos ha tocado esta vez?

—El V40.

—¿El rojo?

—El mismo —confirmó.

—Les voy a pedir a los del parque móvil que le pinten un rayo blanco en el lateral. Así ya somos clavados a Starsky y Hutch.

—Sí pero uno de cada época —dijo Salgado—: tú de la serie de los setenta y Arnau de la peli nueva, la que hizo ése, el de las orejas...

—Ben Stiller —apuntó Lucía.

—Justo.

Observé fijamente a la cabo. No me privé de repeler el ataque:

—Aunque te cueste creerlo, cuando ponían la serie yo iba aún al cole. Y tú ya les estabas haciendo la puñeta a tus padres, por cierto.

Salgado frunció los labios.

—Eso ha sido un golpe bajo —lloriqueó.

—No sé por qué le tiene manía al coche —terció Arnau—. Va de vicio, y es de los más seguros, o eso es lo que dicen de los Volvo, ¿no?

—No lo sé, nunca me he estrellado con uno —dije—. Tampoco hemos tenido hasta ahora mucha ocasión de utilizarlos, no solían estar entre las preferencias de los facinerosos a los que requisamos las monturas. Lo que odio de él es justo lo que le hizo comprarlo a su dueño anterior. Imagino que para llevar a su churri de marcha le sobraba, pero a mí el asiento que me interesa es el de atrás, y ese color rojo...

—Nos tendrán fichados en cuanto aparezcamos por allí —vaticinó Chamorro, rompiendo su mutismo—. Una vez más.

—En fin, resignación —concluí—. ¿Lo tenéis ya todo?

Arnau y Chamorro asintieron, agarrando sus respectivos petates.

—Pues en marcha. Juan, hoy conduces tú.

Chamorro me fulminó con la mirada.

—¿Por algo en particular? —preguntó.

—Claro, porque tú eres la sargento. Y porque ya has conducido mucho, y hay que dejar que él también vaya haciendo su rodaje. Anda, te cedo el asiento de atrás, por si quieres echarte una cabezada.

No me respondió. Quizá hubiera sido mejor que lo hiciera.

—Sólo para que recuperes el sueño atrasado, mujer —aclaré.

Salió sin mirarme. Ahí fue donde comprendí que no debía volver a aludir a su cansancio, ni siquiera con la mejor de las intenciones. Una vez en el aparcamiento, dejó su equipaje en el maletero y, sin pronunciar palabra, abrió la puerta trasera del lado del copiloto y se deslizó en el habitáculo. Cuando yo me senté, junto a Arnau, ya estaba con el cinturón puesto y los ojos entrecerrados. El guardia la espió de reojo, me miró a mí y alzó las cejas. Le hice seña de que arrancara.

El día era plomizo, nuestra misión era triste y ninguno la emprendía movido por el entusiasmo. Quizá el que lo llevaba mejor era Arnau, que disfrutaba de la conducción como un niño con las zapatillas de su jugador de fútbol preferido, tras forzar a sus padres a desperdiciar cincuenta euros en satisfacerle el antojo. Era cierto que el coche, automático y de la versión más potente y reciente de aquel modelo, respondía con una suavidad y una firmeza placenteras, y que Arnau estaba todavía en esa edad en que ponerse al mando de una máquina nueva y eficiente le dispara a uno las endorfinas a discreción. Todos los varones nos mantenemos en esa edad más o menos hasta el momento en que quedamos impedidos, pero los que ya acumulamos algún desengaño perdemos la frescura y la intensidad de ese disfrute, que en mi conductor aún se mantenían incólumes. Ni siquiera protestó por el atasco que tuvimos que tragarnos, en el breve tramo de M-40 que nos separaba de la carretera de Valencia, antes de que pudiera conducir con la autovía despejada y con libertad para darle al acelerador. Siempre, por descontado, dentro de los límites legales: infringirlos nos obligaba, en caso de que nos cazaran los de Tráfico (como tenía tendencia a suceder, porque ya se sabe que Murphy nunca hace fiesta), a justificar farragosamente la urgencia de la intervención.

En las tres horas de viaje hubo tiempo sobrado para poner a mis compañeros en antecedentes. Es decir, para compartir con ellos lo poco que podía contarles de lo poco que sabía del caso. En cuanto a la parte reservada, mi conversación con Pereira y la entrevista con Ribes, tan sólo les di un par de pistas sobre esta última. No descartaba pasarle alguna información más a Chamorro cuando Arnau no estuviera escuchando, en el supuesto de que la sargento recuperase una actitud mínimamente constructiva, pero no quería cargar a mi joven ayudante con preocupaciones y responsabilidades que ni le correspondía asumir ni tenía ninguna posibilidad de enfrentar. Todo lo que les hice ver fue que por el contexto de aquella investigación, que nos metía en el terreno de los políticos, los jefes me habían insistido en que fuera con especial cuidado y que lo mismo esperaba de ellos. No me gustaba guardarle nada a mi gente, y confieso que les coloqué aquella media verdad con un penoso cargo de conciencia y preguntándome hasta cuándo sería capaz de mantener al margen de detalles tan trascendentes a quienes después de todo bajaban conmigo a la trinchera.

—Mensaje recibido —dijo Arnau, con picardía—. No tengo ningún afán de caer en desgracia antes de los treinta. Me gustaría hacer un poco de carrera, si fuera posible. Llegar a sargento, por lo menos.

—Serás más que eso, si dejas de marear la perdiz y estudias, que te veo muy parado —le recriminé—. Tendrías que ser cabo ya.

—Poco a poco, mi brigada.

—Camarón que se duerme...

—No estoy dormido. Busco el mejor momento.

—El mejor momento no existe, criatura. La vida es ahora, siempre.

Mientras sostenía con Arnau esta conversación sin importancia, por mil veces repetida, trataba de observar de reojo a Chamorro. No me era fácil, porque la tenía justo detrás de mi asiento y había inclinado la cabeza hacia la ventanilla. Pude al fin distinguir que estaba con los ojos abiertos, contemplando el paisaje desnudo y aventado que ofrecía la meseta en aquellas postrimerías del invierno. Era raro que no preguntara nada y que se mantuviera tan indiferente. Con lo que me conocía, que no era poco, después de década y media larga rodando juntos, le había dado pistas suficientes para intuir que me guardaba alguna de las cartas que los jefes me habían puesto en la mano. Me costaba creer que ni siquiera me lanzara alguna de sus insinuaciones. En algún momento sorprendí a Arnau buscándola en el retrovisor, movido por una extrañeza semejante, aunque se cuidó mucho de decir nada. A su modo y desde su posición había aprendido a manejarse con ella, y debía de calcular, como yo, que era mejor dejarla a su aire.

Durante el resto del viaje estuve pensando, tanto como en las circunstancias del caso, en la estrategia que podía ser mejor para devolver a mi sargento a su ser y para averiguar qué era lo que la tenía tan absorta y tan fuera de su lugar. Era un problema nuevo para mí: jamás había tenido que ocuparme de corregirla o llamarla al orden en ningún aspecto, y reconozco que aquellos cuatrocientos kilómetros no fueron suficientes para formarme una idea de cómo podía proceder.

Cuando ya nos acercábamos a nuestro destino, hice algo que no podía retrasar más. Me apetecía tanto como releer *Los complejos y el inconsciente*, o como desmontar y volver a montar todos mis muebles de IKEA, pero el deber era el deber y aquel cáliz me estaba reservado. Saqué el móvil y marqué el número de la comandante Menéndez.

—Menéndez. Dígame.

Sonaba seca, resolutiva, conminatoria. Poniendo por delante el apellido, lo que sugería que rara vez hablaba a título personal. Me aclaré la garganta con un carraspeo, por el que me odié desproporcionadamente durante unos segundos, y me presenté en debida forma:

—Mi comandante, a sus órdenes. Soy el brigada Bevilacqua.

—Ah, el de Madrid, ¿no?

De pronto, su voz sonó relajada, con una pizca de sorna.

—Bueno, en Madrid somos muchos —respondí, algo mosqueado—. El que va a llevar la investigación del caso Ortí Hansen.

Se hizo un breve silencio, tenso para ambos.

—Ya, claro, a eso me refería —dijo al fin, con tono neutro—. Por cierto, como los apellidos de la difunta son algo inusuales, hemos bautizado a la investigación con otro nombre. Operación Freya.

—Ah.

—Por Freya, la diosa nórdica.

—Sí, ya. No sé si será el más adecuado, ya sabe que si trasciende y a alguien por lo que sea le parece poco respetuoso...

Hice el comentario con la mejor intención. Nos había pasado alguna vez. Por ejemplo, cuando a un suboficial de mi grupo, con un sentido del humor demasiado macabro, le dio por llamar Operación Churrasco a la investigación que iniciamos a partir de un cadáver carbonizado. La comandante, sin embargo, se lo tomó por donde no iba:

—Si no os gusta, se lo podéis cambiar. Para eso vais a ser vosotros los que os colguéis la medalla. O no. ¿Estáis ya por aquí?

—A media hora, como mucho.

—Yo estoy con mi gente en la playa, que teníamos unas gestiones pendientes, pero mejor nos vemos en la compañía de la cabecera de la demarcación, a resguardo de ojos y oídos indiscretos.

—En la cabecera de la demarcación. De acuerdo.

—¿Sabes dónde está?

Por el tono, creía haberme pillado en un renuncio.

—Naturalmente —dije, con firmeza.

—Pues ahí en media hora. ¿Va bien?

—Perfecto. A la orden.

Colgué con la sensación de que el pronóstico de mi superior no iba a cumplirse del todo. La comandante parecía haber asumido que no podía reclamar de ningún modo el asunto como suyo, por ese lado no me había orientado mal. Lo que no estaba tan claro era que fuera a abstenerse de interferir, en lo que pudiera, y más me preocupaba lo que al respecto pudiera haberle encomendado su jefe, tras verse desplazado de lo que en principio era un crimen de su competencia. En todo caso, tenía un problema más perentorio. Me volví a Chamorro.

—¿Me harías un favor, Vir?

—Claro —se desperezó—. Dime.

—¿Me buscas en qué pueblo tenemos la cabecera de la demarcación y la dirección del cuartel?

—¿Me lo dices en serio?

—Bastante. Me gustaría estar ahí en menos de media hora, y antes tendremos que darle el dato a Arny para que lo meta en el GPS.

—¿Y por qué no se lo has preguntado?

—Llámalo vergüenza torera. O chulería, si prefieres.

—Desde luego...

Meneó la cabeza y rezongó un poco, pero cinco minutos más tarde Arnau tenía la dirección metida en el GPS. Resultó que la compañía de la demarcación tenía su sede en la misma ciudad de la que era alcaldesa la víctima, a un par de kilómetros de la costa, en los aledaños del casco antiguo. No era infrecuente que las compañías estuvieran situadas en ciudades que por razón de su tamaño eran responsabilidad de la Policía, que ejercía en su término municipal las competencias de seguridad ciudadana mientras que los nuestros se encargaban del resto de la comarca. Dentro de la tipología de las compañías, aquélla era de las más recientes. Apenas daba la impresión de ser un acuartelamiento. Vista desde la rotonda con la que hacía esquina, parecía un bloque residencial estándar. De hecho, en el mismo edificio había un considerable número de viviendas para los guardias. Sólo una bandera plantada en medio de la acera y una placa en la puerta de la fachada principal la identificaban como una dependencia del Cuerpo.

Pudimos aparcar sin problemas justo enfrente. Imaginé que en verano el panorama sería bastante distinto, pero aquel mediodía de febrero la ciudad se veía semidesierta. Aunque alguien había por la calle, se dejaba sentir que aquel urbanismo estaba previsto para una población flotante diez o quince veces superior a la que vivía allí todo el año. Personalmente, era la época en que más me gustaban ciudades como aquélla, y no porque los sinsabores de la vida me hayan llegado a imprimir un punto de misantropía (que podría ser), sino porque el mundo, en cualquiera de sus rincones, siempre me parece mucho más limpio sin gente. Esa misma limpieza por la que Lawrence de Arabia ama el desierto, según confiesa en la película de David Lean.

Preguntamos al guardia de la puerta, un chaval de poco más de veinte años, por el capitán de la compañía, que era a fin de cuentas el jefe de la dependencia y de quien todos, también la comandante, éramos allí huéspedes. El muchacho debía de llevar muy pocos meses paseando el uniforme por la calle, porque apenas si miró la identificación que le mostré. Creo que si le hubiera enseñado la tarjeta de puntos del Carrefour me habría saludado y me habría dejado pasar igual.

—Le aviso en seguida —dijo, dirigiéndose al teléfono.

Marcó un número y sostuvo una breve conversación en la que toda su aportación se redujo a asentir una docena de veces. Acabado aquel desigual intercambio, colgó y vino a paso ligero hacia nosotros.

—Les esperan en el despacho del capitán. Segunda planta, nada más entrar en el pasillo, no tiene pérdida. ¿Necesitan que les acompañe?

—No, mejor quédese aquí —dije—, no sea que vengan los tártaros.

—¿Los qué?

—Nada, tonterías mías. Tranquilo, lo encontraremos.

Me dirigí a las escaleras, seguido por mi equipo. Arnau guiñó un ojo al paso a su desconcertado homólogo; aunque no di por seguro que hubiera leído el libro de Buzzati, él ya estaba acostumbrado a mis extravagancias y había aprendido a sobrellevarlas. Lo que me sorprendió fue la media sonrisa abstraída de Chamorro: también ella me tenía más que calado, pero por lo común solía desaprobar esa faceta mía y aquella mañana no la había visto aflojar el gesto ni una sola vez. Me lo tomé como un indicio alentador, fuera cual fuera el motivo.

La puerta del capitán estaba cerrada. Golpeé antes de abrir.

—¿Da su permiso, mi capitán? —pregunté.

—Adelante —dijo el interpelado, mientras se incorporaba.

De las personas que había en el despacho, primero me fijé en él, el capitán, que era el único uniformado. Si es que aquella ropa que nos habían puesto como reglamentaria desde hacía un par de años podía considerarse un uniforme: a mí, en eso se delataba mi talante anticuado, seguía pareciéndome más bien la indumentaria de un animador de crucero o algo similar. Al capitán, que andaba por los cincuenta y tenía un abdomen alejado del canon helenístico, el polo de tejido elástico no podía decirse que le favoreciera. Junto a él había otras tres personas, una mujer y dos hombres, todos ellos sobre los treinta y tantos, que se pusieron en pie casi al mismo tiempo. Estreché las manos a los cuatro; en último lugar a ella, que no podía ser otra que la comandante Menéndez. Con su mano hice menos presión, lo que en seguida comprobé que era una imprudencia: aprovechando la ventaja que le di, me trituró los nudillos, mientras me taladraba el cráneo con la mirada.

—Brigada —me saludó.

—Mi comandante —respondí, ahogando un juramento.

Era una mujer más menuda de lo que, no sé por qué, me había imaginado: andaría por el metro sesenta y cinco y no debía de pesar mucho más de cincuenta y cinco kilos. Se la veía en forma, quizá demasiado, casi al borde de la vigorexia. Era morena, llevaba el pelo recogido en un moño y tenía unos profundos ojos negros. Vestía como lo haría una ejecutiva un viernes de ropa informal: cómoda pero pulcra, incluso un punto distinguida, con vaqueros de los caros y chaqueta de cuero de color arena. Me presentó a sus dos subalternos, el teniente Rojas, un tipo con barba cerrada y mirada astuta, y el cabo Tous, un acompañante que no iba mucho con su estilo: media melena, barba de tres días y colgante al cuello. Componían un trío peculiar.

Por mi parte le presenté a los míos y tomamos asiento los siete, un poco apretados, en torno a la pequeña mesa de juntas del capitán. La comandante no se entretuvo con los prolegómenos y fue directa al grano. Según alegó, ahora que sabía que aquella investigación no iba a llevarla su gente, le urgía pasarme los trastos y volver a su despacho de la comandancia, donde tenía otros asuntos esperándola.

—La situación, muy resumida, es la siguiente —expuso—. Tenemos una muerte por estrangulamiento, causa certificada por el forense, a una hora que podríamos situar aproximadamente entre las dos y las tres de la madrugada del sábado al domingo, también según la autopsia; ningún indicio de violencia sexual, ninguna idea acerca del móvil y ninguna pista sobre el autor o autores. Nadie vio nada, que hayamos averiguado hasta ahora, desde el momento en que la alcaldesa se despidió de su equipo, poco antes de la medianoche, y el momento en que la encontraron los turistas tirada en la playa. A partir de ahí, que es lo cierto y contrastado, y por lo que hemos hablado con el entorno de la fallecida, familiar y dentro del ayuntamiento y el partido, podemos regalaros un rosario de conjeturas. Ninguna muy sólida, diría.

—¿Qué conjeturas son ésas?

La comandante miró al techo, como para ordenar sus ideas.

—Vamos a ver —dijo, inspirando hondo—. Simplificando, la teoría dice que pudo morir por su actividad política, por su actividad económica o profesional o por su vida privada. De lo segundo, en principio, no hay mucho que rascar. Karen era abogada, y ejerció unos años, pero llevaba cinco volcada en la política y no tenía negocios, que se supiera. El marido sí, pertenece a una familia de hosteleros más o menos adinerada y heredará algún día parte de la empresa familiar, pero por ahí el golpe sería indirecto y, francamente, no nos ha dado tiempo a mirarlo. En cuanto a la política, había quien la odiaba, por supuesto. Sobre todo, y como suele pasar, entre los suyos. En especial, el anterior alcalde, al que apeó de la candidatura. Aunque es un punto de partida muy vago: hemos sondeado a los concejales y todos se ponen a silbar. En las agrupaciones locales de los partidos vuelan los cuchillos, y seguramente todos son lanzadores, en mayor o menor medida.

—Ya supongo.

—Queda la tercera posibilidad. Y aquí sí tenemos algo.

—¿Ah, sí?

La comandante Menéndez intercambió una mirada con su teniente, que le devolvió una sonrisa cómplice. El cabo, en cambio, permaneció impertérrito. Parecía estar pensando en alguna otra cosa, situada a varias galaxias de aquel despacho y aquella conversación.

—Demasiado, diría yo —confirmó la comandante—. Y por varias fuentes distintas. Según parece, nuestra ilustrísima señora alcaldesa, o mejor dicho vuestra, a partir de este momento, tenía una idea muy abierta de las relaciones. No sé si se entiende por dónde voy, brigada.

—Se intuye, pero si me concreta algo más se lo agradeceré.

La comandante Menéndez me observó con indulgencia.

—Según tres testigos diferentes —dijo—, Karen Ortí mantenía relaciones extramatrimoniales con, al menos, dos personas.

—¿Al menos? ¿A la vez?

—Ajá. Y uno de los testigos no descarta que hubiera más. Lo que suele conocerse como una persona sexualmente promiscua.

—Una afición de alto riesgo, en su posición —opinó Chamorro.

—Para algunos, el riesgo es el mejor condimento —dijo Menéndez.

Me dejó dudar, con su expresión malévola, si estaba hablando de sus propias preferencias alimenticias, pero yo no estaba allí para distraerme con chismes, ni sobre ella ni sobre la difunta, así que procuré reconducir nuestra charla a las necesidades de la investigación.

—¿Qué tres testigos son ésos? ¿Y qué dice el marido?

—No lo hemos sabido por el marido, como os podéis imaginar. De hecho, él apenas nos ha contado nada que nos sirva, aparte de las veces que la llamó esa noche y de lo que habían hecho juntos ese día, bastante poco, por otra parte. Está totalmente destrozado, yo que tú esperaría a que pase el entierro para interrogarlo. Además —aquí su rostro recuperó la seriedad—, tenían una niña pequeña, dos años, y al hombre se le ve superado por la situación. Nuestras fuentes sobre las andanzas amorosas de la alcaldesa son las que ya puedes suponer. Compañeros del partido. Aunque los rumores circulaban por la ciudad.

—¿Compañeros de su facción o de la contraria? —pregunté—. ¿No serán tal vez simples maledicencias para desprestigiarla?

La comandante meneó la cabeza.

—De ambas. Así que me temo que algo hay.

—Me interesaría saber los nombres de los informantes. Y también los de esos dos hombres que supuestamente la frecuentaban.

Menéndez disfrutó aquí de manera visible.

—Eres poco imaginativo —juzgó—. ¿Quién dijo que fueran hombres?

Aquella estocada me escoció, he de reconocerlo.

—Nadie, es verdad —admití—. ¿Mujeres?

—Una sí: su jefa de prensa. El otro, toda una personalidad local, aunque no lleva mucho tiempo por aquí. El joven titular del registro de la propiedad. Veintiocho años y la vida más que solucionada.

Un registrador: lo último que esperaba encontrarme entre los invitados a aquella fiesta. Me fue inevitable acordarme de su colega, mi primo político, el sabelotodo, aunque no tenía por qué parecerse en nada a él. No todos los opositores tienen vocación enciclopédica, y la brecha generacional debía de pesar en este caso, imaginé, mucho más que la circunstancia de haber superado el mismo examen.

—Tous tiene el nombre y las coordenadas de los testigos —prosiguió la comandante Menéndez—. Yo que vosotros iría programándome la ronda de entrevistas cuanto antes. Lo que te he contado es lo que sacamos en el interrogatorio preliminar, los tres tienen otra vuelta. El que más, si los expertos os dejáis aconsejar por los de provincias, el concejal de urbanismo. Es el más antiguo del equipo de gobierno y también el único que procede de la corporación anterior. Me dio la impresión de ser el que lo sabe todo de todo el mundo aquí.

—Y a los supuestos amantes, ¿ya los habéis entrevistado?

—A ella, sólo.

—Y ella, ¿os reconoció algo de su relación más allá de lo profesional con la alcaldesa?

—Nada en absoluto. Lo que nos cantó, en cuanto le preguntamos, por cierto, fue lo otro, el lío con el registrador. Ratificado por el concejal de urbanismo, que fue el que nos apuntó que la alcaldesa hacía a pelo y a pluma y se llevaba también a la cama a la jefa de prensa, punto en el que concuerda el jefe del sector crítico de la agrupación.

Me descolocó un poco que la comandante utilizara aquella expresión, más propia de un punto de vista varonil sobre la vida. No digo, en ningún caso, que Menéndez no fuera femenina. Todo lo contrario. Sólo una mujer podía ser dura del modo en que ella lo era.

—Necesitaremos un enlace con la comandancia. He creído entender que el cabo Tous será quien asuma esa función. ¿Me equivoco?

—Es usted muy sagaz, brigada —percibí más ironía que respeto en aquella restitución del tratamiento, después de habernos tuteado todo el rato—. Es uno de mis mejores hombres, buen conocedor del terreno y con mucha experiencia. Confío en que será de ayuda y es de mi plena confianza. Lo que él sepa, no tendrá que molestarse en contármelo. Si hay algo que no le cuente y que considere que debamos saber mi coronel o yo, tiene mi número de teléfono. Espero que lo use.

—Descuide. Lo usaré.

La comandante se nos quedó mirando, súbitamente divertida.

—Bueno, ¿qué os parece el panorama? —volvió a tutearnos—. ¿Imaginabais que veníais a meter las narices en semejante culebrón?

—Yo diría que no, que traíamos otra idea —reconoció Chamorro.

—Pues esto es lo que hay —dijo Menéndez—, pero yo que vosotros no descartaría nada. Ésta es una tierra muy particular, hace demasiado buen tiempo, y quienes mandan también lo son. Por aquí el manejo de la cosa pública ha sido demasiado, cómo decir... gratificante.

Era inteligente, de eso no cabía duda. No era nada fácil entrar en la academia de oficiales, ni superar todos los cursos. Además de cabeza, hacía falta temperamento. Y la comandante, aquella breve entrevista me había bastado para comprobarlo, tenía de ambas cosas.

—Gracias por la advertencia —dije.

—Y ahora, si os parece, vamos al tanatorio.

—¿Para?

—Para qué va a ser. A las doce llevaban el cuerpo. Deben de estar todos ya allí. No habrá mejor ocasión para que conozcáis la fauna local.

5
El rey Arturo

No me gustan los actos fúnebres ni las reuniones de sociedad, lo que ya sumaba dos razones para estar a disgusto en aquel tanatorio al que se empeñó en llevarnos Menéndez. Si a lo dicho se le añade la concentración de figurones por metro cuadrado que se registraba en aquel lugar, el entorno no podía parecerme más hostil. No faltaba nadie, desde los compañeros de partido de la difunta y los representantes de los otros partidos hasta las autoridades competentes: locales, autonómicas y estatales. Me había plegado a la propuesta de la comandante, aunque me resultara sospechoso que insistiera en acompañarnos, olvidándose de pronto de lo que le urgía volver a su oficina, porque en circunstancias normales el protocolo aconsejaba observar lo que ocurría en funerales y demás actos de duelo, en los que no pocas veces estaba presente el culpable y resultaba, por tanto, útil tratar de averiguar si alguien se comportaba de una manera anómala.

Sin embargo, tan pronto como estuvimos allí, tuve la sensación de haber caído en una trampa para elefantes. Sucedió cuando uno de aquellos hombres trajeados saludó en la distancia a Menéndez y la comandante, tras corresponderle, me agarró del brazo y dijo:

—Ven conmigo, voy a presentarte a alguien.

Me dejé arrastrar, qué remedio, hasta el corro donde estaba el hombre en cuestión. Junto a él, los distinguí mientras caminábamos hacia allá, había un comisario del

Cuerpo Nacional de Policía y un coronel nuestro, ambos de uniforme. Por un momento deseé que la tierra me tragara, pero ya se sabe que la tierra atiende ese ruego muy rara vez y cuando a ella le da la gana, no cuando uno tiene necesidad.

—A la orden de usía, mi coronel —se dirigió en primera instancia Menéndez hacia su jefe, y a continuación, colocándome como una especie de ofrenda ante el hombre de paisano, me hizo de embajadora—: Señor delegado, le presento al brigada Brevilagua, el investigador de nuestra unidad central que ha venido a hacerse cargo del caso. Ya hemos estado poniéndole en antecedentes y hemos organizado de acuerdo con sus superiores la coordinación con la comandancia.

—A sus órdenes —balbucí, sosteniéndole como pude la mirada al delegado del Gobierno, una autoridad cuyo rango se situaba en esferas inaccesibles al mío, y a renglón seguido me volví hacia el hombre ceñudo y uniformado de verde que lo acompañaba—: Mi coronel.

—¿Brevi... cómo? —preguntó el delegado.

—Bevi, es Bevi-lacqua —corregí, sin poder apartar de mi mente el barrunto de que Menéndez había errado las sílabas adrede—. Una mala pasada de unos antepasados italianos. Suelen llamarme Vila.

—Vaya, sí que es una faena, se debe de pasar usted la vida repitiéndolo —dijo el delegado, con esa descuidada y fingida cortesía que los hombres principales muestran a veces hacia las cuitas de los peones—. Pues nada, bienvenido. Y como ya le habrá dicho la comandante, no dude en pedir los medios que necesite, este asunto tiene toda la prioridad y esperamos que den cuanto antes con el responsable.

—Gracias —me limité a responder, en la esperanza de que aquella conversación, que yo no había buscado y nada me ofrecía que fuera de mi interés o conveniencia, quedara consumida en ese punto.

—¿Cuánta gente trae con usted, brigada? —intervino el coronel.

—Somos tres.

Me observó con suficiencia y sentenció:

—Pocos brazos, para la tela que van a tener que cortar.

No quise contradecirle, aunque habría podido hacerlo a partir de mi experiencia. Tres buenas mentes son suficientes para una investigación. Menos, pueden ser pocas, y más, corren el riesgo de convertirse en multitud. Otra cosa es el apoyo que pueda hacer falta para procesar la información que se genere a lo largo de las pesquisas.

—No estamos solos —respondí—. Tenemos el soporte de Madrid, y también contamos con el equipo de la comandante. En todo caso, si vemos que es preciso traer más efectivos, los traeremos.

—Más les vale —opinó el coronel—. En esto se juegan su prestigio.

—Nos lo jugamos en cada investigación de la que nos hacemos cargo. Soy consciente de ello, mi coronel, y mis jefes también.

—Tiene nuestro respaldo para lo que haga falta —dijo la comandante, súbitamente obsequiosa—. Con su permiso, mi coronel, señor delegado, quería presentarle al brigada a algunas personas con las que creo que debe establecer contacto cuanto antes. Si nos disculpan...

El delegado del Gobierno nos liberó con gesto magnánimo:

—Cómo no, el trabajo lo primero. Mucho gusto, brigada.

—Igualmente, a sus órdenes —me despedí, aliviado.

La comandante me guió entonces hacia un corro de gente situado unos metros más allá, en cuyo centro distinguí unas facciones que no me eran del todo desconocidas. Se trataba del concejal de urbanismo, primer teniente de alcalde de la corporación y, tras la baja repentina de la primera edil, titular accidental de la alcaldía. Llevaba un excelente traje oscuro, con corbata negra de pareja calidad. Que mi sueldo no dé para proveerme yo mismo de prendas semejantes no es obstáculo para que sepa reconocerlas, algo que por cierto también ayuda en mi profesión. Viendo la complexión física del concejal, que no era precisamente atlética, y lo bien que le caía el terno, me atreví a apostar que además de ser de buen paño estaba hecho a medida. Ninguno de los que le acompañaba, mujeres incluidas, iba de lejos tan bien vestido.

—Buenos días, cómo están —los saludó Menéndez, con ese desembarazo suyo que, para ser sincero, empezaba a irritarme.

—Buenos días, comandante —repuso con voz grave y bien modulada el concejal de urbanismo, erigiéndose en portavoz natural.

—Les presento al brigada Bevilacqua —dijo la comandante, sin trabarse y con una mirada que me ratificó en mi impresión sobre lo deliberado de su error anterior—. Viene desde Madrid para ocuparse del caso. Necesitará hablar con ustedes, les ruego que lo atiendan con la misma amabilidad con que hasta ahora me han atendido a mí.

—Buenos días, brigada. Manuel Miralles —se presentó el concejal.

Estreché su mano. La tenía caliente, apretaba lo justo y el aroma de colonia que la impregnaba pasó a mi mano donde se quedó a vivir durante el resto de la jornada. Mientras me saludaba me miró a los ojos y reparé en que los suyos eran de color caramelo y costaba adivinar lo que estaba pensando la mente que acechaba desde detrás. Me encontraba ante un vendedor nato, uno de esos hombres que saben que ganarse la voluntad ajena es un arte que exige un sutil equilibrio entre estar siempre disponible y nunca darse del todo al cliente.

Entre los concejales, a los que saludé uno por uno, venía a haber paridad de sexos y también generacional. La mitad eran treintañeros; la otra mitad, gente de cuarenta para arriba. Me fijé especialmente en un hombre de treinta y tantos y una mujer que parecía la más joven del grupo: no le eché arriba de veintiséis o veintisiete. Fueron los únicos que me rehuyeron la mirada. Luego supe que el hombre, un tal Albert Roig, era el que encabezaba la corriente crítica del partido en la ciudad, la que inspiraba, aunque se le había permitido retirarse a un cómodo apartadero en una fundación pública, el anterior alcalde. En cuanto a la mujer, que dijo llamarse Sandra Valls, no era una concejal, como pensé a primera vista, sino la jefa de prensa del ayuntamiento. Con lo que de un solo golpe acababa de presentarme, no podía negarle a la comandante la eficacia, a los tres testigos en los que hasta el momento se concentraba la información que teníamos del caso.

—Estamos a su disposición, brigada —me aseguró Miralles—. Karen era una persona muy querida y tenía por delante un futuro prometedor. Es una pérdida enorme no sólo para la ciudad; me atrevería a decir que lo es también para la provincia y para la comunidad entera. Habría hecho grandes cosas, he trabajado con muchos y he conocido a pocos con su visión y su liderazgo, se lo puedo asegurar.

El resto de los presentes, salvo Roig, asintieron al elogio del concejal de urbanismo. A Sandra Valls y a alguna concejala de las jóvenes se les escaparon al escucharlo unas lágrimas. La situación era cualquier cosa menos cómoda para un recién llegado que traía además la obligación de fisgar e interrogar a aquellas personas. La comandante, en cambio, parecía en su salsa. Le apretó el antebrazo al concejal y dijo:

—Lo sabemos. Por eso está aquí el brigada, con su equipo. Hemos traído lo mejor que tenemos, para que se le haga justicia. No conocía a la difunta, pero en estos días he podido formarme una idea.

Una de las razones por las que prefiero hablar con las personas de una en una es porque en el cara a cara, si uno sabe manejarlo, suelen venirse abajo en seguida todas las máscaras e hipocresías con que los seres humanos nos pertrechamos en cuanto nos juntamos en grupos de tres o más. Hechas las presentaciones, ardía en deseos de largarme de allí y dejar de preocuparme por el gesto que debía poner para no desentonar con el ambiente de duelo y veneración reinante.

—Si tiene un momento esta tarde, me gustaría hablar con usted —le dije al concejal de urbanismo, por convertir aquel papelón en algo con contenido práctico—. La comandante me ha dado algunas informaciones preliminares, pero me gustaría completarlas con usted.

—Naturalmente —respondió, y extrajo una tarjeta del bolsillo de su americana—. Ahí tiene mi teléfono. Llámeme cuando guste.

—¿Le parece que nos veamos a las cinco? Donde usted prefiera.

—Sin problema. A las cinco le espero en mi despacho.

La comandante se excusó de nuevo alegando la necesidad de presentarme a otras personas. Me arrastró entonces hacia el interior de la sala de velatorios, donde sin mayor trámite me condujo hasta un hombre mal peinado, mal afeitado, embutido en un traje oscuro pasado de moda y con el nudo de la corbata hecho de cualquier manera. El tipo se mantenía a duras penas en pie y miraba a su alrededor con aire alucinado. No hizo falta que me dijera quién era. Mis pobres dotes deductivas bastaban y sobraban para anunciarme que me hallaba ante el viudo: se llamaba Cristóbal Ruiz-Colomer y sin duda había conocido mejores momentos en la vida. Junto a él se encontraban otros dos hombres enlutados de mayor edad. No era como habría preferido conocerlos, y empezaba a tener una sensación de amontonamiento de rostros, pero Menéndez estaba resuelta a dejar todos los deberes hechos del tirón antes de volverse a su oficina en la capital. Me los presentó, uno detrás de otro. Al propio Cristóbal, a su padre, Juan Ruiz-Colomer, empresario hostelero, y al padre de Karen, Ferran Ortí, abogado con despacho en Valencia. Los dos hombres mayores me miraron con entereza, aunque sin excesiva atención. En cuanto al viudo, me vio como un espectro más de los que poblaban su pesadilla. Pese a todo, me sentí obligado a decir algo, así que hube de improvisar:

—Lo siento mucho. Éste no es el momento de hablar de nada. Si les parece, me pondré en contacto con ustedes a partir de mañana.

A Cristóbal no le pareció ni bien ni mal, su padre asintió vagamente y el abogado y padre de la víctima me palmeó el hombro.

—Gracias —dijo—. Confiamos plenamente en ustedes.

Mientras buscaba la ruta de huida, reparé en la caja mortuoria, cerrada al otro lado del cristal, y en dos mujeres mayores que mirando hacia ella se consolaban la una a la otra sobre un sillón: la suegra y la madre de Karen. Esta última, separada del padre desde hacía veinte años, acababa de llegar desde Dinamarca, donde residía. Por más que uno conozca la liturgia de la muerte, y desde luego yo no era un neófito, siempre abruma contemplar la estela de dolor que deja a su paso. Todos los seres humanos somos al cabo insignificantes y prescindibles, pero en ese instante, el de la falta, y más si es brusca y violenta, alcanzamos nuestra más intensa y honda significación. Que Karen Ortí Hansen había sido algo sobre esta tierra no lo acreditaba tanto el encomio acartonado del concejal como la amargura de aquellas mujeres y el estupor de aquellos hombres, arrojados todos ellos de pronto a una orfandad con la que apenas empezaban a familiarizarse.

Abandoné la sala de velatorios con una incipiente sensación de ahogo. Sin esperar a la comandante me dirigí a la calle, impaciente por respirar un poco de aire fresco. Busqué a mi gente. Se habían quedado a la entrada, donde departían con Rojas y Tous. A decir verdad, era Arnau el que hablaba con ellos. Chamorro, entre tanto, examinaba con aire ausente a la concurrencia. La comandante me alcanzó entonces y llamó mi atención sobre alguien que acababa de incorporarse:

—Mira, allí.

En el grupo de recién llegados destacaba un tipo alto, bien parecido, del que los demás formaban visiblemente el séquito. Se habían unido a los concejales de la corporación, que escuchaban al hombre alto con subordinación manifiesta. Menéndez me reveló quién era:

—Arturo Grau. El gran capo del partido en la provincia. Principal impulsor de la defenestración del alcalde anterior y mentor político de Karen. Según se dice por ahí, ella era su niña bonita y su gran apuesta. Estaba llamada a ser su mano derecha cuando él llegara a las alturas a las que su ambición y su carisma lo tienen predestinado.

La observé con interés.

—¿Quién le ha contado todo eso, si puedo preguntar?

—Miralles. Por cierto, que me dio la sensación de que no lo quiere demasiado. Fíjate en la cara de circunstancias que tienen ambos. La papeleta de Karen no debía de ser nada fácil, forzada a entenderse con Miralles, el muñidor del partido sobre el terreno, y cumpliendo a la vez las expectativas de Grau, el gran príncipe que la ungió. En fin, las cosas de la política. Mira cómo se achantan todos ante el jefe. Es un tipo de armas tomar, a mi coronel ya lo ha llamado cinco veces en estos días y te aseguro que echaba chispas después de hablar con él.

—¿Y eso?

—Choque de egos. Ya habrás visto que mi coronel tampoco es manco, pero Grau está habituado a que se haga su voluntad. Más o menos vino a decirle a mi jefe que nuestra eficacia en la resolución de este caso la tomará como pauta para considerar si está capacitado para mandar la comandancia o si debe aconsejar que se le sustituya.

—¿Tanto poder tiene?

—Pedirlo, siempre puede. Y el delegado del Gobierno sabe que es un peso pesado, no sería del todo insensible a sus argumentos.

Tragándome el orgullo, me apresuré a rogarle:

—Si no le sabe mal, le agradeceré que a éste no me lo presente.

—No pensaba hacerlo, pero me temo que se nos han adelantado.

—¿Cómo?

Comprendí lo que sucedía unos instantes antes de que se me viniera encima. El jefe provincial del partido miraba en nuestra dirección y escuchaba lo que le decía Miralles. De improviso, y a la cabeza de la formación que le seguía a todas partes, se dirigió hacia nosotros. Al paso, saludó al delegado del Gobierno, a quien vino a decirle con el gesto que volvía en seguida para encontrarse con él. Avanzaba en nuestra dirección con la energía de una manada de bisontes.

—Déjame a mí —susurró Menéndez—. No sé si me recuerda, pero nos conocemos de algún acto. A lo mejor conmigo se corta.

—Buenos días —nos abordó—. Soy Arturo Grau.

No hacía falta decir más. Ni siquiera nos tendió la mano.

—Hola, señor Grau, soy la comandante Menéndez. Nos conocemos.

El impetuoso dirigente pasó por alto aquella información.

—Me dice mi gente que son los que van a investigar esto.

—Sí, yo dirijo el equipo de policía judicial de la comandancia, y el brigada ha venido de Madrid al frente del equipo de la unidad central. Él y su gente llevarán la investigación, con nuestro apoyo.

—¿Brigada, nada más?

De haber sido otro el contexto y el interlocutor me habría permitido explicarle que, al igual que él no se escribía sus discursos ni se llevaba la agenda ni se ocupaba de la contabilidad del partido, en mi empresa los jefes organizaban y éramos los indios los que picábamos piedra; incluso le habría aclarado que un brigada es un indio con criterio y espolones, y no el indocumentado que él parecía presumir. Interpreté que en aquel caso la mejor respuesta era un silencio prudente.

—No se deje confundir por ese detalle —dijo Menéndez—. El brigada es uno de nuestros más expertos investigadores de homicidios.

Grau aún me sopesó un instante, como si no le cuadrara que un mindundi como yo pudiera ser competente para enfrentarse a aquella labor, o a cualquiera de verdadera envergadura. Luego dijo:

—Está bien, ustedes sabrán. Venía a ponerme a su disposición.

He de confesar que aquel giro me sorprendió. Lo último que aparentaba Grau era ser capaz de ponerse a disposición de nadie. Pese a todo, se metió la mano bajo la americana, sacó dos tarjetas de visita y nos tendió una a cada uno, con habilidad de prestidigitador.

—Ahí me tienen, a cualquier hora del día o de la noche —ofreció—. No sé quién le hizo esto a Karen, pero les aseguro que no voy a dejar de estar encima hasta que lo averigüen y lo encierren. Y cuenten, por favor, con cualquier cosa que necesiten de mí. Teníamos puestas muchas esperanzas en ella, estaba en política por vocación y con verdaderas ganas de ayudar, y ya ven ustedes qué pago le han dado.

—Me hago cargo de su dolor —dije—. Y pierda cuidado, ni escatimaremos esfuerzos ni nos rendiremos. No es nuestro estilo.

El dirigente provincial pareció sopesar por un instante mis palabras, mi actitud, o cualquier otro rasgo de mi persona que en ese momento no tuve la frialdad necesaria para imaginarme. Confieso que me puso nervioso estar sometido a su escrutinio. Grau daba la sensación de ser un tipo complejo: inteligente, arrogante, presumido, no había más que fijarse en su camisa y su corbata, sus zapatos impolutos y su americana irreprochable, que lo colocaban un peldaño por encima de Miralles en punto a elegancia; pero a la vez me resultaba más auténtico, más pasional y menos zorruno que el concejal de urbanismo.

—No sé si se hace cargo realmente, brigada —cuestionó—. Ahora nadie quiere saberlo, pero este oficio, para los muchos que nos dejamos la piel en él y ponemos mucho más de lo que sacamos, como era el caso de Karen, es uno de los más ingratos que hay en este país. Y más si uno quiere romper con viejas inercias y hacer las cosas como Dios manda, que era en lo que estaba ella. Es una putada darlo todo sin quitarte nunca la sensación de que nadie cree que puedas ser otra cosa que un aprovechado, quemarte y no parar de recibir estopa.

Habría podido decir que la sensación no me resultaba del todo desconocida, si aquello hubiera sido un diálogo. No era el caso.

—¿Y saben lo que más me jode? —prosiguió—. Tener la impresión de que pasa algo así y a la gente no le importa. Que incluso, ya me he tenido que desayunar con algún artículo idiota, se empiece a decir que en algo andaría metida para terminar así. Hablando de Karen, eso es una calumnia repugnante, era la tía más íntegra y decente que me he echado a la cara, sólo un miserable puede sugerir algo así.

De nuevo tuve que morderme la lengua, y ya estaba a punto de hacerme sangre. En mi memoria guardaba, demasiado marcado, el recuerdo de un tiempo y un lugar donde se enterraba a escondidas a los muertos, unos muertos que vestían tu mismo uniforme y a los que sentías que nadie lloraba, que incluso se daba por natural, cuando no merecida por alguna falta irreparable, su ejecución. Como a muchos de los que estuvieron en aquella coyuntura, me había tocado cargar sobre los hombros, dentro de una caja, a alguien a quien conocía y apreciaba. Pensé que no habría estado de más tratar de llevar a la conciencia de aquel hombre a quiénes les estaba soltando aquella diatriba, pero de nuevo me pareció que ni era lo que él esperaba ni nada que tuviera para mí ningún sentido tratar de hacerle comprender.

—No ponemos en duda su integridad —terció la comandante.

—Me la sopla lo que ponen en duda. Lo que quiero es ver que le ponen a esto la misma diligencia que tienen cuando se trata de empapelarnos, aunque sólo sea porque pagamos nuestros impuestos como los demás, y como cualquiera tenemos presunción de inocencia.

En ese punto tuve la certeza de que algo se me estaba escapando. La información me la proporcionó de forma indirecta la comandante Menéndez, que se apresuró a responder, en tono conciliador:

—Señor Grau, sabe que yo aún no estaba destinada aquí, pero para defender la actuación de mi antecesor, él no hizo otra cosa que cumplir con su obligación e investigar una denuncia. Todo lo demás lo decidieron los jueces, y cuando ellos lo archivaron, a eso estuvimos.

Grau sonrió sarcásticamente.

—Supongo que no le da importancia, entre otras cosas, porque no fue su teléfono el que estuvo pinchado dos meses, ni le tocó ir a defenderse de lo que no eran más que inventos urdidos por mis enemigos para desacreditarme. Porque no le tocó dimitir, como yo hice en cuanto me imputaron, aunque era inocente, y no ha tenido que probar su honradez sin que nadie le creyera hasta que unos jueces decidieron que la había demostrado suficientemente y sobreseyeron la causa.

—Es una historia deplorable, en eso estamos de acuerdo —admitió Menéndez—. Sólo le pido que tenga en cuenta que a nosotros nos indujeron a error, y me consta que a mi colega le supo igual de mal. Nadie, en este oficio, aspira a complicarle la vida a un inocente.

—No sé yo —dudó Grau—, me acuerdo de su colega, y de sus modos de inquisidor. Pero no soy rencoroso, lo pasado, pasado está. Lo que nos toca ahora es esto, y la razón de acercarme es la que les he dicho. Estoy en Valencia la mayor parte del tiempo, por el periodo de sesiones de Les Corts, pero para cualquier cosa que deseen consultar conmigo, en cualquier momento, ahí me tienen, a tiro de móvil.

—Se lo agradecemos, de veras —dije, y por si servía para que se situara, me permití añadir—: Me gustaría que supiera algo. La regla en mi unidad es que ningún muerto se abandona. Vale para un camello de mierda al que se cargan en un ajuste de cuentas. Lo mismo, no más, pero tampoco menos, vale para una mujer que había recibido el voto de sus conciudadanos y los representaba legítimamente. No tenemos prejuicios, se lo aseguro, ni a favor ni en contra de nadie.

Había asumido algún riesgo al expresarme tan directamente, pero no pareció desagradarle del todo. Más apaciguado, respondió:

—Eso tendrá que demostrarlo.

—Se lo demostraré. Y ya que estamos, ¿tiene usted alguna idea de qué pudo pasar? Es decir, quién pudo querer la muerte de Karen.

Grau perdió de golpe toda su agresividad.

—No alcanzo a imaginarlo —dijo, abatido—. Sólo se me ocurre que se cruzara con algún loco, o que a alguno de los que esperaban de ella lo que habían sacado de otros y ella nunca iba a darles se le cruzaran los cables y decidiera hacer esta barbaridad. Ésa, ahora que lo dice, podría ser una pista para seguir. Al menos, no se me ocurre otra.

—Es algo —aprecié—. Lo tendremos en cuenta.

Grau miró entonces hacia donde estaba el delegado del Gobierno, que junto a nuestro coronel asistía en la distancia a la conversación, sin optar por acercarse. El carácter del dirigente le resultaba disuasorio. Pese a todo, se despidió de nosotros con exquisita corrección:

—Bien, voy a saludar a las autoridades. Mucho gusto.

Al verlo alejarse, Menéndez comentó:

—Apúntate una, brigada. No sé cómo lo has hecho,

pero le has quitado toda la embestida en dos capotazos. Flipada me tienes. Va a ser verdad, después de todo, que la experiencia es un grado.

—¿Me está llamando viejo, mi comandante?

—Técnicamente no diría que lo seas, aún —concedió—. En fin, creo que no me queda mucho más que hacer por aquí. Me vuelvo con mis papeles, te dejo a Tous y también tienes al capitán para lo que te haga falta. Es un buen tipo, listo y colaborador. No dejes de contar con él.

—No dejaré.

—Ni conmigo —pidió, clavándome sus ojos negros.

—Tampoco.

Mientras ella se acercaba a despedirse del coronel y del delegado del Gobierno, yo fui a reunirme con mi gente y con el teniente Rojas y el cabo Tous. Fue el teniente el que se me dirigió primero:

—¿Qué, ya has conocido al rey Arturo?

—¿Lo llaman así?

—Los que no le tienen demasiada tirria. También le llaman algunas cosas peores. La cagamos con él hace tres años, gracias al afán de ponerse medallas de mi jefe anterior, que siguió una pista chunga que alguien nos dio para cargárselo. Le costó la alcaldía que ocupaba entonces, pero al final debería estarnos agradecido. Cuando quedó limpio hizo valer el mérito y se hizo con la ejecutiva provincial.

—No parece que os guarde demasiada gratitud.

Rojas hizo chasquear la lengua.

—Ya, qué poco deportivo. Entre tú y yo, con la Menéndez no habría pasado. Es una política cojonuda. Ahí donde la ves, lo mismo estás, dentro de unos años, ante la primera generala del Cuerpo.

—No me sorprendería.

—¿Qué os ha dicho, el tal Arturo? —preguntó Chamorro.

—Nada, que está a nuestra disposición, y que espera que no nos comportemos como unos indignados, o sea, que nos tomemos con cariño lo de averiguar quién se cargó a su compañera de partido.

—¿Lo dudaba?

—Parece que está muy escocido con nosotros, por eso que cuenta el teniente. Oye, no sé vosotros, pero yo ya voy teniendo hambre.

—Creí que nadie iba a decirlo —celebró Arnau.

—¿Conoces algún sitio en condiciones por aquí? —pregunté a Tous.

—¿Buena paella?

—Con que no nos envenenen y nos den de sí las dietas, nos vale.

—Puede arreglarse.

—Estamos en tus manos.

Rojas se marchó con Menéndez en el coche de la comandante. Tous se quedó con el coche en que habían venido él y el teniente y que iba a permitirnos, llegado el caso, dividirnos en dos equipos. Le pedí a Chamorro que se fuera con él. Supuse que no le vendría mal tener que charlar con alguien nuevo que la sacara de aquella nube que la acompañaba desde Madrid y que, benéficamente, parecía haberse disipado algo durante el rato que estuvimos en el velatorio. Parecía que éste, entre otras cosas, le había servido para distraerse de las cavilaciones que la afligían. Antes de repartirnos en los dos coches, vino a compartir conmigo sus impresiones de aquella peculiar reunión:

—Nunca he visto un velatorio tan raro como éste. Me he fijado en los corros y en casi todos había alguno cuchicheándole algo al oído a otro. Tengo la sensación de que en esta ciudad hay mucho mar de fondo, más allá de los escarceos amorosos de la difunta alcaldesa.

—Coincido contigo —dije—. También me ha parecido a mí enrarecido el ambiente entre los concejales. Ahora en la comida nos organizamos la tarde, hay que procurar sacarle todo el partido posible.

Tous nos condujo hacia un restaurante del paseo marítimo, uno de los pocos, dicho sea de paso, que se veían abiertos. El precio era asumible y la calidad digna. Cuando menos, el arroz estaba en su punto, y la paella se ajustaba, en su composición, a lo que dictaban los cánones del género. Pese a todo, el cabo se vio obligado a excusarse:

—Aquí la hacen correcta, sin más. Si tenemos tiempo, ya os llevaré a algún sitio donde realmente le ponen arte al asunto.

—No vamos a oponernos —respondí—, pero primero la labor.

Repartí la tarea de la tarde de modo que Chamorro y Tous les dieran un repaso a Roig y Valls, el concejal crítico y la jefa de prensa y presunta amante de Karen, respectivamente, mientras yo me reservaba, con Arnau, a Miralles y otra entrevista que no quería retrasar.

Terminamos los cafés a eso de las cuatro. Miralles me esperaba a las cinco, lo que dejaba tiempo para un rápido reconocimiento. No contaba con sacar gran cosa de él, pero tampoco podíamos omitirlo.

—¿Qué tal si nos llevas al lugar de los hechos? —le propuse a Tous.

—Ahora mismo —dijo, sacando las llaves.

Era una playa agradable, por el suave color dorado de la arena, el azul limpio del mar y, sobre todo, la ausencia de edificios en las inmediaciones. No hacía tiempo de bañarse, y pese a todo distinguí en lontananza tres o cuatro figuras anaranjadas tendidas al sol. Tous tomó referencias, contó unos pasos y se plantó en medio de la arena.

—Aquí, más o menos —declaró—. Ya veis que no la arrastraron demasiado, lo justo para desembarazarse de ella y desaparecer.

En ese instante, sonó mi teléfono móvil. Número desconocido.

—¿Brigada Be... vi... lacqua? —dijo una voz que no me sonaba.

—Sí, soy yo. ¿Quién llama?

—El juez que instruye su caso. La comandante Menéndez me ha pasado su número. Me gustaría verle esta misma tarde. ¿Puede ser?

—Claro, señoría. Usted dirá cuándo y dónde.

—¿A las cinco en el juzgado?

Ya sabía lo primero que tenía que hacer en cuanto terminara aquella conversación. Llamar al concejal Miralles y aplazar nuestra cita.

6
Sin pelos en la lengua

Si, como recomiendan los escépticos, uno debe recelar por sistema de quien se muestra demasiado amable, el concejal Miralles no podía hacer más méritos para despertar mis suspicacias. Cuando le telefoneé desde el coche que iba conduciendo Arnau camino del juzgado para decirle que me veía obligado a retrasar nuestro encuentro y que no sabía si podría pasar a verle sobre las seis o un poco después, en vez de transmitir contrariedad alguna me dio todas las facilidades:

—Venga cuando le encaje. Yo estoy aquí hasta las tantas. Tengo varias reuniones, pero levanto o cancelo la que toque. Lo que usted tiene entre manos es ahora el asunto más importante para mí.

Colgué con una sensación entremezclada. Debía hacer esfuerzos para recordar que aquel tipo tan solícito era el mismo del que esa misma mañana me habían dicho que disponía de cuentas opacas en Gibraltar y Andorra, presuntamente engordadas con la sisa que había hecho del dinero público que se le había encomendado administrar durante su dilatada trayectoria política. Lo que me trajo a la mente al comandante Ribes y me hizo caer en la cuenta de que no había comprobado en todo el día el correo electrónico, como debería haber hecho. En efecto: apenas miré en el teléfono la bandeja de entrada, me tropecé con un mensaje suyo. Me decía que tenía algo para mí que no podía enviarme, pero que sí podía mostrarle a quien yo le dijera y guardara la discreción debida. No tenía muchas opciones, así que le respondí sobre la marcha y a renglón seguido marqué el número de la unidad. Me atendió la guardia Lucía, a quien no podía encargar aquella tarea.

—Hola, Lucía, ¿anda Salgado por ahí?

—Un momento, mi brigada.

Diez segundos después entró en la línea la voz de la cabo.

—Dime, jefe. ¿Habéis llegado bien?

—Sin novedad. Escúchame. Necesito que te vayas a ver al comandante Ribes, de delitos económicos. Te pondrá en contacto con alguien que tiene unas grabaciones telefónicas para que las escuches. El pajarito se llama Manuel Miralles, era el segundo de la muerta, le tienen intervenido el teléfono por otra historia y necesito dos cosas de ti.

—Como si son tres. Dale.

—La primera: que anotes todo lo que te huela que puede tener que ver con lo que nos toca a nosotros, que te recuerdo que es el homicidio de Karen Ortí Hansen. Te llamaré luego para que me lo cuentes. Y la segunda: que te olvides de todo lo que no guarde conexión con eso y de que has oído esas grabaciones, salvo para contármelo a mí.

—Hecho. Así que ya tenemos sospechoso. Eres rápido, Clint.

A veces dudaba si le hacía sentir adecuadamente mi autoridad.

—No sé lo que tenemos. Limítate a lo que te he dicho. ¿Estamos?

—Confía en mí. Soy una tumba.

Sabía que no lo era, pero también que llegado el caso uno podía ponerse en sus manos, que era justo lo que estaba haciendo. En ocasiones, por paradójico que resulte, uno puede esperar más de quien más frívolo parece si se le coloca en la situación de no poder serlo.

Habíamos llegado ante el edificio de los juzgados y Arnau estaba ya buscando aparcamiento cuando interrumpí la comunicación. Antes de guardarme el móvil, vi que tenía un mensaje de Menéndez. Intuí que iba a ser mejor escuchar lo que la comandante tuviera que contarme antes de hablar con su señoría, y no anduve descaminado.

—Tengo noticias para ti —me anunció, prescindiendo del saludo—. La primera es que el juez te llamará, si no lo ha hecho ya. Quería hablar con el responsable de la investigación y le he dado tu número.

—Ésa ya me llega tarde. Estoy delante del juzgado.

—Vaya, lo siento. La otra sí es primicia. Tenemos el coche.

—¿El de la alcaldesa, quiere decir?

—Exacto. Ha aparecido en Murcia, es decir, a ciento y pico kilómetros de donde encontramos a su conductora. Bueno, para ser más exactos apareció ayer, pero no nos lo han comunicado hasta hoy.

—¿Y eso?

—Quien lo hizo nos puso un par de dificultades técnicas. Lo han dejado calcinado, en un lugar de difícil acceso y sin placas de matrícula. Ha habido que localizarlo a través del número de bastidor.

—Sin huellas, por tanto.

—Se le meterá mano, pero no esperes nada. Por cierto, entre los restos del asiento del copiloto han encontrado lo que queda del bolso y del teléfono móvil de Karen. Nada que podamos aprovechar, tampoco.

—¿Profesionales?

—Pse. Hoy cualquiera sabe por las teleseries y por el protocolo de los etarras, del que los periódicos y la tele han informado sobradamente, que si has usado un coche en el que has podido dejar huellas lo más seguro es meterle candela. No cuesta mucho averiguar cómo hay que rociar y prender para que el fuego lo arrase todo. Y para quitar dos placas de matrícula, basta con un destornillador de estrella.

—Cierto —admití.

—En fin, vamos poniendo las piezas encima de la mesa. La siguiente es el posicionamiento de su teléfono móvil y el listado de llamadas, hasta el momento en que dejó de estar operativo. Dile a Tous que ya lo tiene accesible con su clave en el sistema, y si me dais vuestros números os gestiono también a vosotros los permisos. Si no te parece mal, le digo a alguno de mis chavales de aquí que vaya echando un vistazo, por si encontramos algo que pueda serviros de orientación.

—Me parece; todo lo que podamos ir adelantando, bueno será.

—Lo pongo en marcha entonces. Por cierto, olvidé decírtelo antes, también tenemos el ordenador portátil de Karen. Los de delitos telemáticos ya le han destripado las claves y podremos pasaros en breve su historial de navegaciones, conexiones con redes sociales, correo electrónico, etcétera. Si te parece, les pido que hagan dos *backups*, te paso uno y con el otro pongo también a alguien de los míos.

No se me escapaba el modo en que Menéndez maniobraba, no ya para que no se le escapara información del caso, sino para retener algunas de sus fuentes más sensibles. Quizá en otra situación habría tratado de oponerle mayor resistencia, pero tenía demasiada tarea que resolver con mi gente en las horas inmediatas, lo que aconsejaba no despreciar el refuerzo que la comandante me ofrecía. O quizá ésa fue la forma que encontré de justificar, ante mí mismo, la elección de no enfrentarme con ella. Sólo esperaba que de las evidencias que le dejaba controlar no se desprendiera nada que comprometiera las cuestiones que mi coronel me había ordenado mantener reservadas.

—De acuerdo. Aunque le agradecería que en el informe que le hagan me pongan en copia. Tengo jefes ante los que debo responder.

—Por descontado, así se hará. Suerte con su señoría, hay que darle su espacio y aguantarle la importancia, como a todos los de su especie, pero en lo que lo he tratado no se enrolla mal. Por ahora.

—Ya le contaré.

Para evitarle tensiones, evitármelas yo y no correr el riesgo de indisponer al juez, le pedí a Arnau que me esperase en el coche. A esa hora de la tarde, la actividad en los juzgados era mínima. Fue en el juzgado de guardia, tampoco muy ajetreado, con las escasas incidencias que allí deparaba la temporada baja, donde me indicaron cómo llegar hasta el juzgado número 1, el que ocupaba mi juez. Leí en la placa de su puerta el nombre del titular: Rogelio Limorte Torres. Nunca había visto aquel apellido, cuyo origen me intrigó. Sabía que en el Levante español no era infrecuente la presencia de apellidos de procedencia italiana, que era a lo que me sonaba aquél. Tampoco tenía, por otra parte, razones para creer que el juez fuera oriundo del lugar. A lo mejor había recalado allí, le había gustado y había decidido quedarse. Respiré hondo y golpeé un par de veces con los nudillos.

—Adelante —invitó una voz grave, pero vivaz.

Entreabrí la puerta y pregunté:

—¿Da su permiso, señoría?

Lo vi, tras su mesa cubierta de papeles, en mangas de camisa y sin corbata. Era un hombre de cincuenta y muchos, moreno y jovial, que me examinaba por encima de unas gafas de ver de cerca.

—No puede negar que es usted guardia —dijo—. Pues claro, hombre, si digo que adelante es que doy permiso. Pase y siéntese, por favor.

Hice como me decía. Aunque no era el primer despacho judicial en que entraba, y en otros había observado análogo espectáculo, no terminaba nunca de acostumbrarme a la estrechez material en que se impartía justicia en mi país. Si uno miraba a un lado de la mesa de su señoría, veía la bandera de raso, que le otorgaba solemnidad. Si miraba al otro, las cajas de las más dispares procedencias, numeradas a rotulador, donde se apilaban los autos de los procesos pendientes, ofrecían por el contrario una imagen deplorable. De almacén llevado de cualquier manera, y no como merecían los derechos fundamentales de personas que se ventilaban en aquellos papeles amontonados.

—Sí, a este sitio no le vendría mal un poco más de orden —dijo, leyéndome el pensamiento—. Pero no se preocupe, ya son muchos años trabajando así, le aseguro que casi no perdemos sumarios.

Su sonrisa afable fue la primera señal que me invitó a relajarme desde que había llegado a la ciudad. No dejaba de ser curioso que la recibiera de la autoridad judicial, acaso el último de quien la esperaba. En cualquier caso, la sostuvo apenas durante un par de segundos. En seguida adoptó una pose oficial, se reclinó en su sillón de cuero negro y respaldo alto y, clavándome sus ojillos marrones, preguntó:

—¿Le han puesto al corriente de lo que tenemos?

—En lo básico, sí. La comandante Menéndez me ha informado de lo que ha ido encontrando su equipo. Por cierto, acabo de hablar con ella y por lo visto ya ha aparecido el coche de la alcaldesa.

—¿Ah, sí? ¿Dónde?

—En Murcia. Quemado y sin placas.

—Hijos de puta —maldijo, con toda espontaneidad.

—Pasa cada vez más. Demasiado CSI. Hoy cualquier escolar sabe lo del baño de cianocrilato para desvelar huellas y lo del ADN. Sólo los muy descuidados o los muy nerviosos se la juegan con eso.

—Sí, la sociedad de la información de los cojones —opinó—. Con lo bien que marchábamos aquí con nuestro impenetrable Santo Oficio.

No pude reprimir un gesto de asombro.

—Es broma —aclaró—. Y con lo que le han contado, ¿tiene material para formarse algo parecido a una teoría sobre lo que ocurrió?

—Honestamente, sería un insensato si lo pretendiera. Ésta es una investigación que arranca con muchas desventajas. La primera, carecer de una escena del crimen. Lo que tenemos es un simple depósito del cadáver, que apenas nos proporciona información. Pero la pega mayor es que hablamos de una persona muy conocida y con muchas relaciones, lo que nos abre el abanico de una manera desmesurada. Antes de nada, tenemos que encontrar algo que nos permita acotar.

El juez Limorte me escuchó atentamente. Aunque lo temía, no me pareció que mi trabajosa evasiva le causara mala impresión.

—Por eso mismo le he llamado, brigada. Ustedes son los profesionales de la investigación, ustedes buscan y reúnen las pruebas y no quiero contaminarle con mis prejuicios, pero me parece que es mi deber contarle lo que conozco, porque vivo aquí desde hace diez años y aunque me vea en esta cueva rodeado de papeles también salgo a la calle y hablo con la gente. Tómelo como un elemento más, ni siquiera espero que la teoría que finalmente me traiga lo tenga en cuenta.

—Todo lo que sepamos nos será útil.

—Me permito dar por sentado que su compañera habrá compartido con usted sus descubrimientos sobre la vida privada de la víctima.

—Así es.

—¿Diría que ahí hay una línea verosímil?

—Desde luego. Las relaciones de ese tipo son problemáticas.

—Le daré algún dato más. Lo de la jefa de prensa me ha pillado de nuevas, pero no lo del registrador de la propiedad. No sólo había llegado a mis oídos el chismorreo de que la alcaldesa tenía algo con alguien que no era su marido. También ese mismo nombre.

—Lo que quiere decir que no eran demasiado precavidos.

—O no lo suficiente. Verá, he tenido ocasión de tratar un poco a ambos, y creo que conviene que le dé mi impresión. En cuanto a Karen, era una chica llena de energía, de ideales, y a la vez lo bastante fría y resuelta como para hacer lo que hizo, apear del caballo a una vieja gloria de su partido que había ganado las últimas elecciones con mayoría absoluta. No es una empresa al alcance de cualquiera, ni siquiera aprovechando el descontento de estos últimos años. La alcaldesa era alguien capaz de ponerse un objetivo y de hacer todo lo necesario para conseguirlo, lo que en política equivale siempre a ser práctico e implacable. Sin embargo, hablando con ella, no sé si influiría el hecho de que era medio danesa y que al parecer hizo allí parte de sus estudios, a veces tenía uno la sensación de estar ante una adolescente inmadura, alguien que no había entendido del todo el terreno que pisaba.

—No sé si le sigo, señoría.

—Cómo podría explicárselo. Tener los votos y el bastón de mando permite hacer algunas cosas, pero saltarte las reglas del juego y pasar de todos los árbitros requiere un plus de poder. Un plus que Karen Ortí no tenía, que nadie tiene nunca. Su modo de gobernar disgustó a mucha gente influyente. Entre otras cosas, quien está demasiado convencido de lo suyo tiene una tendencia a despreciar el punto de vista ajeno que sólo los años y un cierto poso te enseñan a disimular.

—Ya, me hago una idea.

—Le seré franco: ésa y otras señales me llevan a pensar que era una persona emocionalmente inestable, y el hecho mismo de que se mezclara de esa manera tan imprudente con el registrador, David Santos, me lo viene a corroborar. Antes de nada, no sé si sus compañeros le han proporcionado alguna información sobre esta persona.

—Poco más que el nombre, la edad y dónde localizarlo. Su nombre les surgió ayer a última hora en la investigación y no han tenido tiempo de profundizar más. Mi intención es tratar de entrevistarme con él esta misma tarde. Creo que deberíamos saber cuanto antes dónde dice haber estado el sábado por la noche, entre otros detalles.

El juez me sopesó desde detrás de sus lentes, como si evaluara hasta qué punto merecía la confianza que se disponía a depositar en mí.

—Entre usted y yo, porque a lo mejor me toca hacer de juez con él, y en ese caso tendré que esforzarme por ser imparcial, un imbécil. Un niñato irresponsable y pagado de sí mismo, lo que no le quita, desde luego, la capacidad para sacar la oposición, aunque algo debió de ayudarle ser hijo y nieto de registradores. Más allá de eso, y ahora que superó el examen y puede dedicarse a recaudar su arancel apaciblemente, un *bon vivant* inconsistente y mezquino. Las tres o cuatro veces que he hablado con él no hizo otra cosa que quejarse de que la crisis inmobiliaria ha rebajado mucho los ingresos de su gremio y decir que se sentía estafado, tras dejarse las pestañas estudiándose la oposición más difícil que hay. No sé si le ayuda a hacerse una idea.

Correspondiendo a su franqueza, me sentí autorizado a ser sincero:

—Lo que me ayuda es a darme cuenta de lo mucho que va a tener que esforzarse usted para ser imparcial con él, como bien dice.

El juez Limorte meneó la cabeza, divertido.

—No lo crea, brigada, el entrenamiento hace mucho. Creo que si me empeñara podría sentenciar con razonable ecuanimidad al peor de mis enemigos y a mi madre octogenaria, aunque la ley, con buen criterio, me impida tener que pasar por semejante trance. Eso sí, dicho lo anterior, hay algo que no se le puede negar al registrador Santos.

—¿El qué?

—Es un tío guapo. Ya lo comprobará por sí mismo.

El giro me pilló desprevenido. No supe qué decir.

—Lo que quiero trasladarle —explicó—, y no sé si lo estoy haciendo bien, es que nuestra muerta era una chica rara. Un poco lunática, si me permite la expresión. Tirarse al pijo gilipollas que lleva el registro de la ciudad en la que mandas, sólo porque está bueno y se te pone al alcance, no es lo que haría una mujer medianamente centrada.

—Así visto, he de darle la razón.

—Me temo que esta mujer bien puede haberse buscado lo que le pasó por su mala cabeza. Y más un sábado por la noche. Dicho lo cual, no descarte otras posibilidades. Por aquí se mueve mucho dinero, de procedencias muy diversas y no siempre limpias, y hay mucho chanchullo. Como juez, tengo la convicción de que a mi mesa no habrá llegado ni la décima parte de lo que debería. Qué le voy a hacer, yo no puedo salir a la calle a buscarlo, tiene que entrarme una denuncia o traérmelo la Policía. Y aquí sólo denuncia alguien cuando se la clava otro, y la Policía, quiero suponer que por no abarcar más de lo que pueda apretar, trae lo que trae, que seguramente no es lo más importante. Su coronel me dijo que había una investigación por corrupción que llevaban en Madrid y en la que podría estar implicado alguien de aquí.

—Así es. Pero no sabemos si guardará relación.

—Eso me dijo, tampoco me quiso dar más detalles. Si resulta que van por ahí los tiros, no se corte en pedirme lo que le haga falta. Yo ya tengo hecho mi camino y a mis dos hijas felizmente colocadas, por fortuna en el extranjero. Si hay que ponerse las trinchas y atacar a la bayoneta, no me van a temblar las piernas. No le debo nada a ninguno de ellos, ni tampoco espero nada que ellos puedan darme.

—Lo tendré en cuenta.

—¿Hay alguna diligencia más que necesite? La fiscalía por aquí está en cuadro, pero tengo buena sintonía con ellos y para las cosas urgentes nos organizamos bien. Ya les acordé a sus compañeros la intervención de todas las comunicaciones de la víctima; si hay alguien más a quien vean necesario pinchar, o cualquier otra medida que haya que tomar de urgencia, anótese mi teléfono móvil y el de la secretaria.

—Es demasiado pronto para eso —reconocí—, pero descuide, en cuanto tengamos base para que lo acuerde, se lo solicitaremos.

—Muy bien, no le entretengo más. Aquí me tienen, y

no soy de los que se esconden. Con las mismas le digo que tampoco soy de los que llevan bien que se la cuele un madero, ya me entiende.

—No se preocupe —dije—. Nosotros no somos maderos, sino picoletos. Nuestro código genético nos impide colársela a los jueces.

—Era una forma de hablar, pero ha estado vivo ahí. Suerte.

Minutos después, sentado ya en el coche junto a Arnau, recapitulé la conversación con una sensación de irrealidad. No recordaba haber trabajado jamás con un juez que se expresara de forma tan descarnada, y menos ante el policía encargado de la investigación. La galería humana que me estaba deparando aquel caso, además de numerosa, era sin lugar a dudas peculiar. Intrigado, Arnau me preguntó:

—¿Qué tal? ¿Hemos tenido suerte?

Tardé en responderle.

—Diría que bien. Y que sí. Aunque no estoy del todo seguro.

Antes de ir a ver al concejal, me acordé de Chamorro. Estuve a punto de llamarla, pero podía interrumpirla y en cierto modo me parecía un acto paternalista y por tanto improcedente. Marqué, pues, el número del móvil de la cabo Salgado. No me lo cogió en seguida.

—Estoy todavía en ello —dijo al fin—, ¿puedo llamarte en un rato?

—Sí, pero voy a ver ahora al pájaro. ¿Puedes darme algún titular?

—Joder, mi brigada, qué estrés —se quejó—. He oído sólo la mitad, lo que puedo decirte es que suena verdaderamente sorprendido por la muerte, o es un actor de tres pares de narices. Lo único que he apuntado que creo que puede servirte es lo que le dice a un dirigente de su partido, me sopla aquí el compañero que este otro es también concejal, pero de otro ayuntamiento. Espera, por aquí lo tengo: «¿Tú qué crees, quién es el hijo de puta que se ha vuelto tan loco?» A lo que el otro le responde: «No lo sé, no lo quiero saber, y no quieras que te lo diga.»

—Bien, es algo. Gracias, Inés.

—Si me das el tiempo que esto requiere, te hago un informe y todo. Una hora, no te pido mucho más.

—Me parece bien, mándamelo por *mail*.

—A tus órdenes, Robocop.

—No te enfades. Sabía que tendrías algo. Buen trabajo. Hasta luego.

La secretaria del concejal Miralles estaba perfectamente aleccionada. No sólo se mantenía al pie del cañón a las seis y cuarto (me pregunté cómo habría conseguido su jefe semejante dedicación, y al instante supuse, quizá injustamente, que no era funcionaria), sino que tan pronto como le di mi nombre descolgó el teléfono e interrumpió la reunión que en ese momento mantenía el concejal. Al cabo de medio minuto, Miralles abrió la puerta, en mangas de camisa, y nos propuso desplazarnos a un despacho que estaba vacío, al otro lado del pasillo.

—Tengo ahí a la junta del polígono industrial —explicó—, será más eficiente que nos movamos nosotros. Así de paso dejo que continúen la reunión y cuando vuelva ya estarán cansados de pelearse.

El despacho en el que nos encerramos era bastante más modesto que lo que entreví del suyo. Él se sentó en la silla del titular, un técnico de urbanismo, y a nosotros nos invitó a instalarnos en las dos sillitas de cortesía que había al otro lado de la mesa. Nos miró, expectante.

—Ustedes dirán.

—Procuraré no hacerle repetir mucho de lo que les contó a mis compañeros —dije—. Básicamente, me gustaría saber dos cosas, aparte de lo que usted considere que pueda interesarnos. La primera, disculpe que sea tan directo, tiene que ver con esas relaciones extramatrimoniales que según me dicen asegura usted que mantenía la fallecida.

Miralles puso gesto de incomodidad.

—Relaciones extramatrimoniales no sé si es la forma

adecuada de llamarlo. Lo que le conté a su compañera, y lo ratifico, es que me consta que Karen tuvo algún lío, no sabría decirle de qué profundidad ni duración, con dos personas. Y esto no se lo cuento por cotilleo, sino porque creo que es mi obligación ponerlo en su conocimiento. No he nacido ayer, y sé que si un sábado por la noche, acabados los asuntos oficiales, uno no se va directamente a su casa, algo de eso puede haber, y creo que no es irrelevante para ustedes. Dicho lo cual, quiero que quede claro que no tengo ningún reproche que hacerle a mi compañera muerta. No soy su marido, era mayor de edad y las personas con las que se relacionaba también lo eran. Eso no quita, aunque algún simple pueda pensarlo, para que Karen fuera una gran alcaldesa.

—Tampoco estamos aquí para censurar a nadie. ¿Diría que alguna de esas relaciones era conflictiva, hasta el punto de...?

—¿De llevar al asesinato? Nunca lo hubiera dicho, por lo que conozco de ambas personas. Pero el hecho es que a Karen la han asesinado. Y eso proyecta una luz diferente sobre todo, convendrá conmigo.

—¿Qué más sabe sobre esas relaciones?

—Sé que con Santos, el registrador, se había visto varias veces en los últimos meses. Llevo muchos años aquí, tengo mis antenas, y alguna los detectó. Irse a un hotel a treinta kilómetros no es mucha precaución en este tipo de historias, entre personas como ellos y en un lugar como éste. En cuanto a Sandra, mi conocimiento es más directo. La vi salir de su habitación, visiblemente desarreglada, en una convención del partido, hace seis meses. Y desde entonces, la relación entre ambas se había vuelto más tensa. Carezco de intuición femenina, pero eso no quiere decir que me chupe el dedo, y más teniendo esa pista.

—Voy a preguntárselo a bocajarro, señor Miralles. ¿Apostaría por alguno de ellos como autor o instigador de la muerte?

El concejal meditó brevemente su respuesta.

—Santos me parece un hombre poco sólido. Usted mejor que yo sabrá si alguien así es un buen candidato para convertirse en asesino. En cuanto a Sandra, es una chica desenvuelta, trabajadora, incluso brillante, y me lo pareció el día que llegó desde la sede provincial del partido, pero diría que le falta personalidad. Por Karen parecía sentir una especie de fascinación, cuidaba de su imagen de forma casi obsesiva. Por otra parte, en los dos años que la conozco, no tengo noticia de que haya salido jamás con alguien. Lo que en alguien de su edad y sus posibilidades no deja de resultarme un poco chocante, la verdad.

—Pero no sabe nada de ningún choque o diferencia de Karen con alguno de ellos, algún detalle concreto que pudiera...

—Lo que les acabo de decir. Hablamos de relaciones clandestinas. No es algo que la gente comente, ni por lo que uno suela preguntar.

Traté de adivinar por su expresión si me estaba ocultando algo, o si por el contrario aquello podía ser el chorro de tinta de calamar con el que trataba de confundirnos. Pero Miralles era demasiado hábil, o yo tenía una capacidad demasiado limitada de leer la mente ajena para poder sacar una conclusión. Lo percibí tranquilo y seguro.

—Cambiando de tercio —me rehíce—. De entrada, cuando muere alguien que tenía algún poder, resulta inevitable sospechar que en el ejercicio de ese poder ha podido pisar algún callo que no debía. No tenemos pistas para inclinarnos por esta opción u otra, a la vista de las circunstancias de la muerte, pero debemos considerarla. ¿Con quiénes podría haberse indispuesto Karen, que usted sepa? Y me refiero, claro está, a gente lo bastante peligrosa como para planear algo así.

Aquí Miralles pareció titubear por primera vez. Deduje que a este respecto no tenía la lección tan bien aprendida, o quizá fuera sólo que no se trataba de un territorio que se hallara al margen del suyo, como el anterior, y que sentía que debía medir mejor las palabras.

—Karen era una mujer con arrestos —dijo—. Quizá demasiados, para lo que alguna vez hay que tragar en política, pero a ella le iba bien y de ahí venía su popularidad. ¿Gente peligrosa, dice? Más de una historia paró, con intereses poderosos detrás. A mí, sin ir más lejos.

Me sorprendió, cómo no, aquella declaración, y la sonrisa con que Miralles la hizo. Había encontrado el modo de descolocarme.

—Sí, para qué voy a ocultárselo —siguió—. Me echó abajo el que era mi gran proyecto para esta legislatura, preparado durante la anterior. Había negociado con unos inversores internacionales para poner un *outlet* en los terrenos que se nos habían quedado sin colocar del polígono. Miles de horas habré metido en aquello. Cuando me incorporé a su equipo y se lo conté, no me dijo ni que sí ni que no. Luego, cuando ganamos la alcaldía, me dijo de pronto que su idea de la ciudad no iba por ahí. Sin más explicaciones. Pero puedo asegurarles que yo no tengo el hábito de matar a mis jefes, y que el grupo noruego que habíamos captado para el proyecto son gente civilizada. Simplemente buscaron otro pueblo de la costa, y no tardaron en encontrarlo.

—Ya veo.

—¿Algo más oscuro? Bueno, les quitó las licencias a los dos prostíbulos que teníamos, más o menos tolerados por el alcalde anterior, que además, ya le traicioné en su día y supongo que esto no agrava mi pecado —anotó, sarcástico—, era cliente suyo. Hubo un poco de ruido, incluso alguna amenaza del dueño con peores pulgas, un tal Antúnez, pero también se llevaron el garito a otra parte y siguen teniendo donde explotar a sus rusas y sus sudamericanas. Me parece raro que ahora, a la vuelta de los meses, le despachen un sicario. Quién sabe.

Arnau lo iba anotando todo, pero a mí me quedaba la sensación de que más que respuestas lo que iba obteniendo eran distracciones.

—¿Y el alcalde anterior?

—¿El bueno de Roberto? Le diré algo. En las primeras horas contemplé la posibilidad. Me dije, ¿habrá podido llevarle el rencor a ese punto? Motivos para odiarla tiene, porque se lo quitó de en medio como el paquete en que se había convertido, pero lo conozco bien, fui su mano derecha durante quince años. Roberto lo único que quiere es tener secretaria y coche y que le den la razón y un sueldo que le permita sus caprichos sin quemarse mucho a cambio. Y ya se han ocupado de dárselo, y mejor, en la fundación. No tendría ningún sentido.

—En resumen, que tampoco nada por ahí.

—Créanme, quiero ayudarles, y creo que les estoy demostrando que les hablo sin pelos en la lengua. No tengo una teoría sobre quién pudo ser, si la tuviera serían los primeros en saberlo. Sólo puedo contarles lo que les he contado, y si dan con cualquier hilo que les parezca que tiene algún viso, ofrecerme para decirles todo lo que sepa sobre el particular. Información tengo, no lo duden, y toda está a su disposición. Con Karen me pasó algo que no me había pasado con nadie, incluso cuando me sacaba de quicio. Llegué a quererla, coño, era de una pasta especial. Alguien que tendría que haber podido hacerse mayor.

La voz se le quebró y los ojos se le empañaron. Era uno de esos hombres cuya emoción resulta hermosa y convincente. Si brotaba del sentimiento o de su maestría para fingirlo, era otra cuestión. En ese momento vibró mi teléfono móvil y lo miré de reojo. Tenía un mensaje de Chamorro. Y aquella conversación estaba ya amortizada.

—Gracias, señor Miralles —dije—. No podemos deshacer el entuerto, pero trataremos de descubrir quién le impidió cumplir más años.

—Y yo seré, con su familia, quien más se lo agradezca —aseguró.

7
Si no la hubieran matado

Hay momentos, en casi todas las investigaciones, en que los acontecimientos escapan al control del investigador. La experiencia enseña que suelen ser, también, los momentos en que la investigación se pone interesante. No quiere esto decir que el descontrol en cuestión acabe precipitando necesariamente la conclusión del caso, en cualquiera de sus tres formas posibles: el callejón sin salida, la solución errónea o la solución correcta. Hay investigaciones que se descontrolan y se encauzan de nuevo varias veces antes de llegar a ese punto y, como íbamos a ver, la del asesinato de Karen Ortí Hansen pertenecía a esa especie. Tan pronto como salimos del despacho del concejal, leí el *whatsapp* que me había puesto Chamorro. Me parecía un enojoso medio de comunicación, además de lo que implicaba poner tus comunicaciones, tu número de teléfono y, en nuestro caso, información sensible, a merced de otra de esas compañías que nadie sabe muy bien a quiénes tienen detrás ni qué hacen con lo que transita por sus servidores, y cuyo único crédito proviene de haber ingeniado una *app* que funciona con cierta gracia. En el otro platillo de la balanza, cómo no, el hecho de que fuera gratis, lo que para nosotros, miembros de las fuerzas de seguridad de un país con una deuda pública ya casi equivalente a todo su PIB, no dejaba de resultar un poderoso aliciente.

El mensaje de Chamorro era de esos que imponen hacer

una llamada inmediata: «Contratiempo inesperado, estamos en Urgencias». Marqué su número cuando todavía recorríamos los pasillos de la casa consistorial, y escuché con cierta angustia los diez o doce tonos que sonaron en la línea antes de que mi compañera atendiera la comunicación.

—Tranquilo, el paciente no soy yo —dijo, en cuanto lo pudo coger.

—¿Tous? —pregunté, extrañado.

—Tampoco. Sandra Valls, la jefa de prensa. Estábamos interrogándola y de pronto se ha quedado sin aire y se nos ha ido redonda al suelo. Parece que no es nada, por fortuna, los médicos dicen que es solamente un ataque de ansiedad. Sus padres ya vienen para acá, estamos esperándolos para cerciorarnos de que se queda acompañada.

—¿Y cómo ha sido?

—Culpa mía, me temo —admitió—. Quizá no dosifiqué adecuadamente la información, o no fui lo bastante indirecta. Sucedió cuando le dije que teníamos constancia a través de varias personas de que mantenía o había mantenido una relación sentimental con la difunta.

—Vaya por Dios. ¿Dirías que puede ser culpable?

—De estrangularla y tirarla en la playa, lo dudo mucho, si se desmaya por tan poco. Claro que nunca se sabe, y siempre puede tener algún amigo fornido y con más carácter.

—En fin, menos mal. En adelante medítame mejor tus *whatsapps*, Virgi, en el que me has mandado lo único que podía tranquilizarme era que debías de estar aún consciente cuando lo tecleaste.

—Lo siento, las prisas.

—Y en cuanto a Roig, el concejal del sector crítico, ¿qué tal ha ido, habéis sacado algo en claro de la conversación con él?

—Nada demasiado aprovechable. No oculta que eran rivales políticos, con todo lo que eso implica, porque es consciente de que los hechos notorios sólo los idiotas se esfuerzan en ocultarlos. Admitido eso, nos ha venido a decir más o menos lo que ya sabíamos, y ha tenido todo el rato demasiado cuidado de aclarar que discrepaba de ella pero que no tenía ninguna razón para quererle ningún mal. He tratado de sonsacarle acerca del alcalde anterior, y ahí se ha comportado como un leal escudero. No será por él como podamos buscarle las vueltas, si es que llegamos a la conclusión de que hay que abrir ese frente.

—No lo tengo claro, aún. Id por favor para el cuartel, y dile a Tous que con su clave ya puede meterse en el sistema para acceder a los datos del teléfono de la alcaldesa. El equipo de delitos telemáticos de la comandancia está destripando su portátil, tampoco estaría de más que les echarais una llamada a ver si tienen algo. Y Salgado ha estado oyendo en Madrid unas conversaciones que nos interesan.

—¿De quién?

—Del concejal Miralles.

La voz de la sargento sonó levemente irritada.

—Vaya, celebro saber que lo tenemos intervenido, aunque sea después que la cabo.

—Ha surgido sobre la marcha, ya te contaré. No lo tenemos intervenido nosotros, sino los de delitos económicos, en Madrid, luego te lo explico todo. Le he pedido que me haga un informe, dile que te lo he comentado y que haga el favor de adelantártelo. Así vais aprovechando este rato y esta noche podemos hacer balance de dónde estamos. A nosotros todavía nos queda tajo, nos ha retrasado su señoría.

—¿Qué tal con él?

—Bien, creo. Bastante revelador. Y ya hemos hablado con el concejal, que también tiene su miga. Luego lo ponemos todo en común.

—Ahora me imagino que vas a ver al registrador —dedujo.

—Imaginas bien.

—Son las siete y media, lo mismo ha salido por ahí.

—Lo buscaremos. Esta ciudad no es lo bastante grande como para que no demos con él. Nos vemos en un rato.

—A tus órdenes.

Aunque no quise hacerme ilusiones, esta conversación me transmitió mejores sensaciones respecto de mi compañera. Había sido buena idea, por su parte, no tratar de rehuir la tarea que la apartara de sus negruras, y por la mía, adjudicarle como pareja a alguien a quien no conocía y con quien no podía exhibir como conmigo su pesadumbre. Hacer ostentación del pesar siempre termina por ahondarlo.

El registrador David Santos vivía en un inmueble acorde a su renta, que, aun siendo inferior a las expectativas que parecía haberse hecho mientras devoraba los temarios de Derecho Civil en su época de opositor, se hallaba a distancia sideral del promedio de sus compatriotas, lo que valía para Arnau y para mí y para la suma de ambos. Se trataba de un fastuoso dúplex en lo alto de un edificio de reciente construcción, con vistas al mar en un arco de 180 grados, aunque esto no se apreciaba desde la calle. Fue al verlo desde dentro cuando comprendí que su superficie equivalía a toda la planta del edificio. Desde los 60 metros cuadrados de que disfruto, y que en ocasiones, y sobre todo cuando toca pasar la aspiradora, se me hacen excesivos para una sola persona, me parece llamativa la necesidad que tiene alguna gente de reservarse superficies muy superiores a las que es capaz de utilizar razonablemente. Quizá tenga que ver con una preparación a la vida que yo no he recibido y a la que en cambio David Santos estaba predestinado.

No sé si esperaba o no nuestra visita aquella tarde, aunque a nada espabilado que fuera ya debía de haber contado con que apareceríamos antes o después. El caso es que al abrirnos la puerta de su dúplex, y eso que ya estaba sobre aviso porque le había anunciado nuestra condición a través del portero automático, en su rostro aún tenía dibujada una estupefacción fronteriza con el pánico. Soy consciente de que los individuos de mi calaña no somos la visita más apaciguadora que uno puede recibir a eso de las ocho de la tarde en su domicilio, y si hubiera tenido más tiempo y más margen de maniobra me habría ocupado de celebrar nuestra ineludible entrevista de forma menos traumática para él. Por otra parte, y no voy a tratar de ocultarlo ahora, me convenía pillarle de improviso, e incluso, por lo que pudiera ilustrarnos sobre lo que tenía sobre su conciencia, colocarle así en la disyuntiva entre cooperar o negarse a hablar con nosotros y a franquearnos el paso a su vivienda. Como persona con formación jurídica sabría que podía hacerlo, y sopesaría la posibilidad. En todo caso, si dudó, resolvió la cuestión en cuatro segundos: no serían más los que mediaron entre que pronuncié las palabras «Guardia Civil» y el zumbido del mecanismo que destrababa el pestillo de la puerta del edificio.

Por lo demás, aquella entrevista fue, tal vez, una de las más glamurosas de mi vida profesional. Lo era el escenario, con la vista que se tenía, a través de los amplios ventanales, del mar y la ciudad sobre los que se cernían ya las sombras de la noche y se habían encendido todas las luces. Y lo era el interlocutor, un hombre sin lugar a dudas agraciado, como ya me anunciara el juez, y que además ponía buen cuidado en seguir siéndolo. Ni sus cabellos ni su piel se veían abandonados al maltrato de los elementos; al contrario, debía de atesorar en su cuarto de baño todo un arsenal de sustancias destinadas a preservarlos y de cuya existencia yo, sin más recursos para mi *toilette* que las marcas blancas del Mercadona, ni siquiera llegaría nunca a tener noción. En cuanto a su indumentaria, nos recibió con la ropa de estar en casa, que debía de ser la más asequible que poseía. Entre tejanos, camisa, camiseta y mocasines, calculé no menos de 700 euros. La suma por la que trabajaban durante un mes, en jornadas muy superiores a las teóricas 40 horas semanales, muchos universitarios como él que no habían tenido la paciencia o la capacidad o lo que fuera que él tuviera que le había permitido acceder a su lucrativa y vitalicia investidura.

Siempre que advierto este tipo de indicadores, procuro controlarme para que no me pese más de la cuenta el prejuicio y mucho menos el resentimiento de clase. Me acordé del juez Limorte, cuya extracción social ignoraba y que, aunque no tan ventajoso, también tenía garantizado en lo económico un buen pasar, en comparación con el grueso de la vapuleada ciudadanía. Me habría gustado estar tan seguro como él de que la riqueza de Santos no me predisponía en su contra de modo espurio, a fin de cuentas era un ciudadano con presunción de inocencia que también pagaba, supuse, los impuestos de los que procedía mi igualmente asegurada retribución, pero mentiría si dijera que no dudé en algún momento de mi neutralidad ante aquel personaje.

De hecho, no me privé de empezar fuerte. Vaya en mi descargo que ya llevaba catorce horas en pie, que me había echado cuatrocientos kilómetros a las espaldas aquel mismo día y que ante mis ojos habían pasado tantas caras nuevas, y mi cerebro había hecho el esfuerzo de tratar de entender y calar a tantas personas, que al registrador, de mi atención y mi cortesía, le quedaban los minutos de la basura, apenas el último resto del día, lo que me inclinaba por fuerza a atajar.

Habíamos tomado asiento, Arnau y yo, en su suntuoso tresillo de piel legítima. Su efigie se recortaba ante mí con una nitidez que acentuaba el blanco de su camisa sobre el azul oscuro de la noche. David Santos se sentía violento y yo fuera de lugar. Sin más, pregunté:

—¿Sabe usted por qué estamos aquí?

Su primera reacción no fue demasiado satisfactoria. Bajó la mirada, carraspeó, sus ojos parecieron pedir auxilio. Yo estaba allí más para acorralarle que para echarle un cable, pero no se lo escatimé:

—Supongo que no hace falta que le diga que no está obligado a responder y que esta conversación no tiene ninguna validez legal. Estamos apurados y hemos querido ganar tiempo hablando con usted sin formalismos. Le agradecemos que quiera colaborar, pero si en algo le molestamos, nos iremos por donde hemos venido y ya procederemos a citarle en debida forma para que acuda usted al cuartel.

Aquel truco me lo había enseñado uno de mis maestros, alguien con quien pasé un muy formativo trozo de mi juventud allá en las tierras del Norte. Nada mejor que darle a quien se le quiere sacar algo la sensación de seguridad, quitarle presión e invitarlo a relajarse para, de golpe y sin previo aviso, hacerle sentir la presión y ayudarle a entender que no tiene alternativa, si no quiere ir a una opción peor.

—Lo sé —balbuceó—. Como sabrá, soy jurista, y conozco mis derechos, pero no tengo inconveniente en hablar con ustedes, y creo que sí, que sé por qué han venido a verme y quieren hablar conmigo.

—Le mostraré mis cartas, sin trucos —dije—. Es tarde y no nos gustaría robarle mucho más tiempo del imprescindible. Hemos recabado algunos indicios que nos llevan a tener la sospecha fundada de que usted mantenía una relación íntima con Karen Ortí Hansen.

Dejé que mis palabras las subrayara y redondeara el silencio, y el registrador Santos no reunió el coraje necesario para quebrarlo. Mantuvo bajos los ojos, que para entonces parecían estar excavando sendos pozos en la mullida y costosa alfombra que tenían ante sí. Tragó saliva y llegó a parecerme que las manos le temblaban ligeramente.

—¿Y bien? —insistí.

Aún dudó unos instantes más, pero aun sin saber qué podía haber bajo esa etiqueta, deliberadamente ambigua por mi parte, de «indicios», comprendió que no tenía ningún sentido tratar de esconderlo.

—Así es —reconoció.

—Ya me disculpará la indiscreción, en estas circunstancias no tengo más remedio que preguntárselo. ¿Se trataba de una relación intensa, más o menos regular, duraba desde hacía mucho tiempo?

A cada nueva pregunta David Santos parecía un hombre más desvalido. Por un instante temí que me sucediera como a Chamorro y me vi llevándole al hospital. Para ser una mujer de tan fuerte personalidad como decía todo el mundo, daba la impresión de que Karen, a la hora de escoger parejas, y no pude evitar acordarme de su compungido y derrumbado viudo, prefería reclutarlas entre los pusilánimes.

—Llevábamos... No sé, como un año —dijo al fin—. ¿Intensa, dice? Sí, yo diría que sí. En realidad no me imagino a Karen haciendo algo sin intensidad, para eso no se habría tomado nunca la molestia. Y en cuanto a la regularidad, bueno, digamos que nos veíamos cuando podíamos. Ni demasiado, ni demasiado poco, no sé cómo decirle.

—¿Más de una vez al mes?

—Sí.

—¿Más de una a la semana?

—No, no todas las semanas le era posible. Pero casi.

—Teniendo en cuenta el contexto, diría que era bastante regular. ¿Habían hablado alguna vez de, en fin, modificar la situación?

—¿Qué quiere decir?

Era evidente lo que quería decir, pero no me molestó que Santos tratara de ganar tiempo. Era una estrategia comprensible y disculpable, y tampoco podía considerarla irrespetuosa para con mi inteligencia. Si necesitaba que se lo explicara, no iba a abstenerme de hacerlo:

—Karen era una mujer casada. Entiéndame, no ejerzo de censor moral, menos de personas adultas que no violentan a otras y menos aún en nombre de otros que serían quienes en su caso podrían considerarse ofendidos. Lo que digo es que tener una relación con una mujer unida por vínculo matrimonial a otro hombre es más engorroso que mantenerla con una que carece de esa limitación. Y es natural en algún momento plantearse la posibilidad de remover ese obstáculo.

Santos me miró con los ojos muy abiertos y luego buscó el socorro de Arnau. Mi guardia cumplió como de él podía esperar, respaldando con una impecable cara de sota la pregunta de su superior.

—¿A dónde pretende...?

—No pretendo nada, señor Santos. Espero que entienda que nos interese saber si en esa relación se había planteado en algún momento la posibilidad de modificar el estado civil de ella o, subsidiariamente, su estado civil de usted, previa solución del escollo existente.

El registrador sacudió enérgicamente la cabeza.

—No, no, nada de eso. Yo no tengo prisa por casarme; Karen me gustaba, pero no me parece que haya llegado aún el momento de descubrir quién es la mujer de mi vida. Y a ella, la verdad, no creo que se le pasara por la cabeza divorciarse de su esposo. Ni por mí ni por nadie. Para ella no representaba molestia ni impedimento alguno.

—¿Está seguro de eso?

—Claro, ¿por qué lo pregunta?

—Bueno, por ahorrarnos algún momento incómodo mañana o pasado, cuando hayamos leído toda la correspondencia electrónica de Karen, que estamos sacando de su portátil. Incluso la de aquellas cuentas de correo que sólo ella, y a lo mejor usted, sabía que existían.

Aquélla era una de las armas de destrucción masiva que en la moderna era de la comunicación podía utilizar frente a él, y frente a cualquier sospechoso, en mi calidad de investigador criminal. Nadie está seguro de que ha tomado todas las precauciones que debería, y menos cuando el caudal de información a disposición del oponente resulta, como era el caso, virtualmente ilimitado. Pese a todo, Santos hizo acopio de fuerzas, inspiró hondo y consiguió recobrar el temple.

—No encontrará en esa cuenta ninguna petición de mano —dijo, por primera vez desafiante—. Al menos, ninguna hecha por mí.

—¿Ni con su nombre ni bajo nombre supuesto?

—Le digo que nunca aspiré a que se casara conmigo, y menos aún se lo pedí. Y otro tanto puedo asegurarle respecto de ella.

—Bien, le creo. Sólo hago mi trabajo, ya me perdonará que éste me obligue a comportarme de un modo tan desconsiderado.

—No tiene que disculparse, lo entiendo. Y usted entenderá que me moleste dar estas explicaciones, pero sé que tengo que darlas.

—Hay alguna otra explicación que necesitamos de su parte.

—Usted dirá.

Con el transcurso de la conversación, David Santos se había ido viniendo arriba. No había fallado ninguna pregunta, era lo bastante listo y tenía la formación necesaria para darse cuenta de ello, y si había mentido, que eso sólo él lo sabía, lo había hecho con aplomo. Consideré llegado el momento de arrearle con el ariete en el portalón de su fortaleza. Lo había pactado antes con mi joven discípulo y le hice la señal para que se lanzara contra él. Arnau intervino con soltura:

—Ya se lo puede imaginar. Necesitamos saber dónde estuvo usted en la noche del sábado al domingo. Entre las once de la noche del sábado y las cuatro de la mañana del domingo. Aproximadamente.

Arnau y Santos eran más o menos de la misma edad. Algo más joven mi compañero. Verse interpelado por él, alguien a quien por lo común consideraría a varios niveles por debajo del suyo, obró en el registrador el efecto pretendido de desconcertarlo. Había respondido con firmeza a preguntas mucho menos obvias y sin embargo tartamudeó al contestar la única que era evidente que le haríamos:

—E-esa no-noche... Bueno, verán, el caso es...

—Es sencillo, señor Santos —le interrumpí—. No hace tanto. Lo recuerda o no lo recuerda. Y si lo recuerda, vaya por orden, a las once aquí, a las doce allá, y así sucesivamente hasta las cuatro. Queremos descartar sospechosos, y para eso necesitamos horas y a ser posible coartadas que nos hagan pensar que estaban en un lugar incompatible con su participación en los hechos. Sea usted preciso. Es por su bien.

La palabra «sospechoso», que había dejado caer así como al descuido, lo alteró visiblemente. Por un momento creí que iba a saltar y a echarnos de su casa, lo que no me habría disgustado del todo, porque al día siguiente, en el cuartel, o si se ponía muy tonto en el juzgado junto a su señoría, habría continuado el interrogatorio en condiciones mucho más ventajosas para mí. Sin embargo, debió de pensárselo dos veces y optó por portarse bien y hacer mansamente lo que se le pedía.

—A las once estaba aquí, solo —explicó—. A las doce estaba también aquí, pero ya acompañado. Y a las dos seguía aquí, solo otra vez. A las tres, si la memoria no me engaña, aquí estaba también, dormido. Hasta la mañana siguiente, que fue cuando me desayuné con la noticia.

—¿Quién puede respaldarlo?

—Que estuve aquí, mi teléfono móvil, si es que sus sistemas son tan fiables como cuentan en las películas. Y mi cuenta de internet. Me conecté y estuve navegando de once a doce y de dos a tres, también pueden acceder a eso, según creo. De doce a dos, podría contar con el testimonio de un testigo humano. Si no la hubieran matado.

Ahí hube de reconocerle la sangre fría, al joven registrador. La adrenalina, esa sustancia que se dispara cuando estamos en peligro, obra efectos milagrosos. Como el de volver ingenioso e incisivo a alguien que hasta ese momento no había pasado de parar los golpes.

—Entonces, la alcaldesa estuvo aquí.

—Sí.

—¿Es aquí donde solían encontrarse?

—No, nos íbamos lejos del pueblo, pero alguna noche, cuando ya era tarde, se atrevía a correr el riesgo. Y yo no me oponía. Vivo solo y estoy soltero, era ella la que tenía una reputación que cuidar.

—Y lo que me dice es que se quedó hasta las dos de la mañana.

—Eso es.

—¿Y luego?

—Se fue. Directa a su casa, o eso creí.

—¿No la acompañó?

—No. Sé que no es muy caballeroso, pero no convenía que nos vieran juntos. Ahora me arrepiento, como se puede imaginar. Y lo más duro es no poder mostrar ante nadie el dolor. Pero tenía una hija, que no tiene la culpa de nada y a la que no debo complicarle la vida.

Por primera vez, desde que nos había recibido, el registrador parecía más abrumado por la muerte de Karen que por las sospechas que asociadas a ella pudiera despertar la relación que mantenían.

—Lo que le voy a preguntar ahora obedece a motivos estrictamente policiales —le advertí—. ¿Mantuvieron ustedes relaciones sexuales?

Santos me examinó con aire suspicaz, como tratando de averiguar por mi expresión qué era lo que yo sabía y que me llevaba a hacerle aquella pregunta. No pudo sacar nada, estoy seguro, porque para entonces me había armado con mi más pétrea cara de guardia civil. A pesar de ello, de algún modo logró hacer sus deducciones.

—Sí, pero con preservativo —aclaró—. Si han encontrado semen en su cuerpo, corresponde a otra persona. El ADN se lo corroborará.

Aproveché el pie que me ofrecía:

—¿Estaría dispuesto a autorizar que le tomemos una muestra?

Pensé que titubearía, pero no lo hizo.

—Por supuesto. Ahora mismo, si lo desean.

—No hemos traído nada para recogérselo. Y hay que hacerlo con todas las garantías para usted. Nos ayudará contar con él, ahora que sabemos que tenían ustedes esa relación. Así nos centraremos en otros perfiles genéticos que aparezcan en las evidencias materiales.

—¿Les he convencido entonces de mi inocencia?

Le observé durante unos segundos. Su rostro, su complexión, sus manos. Las tenía grandes, y además era un hombre de constitución bastante atlética, no debía de andar falto de fuerza. El informe de la autopsia, que aún no había leído, pero que esa noche iba a examinar detenidamente, hablaba de asfixia mecánica compatible, por las marcas dejadas en el cuello, con una maniobra de estrangulamiento ejecutada por unas manos de cierto tamaño, con gran probabilidad masculinas. Otros indicios recogidos por nuestros técnicos de criminalística permitirían añadir la conjetura de que antes de estrangularla el asesino se había puesto unos guantes de material sintético. Nada de eso sabía aún, sin embargo, así que le miré de nuevo a los ojos y le dije:

—No, señor Santos, no es así como va la cosa.

Había empleado un tono neutro, que no impidió su desasosiego.

—¿Y entonces, qué...? —no logró terminar la pregunta.

—No es usted quien tiene que probar su inocencia, sino nosotros los que tenemos que demostrar su culpabilidad. Le agradecemos mucho su tiempo y que haya tenido la deferencia de recibirnos en su casa a esta hora tan intempestiva. Quizá necesitemos hablar otra vez con usted, para confirmar otras cuestiones, pero por esta noche me gustaría hacerle sólo una pregunta más, si no es abusar de su paciencia.

—No, tranquilo. Pregunte usted.

—No sé de qué hablaba con Karen, ni cuánto, pero me imagino que a lo largo de un año algo se le confiaría. ¿Le contó en alguna ocasión algo que pudiera llevarnos a sospechar de alguien como autor de su muerte? Quiero decir, si le mencionó que alguien le tuviera aversión, o la amenazara, o se le mostrara hostil de cualquier otra forma.

El registrador hizo memoria. Después del momento de tensión extrema que acababa de vivir, volvía a respirar con normalidad.

—No hablábamos mucho de nuestras respectivas vidas —dijo—. La mía no creo que le interesara demasiado, y de la suya, y de sus agobios, procuraba olvidarse cuando estábamos juntos. Sé que tenía conflictos y rivales en el partido, por supuesto, pero eso está claro, les pasa a todos los políticos. Y alguna vez me contó que venía cabreada porque había tenido un encontronazo con alguno de las fuerzas vivas del pueblo, pero no sabría... Bueno, sí, ahora que lo dice, hubo uno con el que la situación se salió un poco de madre. Un tal Antúnez, al que le cerró un puticlub. Llegó a amenazarla, pero con Karen eso era pinchar en hueso. Ella le dijo que si tenía cojones de volver a amenazarla lo denunciaba y le conseguía una orden de alejamiento, para empezar. Y hasta donde yo sé, ahí quedó la cosa. No volvió a meterse con ella.

No tenía sentido escarbar más, o no aquella noche. Me puse en pie y Arnau me imitó. Con mi mejor sonrisa, di por zanjada la entrevista:

—Pues esto es todo, por ahora. Muchas gracias.

Nos acompañó hasta la puerta con un ostensible gesto de alivio. Antes de despedirnos se me ocurrió que había una pregunta que no podía dejar de hacerle. Ya desde el rellano, me volví y le espeté:

—¿Y su marido?

—¿A qué se refiere?

—¿Diría usted...? —quise escoger las palabras, pero acabé tirando por la calle de en medio—: ¿Diría que sabía que le ponían los cuernos?

—No lo creo. Al menos ella nunca me dijo que sospechara.

—Y no sé, ¿no pudo verles alguien alguna vez?

—Teníamos cuidado. Aunque nunca se puede estar seguro del todo.

—Está bien, buenas noches, señor Santos. Le dejo mi tarjeta, si se acuerda de pronto de algo, ya sabe. Lo ha visto en las películas.

—Sí, ya sé.

Lo dejamos allí, solo en su ático inmenso, enfrentado a su recuerdo de lo que a los veintiocho años ya había perdido para siempre, su posible complejo de culpa por no haber estado ahí para evitarlo o, alternativamente, el temor que pudiera inspirarle, a la luz de sus acciones y sus omisiones, nuestra irrupción en su vida. Eran las nueve de la noche y me dirigí a mi fiel Arnau, sentado de nuevo al volante.

—Joanot, acabamos de comernos un día de mierda. Vayamos a rescatar a la sargento y cenemos como personas, o intentémoslo, si es que encontramos algo abierto en esta ciudad fantasma. Antes, y de camino, voy a cumplir, con tu permiso, con un par de deberes ingratos.

No disponía de otro momento para hacerlo, así que aproveché el trayecto para llamar a mis dos jefes, primero al coronel Pereira, al que informé en clave y de forma más bien lacónica de lo poco concreto que nos había deparado la jornada. Después hice lo propio con el comandante Rebollo. A mi joven compañero no se le escapó la duplicidad de informes, y tampoco el orden en que los había evacuado.

—En momentos así, me alegra no ser el jefe —observó—. Hacer la tarea y tener que contársela luego a los de arriba. Trabajo doble.

—Ya te tocará, mi joven cachorro. En todo caso, peor lo tenía Hernán Cortés, que de día tenía que aplastar a los aztecas y por la noche, mientras vigilaba para que no lo atraparan y se lo llevaran a una pirámide a arrancarle en vivo el corazón, tenía que escribir cartas larguísimas al rey justificando cada cosa que había hecho durante la jornada. Y ya ves, salió adelante igual, y el que la palmó fue Moctezuma.

—Así visto...

En la puerta del cuartel había otro joven guardia, distinto del de la mañana. Nos identificamos y le preguntamos si sabía dónde se habían instalado Chamorro y Tous. Nos dirigió a un ala de oficinas donde los encontramos, cada uno con la vista clavada en la pantalla de su ordenador. Chamorro tenía además un bloc lleno de anotaciones.

—Ah del fuerte —los saludé.

—Hombre, mi brigada —respondió Chamorro—. ¿Todo bien?

—Pse. ¿Y por aquí?

Se echó hacia atrás en la silla y estiró los brazos.

—Bueno, cosillas —dijo—. Ahora te lo resumo. Sugeriría irnos a cenar, dice el compañero que lo que hay abierto es poca cosa y que no esperemos que nos den nada muy comestible si vamos demasiado tarde.

—Apruebo la moción. Aunque, ahora que lo pienso, se nos ha pasado un detalle. Habrá que dormir en alguna parte esta noche.

Chamorro sonrió con suficiencia.

—Di más bien que se te ha pasado a ti. Tous se vuelve a casa, dice que prefiere ir y venir cada día. Nosotros tenemos reservadas tres habitaciones en un hotel decente al lado del paseo marítimo. Les he sacado un precio especial. He conseguido que nos sobre de las dietas.

—Qué haría sin ti, Virgi.

—Nada, deslizarte rápidamente hacia la decadencia.

La miré, agotado. Lo malo, o lo bueno, dependiendo de si acertaba a devolverla a su ser y a retenerla conmigo, era que tenía razón.

8
Si alguna vez

Si hacíamos abstracción de la razón por la que nos encontrábamos en aquella ciudad, he de reconocer que la cena resultó una placentera forma de rematar el día. No por la comida que nos sirvieron, menú de batalla para turistas, al que como mucho se le podía pedir que no estuviera contaminado con ninguna forma de vida microbiana que nos entorpeciese la investigación con una inoportuna gastroenteritis. Lo que me resultó inopinadamente reconfortante fue la posibilidad de tomarla al aire libre, en una terraza del paseo marítimo, contemplando un mar en calma sobre el que se reflejaban, trémulas, las luces de la costa. Haberme despertado en un Madrid invernal, y cenar junto al tibio Mediterráneo, era uno de esos raros y pequeños placeres que me deparaba la existencia, y a los que había aprendido a aferrarme como la hiedra a la pared. En ambos casos se trataba de una técnica de supervivencia. Como dijo el sabio Epicuro, aunque legiones de cabestros se hayan empeñado en desvirtuar (cuando no silenciar o destruir) su mensaje a través de los siglos, son los dignos deleites los que nos sostienen en pie, frente a las asechanzas y los reveses de la vida.

Entre plato y plato, puse a Chamorro al corriente de nuestras tres entrevistas de aquella tarde, y ella hizo lo propio con las suyas y con las gestiones que habían tenido tiempo de hacer ella y Tous desde la oficina. El teléfono de la alcaldesa, que no registraba aquella noche más llamadas que las hechas al número de su casa y al móvil del registrador Santos, se había movido desde el lugar de la cena hasta el domicilio de su amante y luego, dando un pequeño rodeo, hasta la playa donde apareció su cadáver. Chamorro había hecho sus conjeturas y había identificado dos puntos que podíamos considerar como una desviación de la ruta más o menos prefijada. La señal del teléfono había permanecido inmóvil unos quince minutos, entre las dos y diez y las dos y veinticinco, en una zona de ocio nocturno que había camino de su casa, desde donde se había desplazado luego no en dirección a ésta, sino en sentido contrario. En otro punto, situado en una carretera de poco tránsito, se había detenido brevemente, a las tres menos diez de la mañana, y acto seguido había dado media vuelta para dirigirse ya hasta el lugar donde había aparecido su cuerpo, que era también donde el teléfono había dejado de funcionar. Un recorrido llamativo, que daba pie a toda clase de suposiciones, aunque lo principal para nosotros, en qué momento de esa ruta seguía vivo el teléfono pero ya no su propietaria, resultaba difícil de precisar. Lo único que podíamos y debíamos hacer, al día siguiente, era reproducirla, examinar los dos puntos de giro y tratar de formarnos alguna idea al respecto.

En cuanto a las conversaciones grabadas al concejal Miralles, Chamorro me contó que Salgado se había mostrado al principio reticente a pasarle la información, con el pretexto de que yo le había dicho que sólo me informase a mí. Reconocí el error en la gestión de mi equipo, imputable a las prisas. Pero Chamorro lo había solventado sin necesidad de echar mano de sus galones, recurriendo a la astucia:

—Le he dicho que no podía ser un secreto entre ella y tú desde el momento en que yo lo sabía, que si lo sabía sólo podía ser por ti y que pensara por qué podías habérmelo dicho y por qué la llamaría yo.

—Bien traído, el razonamiento.

—Le ha costado, pero al final lo ha comprendido y me ha enviado el informe. Me temo que no es rubia auténtica.

—Si dijera eso yo, sería un machista —protesté.

—Claro que lo serías. Por eso lo digo yo.

Y sin más, le dio un sorbo largo a su Coca-Cola *light*. En otra vida, me gustaría tener esa naturalidad femenina para desbaratar de un plumazo la laboriosa lógica masculina. En cuanto a las conversaciones telefónicas de Miralles de ese fin de semana, Salgado nos había transcrito otras dos que resultaban sin duda de interés: la primera que había mantenido con Arturo Grau, el líder provincial del partido, y la llamada que había recibido de Sandra Valls, la jefa de prensa del ayuntamiento. Con Grau, según el informe de Salgado, había habido algo más que tensión. En algún momento, el dirigente provincial había dejado caer su sospecha de que aquello fuera una emboscada de la vieja guardia del exalcalde, o de los poderes fácticos de la ciudad aliados con él, y que no se fiaba de que Miralles no estuviera implicado. El concejal había rechazado airadamente aquella insinuación. Chamorro me leyó su réplica, y también la contrarréplica de Grau:

—«Mira, Arturo, si vas a ir por ahí, no me toques las pelotas, te vas a la Guardia Civil y me denuncias, si tienes huevos.»

—«Mira tú, Manolito, no sé qué demonios pasa en ese puto pueblo, pero no esperes más que ser alcalde en funciones. Si alguien ha hecho esto para ponerte ahí, porque tiene más *feeling* contigo, va listo. Ya hablaremos.»

Y ahí había quedado zanjada la conversación. Lo de Sandra Valls era harina de otro costal. Según el informe de Salgado, la jefa de prensa sufría un ataque de nervios, hablaba de forma incoherente y Miralles había procurado tranquilizarla, sin demasiado éxito. En cierto momento, Sandra había dicho algo que no podíamos pasar por alto:

—«Yo lo sabía, sabía que iban a acabar cargándosela.»

A lo que Miralles había respondido:

—«Tranquila, Sandra, estás muy nerviosa y no piensas con claridad. Vamos a dejar que la justicia haga su trabajo, a nosotros lo que nos toca es colaborar y hacer que la ciudad continúe funcionando. Es lo que ella querría.»

De todo aquello no se desprendía nada claro, salvo la necesidad de seguir mirándole los bajos a Miralles y la de concertar otra entrevista con Sandra, en la que no podíamos desvelar la carta que teníamos frente a ella, a partir de esa conversación telefónica intervenida, pero debíamos arrinconarla hasta hacerle soltar algo similar y tratar de obligarla a concretar la fuente y el foco de sus sospechas. Me permití esperar que en el hospital le hubieran facilitado alguna medicación que le permitiera afrontar el trago sin volver a desmayarse.

Y hasta ahí llegaba la diligencia de mi compañera. Para el día siguiente quedaba el análisis de las llamadas de Karen Ortí Hansen en los días previos a su muerte, así como el de la información que podía facilitarnos su ordenador. A ese respecto, Chamorro me refirió que Tous había estado hablando con su comandante, y que le había dado la sensación de que algo tenían, pero que el cabo, una vez terminada su conversación, le había dicho que aún estaban en ello.

—Ahora me da pereza, sinceramente, pero mañana la llamaré a primera hora —dije—. Y ya procuraré que me cante lo que se estén guardando. En todo caso, le pedí esta tarde a Menéndez que nos hicieran un *backup* para poder mirarlo. Insístele a Tous para que nos lo pasen y lo mandamos a Madrid para que alguien se lo trille a fondo.

La temperatura era tan agradable que para prolongar la sobremesa nos tomamos un café. Lo pedí descafeinado, a lo que el camarero argentino que nos atendía asintió solícitamente, aunque el redoble de lucidez que el brebaje me produjo me llevó a suponer que no me había hecho ni puñetero caso. Regresamos caminando hasta el hotel, donde habíamos dejado el coche y nuestros equipajes. Pese a lo avanzado de la hora, cerca ya de la medianoche, estaba muy animado. Sonaba música de baile y en un salón de la planta baja, visible desde la calle a través de unos ventanales diáfanos, se agitaba frenética una legión de abnegados danzarines. No pude evitar volverme a Chamorro:

—¿De esto no te avisaron?

—La verdad es que no.

—Pues éstos tienen carrete, ¿eh?

—¿Tú crees?

—Ya lo creo, míralos.

La edad media de la concurrencia andaba más próxima a los 75 que a los 65, pero la energía con que sacudían sus osamentas al ritmo de los grandes éxitos de los años setenta, en aquel preciso instante la inevitable *I will survive*, de Gloria Gaynor, me hacía presagiar lo peor.

—Guau, ahora entiendo por qué el Imserso les subvenciona estas farras a los abuelos —dijo Arnau—. No es por lo que cuentan de fomentar el turismo interior y la ocupación hotelera en temporada baja. Con tres noches locas de éstas, alguno deja de cobrar la pensión.

—No los subestimes, Arnold. Vivieron una posguerra, algunos de ellos aún tuvieron tiempo de que los bombardearan en la guerra, y ahí están: casi sin antibióticos, sin leche maternizada ni potitos ni todas las mariconadas con que hemos salido adelante los demás. Son titanes del darwinismo en la especie humana, hace falta mucho más que eso para derribarlos. El que hiciera ese cálculo, la metió hasta la ingle.

Nuestras habitaciones estaban en la tercera planta, no lo bastante altas como para que la música de la fiesta no llegara, bien nítida, hasta ellas. Arnau se deslizó en la suya: era joven, había conducido mucho, y pese al ruido supuse que caería a plomo igual. Respecto de mí, con aquel café bailando en la sangre, tenía más dudas, aunque estaba igualmente hecho polvo. Eso me hizo lanzarle a Chamorro, antes de que se metiera en la habitación, una proposición repentina:

—Con ese jaleo no sé tú, pero yo ya cuento con que no voy a dormir. ¿Te vienes a caminar un poco por el paseo marítimo?

Quiso leerme las intenciones, y lo logró.

—¿A caminar? ¿O estás invitándome a otra cosa?

—Tal vez, siempre dentro de la decencia y el imperativo del servicio.

—No sé muy bien qué entiendes tú por eso.

—Tengo novia, tienes novio, y no te diré a ti que nunca he tenido la debilidad de liarme con una uniformada, pero la verdad es que no me da la sensación de que fuera mi hazaña más inteligente.

—¿Tienes novia? Vaya, qué callado te lo tenías.

—Bueno, de aquella manera. Una relación posmoderna y otoñal.

—No sé si pedirte que me expliques eso.

—Mejor que no, es complicado, como casi todo, a partir del momento en que dejas de ver bien las letras.

—En fin, la que no tiene novio soy yo. Así que quizá no conviene que acepte tu propuesta. Ando vulnerable y puedo comprometerte.

—¿Que no tienes? ¿Y qué ha pasado con...?

—Lo de siempre. Trataré de creer que no me merecen.

—Eso ya te lo digo yo.

—Tú y todas las revistas femeninas y todas las amigas que una tiene cuando se acerca al borde del abismo de los cuarenta, aunque no sé si escudarme en esa creencia es ponérmelo demasiado fácil.

De pronto empezaron a encajarme algunas cosas. Chamorro salía desde hacía un par de años con un tipo con el que se la veía moderadamente feliz, un periodista al que había conocido con motivo de uno de los muertos que nos adjudicaban y que a él le correspondió cubrir para su periódico. Quizá ayudaba el hecho de que él estuviera en Valladolid, ni demasiado cerca ni demasiado lejos: no aspiraba a esa convivencia diaria que alguien con el oficio de Chamorro mal podía ofrecerle, y no estaban tan alejados como para que la sopa se les enfriara entre encuentro y encuentro. Por primera vez, después de un par de descalabros, incluido el epílogo tormentoso que había vivido con un compañero de la empresa bien plantado pero que iba poco con su carácter, me parecía que estaba contenta y que la trataban como ella quería ser tratada, que es en definitiva el truco y el condimento básico que permite que compartir un trozo de tu vida con otro no se convierta en un plato indigesto. La ruptura debía de estar muy reciente, y supuse que de ahí venía buena parte de su desazón. Lo que me sorprendía, porque la había visto vivir otras rupturas, incluso traumáticas, con absoluta entereza. Casi había llegado a convencerme de su capacidad para dominar y hasta reprimir sus sentimientos. Pensé que después de todo venía a ser como cualquier otra persona, si se ponía así por romper con el novio. Lo que no sabía, aún, era que había algo más.

—Si te parece, mientras paseamos te desahogas —ofrecí—. O te quedas callada, como prefieras. Aquí me tienes para lo que te haga falta.

Mi sargento me observó con súbita calidez.

—Eres un buen tipo, mi brigada. A veces, te lo confieso, pienso que es una pena que seas mi jefe y que no tengas unos añitos menos.

—Virgi, eres la segunda mujer que me llama viejo en menos de veinticuatro horas. Otra más y tendré que rendirme, echarme en un diván y dejar que un farsante cobre por escuchar mis gimoteos.

Chamorro me tomó entonces del brazo.

—Anda, vamos a dar ese paseo —dijo, con aquella sonrisa triste que era lo más que podía conseguir la mejor de mis payasadas.

Caminamos durante un buen rato en silencio. La temperatura seguía siendo suave, aunque empezaban a no sobrar la chupa de cuero (sintético, por supuesto) que yo llevaba y la trinchera bajo la que se arrebujaba ella. Si durante el día la ciudad aparecía poco concurrida, por la noche no se veía un alma. Era un espectáculo que tenía su punto surreal: aquella avenida de amplias aceras, previstas para ser recorridas por miles de personas en las noches mágicas del estío (que casi nunca resultan ser luego tan mágicas, salvo en la memoria cuando han pasado muchos años o en el aturdimiento alcohólico, cuando las copas han sido muchas también) y por las que aquella noche de febrero tan sólo arrastraban sus castigados huesos dos guardias civiles de paisano con una muerte caliente y aún indescifrable entre las manos. Los letreros luminosos de las discotecas y los bares de copas, apagados y legibles apenas a la luz de las farolas, hacían patente que en aquel momento la vida sucedía en cualquier otra parte, y que una vez más éramos esos seres fuera de lugar con los que la sociedad, y quienes la dirigían, contaban para remangarse y meter las narices hasta el fondo de lo que la mayoría de la gente ni podía ni, en el fondo, quería saber.

Lo que tuve claro, mientras andábamos a paso tranquilo a la vera de aquel mar, el mismo junto al que nacieron las lenguas de las que procedía la nuestra y la filosofía y las normas que seguían sirviéndonos para mal entender y mal ordenar el mundo, fue que no sería yo quien dijera la primera palabra. Le correspondía a ella, si quería, y también a ella le dejaba que eligiera el tema y el tono de la conversación.

—¿Cómo lo ves? —preguntó al fin.

—El qué.

—Qué va a ser. De lo mío no te he contado nada, no aspiro a que seas tan buen consejero como para orientarme por adivinación.

—¿Lo de Karen, dices?

—Ajá.

—Un marrón. Por eso estamos aquí. Quería contarte algo, es una de las razones por las que te invité a dar este paseo. A Arnau prefiero eximirle por ahora de saberlo, pero a ti no te lo puedo ocultar, aunque me lo hayan ordenado. Hay una trama de blanqueo de dinero del crimen organizado y de corrupción a gran escala que están investigando los nuestros de delincuencia económica y que salpica a este ayuntamiento. Parece que no a Karen, o de eso no hay pruebas. Pero al que sí van a llevarse por delante, en cuanto lo aten todo y a reserva de lo que descubramos nosotros, es a su segundo, el concejal Miralles.

—¿Crimen organizado? ¿Cuál?

—Napolitanos. Camorra, o similar. El soplo vino de allí. Lo que están tratando de acotar, para desmantelarla entera, es la red de testaferros y funcionarios a sueldo que tienen aquí para hacer el lavado.

—Entonces, blanco y en botella, ¿no?

—Eso pensaba, antes de venir. Ahora no lo tengo tan claro.

—¿Crees que un asesinato con la pinta que tiene éste se explica por un accidente o un ataque de cuernos, estando eso otro ahí?

—Lo que creo es que no podemos descartarlo, y que mientras no lo descartemos, y no amarremos muy bien eso otro, llevar a alguien a responder ante un tribunal, incluso aunque nos apoye el instructor, es arriesgarse a que un abogado de esos que tiene esta gente, ya sabes, exmagistrado o exfiscal con un poco de mala pata, te lo saque absuelto. He estado hablando un buen rato con Miralles. Puede que no les vaya a costar empurarlo por el cohecho o por delito fiscal, porque le han levantado las cuentas donde guarda las ganancias, pero para cargarle un asesinato, si además lo hizo por persona interpuesta, vamos a tener que sudar. Si me dejas apostar, y en mi vida he interrogado a una poca gente mala, a ése no logramos derrumbarlo ni a tiro limpio.

—Lo peor es que no tenemos nada material —dijo—. No hay lugar del crimen, no hay arma, ya veremos si hay ADN. De momento, sólo las trazas de polipiel de los guantes que llevaba el asesino.

—Que deben de haber ardido ya hasta consumirse por completo. Me apuesto que en el mismo coche de la víctima, junto a sus cosas.

—En fin, nadie dijo que estuviéramos para lo fácil.

—Hay otra pega —añadí—. Tengo a Pereira muy encima, me ha pedido que le mantenga informado todo el tiempo y hasta, en cierto modo, que me salte a Rebollo, algo que nunca había osado pedirme.

—¿Y eso?

—El material que tenemos entre manos, Virgi. Alta sensibilidad. Nunca olvides que Pereira quiere ser general. En esta empresa no va a llegar ahí por los méritos que haga ante los políticos, como pasa en otras, pero sí puede dejar de llegar por los errores que cometa a juicio de ellos, lo que incluye que lo perciban alineado en contra o a favor de unos u otros. No creo que vaya a aceptar presiones, ni siquiera sé si las recibe, y menos aún que nos las traslade a nosotros, pero sí que necesita amarrarlo todo a tope antes de soltar los caballos. Lo que hagamos debe ser irreprochable. Este juego no tiene premio, sólo se puede aspirar a no salir demasiado damnificado. Él, lo mismo que nosotros. Ya has oído antes la historia del predecesor de la comandante Menéndez, exjefe de policía judicial de esta comandancia. No te sorprenda que su cagada con el portentoso Arturo Grau tenga algo que ver.

La expresión de Chamorro se volvió afectuosa.

—Pobre —dijo—, tú cargando con todo eso y yo haciéndote soportar mi berrinche de adolescente deprimida. Joder, me siento avergonzada. Perdóname, me he comportado como una verdadera gilipollas.

Había conocido a Chamorro a sus veintipocos, cuando aún no decía palabrotas. Y me había gustado. De otra forma seguía gustándome ahora que la oía jurar de aquella manera. En cierto modo, más.

—No voy a volver a pedirte que confíes en mí, si necesitas contarle a alguien lo que te pasa —dije—. Va a parecer que soy un cotilla.

Era, claro está, una forma indirecta de pedírselo. No me lo recriminó, aunque tampoco se apresuró a responderme. Caminó durante unos minutos con aquella sonrisa que seguía siendo triste, pero cada vez era un poco menos amarga, lo que me creí con derecho a anotarme como un tanto a mi favor. Al fin, sin mirarme, dijo:

—Lo que me pasa es algo más que haber roto con Ciro. No te voy a negar que me había hecho a él, y que ya llevo cuatro viernes que no sé muy bien qué hacer cuando llego a mi casa y me encuentro sola con mi vida. Y cuando te dejas sacar por las amigas es peor aún.

—¿Entonces?

Se volvió hacia mí. Sin palabras, trató de hacerme sentir que no desconfiaba de mí, que el impedimento era otro, y que seguía ahí. Por si no lo había entendido, se tomó la molestia de explicarlo:

—No puedo hablar de ello, Rubén. O no ahora. Sé de dónde viene, pero no sé si entiendo muy bien lo que pasa, y hasta dónde llega. Te agradezco que estés ahí, y sobre todo te agradezco la paciencia que has tenido hoy. Procuraré no abusar más de ella, en adelante.

—Eso es lo de menos. Lo que a mí me importa es que estés bien.

Su sonrisa se volvió enigmática y lejana.

—Estaré bien, cuando deshaga el sombrero.

—¿Cómo?

—¿Has leído *El Principito*?

—Sí, pero hace tiempo. No sé si lo recuerdo bien.

—De esto seguro que te acuerdas, está al principio. El dibujo que hace el Principito, que tiene forma de sombrero, pero que en realidad es una boa que se ha comido un elefante. Me gustaba esa imagen cuando era pequeña, y de joven, cuando empecé a suspender en las academias de oficiales, lo recordaba y me decía que pasar aquel trago era como para aquella boa digerir al elefante: deshacer el sombrero.

Toda mujer, si sabe conservarla, lleva dentro una niña que la hace hermosa y limpia hasta el fin de sus días. Mi abuela, lo recuerdo bien, tenía dentro una niña así. Me enterneció ver que Chamorro, viéndoselas ya casi con los espinosos cuarenta, seguía teniendo la suya.

—¿Tan dura es la cosa? —pregunté.

—Tiene su miga —asintió—. Pero pasará, y me atreveré a contártelo. Un día de éstos. Como tú me dijiste una vez, no será hoy.

Recordaba la frase, recordaba el momento y sobre todo recordaba el asunto. También cuánto la había hecho esperar: nada menos que siete años. Le reconocí, pues, el derecho a demorar su confidencia.

—Está bien. Aquí me tienes, para lo que sea y cuando sea, ya lo sabes. Y si hay que matar a alguien, se le mata. Como no fumo ni me drogo, me basta con que me lleves de vez en cuando libros al talego.

Sacudió la cabeza, divertida. O eso quise creer.

—No es para tanto. Ni se trata de liquidar a nadie. Al revés.

Ni servía para nada, ni sentí que debiera seguir tirándole de la lengua. Reparé entonces en lo que nos habíamos alejado. No nos llevaría menos de veinte minutos desandar el camino hasta el hotel.

—Oye, habrá que dormir algo —dije.

—Más nos valdría.

—¿Crees que los veteranos seguirán meneando las caderas?

—Según tu propio cálculo, no lo descartes.

—Me parece que se me ha pasado ya el efecto del café de verdad que me ha dado nuestro alevoso camarero. Dormiré igualmente.

—Pues vamos.

Cuando llegamos, el hotel parecía otro. Se veía que a la una les cortaban la música, el regimiento de jubilados se retiraba ordenada y obedientemente y el salón quedaba tal y como se veía ahora, a media luz y por completo silencioso. Dejé a Chamorro en su habitación, le di las buenas noches y seguí por el pasillo hasta la mía. Antes de abrir, oí su voz, apenas perceptible, porque me habló sin elevarla.

—Rubén.

—¿Sí?

—Gracias. Que descanses.

Antes de acostarme, venciendo el deseo de dejarme

caer sin más sobre el colchón, deshice la maleta. La experiencia enseñaba que convenía desdoblar las camisas y colgarlas de las perchas. Si no, se quedaban hechas un higo, y darían la impresión penosa contra la que me había prevenido Carolina y que tampoco me gustaba a mí dar cuando representaba a la justicia frente a mis conciudadanos. Eso me la recordó, y antes de acostarme y de enchufar el teléfono para que se recargara le eché un vistazo. Tenía dos *whatsapps*, uno de ella y otro de Andrés. El de mi hijo era una felicitación: «Estás en forma, brigada, no te he visto en la tele.» No había sido mérito mío, de hecho el estrés y la presión a que me habían sometido en el tanatorio la comandante Menéndez y el irascible Arturo Grau me habían impedido tomar las precauciones habituales. Le respondí con un sucinto agradecimiento. En cuanto a Carolina, el mensaje era de otro cariz: «¿Qué tal, sigues entero?»

Dudé si llamar. La hora lo desaconsejaba. Preferí ponerle un mensaje, pero se me ocurrió repartirlo en varios trozos y sólo tuve tiempo de escribir el primero. Andaba tecleando el segundo, o mejor dicho corrigiendo las palabras, casi siempre antipáticas o inapropiadas, que en cuanto me equivocaba en una letra ponía por mí la escritura predictiva del teléfono, cuando sonó el tono de llamada. Era ella.

—Me tenías preocupada. Pensé que te había pasado algo.

—Hemos estado pringando hasta tarde, y luego me he ido a dar un paseo con la sargento. Anda fastidiada, lo ha dejado con el novio.

—Ya veo. Oye, si lo del consuelo se os pone muy emocionante me avisas, para no estropear el momento de ternura benemérita.

—¿Celosa?

—Tú sabrás si debo estarlo.

Carolina no solía decir aquellas cosas en serio, tampoco habíamos llegado a establecer ningún pacto explícito de fidelidad o de exclusividad en nuestra relación, aunque por mi parte yo lo aplicaba, sin preguntarle a ella nunca si lo hacía o no. Su tono no me parecía menos desenfadado que de costumbre, pero algo me sembró la duda.

—¿De Chamorro? Es la última mujer de la que deberías tener celos, si es que te da por ahí. Es mi vieja compañera de fatigas, la respeto y la aprecio, pero todo en términos de estricta camaradería.

—Relájate, hombre, era broma. ¿Todo bien?

—No: todo mal, y a medias, y cuesta arriba y embrollado, pero así empieza esto siempre. Ya iremos deshaciendo la madeja, espero.

—Seguro. Ten confianza.

—¿Y tú?

—Harta. Pero a mis casi cincuenta tacos no sé hacer nada más, así que tendré que seguir vistiéndome de cuervo con puñetas y escarapela en el pecho y hacer como que resuelvo lo que no tiene arreglo.

—Oírte me hace sentir bien, en comparación. ¿Tan mal ha ido?

—Esta mañana, tres abogados listos, que es más de la dosis que puedo aguantar. A uno le he tenido que llamar la atención media docena de veces. Me va a reventar darle la razón en la sentencia.

—Pues no se la des.

—Es que la tiene. No él, su cliente.

—Prevarica.

—¿Has bebido, Rubén?

—Agua con gas. Y un café que pedí descafeinado pero que me temo que no lo era. No debí fiarme. El camarero era argentino.

—¿Y eso? Creía que entre sudacas erais más solidarios.

—Qué va. El truhán ha debido de olerse mi ascendencia uruguaya. Siempre nos han tenido manía, por lo de Gardel, ya sabes.

Se hizo un silencio en la línea.

—¿Sabes qué? —lo rompió al fin.

—Qué.

—Te echo de menos. Con todo lo chinche que puedes llegar a ser.

—Eso no vale. No puedo responderte. Sería desacato.

—Responde lo que quieras. Te doy permiso.

Le respondí lo que quise, y luego ella a mí, y así durante un cuarto de hora más. Cuando apagué finalmente la luz, lo hice con una extraña sensación. En mi mente se acumulaban todos los acontecimientos del día, la conversación con Chamorro, aquel destello sentimental de Carolina que me halagaba e inquietaba a partes iguales. Hasta entonces nuestra relación había transcurrido con suavidad, sin exigencias ni expectativas y en consecuencia sin rozaduras de ninguna clase. ¿Estábamos evolucionando hacia otra cosa? Con mi historial, no podía reprimir un escalofrío. Siempre que había dejado que una mujer sentara de algún modo plaza en mi vida, la historia había acabado mal, para ella, para mí o para ambos. De este oscuro presentimiento, en un alarde de masoquismo, mi cerebro se volvió casi automáticamente a otro foco de desasosiego, el que tenía que ver con la poca concreción que podía dar, por el momento, a mis hipótesis sobre la muerte cuya investigación me ocupaba. El primer día Pereira podía comprarme esa mercancía, pero a medida que fueran pasando los siguientes tendría que procurarme otra más persuasiva y mucho más elaborada, y el reto no se presentaba nada fácil. Si lo consideraba con frialdad, tenía muchas posibilidades encima de la mesa pero ni una sola teoría consistente, aún.

Para espantar estos nubarrones, y ayudar a que el sueño viniera al fin a rescatarme, opté por ponerme un poco de música. La busqué lo más tranquila posible y acabé escogiendo una canción de Battiato. Era la que más paz me transmitía, entre todas las suyas, *Se Mai*:

Se mai ti parlassero di me
chi lo sa se in fondo a te
troverai un sorriso per me...

Aquellos versos me trajeron la serenidad y el sueño que necesitaba, pero no voy a mentir: la sonrisa que imaginé que alguien encontraba en su fondo, si alguna vez le hablaban de mí, no era la de Carolina, ni la de Chamorro, y menos aún la de Karen, la mujer de amores revueltos a la que iba en mi sueldo tratar de hacerle justicia. Fueron otras sonrisas, otras pérdidas, otros días, los que se enredaron en mi sueño. Y para variar, por eso Battiato era tan grande, el hombre sintió que haber perdido algo, sin posibilidad de recuperarlo, era bueno.

9
Dadme dulces mentiras

Aquella mañana no necesité el despertador para madrugar. La mala conciencia, tal vez, por mis muchas faltas o por lo poco que hasta ese momento había avanzado en las pesquisas sobre la muerte de Karen Ortí Hansen. Cuando a eso de las seis y media mis ojos se abrieron y mi mente se vio devuelta a la cruda realidad, me dije que era inútil remolonear o resistirse y me puse sin más en pie. A las siete, afeitado y duchado, hacía mi entrada en el comedor donde se servía el bufé de desayuno. Había imaginado, iluso de mí, que bajando tan temprano podría desayunar solo y tranquilo, atendiendo el correo en el iPad y leyendo los periódicos. Lo que allí me encontré pulverizó al instante esas expectativas. Pese a la hora, decenas de hiperactivos pensionistas se arremolinaban en torno a las máquinas de café, los dispensadores de zumo, las bandejas de bollería o las cubetas donde se mantenían calientes huevos fritos y revueltos, chorizo, beicon y otros alimentos poco cardiosaludables y dudosamente indicados para hipertensos. En cuanto a las mesas, me costó Dios y ayuda encontrar una en la que pudiera acomodarme y, una vez que la ocupé con la tableta, tardé aún diez minutos en volver a ella con mi café y un triste y revenido cruasán. En la máquina de café calculo que se me coló media docena de septuagenarios, cuya determinación en la maniobra disuadía de cualquier intento de oponerse a ella. No los censuré por la impaciencia ni por la brusquedad de sus movimientos: tenían menos tiempo que yo por delante y menos reflejos, lo que influía sin duda en su forma de conducirse. Ya se vería qué viejo hacía yo, si se me otorgaba llegar a su edad. Si podía elegir, me pedía parecerme a mi madre y a mi abuela, los principales referentes de personas mayores que tenía en mi círculo más próximo. Ellas siempre habían sabido ocuparse antes de otros, sin reclamar nunca para sí. Son tan inciertos nuestros derechos sobre el mundo, y sobre lo que en cada momento nos ofrece, que una elegante renuncia y el paso atrás siempre me han parecido mucho más juiciosos y naturales que la codicia o el ansia de adelantarse al resto.

Chamorro bajó poco después. Arnau se nos unió sobre las siete y media. Para entonces, el ruido en el salón era literalmente ensordecedor, y mis intentos de responder el correo electrónico, cada vez más infructuosos. Mi joven compañero presenciaba con cara de espanto la escena que se desarrollaba en la mesa contigua a la nuestra.

—Juraría que ese tío lleva ya media docena de huevos fritos —dijo.

—Respeta a tus mayores, Johnny —le reprendí.

—Es que es alucinante.

—No los juzgues. Si tú hubieras conocido alguna vez la sensación de pasar hambre, como les tocó a muchos de estos compatriotas, entenderías mejor la pulsión de llenar el depósito, cuando se puede.

—Míralo, es que le van a sentar mal.

Me volví discretamente.

—Ha vivido ocho décadas, como poco —calculé—. Ha cumplido de sobra. Déjale que disfrute. Lo que debería preocuparte es esa mujer que no tenía treinta y tres y se llevaron por delante, y sobre la que seguimos sin tener nada que podamos contar a nuestros jefes.

—Por cierto, habrá que planificar el día —dijo Chamorro.

—¿Cuándo esperamos a Tous?

—Me dijo que estaría aquí a las ocho y media.

—Hoy te quedas tú con él en la oficina, Arnau —decidí—. A ver si le sacáis al teléfono y al ordenador de la difunta algo que nos permita dejar de ir preguntando por ahí como tontos y comiéndonos sin más el cuento que cada cual nos quiera endosar. Tú, Virgi, te vienes conmigo. Tenemos varias gestiones pendientes. Y como alguno de los interesados ya te conoce, prefiero que seas tú quien me acompañe.

—¿Te refieres a Sandra Valls?

—Sí, pero no será la primera. De momento, voy a llamar a Menéndez para ver en qué anda. No me fío de tenerla descontrolada.

Fue como si le hubieran zumbado los oídos. Antes de que pudiera marcar su número, sonó mi teléfono. Era ella, la comandante.

—Buenos días, brigada. Espero no despertarte.

—Ya sabe, los hombres mayores nos despertamos temprano.

—Oye, lo siento, sí que te lo tomaste a pecho.

—Soy realista. Y es la verdad.

Menéndez aparcó su malicia. Quería mostrarse cooperadora.

—Tous va para allá. Se lleva una copia de lo que nuestros informáticos de aquí le han podido sacar hasta ahora al ordenador portátil de la alcaldesa. Así vamos mirándolo con más ojos. Más veremos.

—Seguro que ya han encontrado algo por ahí.

—Sí, alguna cosa —admitió—, pero no sé si mucho que pueda servir para lo que nos interesa. Me imagino por ejemplo que su historial de navegación por páginas calientes y por sitios de descarga de música y vídeos no lo vamos a considerar como una prioridad policial.

—Eso siempre depende, ya sabe.

—Te lo paso en el disco, pero yo que tú no perdería mucho tiempo con ello. No hay parafilias raras, todo bastante convencional. La música y las películas, también. Lo mismo te digo de sus navegaciones por Twitter y por los medios digitales: todo relacionado con política, nacional o autonómica. Bueno, y alguna página en danés de la que no entendemos ni jota, pero la traducción de Google nos permite suponer, con las debidas reservas, que también son cuestiones de política, internacional en este caso. Salvo esos momentos de inocente y disculpable relax, Karen era una mujer muy volcada en su trabajo.

—¿Y el correo? ¿Y otras redes sociales?

—El correo es bastante ingente, he puesto a una persona a revisarlo, ya te contaré si sale algo de ahí. Tenía dos cuentas de Facebook, la suya pública y otra bajo seudónimo; también estamos removiéndolas, pero ya sabes que la herramienta es farragosa, danos tiempo. La secreta la tenía asociada a una cuenta de correo cuyo *nick* no se parece nada a su nombre. Tous lleva el dato, yo pediría al juez intervenirla.

—Se lo pediremos.

—También tenía una cuenta de Instagram, igualmente bajo seudónimo. Hay fotos de paisajes, pies, manos, cosas así. Algunos lugares los reconocemos, otros no. Hay interiores, también. Y playas.

—Eso puede darnos alguna pista.

—Identificarlos todos será para nota, pero sí, quizá pueda sernos de utilidad. Si necesitas algo más, pídelo. Tengo gente disponible si crees que hay que reforzar cualquier otra línea de la investigación.

Estaba claro que la comandante no iba a perder ocasión de estar encima de todo lo que fuéramos descubriendo. Sin llegar a convertir mi agenda en la suya, tampoco me venía mal utilizarla a mi vez.

—Vamos a reconocer la ruta que hizo —dije— según hemos podido reconstruirla a partir de las localizaciones de su teléfono móvil. Lo mismo le pido que me mande alguien para tratar de buscar posibles testigos en un par de puntos que nos han llamado la atención.

—Eso está hecho. Ya me dirás. Suerte.

Tous, pese a su engañoso aspecto de quinqui, hizo honor a la puntualidad benemérita y llegó al cuartel a las ocho y veinte. Traía, como me había anunciado la comandante, un disco externo con toda la información que habían sacado del ordenador de Karen. Le pedí a Arnau que lo duplicara, despachara una copia a Madrid y le pidiera a Lucía que lo mirara a fondo, sin perjuicio de que él, que como nativo digital tenía buena mano para aquella clase de indagaciones, también le echara un vistazo. El cabo se ofreció para rastrear e interpretar el listado de comunicaciones del teléfono de la alcaldesa. Aquello ya me parecía, bien hecho, suficiente trabajo, pero él no debía de considerarlo bastante para sus aptitudes. Antes de irme, me preguntó:

—¿No quiere, mi brigada, que vayamos a interrogar a alguien más?

—Creo que la sargento y yo nos arreglamos con lo que hay que hacer, por ahora. ¿A quién sugieres explorar, aparte de la familia?

—Yo no dejaría de ir a ver al exalcalde.

—Lo tengo en mi lista. ¿Dónde está esa fundación que dirige?

—En Valencia.

—Para aprovechar ese viaje prefiero juntar alguna otra gestión.

—¿Cuál?

Por un instante no supe si se interesaba o me estaba controlando. Me irritó, cómo no, suponer que pudiera ser lo segundo. Crucé una mirada con Arnau, que confié en que fuera suficiente para que captara que la otra misión que le encomendaba era que me vigilara al cabo de forma sutil. En todo caso, no dejé de satisfacer su curiosidad:

—Arturo Grau. Y el padre de Karen, si ya no está por aquí, como me supongo. Quiero tener yo esas tres conversaciones.

—Claro —se plegó, advirtiendo mi desagrado—. Si quiere, podemos hacer por aquí alguna gestión más en el ayuntamiento. Tratar de sacar una lista de expedientes importantes en curso, por ejemplo.

—Prepárame por favor la petición al juez para intervenir la cuenta de correo secreta de la difunta. Y de momento, está bien así.

—De acuerdo. A sus órdenes.

Aquel rifirrafe con Tous no era la forma más grata de empezar el día, y no lo mejoró que apenas me senté en el coche, junto a Chamorro, que esta vez se ocupaba de la conducción, me sonara el teléfono móvil y al mirar la pantalla me apareciera el nombre de Pereira.

—A la orden de usía, mi coronel —le saludé.

—Vila, mal rollo —atacó, sin anestesia—. Hoy me he desayunado con una bronca del jefe. No es su estilo, así que me imagino que antes se ha comido él una, pero te hago gracia de nuestras miserias.

—Mientras no me abronque usted a mí ahora...

—Hoy todavía no, mañana ya veremos. A ver, parece que hay que pasar hacia arriba una primera evaluación del asunto que sea algo más que decirles que está todo abierto y seguimos investigando.

—Pues chungo lo veo.

—Tengo un penoso deber, en ese caso.

—Déjeme imaginar.

—Veinticuatro horas. Mañana a esta hora, no te pido resolverlo, pero sí que me digas cuáles son nuestras dos apuestas principales.

—Me parece bien, mi coronel. Si no encuentro nada a lo largo del día, tengo toda la madrugada para llamar al del tarot de la tele.

—Lo siento, Vila. No tienes por qué considerarlo en términos policiales, y menos aún judiciales. Ni siquiera necesito que seas demasiado preciso, incluso te pediría que no lo fueras, para no descubrir antes de hora ninguna carta, no vaya a ser que quien nos está apretando lo que busque, justamente, sea un soplo para poder avisar a alguien.

—¿Eso teme?

—Yo ya no me fío ni de mi madre. En definitiva, de lo

que se trata es de tener un cuento que podamos contarles a los niños, luego ya lo reciclaremos como haga falta. Eso sí, si resulta que a la postre acertamos con una de las dos apuestas que hagamos, mejor que mejor.

—Entendido.

—Que se os dé bien. ¿Hace bueno por ahí?

—Sí, sol y buena temperatura. ¿Por allí?

—Un día gris de mierda. Disfruta por mí de ese sol.

Ya tenía la idea, pero después de esta conversación con mi coronel, se impuso la urgencia de llamar a la cabo Salgado. Marqué el número de su móvil para no perder tiempo. Lo cogió en seguida.

—Buenos días, mi brigada. Sin novedad en la retaguardia.

—Hola, Inés. Gracias ante todo por lo de ayer, buen trabajo.

—Disculpa que no entendiera bien que lo de pasarte la información sólo a ti incluía también a la sargento. Ya tuvo ella la amabilidad de explicármelo. Siento ser tan lenta y tan obtusa a veces.

Esperaba la pulla, era lo que tenía trabajar con varias mujeres al mismo tiempo y ya llevaba unos años haciéndolo. También conocía la única solución sensata que en trance semejante tenía un varón:

—Fue culpa mía, ayer el día se nos amontonó un poco, al final.

—Nada, nada, lo comprendo.

—Te llamo para algo importante. ¿Hiciste buenas migas con el tipo de delitos económicos que te atendió ayer?

—El sargento Arias. Ya me conoces, mi brigada, yo me manejo bien con todo el mundo. Pero puedo manejarme aún mejor, si el servicio lo demanda. De una escala de uno a diez, ¿qué nivel quieres?

—El que haga falta para que estés en tiempo real en las conversaciones telefónicas que tenga el concejal Miralles y puedas irme dando informes, a mí o a Chamorro, quiero decir, en cada momento. Es una lata tener que estar pasando todo el rato por su comandante, y no quiero que se me escape un detalle de lo que haya hablado desde ayer.

—Déjalo de mi mano. Te ahorraré ese esfuerzo.

—Te debo una, Inés.

—Otra, querrás decir. Da igual. Ya sé que no pagarás nunca...

—¿Tan mal concepto tienes de mí?

—No, conozco a los hombres, nada más. A tus órdenes.

Tan sólo me quedaba otra llamada que hacer, antes de ponernos en marcha. Busqué en mi libreta el número del viudo de Karen. Hube de insistir por dos veces, y ya empezaba a contemplar la posibilidad de plantarnos en su casa sin previo aviso, cuando una voz desmayada se dejó oír en la línea. Parecía bajo el efecto de cien pastillas.

—¿Diga?

—Hola, Cristóbal, soy el brigada Bevilacqua, de la Guardia Civil. Nos conocimos ayer, en el tanatorio.

Hubo un largo y denso silencio.

—Sí, le recuerdo —terminó por decir—. ¿Qué quiere?

—Hablar con usted, si es posible.

—¿Dónde? ¿Cuándo?

—Donde usted nos diga. Esta misma mañana, si puede.

—¿Les importa venir a casa?

—Lo que le sea más cómodo a usted.

—¿Saben dónde está?

—Sí, no se preocupe. ¿A las once le va bien?

—Eh, sí, las once, de acuerdo.

El tono de voz de Cristóbal Ruiz-Colomer, y los notorios vaivenes de su raciocinio, no invitaban a un pronóstico halagüeño respecto de los resultados que pudiera arrojar la diligencia de su interrogatorio, pero era algo que no podíamos eludir y tampoco retrasar más. Concertada la cita, nos dispusimos a reconstruir la ruta que había seguido Karen la noche de su muerte. Chamorro había recogido todos los posicionamientos de su teléfono y los fue introduciendo en el GPS. En primer lugar nos dirigimos al restaurante donde había tenido lugar la cena benéfica con la que aquel sábado había cerrado la alcaldesa su agenda. Era uno de esos lo bastante grandes como para celebrar banquetes, que debía de ser su negocio principal. Nos tomamos la molestia de hablar con los empleados que estaban allí a aquella hora, pero de ninguno sacamos información digna de ulterior pesquisa. Se podía disculpar. Tener que atender a cientos de personas no es la situación ideal para captar sutilezas en el comportamiento de ninguna de ellas.

Desde ahí nos movimos hasta el primer punto donde había parado, después de dejar hacia las dos de la mañana la casa del registrador. Cuando llegamos a las coordenadas que tenía marcadas, Chamorro redujo la marcha y acabó apartándose de la vía principal.

—Por aquí es donde paró esos quince minutos.

Miré a mi alrededor. Vi un par de bares de copas, una discoteca, un disco-bar, algunas terrazas. Todos con pinta de no haber abierto en unos cuantos meses, aunque eso podía ser una falsa impresión. Bastaba con levantarles las persianas y encender las luces para que volvieran a ejercer su irresistible atracción sobre las aves nocturnas.

—¿Tú qué crees que hizo aquí? —pregunté.

Chamorro movió la cabeza lentamente.

—Ni idea. Es poco tiempo para tomar una copa, y no digamos para encontrarse o enrollarse con alguien. A menos que el encuentro o la copa se terminen bruscamente, que es otra posibilidad.

—O a menos que el encuentro tenga un objeto muy concreto.

—Es raro, de todos modos. No tenemos ninguna conversación telefónica registrada a esa hora en su móvil, ¿no?

—No, pero ésa no es la única manera de hablar con alguien, hoy día.

—¿Sugieres que paró a *guasapear*, por ejemplo?

—Por qué no. Ahora bien: sobre qué. Con quién. ¿Y

qué pasó que le llevó a cambiar de dirección en lugar de continuar hacia su casa?

La sargento arrugó la nariz.

—Estamos disparando al aire —observó.

—Le pediré a Menéndez que mande a alguien para que pregunte a todo bicho viviente a quinientos metros a la redonda de este punto. Por si alguien vio algo esa noche. El coche, a ella, lo que sea.

—¿Seguimos?

Asentí. Desde allí hasta el punto siguiente habría poco más de diez minutos. Estaba en mitad de ninguna parte, en la carretera que iba paralela a la costa y que atravesaba una zona de huertos entre los que se intercalaban algunos baldíos. La vía discurría por una depresión del terreno y los cañaverales que protegían los huertos eran lo bastante altos como para que no se viera la playa, a la derecha. A la izquierda se divisaba una cadena montañosa cuya altura aumentaba gradualmente conforme se alejaba del mar. Mi compañera buscó el sitio.

—No podemos fijarlo con exactitud. Más o menos por aquí.

Había aminorado la velocidad, pero no encontró en seguida dónde pararnos, y no podíamos interrumpir el tráfico. Miré a derecha e izquierda y vi una pequeña explanación contigua a la calzada, que en la zona más próxima a ésta parecía reforzada con cemento y grava suelta. Se la señalé. Tampoco se veía otra opción. En cuanto se hubo apartado de la carretera lo bastante como para estacionar con seguridad, detuvo el motor. Nos bajamos del coche e inspeccioné el lugar. Allí no había nada, y la edificación más cercana estaba a varios cientos de metros. El tráfico pasaba por la carretera a una velocidad que impresionaba, por efecto de nuestra inmovilidad y de la proximidad a la vía.

—¿Aquí? —me pregunté en voz alta.

Chamorro sopesó la posibilidad.

—Puede ser. No podemos asegurarlo.

—¿Y esto, qué significa?

—Venía con alguien, y se apartaron aquí. O venía sola, y alguien la hizo parar. O venía sola y se apartó ella porque quiso.

Tres suposiciones válidas. Y aún cabía alguna más:

—O venía muerta, o inconsciente —dije—, y quien conducía paró aquí para pasarle el paquete a otro, o para pensar qué hacía con ella.

—Lo siguiente fue dar media vuelta y retroceder hasta el acceso de la playa donde apareció. Podría ser. Si no la mataron una vez allí.

—O de camino, suponiendo que hubiera más de uno.

—También es posible.

Repasé todo el abanico de posibilidades que acabábamos de abrir en unos pocos minutos. Se imponía una sombría conclusión:

—Tenemos varias explicaciones posibles —recapitulé—. Lo que en el fondo quiere decir una sola cosa, y bastante deprimente.

—Que no tenemos ninguna —admitió mi compañera.

—Le pediré a la comandante que su gente de criminalística se patee este apartadero, por si las moscas. Salvo que quieras que nos pongamos ahora a cuatro patas tú y yo y veamos qué sacamos.

—No es lo que más me apetece. Y el tejano es nuevo.

—Decidido, pues. Vayamos a ver al viudo. Tenemos tiempo para tomarnos un café de verdad de camino. El aguachirle ese que les dan a los abuelos es demasiado flojo para mi síndrome de abstinencia.

El domicilio conyugal que hasta el fin de semana anterior habían compartido Karen Ortí Hansen y Cristóbal Ruiz-Colomer estaba situado en una de las mejores zonas residenciales con que contaba aquel municipio. Se hallaba a las afueras, en una urbanización levantada sobre unas alturas que dominaban la costa. En los días claros, las vistas del mar y de la vega debían de extenderse a varias decenas de kilómetros. Cuando me eché a los ojos el inmueble en cuestión, me fue forzoso preguntarme si las ganancias de una joven abogada que había ejercido tan sólo unos años, más el sueldo que hubiera podido cobrar en los puestos que había ocupado como política, incluida la alcaldía, daban para pagar siquiera los cimientos de semejante choza. Mi deducción, que luego confirmaríamos, fue que la liquidez necesaria para financiar aquellos quinientos y pico metros cuadrados de vivienda provenía del negocio hostelero de la familia del viudo, y que Karen, otro indicio de que era cualquier cosa menos una atolondrada, había hecho al desposar a aquel heredero una jugada de antología.

Como suele suceder en ese tipo de casas, no vino a abrirnos el propietario. Lo hizo una joven de acento caribeño, tras la que en seguida apareció una de las dos mujeres mayores a las que había conocido la víspera en el tanatorio. Ésta tomó las riendas de la situación:

—¿Son ustedes los guardias civiles que vienen a ver a Cris?

Por un momento me descolocó aquella abreviatura, que nunca me pareció demasiado adecuada para llamar a un hombre.

—Así es. Brigada Bevilacqua. Mi compañera, la sargento Chamorro.

—Pasen, se lo ruego. Quería pedirles un favor.

Entramos en el vestíbulo de la casa y nos detuvimos a escuchar lo que la señora tenía que decirnos. En primer lugar, se presentó:

—Carmen Llorach. Soy la madre de Cris.

Hasta entonces, como sólo me lo habían dicho y no lo había visto escrito, no caí en la cuenta de que el primer apellido de nuestro testigo era compuesto. Así se representaba mejor la tradición familiar.

—Mucho gusto, señora.

—Verán, está muy mal. Lo aguanta a base de ansiolíticos y sedantes, ya no sabría decirles en qué proporción. Karen era una mujer con mucha personalidad, y él, en cierto modo, dependía de ella. Es como si me hubiera muerto yo, salvando las distancias. Se siente totalmente huérfano y nos va a costar mucho que se enderece, me temo.

—Nos hacemos cargo —dije—. No se preocupe.

—Estamos acostumbrados a hablar con personas que están bajo el impacto de esta clase de conmociones —explicó Chamorro.

—Me imagino. Les hablo como su madre que soy. Lo conozco, y creo que les va a servir de poco, y no sólo por su estado. Ella, con lo de la política, tenía una vida de la que él estaba al margen. Porque ella no le hacía sitio o porque él no lo pedía, no voy a cargárselo sólo a mi nuera. Colaborará con ustedes. Lo que les pido por favor es que no le hagan daño si no es necesario. No en este momento, por lo menos.

Me encontré en sus ojos con la súplica y también con algo más que no pude terminar de dilucidar. ¿Estaba de algún modo al corriente de que su carismática e impetuosa nuera había buscado remedio fuera de casa al tedio de estar casada con un hombre débil? Sólo había una forma de saberlo, y me pareció prematuro e inapropiado preguntarle. También podía ser improcedente, por mi parte, juzgar a aquel hombre por su ánimo en un momento de tragedia y lógica postración.

Cristóbal nos atendió en el salón. Se había aseado y su ropa se veía limpia. Su barba, en cambio, había ganado milímetros desde la víspera. Se sentó ante nosotros, con las manos aferradas a los brazos del sillón, la mirada vacía y todavía aterrada, los labios mustios. Comencé disculpándome, por forzarle a hablar en aquellas feas circunstancias, en las que podía entender que no quisiera ver ni oír a nadie.

—Es su obligación —musitó—. Y bueno... Supongo que también la mía.

—Verá, señor Ruiz-Colomer...

—¿Tienen ya un sospechoso? —preguntó, de pronto,

como si una descarga eléctrica lo hubiera despertado de su letargo químico.

—No, no aún —dije, y se me ocurrió, aunque fuera algo oportunista, que bien podía aprovechar aquella ola—: ¿Lo tiene usted?

Se echó ligeramente hacia atrás, inclinó la cabeza como para tomar mejor perspectiva y me observó entre el horror y la desconfianza.

—No, por supuesto que no —habló al fin—. Ella estaba en muchas cosas y trataba con mucha gente. Yo no aspiraba a saberlo todo. Y a ella no le gustaba contarlo. Cuando llegaba a casa decía que lo último de lo que quería acordarse era de los plastas del ayuntamiento y de todos los problemas que tenía sobre la mesa. Veíamos pelis. O series.

—¿Ah, sí? ¿Qué series, si no es indiscreción?

Era una pregunta para distenderle, pero se pensó la respuesta como si le estuviera preguntando por algún aspecto crucial del caso.

—A ella le gustaban de risa. Se mondaba con *Modern Family*. A mí me gustaban más de intriga y de aventuras. *Los Soprano*, o *Juego de Tronos*. Ésa también le gustaba mucho, le hacía reír, con todo lo tremenda que es a veces. Decía que le chiflaba el enano, ¿cómo se llama?

—Tyrion Lannister —apunté.

—Ése. Decía que era muy ingenioso.

—«Dadme dulces mentiras y quedaos vuestras amargas verdades.»

—¿Qué?

—Nada, una de sus frases, si no la recuerdo mal.

Chamorro me miró por el rabillo del ojo.

—Hasta que nació la niña, unos meses antes de que se presentara a la alcaldía, hacíamos más vida en común —explicó el viudo—. Luego todo se vino encima: el bebé, el ayuntamiento, los compromisos a todas horas. También mi trabajo: tenemos hoteles por toda la comunidad, y mi nuevo puesto en la empresa me obliga a viajar mucho.

Apenas nos quedaron esos ratos de respiro, por eso procurábamos que nada los estropeara.

No quería presionarle, pero no podía conformarme con aquello.

—Algo debió de dejarle ver alguna vez de lo que la preocupaba. En el ayuntamiento, con la gente del partido, en la ciudad...

Por un momento, Cristóbal pareció ausentarse de la conversación. Cuando volvió, me observó como si no entendiera qué pintaba yo allí, en su salón, ni supiera cómo ni por dónde había llegado.

—Pues no —murmuró—. Si al principio de ser alcaldesa me contaba poco, en los últimos tiempos me contaba menos aún. Una noche la vi muy cabreada y traté de sonsacarla. Me dijo que le querían hacer la cama, que empezaba a darse cuenta de la clase de buitres que tenía alrededor, y que no se iba a dejar liar. Intenté que me explicara de qué iba la cosa. Me dijo que no quería pensar en ello y que iba a buscar una película. Esa noche vimos una de Woody Allen, me parece.

—¿Recuerda cuándo fue eso? —preguntó Chamorro.

—Exactamente, no. Hará uno o dos meses. Algo así.

Ya había decidido que no le revelaría esa mañana lo que habíamos descubierto sobre la agitada vida extramarital de su esposa, y si me era posible, aunque me parecía improbable, procuraría que ése jamás fuera tema de conversación entre ambos. Por razón de mi oficio y de las averiguaciones que suele exigir, acabo sabiendo de muchas traiciones y dobleces de las personas, de las que tengo por regla no ser descubridor para los traicionados o burlados si no es imprescindible, porque no disfruto añadiendo dolor al dolor que ya suelen conllevar las historias en las que intervengo. Sin embargo, tenía que sondear a Cristóbal, aunque fuera extremando el cuidado, como me había pedido antes su madre, acerca de la faceta más personal de su mujer.

—¿Cómo estaba ella, en los últimos días? Aunque no

se lo contara, ¿parecía preocupada por algo? ¿Inquieta, enfadada? ¿Asustada?

Comprendí, en el mismo instante en que vi la expresión de Cristóbal y el ceño de Chamorro, que no había estado demasiado fino.

—Yo, es que... —titubeó—. No sabría decirle. Para mí que estaba más o menos como siempre, o como siempre desde que la hicieron alcaldesa. Karen tenía mucho amor propio. Y las ideas muy claras. Quería hacer las cosas bien, tener la sensación de que iba por donde ella decidía, y no por donde la empujaban a ir. Y eso la tensaba, desde luego.

En ese momento oímos un llanto infantil, que se prolongó y subió de tono hasta convertirse en alarido. Instantes después, una niña de poco más de dos años, que corría trastabillándose, entró en el salón y se le echó en brazos a Cristóbal. Tras ella apareció la cuidadora, que era una persona distinta de la que nos había abierto antes la puerta.

—Eva, ¿qué te pasa? —preguntó Cristóbal a la niña.

Como respuesta, la pequeña siguió gritando y pataleando y, cuando su cuidadora intentó cogerla, se revolvió furiosa. El padre trató de calmarla, pero no se le veía muy suelto en aquel menester. Chamorro quiso entonces ayudarle, lo que le llevó a ganarse una certera patada. La crisis la atajó la abuela, que apareció en seguida y se llevó a la pequeña fiera fuera de allí. Cristóbal se dejó caer en el sillón. Su expresión era de absoluto desconsuelo. Mi compañera, reparé en ello, también parecía muy afectada por lo que acababa de presenciar.

—Ya me ven —dijo el viudo—. Qué voy a hacer ahora, sin ella.

El eco de aquel lamento quedó suspendido en el aire durante un instante interminable. Cuando se extinguió, me habría costado decidir qué tristeza era más honda. Si la suya o la de mi sargento.

10

Las cosas de la vida

Mal que nos pese, y por más que intentemos rebelarnos contra ello, los humanos somos animales gobernados principalmente por nuestras emociones. Lo que Cristóbal Ruiz-Colomer nos contó, después de la irrupción de su hija en el salón, no tuvo el menor interés. Si desde el principio parecía medio ido, a partir de ahí costó sacarlo de los monosílabos y extraerle una sola información útil. Liquidé el interrogatorio como un trámite rutinario, en la plena conciencia de que aquello era perder el tiempo. Incluso llegué a sentirme un poco imbécil mientras le preguntaba por su trabajo, los negocios de su empresa y la posibilidad de que alguien que les tuviera inquina por algún motivo pudiera haber escogido vengarse de ellos atacando a su mujer. La mirada de pez que obtuve como toda respuesta a esa pregunta me ratificó en la improcedencia de desafiar a mi testigo a semejante ejercicio de memoria y razonamiento. Por un momento me planteé preguntarle algo que, sin sugerirle ni desvelarle nada, le diera pie a contarnos si tenía alguna intuición, o algo más que eso, sobre la doble vida de su esposa. Sin embargo, acabé absteniéndome. En mis casi tres décadas de trabajo policial me he encontrado con unos cuantos actores, algunos bastante buenos, pero a nadie capaz de fingir un abatimiento y un destrozo tan genuinos. Considerar la hipótesis de una venganza ordenada por un marido traicionado, único argumento policial que habría justificado meterme en ese charco, me pareció del todo fuera de lugar.

Concluida nuestra conversación, fue de nuevo su madre, que ya había apaciguado a la niña y había vuelto a dejarla con su cuidadora, quien nos acompañó hasta la puerta. Con ese instinto de protección propio de casi todas las madres quiso saber cómo nos había ido con su cachorro, qué pensábamos y cómo lo había encajado él.

—Está muy afectado, verdaderamente —admití—. Le hemos preguntado lo que no teníamos más remedio que preguntarle, no he querido escarbarle más. Quizá volvamos a vernos dentro de unos días, cuando él se haya rehecho y nosotros tengamos más información.

—¿Qué es lo que piensan? ¿Quién lo hizo?

—Es pronto para lanzar esa clase de suposiciones, señora.

La madre de Cristóbal asintió, pensativa.

—Ya, ya me imagino. Ni yo, ni Cristóbal, ni mi marido, ni el padre de Karen, tenemos la más remota idea de qué ha podido pasar. Nos ha pillado completamente por sorpresa, todos sabemos que la política te lleva a hacerte enemigos, pero esto... Y la que está hecha polvo es su madre, la pobre. Quince años sin volver a España y tener que venir para enterrar a su hija. Tengo la sensación de que no termina aún de creérselo. Si la hubieran visto esta mañana, en el cementerio...

Por lo que sabíamos, la inhumación, reducida a la más estricta intimidad, se había celebrado a las ocho de aquella mañana. La voluntad de Karen era que la incinerasen, pero el juez no había autorizado por el momento la cremación del cadáver, por lo que se la había depositado en una sepultura provisional y la familia no había querido dar a ese acto ningún relieve. Por la tarde estaba previsto un funeral al que sí se le iba a dar toda la pompa y circunstancia, con asistencia de autoridades y demás. En el acto de la mañana, por respeto, había preferido no hacer acto de presencia. Para el de la tarde, aunque era mi obligación tener las antenas desplegadas, aún estaba buscándome excusas.

—¿Dónde está la madre? —pregunté.

—Aquí, arriba. Descansando. Yo que usted no contaría con ella. O por lo menos no ahora mismo.

—¿Cuándo se marcha?

—Tiene billete para mañana.

—Eso nos deja poco margen.

Carmen sopesó la situación.

—Si quiere, anótese mi número, llámeme esta tarde y trato de prepararla para que charle con ustedes. Aunque no sé si va a poder decirles mucho. Ella vivía lejos, y ya sabe cómo son estas nórdicas.

—¿A qué se refiere?

—No me entienda mal. Lo digo tanto por ella como por mi nuera, que se educó allí y yo creo que era más danesa que española. No tienen el mismo sentido de las cosas, tampoco de la familia. Para ellos, cuando la cría llega a la mayoría de edad, lo normal es que se las apañe, se independice, y no hacerle nunca demasiadas preguntas: allá cada cual con sus problemas. No creo que estuviera muy al corriente de la vida de su hija. Tampoco Karen, hablo de lo que yo pude ver, era una mujer obsesionada por la suya, y ya ven, es una criatura todavía. Entre que iba y venía le hacía algún cariño, sí. No voy a decir que no la cuidara ni la quisiera, cuando estaba, pero francamente, esa chica que han visto antes y una servidora hemos debido de pasar mucho más tiempo con la niña, cualquiera de las dos, que su propia madre.

Me fue inevitable advertir la expresión de Chamorro, en la que de nuevo prevalecía la melancolía, y no, como habría debido suceder en condiciones normales, el instinto de sabueso atento a aquel detalle que perfilaba el retrato y la condición humana de nuestra víctima.

—Le agradecemos mucho la información y la cooperación, señora Llorach —dije—. Si le es posible hacer esa gestión con la madre de Karen, también le estaremos agradecidos. La llamamos luego.

—Si averiguan algo que...

Se interrumpió, buscando las palabras.

—¿Sí? —la animé a seguir.

—Quiero decir, si dan con alguna pista que les permita saber qué pasó, ¿nos tendrán informados?

—Por supuesto, señora, aunque todo está sometido a lo que decida el juez; él tiene la llave de toda la información.

—¿Sería mucho pedir que, en la medida de lo posible, me lo contara?

—Ya le digo, hasta donde podamos, les informaremos.

—Quiero decir a mí, en particular. —Aquí se trabó un poco, pero no llegó a azorarse: las madres curtidas nunca se avergüenzan de cumplir con su misión—. Por si hay que prepararle para algo.

—Mientras siga en ese estado, me parece buena idea —admití—. Si se recupera, tiene derecho a saber y no podemos negárselo.

—Lo entiendo. Muy amable, brigada. Veo que es un hombre que ha vivido y comprende las cosas de la vida. Me alegra que lleve esto.

Como cualquier humano, no soy hábil para reaccionar a los elogios, y menos si me los infligen así, a bocajarro. Salí del paso como pude, con una media sonrisa y echando mano de la vieja fórmula:

—Cumplo con mi deber, nada más. Buenos días, señora.

La siguiente etapa de nuestro itinerario de aquel día era el ayuntamiento que hasta el sábado anterior había presidido la difunta Karen Ortí Hansen. Aquélla, mi segunda visita, en horario de oficina, me permitió conocer su ambiente habitual, hasta donde pudiera mantenerlo una institución cuya máxima representante acababa de ser asesinada. Durante el trayecto, Chamorro había permanecido silenciosa y abstraída en la conducción. No quise molestarla, también yo andaba ordenando mis propios pensamientos. Pero antes de encontrarnos con Sandra Valls me permití tomarla del brazo y preguntarle:

—¿Estás bien?

—Sí, claro.

—Perdona si me meto donde no debo, pero te he visto rara, mientras interrogábamos a aquel pobre hombre. ¿Alguna nube negra?

Alzó la mirada al techo, con aire sombrío.

—Con la nube negra camino. Dentro de ella, más bien.

—Quería pedirte algo. Tú me dirás si puedo.

—El qué.

—Que te encargues tú de Sandra. Mejor que lo hagas tú, que ya te conoce, y que eres mujer. Yo esta vez prefiero observar. ¿Podrás?

—Por supuesto. Estoy nublada, no impedida.

—¿Seguro?

—Si lo estuviera, pediría la baja.

—La verdad, no te imagino pidiendo una baja.

—Ni yo. Vamos allá.

Preguntamos por Sandra Valls a la recepcionista del ayuntamiento, ante la que nos identificamos en debida forma. Visiblemente nerviosa, hizo una llamada. Al otro lado no pareció que le dieran facilidades, ante lo que la funcionaria pidió instrucciones sobre cómo debía despacharnos. No utilizó esa palabra, pero venía a ser el concepto.

—La señora Valls está en una reunión ahora mismo —explicó al fin, mientras tapaba el auricular—. Me dicen que dejen recado y se pondrá en contacto con ustedes tan pronto como pueda atenderles.

Chamorro la observó con expresión distante. Me adelanté:

—Hágame el favor de decirle a la señora Valls que su jefe, el alcalde en funciones, interrumpe sus reuniones para atendernos. Que me imagino que las reuniones del alcalde en funciones son más importantes que las suyas, y que su respuesta, además de sugerir muy poca colaboración por su parte, nos resulta por tanto incomprensible.

—¿Cómo voy a decirle eso? —preguntó, horrorizada.

—Lo más exactamente que pueda. Y no tenemos todo el día.

La recepcionista, he de reconocerlo, hizo lo que pudo. Varió el texto, pero le transmitió la sustancia. Al menos surtió el efecto deseado. Asintió un par de veces y, apenas hubo colgado, nos indicó:

—Tercera planta, en la zona de alcaldía. Habrá alguien esperándoles, la señora Valls se reunirá con ustedes en cinco minutos.

—Muchas gracias, muy amable.

Se lo dije con mi sonrisa más cortés. Su rictus aún era de espanto.

—No hay de qué —murmuró.

En la tercera planta, en efecto, nos esperaba una especie de ordenanza que nos acompañó a una salita de reuniones. Nos preguntó si queríamos café o agua. Me habría pedido de buena gana un café, pero no hay que contraer deudas innecesarias con aquellos a quienes a lo mejor te toca apretarles las tuercas, así que decliné su oferta. La sala era de mediano tamaño y estaba amueblada de modo funcional. En las paredes, a guisa de decoración, se veía una fotografía aérea de la ciudad y unos óleos que representaban el puerto, la plaza y varios de sus edificios singulares, según la interpretación de algún artista local. Los había visto mejores, pero también bastante menos logrados.

Sandra Valls tardó algo más de siete minutos en aparecer. Me pregunté qué habría estado haciendo en ese tiempo. Me imaginé que lo había pasado en el baño, haciendo ejercicios de respiración, lo que seguramente era una maldad por mi parte, pero no me avergoncé por ella, en tanto que obedecía a necesidades del servicio. «Vista larga, paso corto y mala leche», reza la divisa informal y tradicional del guardia civil, y de las tres herramientas hay que echar mano en la clase de negocios que el oficio, el país y el paisanaje suelen depararnos. Sin perder nunca las formas, claro está, que eso es bajeza propia de bribones.

Cuando al fin se presentó, lo hizo balbuceando excusas:

—Ya me disculparán, pero he tenido que dejar colgados a media docena de periodistas, y es gente que no se rinde con facilidad.

Ahora que la veía más cerca, hube de aceptar que Sandra era una joven verdaderamente atractiva. Tenía algo más que la proporción de los miembros, la armonía de las facciones, la suavidad de la piel o la persuasión de sus curvas. Aun encogida y aterrada como comparecía ante nosotros, de su mirada y sus ademanes se desprendía esa gracia natural que se tiene o no se tiene, y los que la poseen no sabrían explicarla ni los que carecemos de ella podemos reproducirla, por mucho que nos empeñemos. La ropa le sentaba como si la hubieran hecho para ella, y nada resultaba torpe o fallido en sus movimientos.

—Le agradecemos el esfuerzo, señora Valls —dijo Chamorro.

—Bueno, por lo que me han dicho, no tenía otro remedio.

—Tampoco nosotros tenemos la opción de ser más pacientes. Creo que conoce a mi jefe de equipo, el brigada Bevilacqua.

Me clavó sus ojos azules, de una profundidad abisal.

—Sí, nos vimos en el tanatorio, ¿no?

—Eso es —asentí.

—Ante todo —retomó las riendas Chamorro—, espero que se haya repuesto completamente del percance de ayer. Lo siento mucho, no era mi intención en absoluto causarle semejante impresión.

Sandra Valls enrojeció hasta la raíz del cabello.

—Supongo que soy yo quien debe disculparse, por la escena y por todo lo demás. Han sido unos días terribles, espero que se hagan cargo. Una ve esto en las películas o en los telediarios como algo que alguien se ha inventado o que les toca a otros. Que te toque tan de cerca es algo para lo que nadie está preparado. Yo no, al menos.

Mi sargento le ofreció su gesto más comprensivo.

—Es normal, no debe avergonzarse. Hemos venido a verla, ya me disculpará que sea tan directa, porque necesitamos continuar esa conversación que ayer dejamos a medias. En el mismo punto en que nos quedamos, no sé si lo recuerda o si he de refrescárselo.

Sandra bajó los ojos.

—No, no hace falta.

—Entiéndanos. No tenemos ningún interés en meternos en su vida, y menos aún de juzgar acerca de lo que usted y la alcaldesa, o usted con la alcaldesa, hacían en su vida privada. Nada de eso es asunto nuestro ni está bajo la jurisdicción del juez para el que trabajamos, pero necesito que me sea sincera acerca de su relación con Karen, porque en este momento no podemos descartar ninguna posibilidad.

—¿Quiere decir que yo soy... una posibilidad? —dedujo, ostensiblemente intimidada—. Vamos, que soy sospechosa.

—En pura teoría, sí. Las clandestinidades de la vida de alguien que acaba muriendo asesinado son algo que siempre hemos de investigar. Lo que no quiere decir que tengamos ninguna razón concreta para sospechar de usted. Ni que resolver ese aspecto sea el propósito principal de esta entrevista. Puede que en esa parte de su vida escondida a los demás donde entró usted esté la clave de lo que le ha sucedido, aunque no tenga que ver, directamente, con su relación.

Sandra comenzó a respirar con dificultad. Me fijé en su pie, que movía rítmicamente, golpeando la pata de la mesa.

—¿Se encuentra usted bien? —intervine.

—Sí, sí, no es nada.

—¿Pedimos agua? ¿Quiere tomar algo para calmarse?

—Ya vengo cargada de Lexatin, no se preocupe, aguantaré, creo.

—Respire, tranquilícese —le pidió Chamorro.

Sandra inspiró hondo. Luego se ahuecó la melena con tres o cuatro manotazos enérgicos y descruzó y volvió a cruzar las piernas.

—Está bien, ¿qué quieren saber?

Mi compañera fue suave, pero firme:

—Lo primero, esa relación. ¿La admite?

La jefa de prensa se resistía aún, desencajada.

—No puedo negarla, me ha quedado claro.

Chamorro dejó de tomar notas, unió las palmas de ambas manos bajo su nariz y le enfrentó la mirada a su interlocutora.

—Si quiere un consejo, señora Valls —dijo—, y siempre que no tenga nada que ocultar, y no me refiero a un revolcón con la jefa o lo que quiera de ese estilo que hubiera entre ambas, diga verdad, sólo verdad y la verdad completa, hasta donde recuerde. Lo que trate de arreglar o eludir o disfrazar, sea cual sea la razón por la que cree que le conviene hacerlo, no va a redundar de ninguna manera en su beneficio, se lo aseguro. Sabemos hacer nuestro trabajo, y los hechos acaban saliendo siempre a la luz. Por más de un camino y con más de una prueba. Les gusta imponerse a nuestras mentiras y a las lagunas de nuestra memoria, sobre todo cuando alguien los busca con suficiente ahínco.

—O sea, ustedes.

—Somos bastante cabezotas, no la voy a engañar.

—Pregunte. Le responderé.

Mi sargento no perdió el tiempo:

—Está bien, comencemos con algo sencillo. ¿Cuándo fue la última vez que vio con vida a Karen Ortí?

—Ésa es fácil, sí. El sábado, antes de la medianoche. Cuando se fue de la cena. La acompañé hasta su coche, como solía, para dejar preparada la agenda del día siguiente. Repasamos los actos del domingo.

—¿Qué tenía?

—Poca cosa. Un acto con jubilados por la mañana y una reunión con las mujeres del partido por la tarde. Nada comprometido.

—¿Diría que Karen estaba normal o, por el contrario, se la veía inquieta o preocupada por algo?

—Estaba como siempre. Fastidiada por los tacones. Los zapatos eran nuevos y le habían hecho una rozadura. Sólo se quejó de eso.

—¿Cómo era la relación entre ustedes? Profesional, digo.

—Normal, dentro de las circunstancias. Era una jefa exigente, pero yo sé hacer mi trabajo. No he caído aquí por mi cara bonita ni por ser sobrina de nadie. He estudiado en la Sorbona y en Londres, y antes de entrar en este puesto ya había trabajado en varios medios.

—Nadie pone en duda su capacidad —dijo Chamorro.

—Se equivoca, sargento, todos la ponen en duda en cuanto mides más de uno setenta, sabes arreglarte y no eres una vaca fondona.

—Le aseguro que no es mi caso. Y tampoco creo que el de mi jefe.

—Ni remotamente —confirmé.

—Pues eso. Ella era una persona difícil de llevar, muy temperamental, enormemente intuitiva y muy inteligente: tenías que ser capaz de ir a su velocidad si no querías quedarte descolgada, con la desventaja de que a veces ella sabía cosas que tú no sabías, porque no te las había contado, y sobre las que ella decidía y tú no podías considerar de ninguna manera, salvo que tuvieras dotes de adivinación. Lo más fácil era cagarla, pero yo le había pillado el tranquillo, la conocía y no podía tener ninguna queja de mi trabajo. No quiero presumir, pero Karen ganó las elecciones, entre otras cosas, porque tenía a alguien que la sabía vender perfectamente, subrayando sus virtudes y cubriéndola en sus defectos. Ese alguien era yo, y ella sabía bien cuánto le convenía conservarme a su lado. Podíamos tener algún roce, siempre pasa en el apretón del día a día, pero formábamos un buen equipo.

Chamorro, no sin astucia, la dejó explayarse sobre aquella faceta de su relación con la alcaldesa, en la que saltaba a la vista que Sandra se sentía segura. Era buena técnica para que se confiara. Tras aquel alegato pleno de autosuficiencia, le descargó el primer hachazo:

—¿Y desde cuándo existía entre ustedes esa otra relación?

Sandra no se descompuso esta vez. Le aguantó la mirada, aunque prefirió apuntarla a la ventana antes de comenzar a hablar.

—Verá —dijo—, ya supongo que se imagina lo embarazoso que es esto, pero voy a tratar de ser clara y, como me pedía antes, contarle la historia completa. No me avergüenzo de nada, porque en materia sexual, como ella, dicho sea de paso, no creo que sea ilícito nada que dos adultos responsables estén de acuerdo en hacer con sus cuerpos, al margen de cualquier otro condicionante, ya sea social, cultural o religioso.

—¿Es usted lesbiana?

El respingo que dio Sandra no fue mayor que el mío.

—¿Cómo?

—Si sólo le gustan las mujeres.

—¿Es eso relevante para ustedes?

Chamorro se mantuvo imperturbable.

—Podría serlo. No es lo mismo alguien que sólo se siente atraído por un sexo que quien, como Karen, juega a la vez con los dos. En cuanto al compromiso que uno pone en una relación, quiero decir.

—Me he tirado a varios hombres, si eso responde a su pregunta.

—Más o menos. Continúe, por favor.

—En fin, lo que quería decirles es que no hay nada que nadie pueda recriminarme. Ni hice nada malo con ella, ni conseguí profesionalmente nada por hacerlo. No busqué nunca nada de eso, y desde luego no fue ninguna ventaja lo que saqué. Más bien al contrario.

—¿Qué quiere decir?

—Desde que pasó, quiero decir, desde la primera vez que nos acostamos, no diré que perdiera la confianza o me tratara peor. Pero sí que ponía más énfasis en demostrarme que no me iba a regalar nada, ni podía esperar el menor trato de privilegio por su parte. Incluso puede que alguna vez se le fuera la mano para hacérmelo sentir.

—Pero siguieron acostándose.

—Sí.

—¿Muchas veces?

Sandra exhaló un largo suspiro.

—No, muchas no. Aprovechábamos los viajes que hacíamos juntas, reuniones del partido o de la federación de municipios, cosas así. Digamos que cuando había oportunidad de hacerlo discretamente.

—Nunca aquí.

—Sí, aquí también. Pero menos. Era mucho más arriesgado. No sé si conocen cómo son los partidos en este país. De cara a la galería mucha paridad y mucha gaita, pero por dentro, y muy especialmente en la política municipal, sigue habiendo un machismo repugnante. El último triunfo que podíamos darles a algunos cenutrios era permitirles burlarse de la alcaldesa bollera y su casquivana jefa de prensa.

—¿Cuándo fue la última vez?

—Hará quince días.

—Es decir, que no era algo concluido.

—Tampoco era un noviazgo con violines.

—¿Puede explicarse mejor?

Perdida la vergüenza inicial, Sandra Valls había adquirido una súbita dureza. La prueba no era cualquier cosa: obligarla a desvelarse así no sólo ante una desconocida sargento de la Guardia Civil, sino ante su taciturno brigada, uno de esos varones de cuyo desprecio se defendían Karen y ella con el secreto de su relación. Así y todo, y pese a su flaqueza de la víspera, estaba respondiendo al desafío.

—Claro que puedo explicarme mejor —asintió—. En plata y con pelos y señales, si quiere. Me gustaba follar con Karen, y a ella le gustaba follar conmigo. Mucho, de hecho, a las dos. La vida que llevábamos ambas estaba llena de mierdas y sinsabores. Algo que a cualquiera le gusta olvidar gracias a un buen polvo, si tiene ocasión de echarlo. Y ella y yo teníamos esa ocasión y la aprovechábamos, eso es todo. O si quiere ponerlo de otro modo, nos costaba, se lo reconoceré así, dejar de aprovecharla. Lo que no quiere decir que ninguna pensara en ir más allá del momento, y menos aún que nadie creyera tener derecho sobre nadie, por si alguna vez, en lo que a mí se refiere, han ido por ahí sus suposiciones. Era sexo, buen sexo, del mejor, pero nada más.

Mi compañera asintió con parsimonia.

—Está bien, me queda claro —dijo—. Gracias por no haberse andado con rodeos. En cualquier caso, compartir la cama con alguien permite acceder en alguna medida a su confianza. Y si a esto le sumamos que en el trabajo también tenían una relación basada en esa confianza, entenderá que no tenga más remedio que preguntarle si alguna vez ella le contó algo, en uno u otro contexto, que le dé a usted pie a intuir quién y por qué pudo terminar violentamente con su vida.

—Lo entiendo, desde luego.

—¿Y?

Sandra volvió a abatir la mirada

—Me gustaría ser capaz de ayudarles, pero me temo que no lo soy. Puedo hacerles una lista de las personas con las que tuvo algún roce en sus dos años de alcaldesa. Son bastantes, por razones variadas, y alguna de esa gente puede ser peligrosa, no le digo que no. Pero si acusara a alguien sería una irresponsable, porque no tengo la más mínima pista de nadie que haya podido conspirar para matarla. No se me ocurre quién podía ganar qué, quitándola de en medio.

Chamorro dejó que el silencio se extendiera, a partir

de esa última frase, hasta que Sandra Valls comenzó a removerse en el asiento.

—Honestamente, no era ésa la respuesta que esperaba —sentenció.

—¿Por qué? —preguntó Sandra.

También yo me pregunté por qué Chamorro le imprimía de pronto aquel giro al interrogatorio, y no negaré que lo hice con cierta inquietud. Sin embargo, había decidido dejarle esa tarea hasta las últimas consecuencias y me gusta ser coherente con mis decisiones.

—No es eso lo que indican las informaciones que tenemos. Parece que en algún momento, serían los nervios, se le escapó ante alguien que se temía usted que algo así acabara sucediéndole a Karen.

Hube de morderme los labios. Era una maniobra de alto riesgo: se apoyaba en una prueba que no teníamos con todas las formalidades debidas y de la que no era prudente poner sobre aviso a nadie.

—¿Quién les ha dicho eso?

—¿Y qué le hace pensar a usted que alguien ha tenido que decirnos nada? ¿O por qué cree que ha sido una persona, y no varias?

Aquello era un triple mortal. Crucé los dedos para que le saliera bien, porque las probabilidades que tenía eran pocas. Lo cierto es que Sandra no acertó a reaccionar. De pronto, se la veía bloqueada.

—Se lo vuelvo a decir —insistió Chamorro, didáctica—. Sabemos hacer nuestro trabajo, buscamos pruebas, y los hechos acaban dejando muchos rastros. Más ahora, con la hipercomunicación en que vivimos inmersos todos. Piense usted si tiene sentido negar que dijo eso.

Entonces comprendí que lo había conseguido: hacerla dudar. Había supuesto que la misma reacción histérica que había tenido por teléfono con el concejal Miralles podía haberla tenido con otros, y aquella zozobra de la jefa de prensa vino a confirmar su suposición.

—Son cosas dichas en el calor del momento. No es que yo...

—Vamos, que no sabe usted nada. Nada que pueda orientarnos.

—Ya se lo dije antes. Verá, cuando me enteré de la noticia entré en estado de *shock*, no sabía ni lo que decía. Fue, no sé, una estupidez, una de esas cosas que se te escapan por la rabia, pero sin que...

—Está bien. No sabe usted nada. Disculpe por insistir.

—No me cree.

Chamorro adoptó de pronto una actitud fría y distante.

—Lo que yo crea da igual. Ya sabemos lo que puede aportarnos. Si mi compañero no quiere hacerle ninguna pregunta, esto es todo.

—¿Todo? ¿Ya está?

—Por ahora.

Era mi turno de ganarme el jornal. Elegí hacer de poli bueno:

—Muchas gracias, señora Valls. Puede que volvamos a molestarla, pero descuide, sólo lo haremos si nos parece imprescindible.

—¿Entonces?

—Eso, nada más. Que ya volveremos a llamarla, si la necesitamos. Y si por casualidad le viene a la memoria algo de eso que ahora no sabe decirnos, o se le ocurre cualquier idea o información que crea que puede sernos útil, llámenos. En esta tarjeta tiene mi teléfono.

Sandra parecía desconcertada. Debió de sentir la necesidad de no terminar la entrevista de aquel modo. Habló con voz temblorosa:

—Quería decirles que... Que espero que cojan a los cabrones que hicieron esto, sean quienes sean. Ella no se lo merecía. Era lo mejor que había en este puto pueblo y en este puto partido. De verdad.

—Sí, eso nos dice todo el mundo.

Con lo que di por concluida la entrevista. Cuando nos

vimos en la calle y a solas, no pude evitar volverme a Chamorro y espetarle:

—¿Te das cuenta de la que has podido liar?

Se echó hacia atrás, pero el regocijo iluminaba su rostro.

—Lo que importa es que no la he liado, y que la he dejado tocada. Ésta sabe más de lo que cuenta, y no lo va a aguantar.

—Muy segura te veo, mi sargento.

—Tú acuérdate de lo que te digo.

—Si quieres mi opinión, es una zumbada con las hormonas demasiado revueltas, yo no pondría muchas esperanzas en el hecho de que se contradiga. Me creo más que tuvo un arrebato y eso sea todo.

—Eres un misógino, jefe.

—Ni hablar. Cuando me las veo con un zumbado con sus hormonas correspondientes demasiado revueltas, lo reconozco igual.

—Tú dirás lo que quieras, pero yo creo que algo hemos mordido.

—¿Tanto como para pedirle al juez que le pinche el teléfono?

—No, ahí te doy la razón.

—Entonces estamos como estábamos. Y las horas pasan y cada vez falta menos para tener que rendir cuentas. Volvamos a la base.

Ya en el coche, miré los recados que tenía en el teléfono. Una llamada perdida del comandante Rebollo, que me hizo sentir una punzada de culpabilidad. Otra de la comandante Menéndez, que me dio cierta pereza. Y por último, un *whatsapp* de la cabo Salgado, que fue el que me aceleró el pulso: «Jefe, dame un toque. Cantada del pajarito.»

11

Perro ladrador

Lo bueno de trabajar en equipo es que cuando uno está perdiendo el tiempo, ésa era la impresión que me daban las gestiones que Chamorro y yo habíamos despachado aquella mañana, por más que pudieran servirnos para completar el cuadro, otros integrantes del grupo pueden en cambio sacarle algún partido. No sólo lo había hecho Salgado, como en seguida iba a poder comprobar. También Tous y Arnau, por su lado, y la comandante Menéndez, por el suyo, tenían novedades. Y aquellas eran de las que nos permitían, al fin, trazar caminos para la investigación. Que esos caminos condujeran a alguna parte, o acabasen llevando a una vía muerta, era algo que el tiempo, nuestras aptitudes y las circunstancias terminarían de decidir. Poder dejar de bracear a ciegas y entrever un rumbo ya resultaba de por sí alentador.

Marqué el número del móvil de Salgado tan pronto como estuvimos sentados dentro del coche. La cabo me atendió en seguida.

—Hola, jefe. Nuestro hombre ha hecho algo sorprendente.

—Pues dale, sorpréndeme —la urgí.

—No sólo para mí: lo mismo dice el compañero que lleva semanas escuchándole. No suele cometer esta clase de deslices.

—¿Vas a decírmelo o esperas a que se me reviente una vena?

—Ha llamado a un tal Antúnez, que no sé quién es, ni el compañero tampoco, pero la conversación ha sido bastante ilustrativa.

—¿Antúnez, dices?

—Sí. ¿Te suena?

Lo dijo con cierta retranca. Como si ya supiera que yo sabría.

—Puede ser. Sigue.

—Ya me dirás, si quieres. Te cuento: primero, saludos y el blablablá de rigor, como de gente que tiene cierta confianza. Luego, ese detalle que ya estoy aburrida de oírles a los tíos, la verdad es que podíais ser un poco más originales, pero se ve que la biología no os da.

—¿A qué te refieres?

—¿Miralles está casado?

—Pues no lo sé, ahora que lo dices.

—Seguro que lo está. En fin, que lo primero que le dice a este Antúnez es que un día se va a pasar por allí y que le reserve a la Verónica. El otro le responde que eso está hecho y que sólo tiene que decirle cuándo. Tras una pausa, para limpiarse las babas, supongo, Miralles entra en harina. Y la harina te atañe directamente, mi brigada.

—¿Y eso?

—Lo tengo apuntado, así que te cito sus propias palabras: «Paco, ha estado por aquí la Guardia Civil, metiéndome los dedos para que les cuente quién podía tener algo contra la alcaldesa.» A continuación, un silencio algo espeso. Luego Miralles retoma la conversación: «He preferido decirles lo de vuestra pelea, me ha parecido lo mejor.» Como comprenderás, al tal Antúnez no le parece lo mejor, de hecho empieza a llamarlo hijoputa y le dice que si quiere follar se busque otro sitio y otro gilipollas y no tenga la poca vergüenza de llamarlo después de ponerlo a los pies de los caballos. Muy edificante todo, como te puedes imaginar.

—Ya me imagino.

—Miralles le deja gritar, durante un buen rato, hasta

que el otro pasa de escupirle insultos a preguntarle por qué coño le ha hecho eso. Aprovechando el primer resquicio que le deja, Miralles le dice algo que tiene el efecto de amansarlo de golpe, lo creas o no. También lo tengo apuntado, así que te leo: «Mejor decírselo yo que ocultárselo para que lleguen ellos por sus medios, que habrían llegado igual. Mejor para mí, pero también para ti, porque puedo avisarte para que estés preparado, cosa que no podrías hacer si lo averiguaran ellos por su cuenta. ¿No te parece?»

—Menudo zorro.

—Tiene toda la pinta. Creo que adivino a qué se dedica este Antúnez, pero si tienes a bien confirmármelo, dejo de usar la fantasía.

—Empresario de la noche. Karen le revocó una licencia.

—Así que era una tía con ovarios, incluso para darles en la cresta a estos gallos. Mira, ya me cae bien. Me ha ganado para la causa.

—No tiene que caerte bien, cabo —la recriminé—. Te recuerdo que esto es la picolicie, aquí se trabaja por el espíritu de servicio.

—Ya, pero yo sirvo mejor a quien me gusta, qué le voy a hacer. Y eso es más o menos todo: el otro se ha quedado tranquilo y hasta se han despedido de manera bastante cordial. Así que si no quieres defraudar las expectativas de ambos, tendrás que ir a ver a ese Antúnez.

—Ya pensaba ir a verle. Desde luego, cómo es esta peña.

—¿Por?

—Cuando hablé con él, el otro día, Miralles me comentó que el anterior alcalde era cliente asiduo del garito de Antúnez antes de que la alcaldesa nueva lo cerrara. Y ahora resulta que el putero es él.

—Y el otro también, seguro. Ya te digo, es un cable pelado que tenéis todos. Mi larga experiencia poniéndoos la oreja lo atestigua.

—Algunos, Salgado, no hemos pagado nunca por eso. Créeme.

—Todavía.

—No creas. En eso, como en tantas cosas, la tendencia asoma a edad temprana. Lo que te quería decir, y de paso lo digo para Chamorro, que está aquí a mi lado, es que ya sé que el concejal Miralles puede mentir sin inmutarse y mirándote a los ojos, atribuyéndole a otro costumbres y confianzas que resulta que son las suyas propias.

—¿Te negó Miralles que él conociera a Antúnez o que fuera cliente suyo? —preguntó Chamorro, mientras aparcaba el coche.

—Bien visto —admití—. La verdad es que no.

—Entonces no te mintió, simplemente dirigió tu atención hacia otra cosa —razonó la sargento—. Es la mejor técnica para colársela a alguien, sin perder la compostura. Como hacen los magos. Se cercioran de que estás mirando a cualquier lugar menos donde sucede el truco.

—¿Qué dice? —preguntó Salgado.

—La sargento acaba de darme una clase de lógica —dije—. Es verdad que Miralles no necesitó mentirme. Se limitó a despistarme.

—En todo caso, es un tío chungo, está claro.

—Ya estaba claro antes de empezar, cabo, por eso puedes escuchar lo que dice por teléfono con permiso de un juez. La cuestión sigue siendo si es un tío chungo que puede llegar a encargar un asesinato.

—¿Ya sabemos que fue un encargo?

—No, Inés, no sabemos una mierda, pero si fue él quien anduvo detrás no me lo imagino asumiendo directamente la faena.

—Yo en tu lugar lo pondría en mi lista corta.

—Ahí está ya.

—Y me iría a conocer a Antúnez.

—Gracias por el consejo. Ya te he dicho que también está en la lista.

—¿Algo más que pueda hacer por ti, mi brigada?

—Sigue encima de Miralles. Con eso me conformo, por ahora.

—Ahí sigo. Te informo si hay algo más.

Mientras íbamos hacia la oficina llamé al comandante Rebollo. Como cualquier ser humano, estoy programado para mentir, pero como cualquier ser humano que alguna vez ha optado por la mentira como estrategia, y le ha fallado, siento un fuerte escrúpulo hacia esa técnica de gestión de conflictos, que he logrado evitar casi por completo en mi desempeño diario. Todas las ventajas que la mentira parece aportar, grandes o pequeñas, se truecan en inconvenientes que superan los beneficios si la mentira sale a la luz. Y si no sale, está la fatiga de cargar con ella, que ya es en sí una penalidad. En aquella ocasión la falacia me venía impuesta por orden superior, pero así y todo me sentí como un reptil inmundo mientras le resumía a Rebollo nuestras pesquisas, silenciándole la novedad principal, el encargo que esa mañana, a primera hora, había recibido de nuestro jefe común, y la fuente de la que venían las principales revelaciones del caso, esa escucha de la que no podía decirle que nos estábamos beneficiando. La situación me parecía tan absurda e ingobernable que pensé que en cuanto hablara con Pereira le pediría que informara al menos a mi comandante de aquella conexión, de forma que no tuviera que ocultársela ya más.

En el despacho que nos habían dejado en la compañía encontramos sólo a Arnau, enfrascado con el ordenador. Tardó en reaccionar.

—¿Qué tal? —pregunté—. ¿Y el cabo *hippie*?

—Se ha ido al juzgado a pedir la orden para intervenir la cuenta de correo encubierta de la alcaldesa. Para ganar tiempo, dijo.

—No sé si me gusta que tenga tanta iniciativa.

Arnau adoptó una expresión grave.

—Creo que nos conviene tener acceso a esa cuenta cuanto antes, mi brigada. ¿No ha hablado con la comandante Menéndez?

—Tengo una llamada perdida suya. ¿Debería devolvérsela?

Asintió con convicción.

—Lo antes que pueda. Revisando los archivos del ordenador han dado con un documento de texto bastante particular. Parece que está hecho a partir de un corta y pega de mensajes de correo electrónico recibidos en la dirección que Karen tenía para uso privado. Lo hemos deducido porque alguno conserva el encabezamiento, y creemos que todos vienen del mismo sitio porque tienen el mismo tono y prácticamente el mismo contenido. Son de las últimas semanas y da la sensación de que la difunta los recopiló en ese documento, no sé si para compararlos, tenerlos todos juntos, o con alguna otra finalidad.

—¿De quién son los mensajes? ¿Y qué dicen?

—El remitente no se identifica en ningún momento. Por los encabezamientos tenemos el nombre de las cuentas desde las que los envió, identificadas con códigos alfanuméricos bastante ininteligibles. Seguramente abiertas para la ocasión y cerradas o abandonadas tras cada uso. En cuanto al contenido, está bastante claro. Chantaje.

—¿Chantaje? —dijo Chamorro

—Parece que el que le mandó esos mensajes tiene algo que podía hacer mucho daño a Karen. Hundir para siempre su carrera política, llega a decirle. Pero nada mejor que leerlo en el original.

Nos tendió un par de folios. Los tomé y los alcé de modo que Chamorro también pudiera leerlos. El tono era, en efecto, el habitual de los extorsionistas: despectivo, zafio, arrogante. Tuteaba en todo momento a la destinataria y a la hora de nombrarla no se ahorraba lindezas, casi todas ellas pertenecientes al mismo campo semántico relacionado con el sexo mercenario. Lo que no era posible averiguar, o al menos yo no pude deducirlo de aquella primera lectura, era lo que el chantajista tenía para presionar a su víctima. Le pregunté a Arnau.

—Ni idea —respondió, encogiéndose de hombros—.

Por lo que dice en uno de esos mensajes, «espero que te haya gustado el paquete adjunto», debió de enviarle las pruebas a la propia cuenta de correo; por eso hemos pensado que era urgente intervenirla y Tous se ha ido al juez para ponerlo en marcha cuanto antes. Aquí tenemos el primer indicio de que algo muy oscuro se estaba cociendo en torno a la alcaldesa.

—Tenemos alguno más, y si andamos vivos puede que juntemos otros antes de que acabe el día. ¿Has encontrado tú algo?

—Nada tan inquietante como eso. He dado con una especie de diario que llevaba en otro archivo de su disco duro. Me he leído la tercera parte, pero no he sacado mucho en limpio. Iba haciendo recuento de sus actividades públicas y de vez en cuando introducía algún detalle privado, pero de su vida digamos convencional. Impresiones de su hija, o de las cosas que hacía con su marido. Nada que no hubiera podido enseñar a cualquiera llegado el caso. No sé, seguiré buscando, a lo mejor tiene el diario realmente íntimo en alguna parte.

—Si lo tiene, lo guardará en la nube —apostó Chamorro—. En esa cuenta de correo electrónico, a lo mejor.

—¿Y el teléfono? ¿Qué ha sacado Tous?

Arnau echó un vistazo a su reloj.

—Mejor que te lo cuente él, no debe de tardar ya.

Mientras le esperaba, llamé a la comandante Menéndez, más por cortesía que por otra cosa. No sólo me confirmó lo que me había avanzado Arnau. Sus informáticos habían encontrado algo más.

—No sé si tendrá alguna relevancia para el caso —dijo—, pero creo que te gustará saberlo y tenerlo en cuenta. El navegador guardaba su historial de las últimas tres semanas. Han metido las URL almacenadas en un programa estadístico para ver frecuencias de temas y puedo decirte el asunto por el que más se interesó nuestra alcaldesa en ese tiempo: el proyecto de casino del que lleva un tiempo hablándose en la provincia. Se leía todas las informaciones que se publicaban sobre él, incluso hizo una serie de búsquedas sobre la empresa que lo promueve y sobre sus socios. Lo que no deja de ser curioso, si se tiene en cuenta que no es en su ciudad donde se proyecta hacerlo.

—¿Sabe usted quiénes están detrás de esa empresa?

—Un grupo variopinto de inversores locales, con un socio técnico que es una empresa especializada en el juego por internet y radicada en Luxemburgo. En principio, gente fuera de sospecha. Vamos, más allá del tufo que ese cóctel nos da a quienes no nacimos ayer.

—¿Y qué tenía que ver ella con esa guerra?

—Sí, llama la atención. Entre otras cosas, el municipio donde está previsto que se instale no lo gobierna su partido, sino una coalición de independientes y el que en su ayuntamiento está en la oposición. Lo que está claro es que el asunto le suscitaba interés. Al menos, le dedicó más tiempo que a otra cosa cuando se metía en internet.

—No me cuadra nada, por lo que todos cuentan de ella, que quisiera competir con ese otro municipio por acoger el casino.

—Ni a mí, brigada, pero ya conoces la condición humana.

—¿En qué sentido?

—Nunca se sabe quién es y qué busca alguien en realidad.

—¿Podría hacer su gente alguna averiguación discreta sobre ese grupo de inversores y sobre quiénes son los que están llevando la voz cantante del proyecto ante las administraciones competentes?

Menéndez carraspeó, diría que adrede.

—Ya me la están haciendo. Te contaré.

—Por nuestra parte —creí que debía informarla— vamos a seguir un hilo al que apuntan varias pistas. Un tal Antúnez, que regentaba un negocio de prostitución que tuvo que llevarse a otra parte por culpa de la alcaldesa y que al parecer la amenazó en alguna ocasión.

—Perro ladrador, poco mordedor, dicen.

—Los refranes son estadística, mi comandante. Las estadísticas tienen excepciones. Y no olvide que es en la excepción donde suele ocurrir nuestro trabajo. No sería la primera vez que me encontrase con un culpable que había amenazado a la víctima, incluso en público.

—No tienes que justificarlo. Comprendo que lo mires.

—Y hay alguna pista más. Ese Antúnez sigue bien relacionado con gente influyente de esta ciudad.

—¿Qué gente?

—Déjeme comprobarlo mejor, antes de ponerlo a circular por ahí.

—Sólo pensaba hacerlo circular ante mi coronel.

—Si no le importa, prefiero que ciertas noticias las dé el mío.

—Vaya, eso no es muy equitativo. Yo a ti te lo cuento todo.

—Lo dudo, y como bien apuntó antes, nunca lo sabré, seguramente. En todo caso, quién dijo nunca que la equidad gobierna el mundo.

—Veo que eres un filósofo.

—No, sólo un currante que sobrevive como puede. No me lo haga más difícil, me entrenaron para obedecer y no para desairar a quien lleva en la hombrera más galones que yo. Me resulta violento.

—Tranquilo, hombre, me hago cargo.

El cabo Tous llegó antes de que terminara de hablar con su jefa. Cuando interrumpí la comunicación me tendió la orden judicial.

—Me dice Arnau que ya te lo ha contado. Pensé que debíamos disponer de esto cuanto antes.

—Y pensaste bien, Tous, pero la próxima vez voy a pedirte un favor. Antes de irle con algo al juez, avísame. Aunque sea un *whatsapp*, y aunque no pueda leerlo o contestártelo. Quédate con la tranquilidad de que el mensaje está en mi bandeja antes de hacer nada.

Tous me observó con una punta de desafío. Era un investigador veterano y resolutivo, saltaba a la vista. Y no quería menospreciar su competencia, pero también tenía que entender que era yo, y no él, quien dirigía la investigación. Podía considerarse más listo que yo, es lo que tiene la jerarquía, que a veces nos coloca bajo quien no ve o no alcanza lo que nosotros creemos ver y alcanzar. Lo que no le eximía de tenerme en cuenta, incluso para hacer lo que creía de cajón.

—Entendido. No volverá a suceder —acató la reprimenda, sin que de sus pupilas se desprendiera, eso sí, aquella dureza mineral.

—Hazme un favor. Mándale la orden a la cabo Salgado, en Madrid. Tiene hilo directo con quien tiene hilo directo para que la gestión sea rápida. Con un poco de suerte, esta misma tarde la tenemos.

—A la orden.

—¿Y qué me puedes decir del análisis del teléfono de Karen?

Se acercó hasta su mesa y volvió con unas notas.

—En cuanto a los posicionamientos, me he limitado a examinarlos por encima, ya sabes que hacer bien ese trabajo lleva un rato incluso cuando se tiene una referencia previa de algún lugar de interés. En lo que he podido mirar, me he centrado en las últimas cuatro semanas, nada raro, salvo algún desplazamiento fuera del pueblo, nunca muy lejos, como mucho a Valencia. Durante la mayor parte del tiempo las coordenadas corresponden a su casa y al ayuntamiento.

—¿Has mirado la casa del registrador Santos?

—Sí. Aparte de la noche de autos, paró por allí otras dos noches más. Ambas entre semana. Llegó sobre las nueve, o un poco después, y se marchó las dos veces entre las diez y media y las once.

—A ratos me da que deberíamos investigarle más a fondo.

—¿Lo crees capaz? —dudó Arnau—. Entre otras cosas, alguien que vive tan bien, y garantizado de por vida, qué necesidad tiene de...

—Por eso mismo, si ella se hubiera convertido en una amenaza.

—¿Y cómo podría ser eso?

—Ni idea. Santos está soltero, no se le puede intimidar con el truco habitual de irle con el cuento a la mujer, pero quién sabe.

—Por lo que se refiere a llamadas —continuó Tous—, he identificado los números más frecuentes: su casa, su marido, su suegra, Miralles, Grau y, muy por encima de todos los demás, Sandra Valls.

—¿Y Santos?

—Ni una sola llamada. Debían de comunicarse por otro medio, lo que es bastante sensato, nunca sabes quién puede mirar el móvil.

—Siempre está la posibilidad de bloquearlo —apuntó Arnau.

—No sé tú con tu novia —repuso Tous—, pero si yo le oculto el código de desbloqueo a mi mujer me veo con la maleta sobre el felpudo.

Quise ver lo que daba de sí su imaginación:

—¿Dónde sugieres que deberíamos buscar esas comunicaciones?

Tous no se lo pensó mucho.

—Tenía un *smartphone*. Puedes tener abierto el correo electrónico siempre que te interese, y cerrarlo cuando no convenga. Diría que están en esta cuenta que nos acaba de autorizar a mirar el juez.

—¿Y has visto alguna llamada a deshora?

—Las esperables, la gente de su equipo y del partido, es decir, Grau, Valls y Miralles, a veces a la una y las dos de la mañana. Fuera de eso, nada. Aparte de los números conocidos, he hecho la lista de los que tienen más de tres comunicaciones con ella, para poder cotejarlos si hace falta. No hay ninguno que por ahora llame la atención.

—¿El que más habló con ella, de los desconocidos?

—Aquí está. Once llamadas.

—¿Alguna larga?

—Casi todas andan entre los cinco y diez minutos.

—Averigua de quién es, por si acaso.

—De acuerdo.

—Y quería pedirte otro favor.

—Tú dirás.

—¿Crees que podrías localizarme para esta misma tarde el paradero del tal Francisco Antúnez, el empresario nocturno?

—Por supuesto. Déjame hacer un par de llamadas.

Aquel día resolvimos la comida de forma económica y expeditiva en el restaurante de menú más cercano a la compañía. Mientras dábamos cuenta de ella, traté de recapitular todo lo hecho y todo lo encontrado en aquellas treinta y seis horas de investigación. Hube de constatar, con cierta pesadumbre, que aun habiendo abierto alguna vía prometedora seguíamos atrancados en esa fase ingrata de la investigación en la que no termina de pasar nada y uno va sumando piezas y catalogándolas en un ejercicio que tiene mucho más de burocrático que de aventura, física o intelectual. Por eso, me dije, nunca harían una película con nuestras andanzas, y por eso a tales efectos Hollywood prefiere buscar policías anómalos o rigurosamente imaginarios.

Antes de los postres, sonó el móvil de Tous. Springsteen, le pegaba. Lo atendió y en seguida sacó su bloc para tomar unas notas.

—Lo tengo, a Antúnez —dijo, una vez hubo colgado—. Cuando menos, su domicilio y el de la que parece ser su empresa principal.

—¿Muy lejos de aquí?

—Veinte minutos. Aunque si hay prisa yo llego en diez.

Aquello me dio una idea, para variar un poco nuestra mecánica de trabajo, y también porque preferí ahorrarle a Chamorro el trago de tener que tratar con un individuo de aquella calaña y de entrar en según qué sitios. Lo había hecho más de una vez, por necesidades del servicio, pero siempre que se había visto en aquella tesitura me había dejado notar que se prestaba a regañadientes. Me dirigí a Tous:

—Ya que sabes ir, ¿te importa hacerme de chófer esta tarde?

—Sin problema.

Nos costó un poco dar con Antúnez. No estaba en ninguna de las dos direcciones que había conseguido el cabo: en su casa no respondió nadie y en su empresa topamos con una administrativa muy poco colaboradora. Fue Tous quien la persuadió de que obstaculizar los intentos de la Guardia Civil por dar con su jefe no redundaba necesariamente en su favor, ni en el de su continuidad en el empleo. Al final, se avino a llamarlo y fue él quien le dijo que nos indicara una cafetería donde se encontraría con nosotros al cabo de un cuarto de hora.

La cafetería no estaba muy lejos y llegamos antes de que Antúnez hiciera su aparición. Mientras esperábamos, le propuse a Tous:

—Nos presentamos y le metes mano tú primero. Ya sabes lo que hay que preguntar, *grosso modo*. Lo habitual y lo de las amenazas. Y en ese punto me dejas a mí. De entrada me quedo en segundo plano.

—Visto. ¿Y qué hago? ¿Le meto caña?

—No, mejor ve suave.

—Como gustes.

Francisco Antúnez apareció diez minutos después de lo prometido. Era un tipo en los cincuenta y bastantes, pasado de peso, de pelo ralo y revuelto y no demasiado aseado ni bien vestido. Su iPhone, eso sí, era de ultimísima generación; podía comprobarse porque, a diferencia de esas adolescentes que los disfrazan de Hello Kitty o de cualquier otro personaje multicolor, no lo había protegido con funda alguna. Ni en su cabeza había ideas tan tiernas ni le faltaban los ochocientos euros para comprarse otro si aquel se le caía y se le astillaba el cristal.

Tous, disciplinado, se encargó de las presentaciones. Por mi parte, me limité a asentir cuando mencionó mi nombre, sin despegar los labios y sin dejar de escrutarlo como si estuviera evaluando la frescura de un rodaballo o un solomillo, lo que le fastidiaba de forma palpable y a mí me proporcionaba, he de reconocerlo, un malicioso placer. Tous entró en materia sin muchos circunloquios, ante lo que Antúnez se sintió obligado a hacernos una suerte de advertencia general:

—Una cosa quiero decirles, antes de nada. Llevo trabajando desde chaval, quince horas al día y más, y siempre me he ganado la vida con negocios totalmente legales. Tengo todos los permisos y licencias en regla y he pasado todas las inspecciones habidas y por haber. No sé con qué les ha calentado quién la cabeza, ni me importa; pero yo no ando en nada raro, y en lo que menos, en pagar para que hagan daño a nadie. No tengo ninguna necesidad. Tampoco a la alcaldesa, que lo único que hizo fue putearme y obligarme a trasladar la tienda porque se le puso en el coño ir de apóstol feminista, que estaba en su derecho, pero yo también estoy en el mío de resistirme a que me cierren un negocio que tenía todos los permisos y pagaba sus impuestos.

Tous encajó aquel alegato sin dejar traslucir la menor emoción, con una expresión de apacible indulgencia. Por mi parte, dudaba si proclamar a Antúnez campeón de mi liga particular de embusteros (para empezar, vaya si sabía quién nos apuntaba hacia él, y de ahí, en adelante) o si proponerlo para que le dieran la medalla al trabajo.

—Además, conozco mis derechos y tengo abogado —advirtió—. Estoy hablando con ustedes de buen rollo, pero si me tocan los cojones salen ustedes de este local, que es mío, y me citan formalmente.

—Le agradecemos mucho la deferencia, señor Antúnez —dijo Tous, con dulzura—. Espero que entienda que con ese historial de conflictos con la difunta tengamos que hacer alguna comprobación.

—Qué historial de conflictos ni qué niño muerto —saltó Antúnez—. Aquí todo lo que hubo fue que la vikinga esa me cerró un local, porque para eso tenía el gorro y el pito, y a mí me cabreó que lo hiciera y traté de evitarlo. No pude y cambié de aires, eso es todo. Perdí un dinero, como se puede imaginar, pero sé cómo volver a hacerlo. Y también sé que los políticos pasan, como la primavera y como todas las mierdas de esta vida, así que tampoco se crea que di por amortizada del todo la inversión. Antes o después habrá otro alcalde que sí quiera que cree empleo y pague impuestos en su municipio.

—¿Podría decirnos dónde estaba usted el pasado sábado?

Antúnez se puso carmesí. Por un momento tuve la sensación de que los globos oculares le iban a salir despedidos de las órbitas.

—¿Cómo dices? Me cago en todo lo que...

—Cálmese —dijo Tous, extendiendo sus manos ante sí—. Es pura rutina: los jefes, que quieren que les pongas todo en el informe. No es por nuestro gusto, no nos queda otra. Hagámoslo fácil, ¿le parece?

—Me parece que os voy a mandar a paseo de un momento a otro.

—Mientras tanto, ¿qué tal si me responde?

El cabo tenía cuajo, sin duda. Tanto que Antúnez no llegó al punto de ebullición y, aunque de mala gana, consintió en contestar:

—¿Por la noche, quieres decir? En mi local de la playa. Cien testigos, lo menos. Hasta las tres o las cuatro. Y luego, en mi puta casa. ¿Te valdrá el testimonio de mi novia o tengo que comprar a alguien?

Pensé en lo rara que sonaba la palabra «novia» en labios de Antúnez. Tous, inasequible a cualquier sobresalto, siguió a lo suyo:

—No, está bien. Otra cosa. ¿Qué vínculos mantiene con el ayuntamiento que dirigía la fallecida? Y con la ciudad, en general.

Antúnez sonrió, complacido.

—Ninguno, aparte de que conservo como clientes a

muchos de los que trabajan allí. Si a Mahoma le fuerzan a dejar la montaña, la montaña va tras Mahoma. Eso es lo que las integristas como esa alcaldesa no entienden. Si no lo explotas tú, lo explotará el vecino y te birlará la ganancia. Qué le voy a hacer, a las chicas les vengo bien porque saben que las respeto y que en mi casa, además de un buen servicio, que es lo que yo les presto, tienen amparo para ejercer su profesión con total autonomía y sin temer lo que tienen que temer en la calle. Por eso en mis locales están siempre las mejores. Y así, pasa lo que pasa.

—¿Debo entender entonces que ya no tiene ningún interés allí?

El empresario le observó con desdén.

—Lo que te he dicho antes: un local bien grande con una hipoteca de dos pares de huevos cerrado con un candado y esperando mejores tiempos. Pero no pasa nada, por ahora puedo aguantarlo.

Tous me buscó con la mirada. Le invité con la mía.

—Sin embargo —dijo—, nos hemos enterado de que usted llegó a amenazar a la alcaldesa para que no se lo cerrara. Disculpe, pero eso, por lo pronto, nos sugiere que le importa más de lo que dice.

Antúnez soltó un bufido.

—Ahora sí que sí —bramó—. Hasta aquí hemos llegado. Salgan de mi local. No hace falta que paguen esos cafés, invita la casa.

Sin darme la más mínima prisa, saqué mi cartera, busqué un billete de cinco euros y lo arrojé sobre la mesa. Sólo entonces me levanté.

—No aceptamos su invitación —dije—. Llame al abogado, revise bien todas esas licencias que dice que tiene y cerciórese de que todas las chicas estén tan contentas como asegura. Volveremos a vernos.

Por una vez, el chulo Antúnez no encontró qué replicar.

12

En todas partes

Lo primero que hice, apenas abandonamos la cafetería de Antúnez, fue ponerle un *whatsapp* a Salgado: «Atenta a quien llama, desde ahora mismo.» Luego telefoneé a Chamorro, que tardó en atenderme.

—¿Puedo llamarte luego, jefe?

—¿En qué andas?

—Estoy con la madre de Karen, dame un rato.

Le había dejado encargada la gestión de llamar a la suegra de nuestra víctima para tratar de entrevistarla esa misma tarde, antes de que se marchara al día siguiente. La oportunidad debía de habérsele presentado al vuelo y la había aprovechado, como correspondía.

—¿A dónde? —preguntó Tous, una vez que se puso al volante.

—A la compañía —respondí—. Vamos a empezar a organizar todo este batiburrillo de una maldita vez.

Por el camino marqué otro número, al que venía rondándome por la cabeza llamar desde hacía unas cuantas horas. Su señoría el juez Limorte apareció a los pocos segundos en la línea telefónica.

—Hombre, brigada, ya me parecía que tardaba mucho en saber de usted. Esta mañana anduvo por aquí uno de sus hombres para pedirme una diligencia, ¿han conseguido ya esa intervención?

—Estamos en ello.

—¿Cree que nos dará alguna luz?

—Podría ser. Me gustaría verle en algún momento de esta tarde, señoría, si le es posible concederme unos minutos.

—Esta tarde tengo un compromiso oficial. Es el funeral de la alcaldesa, he de hacer acto de presencia, pero no es mi costumbre quedarme a las misas. Creo que la convocatoria es a las siete, si no le parece mal podemos vernos a las siete y cuarto o las siete y veinte. Hay una cafetería agradable y tranquila en el paseo marítimo, Sorrento.

—Ahí me tiene a las siete y cuarto.

—¿Alguna novedad que pueda adelantarme?

—Empezamos a ver líneas, pero todas complicadas. Vamos a tener que pedirle un poco de respaldo, para abrir camino.

—Muy bien, para eso estamos. Eso sí, nunca lo olvide: con plena garantía de los derechos fundamentales, que para eso estoy también.

—Lo tengo bien presente. A sus órdenes.

Entrábamos en nuestro despacho de circunstancias cuando sonó mi móvil. Era quien me esperaba, la cabo Salgado, con novedades:

—Si no estás sentado, siéntate, jefe. Punto uno: acabo de abrir la cuenta de correo secreta de tu alcaldesa.

—¿Y quién te dio permiso para eso?

—Las claves, el colega que tú bien sabes. El resto lo hizo mi irreprimible curiosidad. Vas a alucinar en tecnicolor, mi brigada. No volveré a creer que los políticos y los alcaldes son personas aburridas.

—¿Qué es lo que hay?

—De todo. Fotos, vídeos. La parte de texto me ha parecido más rollo, ya sabes que yo prefiero el audiovisual, pero también tiene su aquel.

—Pásame las claves, ya.

—Las tienes en tu correo. Y hay más, el punto dos.

—Dime.

—Como gracias a tu perspicacia supusiste, de ahí, me imagino, el *whatsapp*, tu buen amigo Antúnez, que ya veo que le has caído de puta madre, le ha echado una llamadita al concejal Miralles.

—¿Y el contenido?

—No le ha gustado cómo vistes, cómo miras ni tu tono de voz.

—Eso ya lo daba por descontado.

—Aparte de cagarse en nuestro glorioso y benemérito Cuerpo y en ti como representante *ad hoc* para hacerle la puñeta, también le ha dado lo suyo a Miralles. Le ha venido a decir que espera que se mueva, y se mueva bien, para que no le toquen una sola licencia, si quiere, cito textualmente, «volver a mojar donde tanto le gusta». El concejal, como parece que es la tónica dentro de esta relación tan romántica que se traen entre ambos, se ha esforzado por tranquilizarle, haciéndole ver que no tienes nada sobre lo que acusarle, más allá de unas amenazas antiguas e inconcretas. Que lo que ahora toca es mantener la calma y la frialdad y no cometer ningún error. Entre otras cosas, le ha sugerido que en adelante eviten las comunicaciones telefónicas, por si las moscas. Y ha acabado con algo que va a gustarte, estoy convencida.

—¿A saber?

—Prefiero citarlo, me gusta el estilo de este hombre: «No te preocupes, esos Sherlock Holmes de Madrid vienen con mucho gas los primeros días, pero en cuanto vaya pasando el tiempo y no encuentren nada se les irán pasando las ganas de estar fuera de casa. Puede que te toquen las narices unas semanas o un mes, pero descuida, no van a estar persiguiéndote toda la vida.»

—Se va a enterar este listo, cuando le toque.

—Yo sigo escuchándole, y con tu permiso, para distraer los ratos muertos, sigo fisgando la cuenta de correo de la alcaldesa.

—Ya te lo has concedido tú. Avisa si algo te llama la atención.

—Míralo en cuanto puedas, no tiene desperdicio.

Pese a la comezón que Salgado me había creado en

relación con aquella cuenta de correo electrónico, me pareció que antes de mirarla tenía que hacer otra llamada. Busqué en la agenda hasta que di con el número del comandante Ribes, de la unidad anticorrupción.

—Mi comandante, ¿tiene un momento para mí? —le pedí.

La voz de Ribes sonó pausada, como de costumbre.

—Claro, y dos. Me dice mi gente que has mandado una cabo muy simpática para controlar el teléfono de Miralles. Lo mismo te la pido prestada algún día, me vendría bien para liar a mis clientes.

—Si me hace una buena oferta...

—¿En serio?

—No, claro que no. Para empezar, no soy quien decide, y la verdad es que me he acostumbrado a contar con su mano izquierda.

—Tiene algo más que eso, según me han dicho.

—Ya, ya lo sé. Verá, quería contarle cómo vamos, y de paso pedirle algo. Miralles es una de nuestras líneas, por lo que ambos sabemos y también por algunos comportamientos extraños que ha tenido en estos días, pero aún no hay nada que nos permita meterle mano.

—Si puedo decirlo, menos mal, Vila, porque mi gente todavía no tiene maduro el paquete contra él, y lo que es peor, no tenemos maduro el conjunto de la operación. El día que me digas que tienes que ir por él por el homicidio me vas a dar un disgusto. Lo he discutido con mi gente y con mi teniente coronel y estamos de acuerdo en que ésa será la fecha en que tengamos que reventar nosotros también, estemos como estemos. Y no te oculto que me gustaría estar mejor.

—Por ese lado, puede estar tranquilo, por ahora. Es sospechoso, incluso muy sospechoso, pero no tengo nada que me permita llevarlo ante un juez, y a mí tampoco me gusta reventar antes de tiempo.

—Nos entendemos, entonces.

—Hay otra cosa, hemos descubierto un detalle que

me ha llamado mucho la atención, por algo que me mencionó el otro día.

—Ayer, quieres decir.

—Eso, ayer —rectifiqué, y me di cuenta de cómo había llegado a perder la noción del tiempo—. Tiene que ver con ese proyecto de casino del que me habló. La alcaldesa muerta había rastreado en internet toda la información disponible en relación con él. Noticias sobre el proyecto, inversiones previstas, inversores interesados, etcétera.

—Me sorprende. De hecho, es la primera conexión que aparece de ella con los negocios de mis malos. Se supone que esto tiene otro campeón político, el alcalde del pueblo en cuestión, que según todos los indicios, nos falta terminar de amarrarlo bien, podría estar en la nómina de la trama. Y que es del partido rival, dicho sea de paso.

—Me gustaría que le echara una pensada, con la información que tiene, a ver qué se le ocurre. No dejo de preguntármelo. ¿Por qué Karen Ortí podía estar tan interesada en un proyecto que se iba a levantar a treinta y cinco kilómetros y con otros valedores políticos?

—Si aplico la teoría que suele servirnos en estos casos, una de dos: o quería pujar ella por llevárselo o le parecía que perjudicaba de alguna forma sus intereses y lo que quería era ver cómo abortarlo.

—Lo primero no me cuadra. Y lo otro, ¿en qué le perjudicaba?

El comandante se tomó su tiempo para pensar.

—No olvidemos —dijo al fin— a quién tenía de número dos. Miralles, que nos consta que ha sido un conseguidor excelente para esta gente en el pasado. A lo mejor trató de convencerla para que apoyara el proyecto de alguna manera, y ella quiso mirárselo mejor.

—¿A treinta y cinco kilómetros?

—No deja de estar dentro de la zona de influencia. No hablamos de un simple casino, sino de un parque de ocio en torno al juego y una serie de negocios conexos, restauración, hoteles, salas de fiestas. Ha desatado una batalla política en toda regla. Hay un par de plataformas que se oponen y que están haciendo mucho ruido y organizando una movilización ciudadana. No me extrañaría que hubieran tratado de ganarse a los alcaldes de la comarca, y más a los de signo ideológico contrario, para tratar de contrarrestar esa oposición.

—¿Puedo pedirle información complementaria sobre la empresa que impulsa el proyecto? Me han dicho que hay inversores locales y también extranjeros, una compañía con sede en Luxemburgo.

Ribes dejó escapar una risita sarcástica.

—Eufemismos, brigada. Los inversores locales son un grupo de tipos de dinero de la provincia dispuestos a mojar en cualquier salsa, pero que asumen paquetes minoritarios y no tienen ninguna implicación en la gestión. Los han reclutado para lubricar y blanquear el asunto, y como a ellos no les supone mucha inversión y puede darles buen retorno, se dejan querer. El que los capitanea es el abogado de Valencia que les sirve de testaferro número uno a los napolitanos. Y esa compañía de Luxemburgo tiene un muy oscuro capital. La sospecha de los italianos es que los accionistas últimos son... ¿Lo adivinas?

—Los mismos napolitanos.

—*Giusto*.

—Si le mando a mi cabo para que tome nota de nombres, datos básicos y demás, ¿podría su gente atenderla y facilitárselos?

—Me da que van a estar encantados. Tienes un arma letal.

—No dejen que se lo crea demasiado, que luego me toca soportarla.

—Eso tiene remedio. Si quieres, le pongo a una chica de enlace. Tengo un par listas como ardillas. Economistas ambas, por cierto.

—Vaya. Veo que ahí no se privan de nada.

—Qué se le va a hacer, ya sabes las plazas que se convocan últimamente, cincuenta al año en una oposición nacional. Menos que para registradores o jueces. El que entra aquí, ahora, podría entrar en la NASA. De mi gente, más de la mitad son titulados superiores, de Económicas y Derecho sobre todo. Lo que no creas que siempre viene bien. Hay que enseñarles a dejar la teoría de la universidad a la puerta y meterles en la cabeza que aquí no están para hacer dictámenes, sino de poli, que es cosa más pedestre y se basa en conseguir pruebas que puedan servirle a un juez para empapelar a nuestros chorizos.

No había pensado nunca en aquel detalle. Me lo guardaba para alguna conversación con mi primo político, o para un encuentro ulterior con David Santos, por si se me quejaba de tener pocos ingresos. Estaba seguro de que apaleaba más que un guardia civil, por mal que anduviera el mercado inmobiliario. Coincidí con el juicio de Ribes:

—Me hago una idea de lo que me cuenta. También yo entré aquí con un título universitario bajo el brazo. El mío se supone que sirve para certificar las taras mentales de la gente, ya ve usted qué cosas.

—¿Psicólogo?

—Exacto. Y aquí me ve, lo que me permite cerrar casos es que alguien deje una colilla tirada donde no debería, o pase frente a una cámara de seguridad que no vio, o se le vaya la lengua por teléfono o haga el tonto por Facebook. Nunca he resuelto nada con las teorías de Freud o de Jung. Me pregunto si alguien habrá resuelto algo con eso.

—No seré yo quien pueda responderte esa pregunta.

—No importa. Gracias, mi comandante, le sigo informando.

Había preferido tener esta conversación en un lugar discreto, para lo que había tomado la precaución de salirme al pasillo. Cuando volví a entrar en el despacho, Tous me esperaba con una noticia:

—Ya me han mirado el número ese con el que la alcaldesa tenía once llamadas. Se trata de un tal Vicente Miró, un periodista que cubre la actualidad de la comarca para uno de los periódicos principales. Según me dicen, es uno de los que ayudaron a potenciar la imagen de Karen como estrella emergente dentro de la política regional.

—Lo que explica que tuvieran ese hilo tan directo, por motivos que no resultan nada sospechosos. Bueno, un disparo al aire más.

En ese momento, Arnau y Chamorro aparecieron por la puerta.

—Buenas, ¿qué tal os ha ido? —preguntó la sargento.

—Pse —opiné—. ¿Y a vosotros?

—Todo un personaje, esta Annelise Hansen —dijo Chamorro—. Hace treinta y cinco años, cuando cayó por aquí, debía de ser un ciclón. Ahora mismo está bastante venida a menos, por las circunstancias, pero al final de la charla le ha asomado el carácter. No sabe nada concreto, como nos dijo la suegra de Karen vivía demasiado lejos para estar enterada de las andanzas de su hija, pero nos ha dado una clave interesante. Por lo visto hablaba con ella cada quince días, más o menos. Y la última vez la alcaldesa le dijo algo que la dejó pensando, porque no era muy normal que entraran en semejantes intimidades.

—¿Ah, sí? ¿Y qué fue?

—Que empezaba a estar cansada. Que había pensado muy seriamente en divorciarse y volverse a Dinamarca, con la niña si podía conseguir la custodia, y si no, sin ella. Que no nos aguantaba más.

—¿Nos?

—A los españoles. Que estaba harta de compadreos y trampas, que aquí no había manera de ir de frente con nadie, que todo estaba amañado y era un asco tratar de resolver nada. Que había sido una ingenua creyendo que podrían hacerse las cosas de otra manera.

—Sombrío diagnóstico.

—Por lo visto, le dijo algo más. Algo así como que, se pusiera como se pusiera, ella seguiría siendo una guiri, la madre ha empleado esta misma palabra, y que este país tenía dueños, unos dueños que lo habían manejado desde siempre y que no estaban dispuestos a soltar la presa, por más simulacro de democracia y de reformas que pudieran hacer de cara a la galería. Que ella —Chamorro miró aquí sus notas— había creído que el hartazgo de la gente podía servir para librarse de ellos, pero que no, que ellos eran más fuertes. Y algo aún peor.

—El qué.

—Cito: «Están en todas partes, mamá. En todas partes.»

Lo encajé como tocaba, con una expresión estoica.

—En fin. Ella ya se liberó de esto, pero a ver cómo hacemos nosotros para seguir levantándonos todos los días a enfrentar la faena.

—Yo sólo soy la mensajera. ¿Crees que tiene razón?

Observé a mi equipo, que aguardaba con curiosidad mi respuesta.

—Nos tocará probar que se equivocaba. Que por lo menos aquí no están, signifique eso lo que signifique y valga lo que valga. Por cierto, Salgado me ha enviado las claves de la cuenta secreta de Karen, habrá que mirarla. Según dice, es mejor que nos sentemos antes.

Encendimos un ordenador y accedimos a la cuenta. Lo que en ella nos encontramos, como ya me había anunciado mi compañera, arrojaba una poderosa y perturbadora luz sobre el caso. En efecto, varios de los mensajes que había recibido Karen venían acompañados de fotos y vídeos. En todos ellos aparecía la alcaldesa, sin ropa, con otra gente sin ropa que no era en ningún caso su marido. Conté hasta cuatro personas diferentes, de las que sólo conocía a una: Sandra Valls. Salía junto a Karen en una foto en la que ambas posaban completamente desnudas para el iPhone de la alcaldesa, mientras se miraban a un espejo. La mano izquierda de Karen agarraba con firmeza el pecho del mismo lado de su jefa de prensa, que parecía algo ebria. En uno de los vídeos aparecían también las dos, acompañadas por un tipo de poco más de veinte años que debía de pasarse la vida en el gimnasio y que en ese momento dedicaba sus atenciones, por así decirlo, a la alcaldesa. Aún distinguimos, en otras fotografías y vídeos, a otros dos hombres: a uno de ellos no se le veía el rostro (tampoco a Karen, aunque sus lunares y otras peculiaridades de su anatomía permitían reconocerla) y el otro, al que se le veía fugazmente, era de nuevo diez años más joven, como poco, que la mujer a la que arrancaba gritos enfervorecidos.

En el despacho se hizo un silencio sepulcral. Hay, no voy a descubrirlo yo, una conexión profunda entre el sexo y la muerte, explorada a lo largo de los siglos por cientos de pintores, poetas y filósofos. Ver cómo esa conexión se hacía explícita, en la exhibición sexual de un cuerpo que a esas alturas se pudría en un nicho del cementerio local, provocaba una sensación de desasosiego a la que no pude sustraerme. El examen de la carpeta de borradores de aquella cuenta nos permitió deducir que, tal y como Chamorro había supuesto, Karen la usaba como una especie de almacén en la nube. Allí estaban algunos de esos vídeos y fotos, amén de algunos documentos de texto que tendríamos que analizar. La sargento formuló al vuelo una hipótesis:

—Le *hackearon* la cuenta. Ella misma, por incauta, se convirtió en suministradora del material que iba a servir para extorsionarla.

—Cuándo aprenderá la gente que no puede fiarse nada que sea comprometido a la ruleta rusa de internet —dijo Arnau.

—Nunca, tal vez —calculé—. Han logrado aturdirnos con la interfaz gráfica, y casi nadie sabe nada de los códigos que hay debajo.

—Buena metáfora —me concedió Tous, con aire absorto.

Abrimos los mensajes donde Karen respondía, lo había hecho en tres o cuatro ocasiones, a quienes trataban de extorsionarla. Había reaccionado con firmeza, invitando al chantajista a colgar las fotos o los vídeos donde quisiera. Y ya arrostraría lo que hubiera de arrostrar, decía, si es que a aquellas alturas la gente se escandalizaba de que un adulto follara libremente con otros. Lo que no logramos averiguar fue lo que pretendían de ella quienes la sometían a aquel chantaje. Las alusiones al respecto eran siempre difusas, y venían a resumirse en un solo mensaje inteligible: apártate, antes de que te apartemos.

—Son las seis, señores —dije, tras comprobar mi reloj—. Vamos a poner un poco de orden, que tenemos mucho trabajo que hacer.

Fui a ver al capitán de la compañía, al que le pedí que me dejara a toda la gente de policía judicial que tuviera disponible para infiltrarse en el funeral y observar lo que allí sucedía. Al mando de esa operación, a la que también destiné a Tous y a Arnau, puse a Chamorro. Al capitán, que obligado a acudir de uniforme y siendo conocido de todos no podría gozar del menor incógnito, le pedí que no dejara de trasladarme cualquier cosa de interés que observara desde su posición. Por mi parte, tenía una prioridad, que era la entrevista con el juez, y antes de eso, una urgencia personal que no podía demorar por más tiempo. Dejé que se llevaran los dos coches que teníamos y, una vez que partieron hacia la iglesia donde se celebraba el funeral, yo me encaminé hacia el paseo marítimo. Necesitaba aquel breve espacio de soledad, no sólo para ordenar mis ideas y enfriar algunas emociones, sino también para hacer un par de llamadas. La primera a mi coronel y gran jefe, Pereira, a quien primero puse al corriente de nuestros hallazgos; antes que a nadie, cumpliendo fielmente sus instrucciones. Hecho esto, me permití, acaso por primera vez en veinte años, exigirle algo:

—Ahora, cuando cuelgue, voy a llamar a mi comandante. Le contaré la parte de lo que le he dicho a usted que puedo contarle, y él seguramente le llamará a renglón seguido para trasladárselo. Le pido que entonces le informe, mi coronel, de lo que le falta por saber y le ponga en contacto con el comandante Ribes para que le termine de situar y en adelante sea él quien se ocupe de la coordinación que le corresponde. Creo que él tiene derecho a saber el terreno que pisa, y yo, a no seguir devanándome los sesos para ver cómo decirle lo que tengo que decirle sin que se me escape lo que no se me puede escapar. Necesito todas mis neuronas para el muerto que tengo entre manos.

—Está bien, Vila, tienes razón —admitió—. Te dije que iríamos viendo, pero lo que me cuentas lo deja claro. Haré como me pides.

—Me ordenó usted que de aquí a mañana le diera dos líneas posibles de investigación. Esta noche se lo pongo por escrito, si quiere, pero se las avanzo ya: la línea uno es Antúnez en posible combinación con Miralles, por intereses espurios del primero o de ambos; la línea dos, algún accidente derivado de la azarosa vida personal de la víctima. Sin excluir que ambas puedan estar conectadas. Con todo, no hay pruebas que nos permitan tomar ninguna acción inmediata, supongo que estará de acuerdo, así que con su permiso voy a pedirle al juez que nos eche un cable, con todo el riesgo que esté dispuesto a asumir.

—De acuerdo. Oye, así de cabreado, valdrías para coronel.

—No aspiro a tanto. Me basta con salvar la papeleta que me toca.

—Adelante, tienes mi bendición. Y gracias.

A continuación, ya más tranquilo, hablé con Rebollo. Tenía que aguzar el ingenio para hacerle un informe en condiciones sorteando las restricciones y dobleces que mi coronel me había impuesto, pero me aliviaba saber que era la última vez que había de asumir ese esfuerzo ingrato. Cumplida mi obligación, miré el reloj. Las siete y cinco. Disponía de diez minutos para ir caminando, sin prisa, hasta la cafetería Sorrento. Me dije que tenía la suerte de poder disfrutar, durante esos diez minutos, de un atardecer junto al Mediterráneo. La vida es fugaz y traicionera, así que no me privé de aprovechar el obsequio.

Acababa de instalarme en una mesa con vista al mar cuando mi teléfono, que había silenciado, empezó a vibrar sobre el tablero. No me apetecía hablar con nadie, y menos con la comandante Menéndez, que era a quien identificaba la pantalla. Aunque no era muy profesional, dejé que sonara aquel chirrido sordo, hasta que se cortó. Un minuto después, me entró un *whatsapp* de la comandante. Que, con o sin permiso, cualquiera que tuviera tu número pudiera empezar a bombardearte sin tasa era una de las peculiaridades de aquella aplicación que menos me inclinaban en su favor. Menéndez me daba, con todo, una información significativa: «Tenemos un ADN de persona no identificada ni fichada.» Lo estaba leyendo todavía cuando entró el segundo: «Por si es de tu interés.» Lo era, y además me llegaba oportunamente.

El juez Limorte hizo acto de presencia en la cafetería a las siete y veinticinco. Lo primero que hizo fue ofrecerme sus disculpas:

—Lo siento, al final ha empezado tarde. No ha faltado nadie, y han tenido problemas para meter a toda la gente en la iglesia.

Le informé de todo lo que habíamos averiguado en aquellos dos días, comenzando por lo último, el dato que acababa de pasarme Menéndez, y que me llevó a pedirle que tomáramos una muestra de saliva a David Santos, aceptando su ofrecimiento voluntario, a fin de descartar que el ADN fuera de una tercera persona. El juez dudó:

—¿Está seguro de que se presta voluntariamente a que se le tome? Sin indicios de criminalidad, no puedo obligarle a que nos la dé.

—Eso me dijo. Si no ha cambiado de opinión...

—Confírmelo. Y si es así, lo formalizamos.

Escuchó en silencio el resto de mi informe. Fui, como me parecía que resultaba inexcusable, absolutamente sincero, sin ocultarle nada de lo que sabía, incluida la trama de blanqueo en que andaba Miralles. Su expresión circunspecta me sugería no sólo que estaba procesando todo lo que le contaba, sino también que sopesaba su propia respuesta. Cuando hube colocado todas las piezas encima de la mesa se tomó unos segundos para contemplar el mar, con aire pensativo. Luego se volvió hacia mí y, clavándome sus ojillos rapaces, me consultó:

—Dígame, brigada, qué haría usted en mi lugar.

—No creo que yo...

—Sí, ya, ambos lo sabemos, la responsabilidad es mía, usted me dirá lo que cree que necesita y a mí me toca resolver lo que le doy. Pero le pido que haga el ejercicio. Imagine que es usted yo y que de repente se ve con el mazo, metido en este berenjenal. Cuánto se la jugaría.

—Eso es muy personal, señoría, mis circunstancias no son las suyas. Ni siquiera sé cuáles son exactamente las que tiene usted.

—Simplifique, hay algo que tenemos en común. A los dos nos han soltado en territorio enemigo para defender la causa de una muerta que por lo que parece era a la vez más imprudente y más íntegra de lo conveniente. Si nos mojamos y no terminamos sacando nada en limpio, quizá nos alcance el descrédito que alguien echará sobre ella por sus imprudencias. Si no nos mojamos, existe el riesgo de que acabemos siendo cómplices de quienes no tenían su misma integridad.

—Sí, es un dilema.

—Claro, para eso nos han puesto aquí a los dos. Para las decisiones sin ningún compromiso vale cualquier desgarramantas.

Me caía bien, no podía ocultarlo. Ni tampoco ocultarme.

—A mí me pone más mojarme, la verdad —dije.

El juez Limorte dejó que la sonrisa se ensanchara en su semblante. La tenía luminosa, rotunda, como de galán italiano.

—Estamos en la misma onda, brigada. Así que vamos a hundirnos juntos. Dígame qué es lo que quiere que ponga a su disposición.

—Creo que lo sensato es profundizar en las dos líneas. Hay que intentar localizar las direcciones IP desde las que le mandaron esos correos chantajeándola. Si es alguien medianamente precavido, serán de cualquier wifi público, pero pueden darnos alguna pista. También me la jugaría y trataría de averiguar todo lo posible de las dos personas con las que nos consta la relación íntima de Karen: el registrador y la jefa de prensa. Intervenir sus correos, sus teléfonos, todo.

—Ahí damos un pequeño salto mortal, es usted consciente.

—Lo soy. No le pido que se los tengamos pinchados más de quince días si no nos sale nada. Pero creo que tenemos que averiguar todo lo que podamos de esas relaciones, y en qué términos estaban, y ver si ahí podemos encontrar alguna pista sobre terceras personas.

—Muy bien, eso es lo fácil. ¿Y por el otro lado?

—Lo primero, la intervención del teléfono de Miralles para que podamos acceder con plenas garantías a la escucha que tienen activa los compañeros. También cualquier otro tipo de comunicaciones que le identifiquemos. Y otro tanto habría que hacer con Antúnez.

—No me temblará el pulso para ordenar eso. ¿Qué más?

—He pensado que me voy a ir mañana a Valencia para entrevistarme con una serie de personas a las que creo que deberíamos interrogar antes de avanzar más por aquí. En función de eso, me gustaría proponerle más diligencias, pero le pido que me deje concretarlas a la luz de lo que salga de esas entrevistas. También hay una dificultad: las medidas que afecten a personas sospechosas de estar implicadas en la trama de blanqueo tengo la obligación de coordinarlas con mis jefes, para que no arruinemos la investigación que llevan mis compañeros.

—Tómese su tiempo, pues. ¿En qué está pensando, en particular?

—En todo lo relacionado con el proyecto del casino.

No termino de ver qué interés tenía Karen por él, pero algo de ese calibre es una de las razones por las que se puede quitar de en medio a alguien.

—Está bien. Hágame el informe razonado, y ya me ocupo yo de darle forma a la literatura judicial para que no nos tumbe la instrucción el letrado de campanillas que se acabará trayendo alguien, a nada que se nos tuerza la suerte. No puedo asegurarlo, ya me gustaría a mí poder poner la mano en el fuego por todos mis compañeros de la Audiencia Provincial, pero algo he aprendido en treinta años de oficio. Al picapleitos le obligaremos a ganarse la minuta, por lo menos.

—Se lo agradezco de veras, señoría. No se le oculta que no siempre me ponen tan fácil poder hacer mi trabajo.

—Tampoco se me vicie, o tendré que cerrarle el grifo.

—No se preocupe, procuraré controlarme.

El juez Limorte apuró el resto que quedaba de la cerveza sin alcohol que se había pedido. Mi agua con gas hacía rato que era un recuerdo. Si algún día nos pedían cuentas por nuestros errores, nunca podrían acusarnos de haberlos cometido bajo una intoxicación etílica.

—¿Sabe? —dijo de pronto—. Desde que fui a levantar el cadáver y vi a esa pobre chica tirada de mala manera, tengo la sensación de que importa que lleguemos al fondo de este asunto. Ya sé que es mi deber con cualquier delito, pero aquí hay algo más. Algo que tiene que ver, cómo decir, con poder mirarnos a la cara. Hay algo muy vergonzoso en esta muerte. No me pregunte qué. Sólo siento que lo hay.

—Yo también —dije—. Aunque tampoco me pregunte qué. Todavía.

13
Mucha niña

Desde detrás de su suntuosa mesa, sobre la que incidía un rayo de luz apenas tamizado por el estor que cubría a medias la amplia ventana de aquel envidiable despacho que le habían puesto en un inmueble histórico del centro de Valencia, el exalcalde Bertomeu me sopesó con una expresión entre escéptica y divertida. No era ése el propósito de la pregunta que yo acababa de hacerle, y su reacción me permitió advertir que me hallaba ante alguien a quien no tenía la menor posibilidad de intimidar, ni siquiera inquietar, con mis recursos habituales. De hecho, en lugar de responderme, se permitió ilustrarme con una explicación dedicada al forastero y al profano, condiciones ambas que yo reunía en el mismo paquete, por parte de un conocedor que, ya de vuelta de todo, consentía en asumir esa misión pedagógica:

—Le diré algo, brigada. Era brigada, ¿no? —La duda, por el tono y la intención, ofendió, aunque menos de lo que pretendía—. Desde el primer día que me eché a la cara a aquella chica, supe que traería y tendría problemas. Por desgracia, hay gente que de golpe y porrazo se pone a descubrir la rueda, y encima va y te la vende, y encima alguien va y se la compra, que es lo que más me sorprende de todo. Bueno, quiero decir «me sorprendía». Karen Ortí Hansen, si no lo ha notado aún ya lo averiguará, era un bluf, además de una solución temeraria por la que en su día apostó mi partido. A mí ya me da igual, ya me ve: estoy prejubilado y tengo dónde y cómo pasar lo que me queda hasta que me manden del todo y de verdad al almacén de los trastos viejos. Pero ahora hay que sustituirla y poner a alguien que gane las próximas elecciones, que están a la vuelta de la esquina. Ya veremos cómo se come eso, después de lo que se acabará sabiendo de esta chiflada que por el nombre raro y los ojitos claros y la juventud alguien decidió que era la manera de renovar lo que había venido funcionando.

Todo hombre mezquino encuentra al menos una ocasión para saborear el triunfo en esta vida, una ocasión que suele estar a la altura de sus hechuras éticas y estéticas, y aquélla parecía ser la que el exalcalde Bertomeu había estado esperando desde hacía un par de años. No puedo esconder que me fastidiaba, y no poco, servirle de auditorio para la proclama que acababa de lanzar, pero era lo que me tocaba, según el reparto del trabajo que habíamos hecho la víspera, cuando nos reunimos todos después de mi encuentro con el juez y la vigilancia que los demás habían hecho en el funeral. Una diligencia esta que, como tantas otras que forman parte de una investigación criminal, había dado un resultado escaso, aunque no había sido del todo baldía. Con dos detalles me quedé del informe de Chamorro. El primero, el inmenso gentío que había acudido a la ceremonia fúnebre, que atestiguaba la gran popularidad de Karen y que superaba tan holgadamente el aforo de la iglesia que había tenido que quedarse fuera más de la mitad de la concurrencia. El segundo, la chocante actitud de suficiencia que había exhibido en todo momento el exalcalde, cuya tirantez con Grau había llegado al extremo de negarle éste la mano cuando el otro se la había tendido para estrechársela, detalle que, como no podía ser menos, había sido el más comentado de todo el acto. Aquella escaramuza me había sugerido acudir a ver al exalcalde en primer lugar, en mi ya previamente proyectada expedición a Valencia. Y visto lo visto, me alegraba haberla colocado al principio de la jornada, cuando todavía estaba más o menos despejado, después de dormir siete horas por primera vez en varios días, y por mis venas corría la cafeína del cortado de verdad que acababa de tomar con Arnau en la primera cafetería que nos habíamos tropezado después de aparcar el coche.

El exalcalde Bertomeu había esquivado mi pregunta y me había tratado como un párvulo, y no podía consentir ninguna de las dos cosas. Busqué en mi repertorio alguna ironía que sirviera para marcar las respectivas posiciones sin arruinar mucho lo que por el momento era una audiencia que él nos concedía en la sede de su fundación.

—Ya sabe, señor Bertomeu, que los guardias civiles tenemos prohibido meternos en política —dije—, pero le agradezco la explicación y la opinión. Como cualquier otra, no será la verdad, pero seguramente ayuda a construirla. Le ruego que me responda a lo que le preguntaba, si no le incomoda. Y ya que lo menciona, ¿qué es lo que dice usted que se acabará sabiendo de la alcaldesa? Me ha dejado intrigado.

Bertomeu me observó con interés, por primera vez desde que nos había dejado entrar en su reino. Era un tipo en el primer trecho de la sesentena, bien trajeado pero con un punto de desaliño natural que revelaba el negligente nudo de corbata. Su reloj caro y enorme y sus maneras caciquiles, de las que eran expresión los ademanes condescendientes con que acompañaba su discurso, completaban la estampa de alguien a quien nadie había contradicho durante décadas, y que no terminaba de llevar bien andar dando cuenta de lo suyo a un pringado como el que esa mañana le había entrado por la puerta.

—No sé si me acuerdo muy bien de lo que me había preguntado, ya me disculpará —dijo, para hacerme sentir mi insignificancia.

—Le preguntaba dos cosas —le recordé—: sobre su relación con Karen Ortí Hansen, en el pasado y en la actualidad, y sobre si tenía alguna idea de quiénes en la ciudad, o fuera, podrían querer su mal, se sobrentiende hasta el extremo de cometer o encargar su asesinato.

—¿Ah, creen que lo hizo un sicario o algo así?

—Es una de las posibilidades, pero, si no le sabe a usted mal, y con todos los respetos, deje que sea yo quien haga las preguntas.

Sin salirme del tono cortés, ya era hora de hacerle sentir que estaba estirando la cuerda de mi paciencia todo lo que daba de sí.

—Verá, agente —dijo—, en cuanto a mi relación con ella le supongo a estas alturas suficientemente informado de cómo fue en el pasado. La que usted mismo tendría con una arribista lunática que quisiera apearle de la posición ganada con el trabajo de toda una vida.

Estuve por decirle que en el fondo eso era el espíritu de la democracia, exponer el poder a la competencia de lunáticos y arribistas más simpáticos o hábiles que el que ocupa en cada momento la poltrona, pero no vi qué podía aportarme esa ocurrencia y la omití.

—Tuvimos una buena bronca en su día —prosiguió—, o si quiere puede llamarlo guerra, con bombas, tiros, cuchilladas y todo lo que se puede imaginar, pero al final las cosas salieron como salieron. En mitad de la refriega, ella pudo llamar a los tanques y yo no tenía, así que tuve que ceder el terreno y el bastón. En cierto momento, vi claro que me convenía negociar un armisticio y una retirada honrosa y lo hice. Y ya ve, así me colocaron donde estoy y ella tuvo su botín.

—Y luego, ¿cómo se llevaron?

—De ninguna manera. Dicen que si yo le movía la silla con mi gente de la agrupación local. Eso es no conocerme. Lo perdido, perdido está, y hay que saber aceptar cuando algo ya pasó. Quienes se le oponían allí ahora lo hacían por su cuenta y no porque yo les alentase, sino por las chorradas que a ella se le ocurrían día sí y día también. Lo que supongo que enlaza con su otra pregunta, quién podía quererla mal. Yo ahora apenas voy por allí los fines de semana, y sólo puedo decirle lo que me dicen: medio pueblo, o sea, toda la gente a la que le tocaba las narices para congraciarse con el otro medio, el que ella creía que la había aupado y la iba a empujar en sus ambiciones futuras.

—¿Alguien en particular?

—Gente cabreada conozco mucha. Algunos vinieron a quejarse a mí, no se lo niego, pero igual que a ellos les dije que yo ya no resolvía nada, a usted le digo que no voy a acusar a nadie, porque no es mi trabajo, ni tengo pruebas ni he sido nunca chivato ni enredador.

—Naturalmente, no es mi intención que acuse sin pruebas a nadie, ni siquiera que acuse, sólo trato de completar mi información.

—Tendrá que completarla en otra parte. No voy a convertirme en denunciante de mis vecinos, y menos de gente decente que tenía motivos para estar descontenta y que se limitaba a expresármelo.

—Está bien —me rendí—. ¿Y lo otro, ese lado oscuro de la alcaldesa?

El exalcalde sonrió con malicia.

—No me diga que aún no lo ha descubierto.

—Descúbramelo usted.

—Es vox pópuli. ¿Con quién han estado hablando, con los niños de la guardería? Aparte de sus tratos con toda clase de gente rara, en su afán de ganar votos, era como una perra en celo. Si lo que de verdad quiere es encontrar al que la mató, yo en su lugar iría por ese camino, quien no controla la entrepierna siempre acaba pillándosela. Por no hablar de lo que eso incapacita para gobernar a los demás.

—¿Ah, sí? ¿Eso cree?

—¿Usted no?

—Bueno, son muchos los hombres que tienen ese problema y pese a todo ocupan puestos de gobierno y son tenidos por buenos gestores. Se me ocurre alguno con nombre y apellidos, en este momento.

Lo dije con un tono algo equívoco, mientras buscaba sus ojos. Bertomeu no era hombre que rehuyera el enfrentamiento, y menos en su terreno, adonde sintió de pronto que habían ido a desafiarlo.

—¿Sí? ¿Quién? —me retó.

No le respondí en seguida. Dejé que su gesto se agriara, mientras procuraba endulzar al máximo el mío. Era mi turno de disfrutar. A mi lado sentía cómo el joven Arnau contenía la respiración.

—John Fitzgerald Kennedy —dije al fin—, que aparte de intentar tirarse a cualquier mujer deseable que entrara en su radar, y lo conseguía con muchas, tenía terribles problemas físicos que no le impidieron ser recordado como uno de los mejores presidentes de su país.

—Ah, vaya. Parece usted muy informado.

—Leí un libro. Se lo recomiendo, se llama *Un adúltero americano* y el autor es un tal Jed Mercurio, médico. Lo que le permite hablar con bastante propiedad y precisión de las enfermedades del presidente.

Bertomeu me observó con aire mosqueado.

—No imaginaba que los guardias fueran tan lectores.

—Si lo piensa, no es tan raro. A veces hay que esperar muchas horas, y antes no había *smartphones*. ¿Usted es también lector?

—No, no especialmente —confesó—, ya tengo bastante con la prensa y con los papeles que me toca leer por el trabajo.

—Si me acepta un consejo, no se quede en esa prosa. Las hay mucho mejores y, sobre todo, mucho más divertidas. Pruebe con ese libro. Un hombre político, como usted, seguro que le saca sustancia.

—Vale, lo tendré en cuenta —dijo, visiblemente molesto—. Y dígame usted, ¿hay algo más en lo que pueda ayudarles?

La verdad era que no lo había, y no consideré que tuviera sentido alargar de forma innecesaria aquella entrevista. Le hice algunas otras preguntas, más bien rutinarias, para no darle la impresión de acabar con el trámite demasiado rápido. Cuando estuvimos en la calle, después de que Bertomeu nos acompañara hasta la puerta de la oficina donde tenía su sede la fundación, supuse que para cerciorarse de que nos largábamos, Arnau no pudo reprimir un comentario:

—No me extraña nada que Karen lo barriera. Y no sólo porque fuera más joven y estuviera mucho más buena. Me parece que acabo de ver a la encarnación perfecta de la cutrez política de este país.

—Cuidado, John John, que ya sabes que a nosotros no nos pagan por enjuiciar a quienes los ciudadanos ponen para mandarnos.

—También somos ciudadanos, ¿no?

—Hasta cierto punto. Llevar una pipa bajo el sobaco vuelve un poco peligroso el ejercicio de pensar sobre si los que mandan deberían mandar o los ciudadanos deberían poner a otros. Se empieza por ahí y se termina entrando a tiros en el Congreso a salvar a la patria.

—Hombre, pero no por eso vas a dejar de sentir y padecer.

—Desde luego. Y si a ese tipo hubiera que ponerle unas pulseras me ofrecería voluntario. Sólo trataba de hacerte ver la paradoja.

—Ya, ya la veo. Aunque ahora que lo menciona, me da a mí que las pulseras a éste no se las ponemos.

—Relájate y tutéame, hombre. Cuando estemos a solas no te cortes, cuántas veces tendré que decírtelo.

—Lo siento, ya lo hago alguna vez, pero me sigue resultando raro.

—No pierdo la esperanza. Seguro que lo harás dentro de veinte años, cuando vaya a verte con la garrota a donde estés y tengas que darme a entender que tú todavía tienes trabajo. En cuanto a Bertomeu, estoy de acuerdo. Hemos cumplido con nuestro deber de rellenar el expediente, pero me temo que sus maldades van por otro lado. Esto ya no le va ni le viene, y son muchos los que nos lo dicen, y no estaría tan tranquilo de tener algo que esconder. Estos tipos tan soberbios luego son frágiles, en cuanto se les saca un trapo sucio. Ya has visto el único momento en que se ha descompuesto un poco, cuando le he hecho la alusión, velada detrás de Kennedy, a su afición a pagar por carne fresca.

—Lo he visto, sí.

—Pues eso. Vamos a la siguiente etapa.

Nuestra entrevista con el abogado Ferran Ortí, padre de Karen, tuvo un sesgo bien diferente, comenzando por el escenario. No diré que el despacho del abogado estuviera mal situado, de hecho estaba a pocas calles del que ocupaba el exalcalde Bertomeu. Tampoco diré que careciera de lujos: por los cuadros y la madera de las paredes se veía que su propietario era persona de posibles. Sin embargo, el inmueble no era tan bonito y representativo ni el despacho se veía tan nuevo y cuidado: se notaba que el mantenimiento salía de los honorarios del letrado, que, a diferencia de los recursos del contribuyente allegados a la fundación que presidía el exregidor, no eran ilimitados.

El abogado era un hombre al borde de los sesenta, pero que aún se conservaba ágil, enérgico, incluso juvenil. Tenía buena estatura y en sus tiempos mozos debía de haber sido bastante bien parecido. No era de extrañar que la danesa se hubiera fijado en él, entre todos los que competían por ella sobre la arena de la playa o la pista de la discoteca. En el trato cercano se pertrechaba con su voz cálida y bien modulada y con una sonrisa profesional, pero las ojeras que subrayaban sus párpados y una tristeza persistente en el fondo de la mirada delataban el desgaste de los últimos días. Tras las salutaciones de rigor, y a medida que fuimos entrando en materia, se fue convirtiendo en un interlocutor paulatinamente abatido. Incluso me dio la sensación de que envejecía, hasta aparentar sus años, a lo largo de nuestra conversación.

Primero nos preguntó él, y le conté lo poco que podía, echando mano de mi mejor disposición para compensar la poca sustancia. Luego le pregunté yo, las cuestiones que sometía a todo el mundo, y que el abogado Ortí no pudo responderme mucho mejor que otros: según me reconoció, su hija no tenía con él la confianza suficiente para compartir todas sus preocupaciones, y menos aún para tenerle al tanto de con quiénes entraba o dejaba de entrar en conflicto.

—En realidad —explicó—, creo que Karen apenas confiaba en nadie, por lo que no me siento especialmente ninguneado como progenitor. Para sus cosas era muy suya, incluso les diría que un poco intolerante, y muy poco proclive a dejarse convencer de que sus ideas no eran las mejores y las que valían en toda circunstancia. Me temo que la educación protestante que tuvo por parte de la familia de su madre le pesó más que el poco barniz católico que pudo recibir por la mía.

—¿Nunca le pidió consejo u orientación? —pregunté.

—Al principio, cuando estaba en la universidad. Y luego, cuando empezó a trabajar como abogada, aunque no se vaya a creer que me estaba llamando todo el día. De hecho, no quiso trabajar conmigo y se montó un despacho con un par de compañeros de carrera, para ser más independiente. Tenía desparpajo y narices y en seguida sintió que podía volar sola. Después se le cruzó lo de la política y la abogada quedó por el camino. Una lástima, porque era francamente buena. Se lo puedo certificar porque alguna vez, sin que ella me viera, me colé a verla en sala. Rápida, sólida, aguda y sin arrugarse jamás.

—¿Y cómo fue lo de su paso a la política?

El abogado Ortí exhaló un profundo suspiro.

—Para mí, una sorpresa, si le digo la verdad. Hasta ese momento había estado muy volcada en su trabajo. No es que no tuviera ideas políticas, un poco las de todos los jóvenes, ya sabe: que los viejos somos todos unos adocenados y unos egoístas y unos estómagos agradecidos y que hay que hacer una revolución para acabar con el hambre y las guerras y la desigualdad y el cambio climático. Sin ninguna prisa por hacer la revolución en cuestión, ya me entiende. En ésas estaba cuando se cruzó con Grau, que también es abogado. Es curioso cómo se conocieron, pleiteando el uno contra el otro. Aquella batalla la ganó Karen y a Grau le impresionó tanto que le propuso irse con él. Por aquel entonces aún me contaba alguna cosa, así que recuerdo lo que la movió: Grau le dijo que quería sacudir el partido, que estaba lleno de prebostes jurásicos; que se acercaban nuevos tiempos en los que los viejos partidos tendrían que espabilar o morir, y que para eso necesitaba gente como ella. Ciertas dotes proféticas hay que reconocerle. Le hablo más o menos de 2007. Justo antes de que se hundiera todo.

—Disculpe si la pregunta le parece impertinente, pero ¿diría usted que la relación con Grau iba más allá de lo profesional?

Ortí se encogió de hombros.

—Mire usted, desde que mi hija cumplió trece años y decidió irse con su madre a Copenhague, renuncié a saber qué pasaba en su vida íntima, es lo mejor que los padres podemos hacer para no torturarnos más de la cuenta. Así que no se lo puedo decir con certeza, pero si he de apostar, le diría que no. Por aquel entonces Karen ya salía con Cristóbal, y diría que estaba enamorada, o por lo menos a gusto: Cris es buen chico y siempre se ha esforzado por colmarla de atenciones. En cuanto a Grau, es el soltero de oro; ya he perdido la cuenta de las macizas que le he visto colgadas del brazo. Mi intuición es que a Karen la quería para lo que le decía, para que formara parte del núcleo selecto de su guardia pretoriana. Y la prueba es que luego recurrió a ella para ocupar esa alcaldía dentro de su estrategia de asalto al poder.

—¿Y cómo es que la eligió para ese cometido? Si no me equivoco, por aquel entonces ella estaba aquí, en Valencia, todavía.

—Tenemos casa allí desde siempre. Allí viví con su madre, cuando estábamos juntos, y de allí son los recuerdos de infancia de Karen. Coincidió que el anterior alcalde se había convertido en un lastre y al buscarle un recambio la opción de presentar a mi hija surgió casi de forma natural. No era una paracaidista, había ido al colegio allí, conocía a los vecinos, podía hablarles como una de ellos.

—Fue entonces cuando dejó por completo la abogacía.

—Ya iba muy a medio gas, desde que se comprometió en el partido, pero sí, a partir de ahí la dedicación política fue absoluta.

—Y a usted, ¿qué le pareció el cambio? ¿La animó?

El abogado me ofreció una sonrisa melancólica.

—Karen había tomado su decisión, y como la conocía comprendí que no podía oponerme. La apoyé en lo que pude. Tampoco le negaré que cuando supe que había barrido a sus adversarios en las elecciones lloré como cualquier padre que ve que su niña es mucha niña.

Sus ojos se humedecieron, lo que me puso más difícil hacerle la pregunta que me venía rondando desde el principio de aquella entrevista y que no encontraba el modo de abordar. Al final, opté por hacérsela de forma tan vaga que no estuve seguro de que se entendiera:

—Aparte de su actividad política, en la vida de su hija, en los últimos tiempos, ¿cree que había algo que pudiera inquietarla de alguna manera, advirtió en ella alguna preocupación o actitud inusual?

Ortí se quedó pensando durante unos instantes.

—No estaba contenta —dijo—. Es más, estaba agobiada. Quiero creer que sobre todo por los sinsabores de la política. Estaba claro que la revolución desde dentro no era tan fácil como se la había pintado Grau. Una vez, hace algunas semanas, me dijo que cualquier día lo mandaba todo a la mierda. Le pregunté qué era todo y me dijo que todo era todo, y que a veces no se salvaba nada. Luego me pidió que no le hiciera caso, que había tenido un mal día, pero sí, la vi muy tensa. Si me pregunta por qué, no sabría decirle. El caso es que la veías un día que le hubieran salido mejor las cosas y volvía a comerse el mundo.

No quise abusar de su amabilidad. Se me antojaba que aquel hombre ya nos había dado cuanto estaba en su mano para iluminarnos en nuestra investigación. Y que, si lo interpretábamos correctamente, resultaba bastante más significativo y esclarecedor de lo que podía parecer a primera vista. Ortí nos acompañó hasta la salida, e incluso esperó junto a nosotros el ascensor. Mientras subía éste, hizo una reflexión amarga que se me quedó agarrada como un peso al corazón:

—Lo he pensado muchas veces en estos días: en qué hora aproveché las incomprensiones que tuvo con su madre al final de la adolescencia para convencerla de que se viniera a estudiar la carrera a España. La lié con todos los argumentos a mi alcance: el buen tiempo, la comida, la buena vida, incluso la indulgencia de un padre que no la iba a atar en corto. En fin, soy abogado, no se me da mal engatusar con la palabra. Así que me salí con la mía, y durante un tiempo pude creer que la había ganado. Ahora, ya ve. Qué vueltas da la vida. Siento que debería haberla dejado ser lo que era, en el fondo, una danesa cabezota, y que debería haberme resignado a que viviera entre los suyos. Si se hubiera quedado allí, en Copenhague, seguiría viva. No se habría cruzado con el malnacido español que me la ha quitado de esta manera.

No supe qué responderle. Tampoco podía callarme.

—Aún no sabemos dónde malnació el que lo hizo —dije—. No se culpe. Lo que pudo haber sido nunca importa. Por algo no fue.

—De eso tendré que convencerme —admitió—, pero no será fácil.

Con el diputado regional Arturo Grau, siguiendo sus propias indicaciones, nos entrevistamos en la cafetería de un hotel próximo a la Ciudad de las Artes y las Ciencias. Según alegó, prefería estar en un entorno donde pudiéramos hablar tranquilos y sin ninguna interferencia, lo que excluía Les Corts y la sede de su partido. Su elección permitió a Arnau ver por vez primera aquel espectacular complejo arquitectónico, que hasta entonces sólo conocía por fotos. Yo ya lo había visto años atrás, aunque entonces aún no estaba completo. Mi joven compañero quedó fuertemente impactado por la visión.

—Es impresionante, desde luego.

—De eso no cabe duda —admití—. Que valga los mil y pico millones de euros que costó, más los que pedirá de comer cada año, es otra cuestión. Y que sea bonito, ya depende del gusto de cada cual.

—¿No le gusta, mi brigada?

—Digamos que de tenerlos yo no le habría pagado al arquitecto los noventa millones de euros que dicen que cobró por dibujarlo.

—Algo más haría que dibujarlo, ¿no?

—Es una forma de hablar.

Arturo Grau me sorprendió hallándose en el sitio estipulado cuando llegamos, con un cuarto de hora de antelación sobre la hora pactada. Y me sorprendió aún más cuando me reconoció, se puso en pie y me tendió la mano, sin dejar de hablar por su teléfono móvil. Le concedí, por supuesto, el instante que me pidió haciéndome la seña correspondiente con el pulgar y el índice de la mano que me acababa de dar, y me volví a Arnau para hacer como que no escuchaba lo que le decía al interlocutor, aunque no perdí detalle. En cierto momento oí:

—Mira, Amparo, esto es muy sencillo, aquí hay que tirar de quien te fías, y a los demás, puerta y que miren desde el tendido. De ti me fío, pero de él no, así que lárgalo y punto. Ya sé que cuesta, pero es sólo un mal rato. Ponlo a cuenta de los que nos ahorramos en el futuro.

Solventada aquella ejecución sumaria, que excitaba mi curiosidad pero sobre la que por discreción y cortesía no iba a poder preguntarle, Grau cortó la comunicación y silenció su teléfono. Un detalle que era digno de agradecer y al que, para mi pasmo, sumó aún otro:

—Bevilacqua era, ¿verdad?

—Sí, me asombra que lo recuerde.

—Tengo una ventaja, se apellida usted como el autor de un libro que leí el año pasado por recomendación de un buen amigo y compañero: *El Gengis*. Una sátira sobre el poder, muy recomendable.

—No lo conozco, el libro. ¿El autor es un tal Alberto Bevilacqua?

—Sí, ¿ha leído algo de él?

—Me avergüenza confesar que no. Está entre mis eternos pendientes, por la coincidencia. A lo mejor empiezo por ahí.

—Yo sólo he leído éste. Está bien traído. ¿Es usted italiano?

—No, algún tatarabuelo, yo sólo cargo con el apellido. Por eso me sorprende que se acuerden, y más aún que lo digan bien.

—Ya ve, toda regla tiene excepción. ¿Cómo llevan el caso?

Lo preguntó casi con amabilidad, en contraste con la cólera de que nos había hecho objeto, a mí y a la comandante Menéndez, cuando nos conocimos en el tanatorio. No tenía noticias que me permitieran darle satisfacción, lo que me indujo a expresarme con prudencia:

—Tenemos un par de líneas abiertas que pueden dar resultado. Me gustaría poder darle más detalles, pero estamos en ellas aún.

—Entiendo, usted tiene la obligación de ser reservado. Ya preguntaré a sus jefes, que me dirán lo que les plazca. De todos modos, si en algún momento le parece que puedo saber algo de lo que vayan averiguando, le estaré muy agradecido si me llama y me cuenta.

—Le digo como a la familia. El que decide cómo, cuándo y a quién se suministra información es su señoría. Nosotros tenemos que estar a lo que él diga. Y de momento, ya lo sabrá, el sumario es secreto.

—Lo sé, y soy abogado, no tiene que explicarme la teoría. También sé que la práctica a veces tiene sus atajos, y que los secretos, en este país y en su administración de justicia, son siempre relativos.

—No en lo que de nosotros depende, se lo aseguro.

Grau replicó con tono socarrón:

—Ya, ya sé que ustedes se lo toman todo muy en serio. Y si no todo, casi todo, o mejor dicho, casi todos. Bien, aquí me tienen, ustedes me dirán sobre qué puedo ilustrarles. Si está en mi mano, lo haré.

Sin desvelarle en exceso nuestras cartas, y sin compartir con él más información que la que habíamos podido constatar que era más o menos de conocimiento común en la ciudad, traté de reproducir con el diputado el cuestionario que había ido sometiendo al resto de testigos. En su favor he de decir que no se alteró ante la sucesión de preguntas sobre asuntos de los que no tenía noción, como finalmente se tomó la molestia de explicarme de manera tan cruda como creíble:

—Verá, brigada, hay algo en lo que me temo que no voy a serles de mucha utilidad, y es todo lo que tiene que ver con el día a día de esa ciudad. Hay otro tipo de dirigentes, pero mi estilo es que cuando confío en alguien, confío hasta el final, y le doy toda la autonomía. Por eso procuro fijarme muy bien en la gente a la que elijo. En lo que respecta a su ayuntamiento, Karen hacía y deshacía sin consultarme, y mucho menos darme cuenta de todas y cada una de sus medidas. De algunas de esas cosas que me menciona no sé más que lo que he leído en los periódicos. Por ejemplo, me suena lo de ese tipo que se quejaba porque le cerraron el puticlub, pero no le presté mayor atención; como comprenderá, no son los problemas de esa clase de gente los que más me preocupan. Si por ahí está o no la pista que lleve al asesino es algo que tendrán que investigar ustedes, yo ni sé quién es ese sujeto.

Hizo una pausa, como para comprobar si le entendía correctamente. Luego reanudó su parlamento, como el diestro orador que era.

—Si me pregunta por dónde van mis sospechas, aparte de ese asunto, del que nada sé, mi pálpito, que tampoco tengo ningún dato, es que el crimen puede estar relacionado con una maniobra desesperada y absurda de determinados sectores, y me va a permitir que le hable con absoluta franqueza. En mi partido, y en esta comunidad, como pasa en todo el país, hay gente que lleva veinte años mojando, y que con el ejercicio del poder se han convertido en caciques irredentos, aparte de insaciables parásitos del presupuesto. Ahora está de moda cargar contra todos los políticos al bulto, lo que a esta gente, que no todos tienen cargo público, dicho sea de paso, les viene muy bien, porque en el bulto no se les ve. Incluso acabamos pagando los que venimos de alguna parte, tenemos una profesión a la que volver y también la conciencia de que esto es una etapa transitoria en la que aportaremos lo que podamos y luego nos largaremos. Así ellos siguen maniobrando en esas aguas turbias que tan bien les van. En fin, no dispongo de ningún dato, ya le digo, pero en ese ayuntamiento, y ése fue el error de Karen, del que soy corresponsable, porque di mi visto bueno, tenían a uno de esos especímenes. El ahora alcalde interino, Manuel Miralles.

Me quedé mirándole, para hacerle sentir la gravedad de lo que acababa de decirme. Arturo Grau se mantuvo imperturbable.

—¿Quiere que entienda lo que estoy entendiendo? —pregunté.

—Usted verá, brigada. Yo no quiero nada, ni tengo ninguna información que me permita sostener una acusación. Aunque, si quiere que le sea franco, admito que no me importaría nada que lo entendiera.

14
La llamada de las vísceras

Primero la trompeta dio cuatro notas, apenas audibles. Después sonaron otras cuatro, en un tono más alto. Y a continuación cuatro más. La secuencia de doce notas en tres partes se repitió, casi idéntica, hasta llegar a la última, que se prolongó y dio paso a la variación de donde ya arrancaba la sinfonía, mientras yo intentaba torpemente sacar mi teléfono móvil del bolsillo y apagarlo. Arturo Grau esperó hasta ese momento para demostrarme sus conocimientos musicales:

—Primer movimiento de la Quinta de Mahler. He de reconocer que no es el tono que habría esperado del móvil de un guardia.

De gente como Grau me fastidiaba, no lo ocultaré, aquella clase de comentario, que presuponía sistemáticamente que, por haberme encajado alguna vez un tricornio en el cráneo, el contenido de éste era exiguo o carecía de la variedad corriente en alguien de mi tiempo y lugar. Pasaba con las lecturas, con la música, hasta con los idiomas. Y podía entender que no hacía demasiadas décadas el Cuerpo había estado formado sobre todo por gentes rústicas, y que incluso hubo una época oscura, en los cuarenta del pasado siglo, en que se coló algún analfabeto, pero era pasmoso que en pleno siglo XXI a algunos, o a muchos, el reloj les siguiera dando esa hora, cada vez más lejana. Como le había dicho una vez a alguien que hizo una chanza sobre mi «sorprendente» capacidad para leer en inglés: desconocer la lengua de Shakespeare es un lujo al alcance de quien ocupa el puesto de presidente del Gobierno, de hecho la norma viene a ser que la desconozcan, lo que hace suponer que no se necesita en ese trabajo; no puede razonar de la misma manera un suboficial del Cuerpo, al que pese a su subalterna condición pueden tocarle misiones tales como organizar la seguridad de un aeropuerto en Afganistán, labor que ya asumió más de uno y que resulta difícilmente concebible sin poder expresarse en inglés.

Sin embargo, he de decir que Grau no formuló su opinión con la mezcla de ironía y estupor habitual, sino con una expresión y un tono que sugerían un cierto afán de congraciarse conmigo, por lo que refrené mi natural tendencia a enojarme por el lugar común.

—Tampoco suele suceder —dije— que la gente conozca de esa sinfonía algo más que el *Adagietto* que metió Visconti en aquella película.

—Cierto —asintió, con una sonrisa de complicidad—. De hecho mucha gente ni siquiera sabe que hay más música que la que ponen por la radio, y así se queda sólo en el estímulo musical inmediato, sin disfrutar del placer profundo que supone aliviarse del mundo entrando en el de un músico capaz de crear otro. Aunque yo me acabé cansando un poco de Mahler. Para ese cometido, me gusta más Bruckner.

—En este caso, es sólo un tono para el móvil —me excusé—. Lo elegí porque va subiendo poco a poco, y así puedo apagarlo antes de que moleste. Cuando no estoy tan torpe como hoy, quiero decir.

—No se apure.

Y apenas dijo esto, miró su reloj.

—A mí se me va haciendo tarde, hay una votación en Les Corts y tengo que estar, sí o sí. ¿En qué más puedo ayudarles?

De pronto, el cuerpo me pidió asumir algún riesgo. Hasta allí aquella entrevista había quedado por debajo de las expectativas, en términos de información, aunque las hubiera superado en cuanto al hecho, inesperado, de que Grau decidiera señalarnos un sospechoso.

—No sé si le he hecho las preguntas adecuadas —dije, para que no lo interpretara como un reproche—, pero en el tanatorio me dio la impresión de que iba usted a contarnos algo más, y más revelador.

Grau me escrutó con sus ojos intensos y astutos.

—Tiene que entender una cosa. Desde hace dos años yo estoy en otra guerra, que es la partida grande: la que he tenido que jugar en la provincia, primero, y la que después ha de jugarse en la comunidad. Eso me impide estar en los detalles de una gestión municipal, pero puedo orientarles respecto de los focos de irritación donde puede haber surgido la mala idea de hacer este disparate. Y ya les he señalado a quien los representa sobre el terreno. Alguien en quien Karen y yo nos apoyamos, por razones tácticas, pero quizá fue una mala idea.

—¿Y el anterior alcalde? Él ya había perdido, y algo bien tangible. ¿No se le ocurre a usted como impulsor de una posible venganza?

Grau se echó a reír sin disimulo.

—¿Bertomeu? Me da que hay unos cuantos detalles que no ha interpretado usted correctamente, brigada. Primero, el viejo zorro no ha perdido: el precio para poder descabalgarlo fue adjudicarle el momio que tiene en la fundación, con el que es feliz, se hace las fotos que tanto le gustan y resuelve todas sus necesidades. Segundo, la política nunca se hace hacia el pasado, sino hacia el futuro; lo hecho ya está amortizado y, si me apura, se olvida tan pronto como se puede, que nunca suele ser para bien que te lo refresquen. Y tercero, la venganza es un acto estúpido en casi todos los órdenes de la vida, pero más en ese juego de intereses, con premio seguro, que es la política para gente como Bertomeu. Un hombre que además ha hecho su vida de eso y al que hay que reconocerle que no se lo ha montado nada mal, sobre todo si uno tiene en cuenta sus capacidades y sus limitaciones.

Grau ya me había hecho notar que el reloj empezaba a acuciarle, así que no anduve con circunloquios y ataqué otro punto sensible sobre el que, pese a todo, no podía dejar de recabar su impresión:

—Hay otra cuestión —dije—. No quiero sonar moralista, no me pagan por certificar las buenas o malas costumbres de nadie, pero hemos sabido, y por varias fuentes coincidentes, incluso por algunos interesados, que Karen era una persona muy flexible en sus relaciones íntimas. Quizá demasiado para no acabar corriendo algún riesgo.

Aquí Arturo Grau, por primera vez desde que nos habíamos sentado, se removió incómodo, y aun diría molesto, en su sillón.

—No tengo por hábito entretenerme con chismes —replicó.

—Ni nosotros, se lo aseguro. No puedo decirle más, pero tenemos constancia de que esas relaciones, en algún caso y alguna circunstancia, pudieron llegar a resultarle comprometedoras.

—De veras, no lo sé, ni me importa. Karen tenía una educación distinta de la que usted o yo hayamos podido tener. Era más joven, y medio danesa, o lo que es lo mismo, más estricta en la moral que tiene que ver con dónde mete uno la mano y mucho más relajada en lo que se refiere a cómo administra uno su entrepierna. Lo que para mí es perfectamente aceptable y nunca supuso la menor preocupación. Mi interés era que fuera íntegra con el dinero público, no soy el guardián de su cama como no acepto que nadie lo sea de la mía.

—Me concederá que para ciertas mentes, de personas que también son votos, ciertas cosas aún pueden tener un ribete de escándalo...

—Se lo concedo, y me fumo un puro con esos votos, y con las críticas de quienes echen mano de eso para desacreditar a un político. Salvo que me diga que corrompía menores o algo así, ¿es el caso?

—No, no lo es.

—Pues lo dicho, y ahora sí, me tengo que ir. Tiene usted mi número para cualquier otra cosa que se le ocurra.

Grau se levantó y Arnau y yo hicimos otro tanto.

—Si me permite, y mientras le acompañamos a la salida, quiero hacerle una última pregunta. ¿Tiene inconveniente?

El diputado carraspeó con cierto fastidio, pero no se negó.

—Adelante, pregunte.

Le interrogué casi a la carrera, tal era la velocidad que imprimía Grau a su paso, mientras tecleaba un mensaje, muy probablemente a su ayudante o al chófer que había de venir a recogerle.

—¿Sabe usted qué motivos podía tener Karen para estar interesada o preocupada por el proyecto de un casino que se está promoviendo a treinta y cinco kilómetros de la ciudad que gobernaba?

Grau se detuvo en seco.

—¿Qué me dice usted?

Dudé si podía participarle los datos que me llevaban a formularle esa pregunta. En condiciones normales habría preferido no hacerlo, pero su gesto de asombro me aconsejó contarle algo más.

—Nos consta que en los últimos días buscó y recopiló toda la información disponible en internet sobre el proyecto de ese casino. Le interesaban todos los detalles. Y nos preguntamos por qué.

Grau sopesó mis palabras con gesto concentrado.

—No lo sé —repuso, con la mirada aún absorta—. No lo entiendo. No tenía nada que ver con ese proyecto, que por cierto impulsan nuestros adversarios políticos. ¿Y dice usted que buscó en internet la información sobre el casino? ¿Qué información en particular?

—Todo. Las noticias sobre el proyecto, sobre las plataformas vecinales que se le oponen, sobre los inversores que están detrás, tanto locales como extranjeros. Era algo más que mera curiosidad.

—Me deja descolocado. La postura oficial de nuestro partido es no oponernos frontalmente al proyecto, aunque lo auspicie la competencia, por no exponernos a que nos digan que en estos tiempos, con el paro que hay, boicoteamos una iniciativa empresarial y de inversión que crea puestos de trabajo, pero digamos que optamos por ponernos de perfil, sin gastarnos a favor ni en contra. Como sabrá, y si no ya se lo digo yo, muchos de estos proyectos son globos que acaban deshinchándose por sí solos, no hay que pillarse los dedos con ellos.

—Pues no sé —dije—, si puede piense sobre ello, a ver si se le ocurre algo que pudiera servirnos o darnos alguna pista. ¿Nunca habló con ella del proyecto, no le hizo llegar ninguna queja o inquietud?

Grau parecía completamente estupefacto.

—No, nunca. Si alguna vez comentamos el asunto fue para acordar esta estrategia que le digo, dejar que el tiempo definiera la situación y se viera en qué paraba el asunto. Está en las hemerotecas, verán que a eso nos limitamos en nuestras declaraciones, quiero decir yo, que era el que tenía que pronunciarme como responsable provincial. ¿Creen que puede estar ahí la razón de que decidieran matarla?

—No lo sabemos. Sólo es algo inusual. Por eso lo preguntamos.

—Pensaré al respecto —prometió—. Por si me viene alguna idea que sirva para arrojarles alguna luz. Le agradezco mucho la información, y el trabajo. Veo que se lo están tomando en serio, y veo que es usted un hombre de palabra. Disculpe mis modos del otro día.

—No pasa nada. Son situaciones que nos afectan a todos.

—Ahora sí que echo a correr. Voy a llegar tarde.

Y salió de estampida, no sin antes estrecharnos nuevamente la mano con toda la fuerza de la suya, que no era poca. Mientras lo veía alejarse, Arnau, que había asistido a aquella conversación en cauto segundo plano, casi desde la invisibilidad, aventuró un pronóstico:

—Me da a mí que este tío sí que tiene futuro. Se le entiende todo, y eso no es ni mucho menos lo habitual entre los políticos.

—También ése podría ser su talón de Aquiles —dije—. Lo que no se le puede negar es la fe en sí mismo. Y eso ya es un punto de partida.

—¿Y respecto de lo nuestro?

Medité un segundo mi respuesta.

—Bueno, nos ha dado un sospechoso, y un móvil plausible. Ahora nos toca a nosotros hacer el trabajo para confirmarlos o desmentirlos, que para eso se supone que somos los policías. Yo diría que nos da tiempo a llegar a comer con el resto del equipo. ¿Cómo lo ves tú?

Miró su reloj e hizo el cálculo.

—De sobra. Y sin poner el rotativo en el techo.

—En marcha.

Ese mediodía volvimos al restaurante de menú de la víspera. Es algo que tiene su gracia, al menos para quienes trabajamos a menudo lejos de casa: buscar, en cada lugar al que la labor te arroja, alguna reiteración en los hábitos que permita, durante el tiempo más o menos breve que dure el extrañamiento, construir en ese espacio que no es el tuyo la ficción de una cotidianidad y de paso una postiza, transitoria y siempre precaria sensación de hogar. El menú de aquel día, como el del anterior, permitía reponer fuerzas a bajo coste y no proporcionaba ninguna experiencia inolvidable, ni para mal ni para bien.

Mientras se iban sucediendo los platos, nos fuimos poniendo al día unos a otros. Chamorro y Tous habían tenido no poco trabajo moviendo y disponiendo las intervenciones que había acordado el juez. Mi compañera no se privó de hacerme saber de su escepticismo:

—Tú sabrás y sobre todo sabrá su señoría, que es quien ordena prescindir del derecho a la intimidad, pero a mí lo único que me parece incontestable es pincharle todo lo pinchable al proxeneta ese, Antúnez. Y si la ley nos diera un poco más de cancha yo aprovechaba para inspeccionarle y para precintarle hasta las plazas de garaje. Lo de meterle mano a Sandra Valls ya me plantea más dudas, y en cuanto al registrador, sólo espero que ponerle la oreja no nos suponga acabar denunciados. No se te olvide que es un leguleyo y que ha aprobado una oposición de las más gordas, ése debe de sabérselas todas.

—Es la última persona que vio a Karen con vida, aparte de su asesino, si es que la mató otro. Y reúne, en cuanto a su relación con ella, circunstancias que aconsejan, cuando menos, echarle un vistazo. Nadie dice que vayamos a tenerlo intervenido de forma ilimitada.

—¿No has pensado en ningún momento pedir alguna medida en relación con el viudo, mi brigada? —sugirió Arnau.

—¿Qué motivos ves tú para plantearlo?

—Bueno, ella le hacía pasear por ahí una cornamenta del tamaño de la torre Eiffel. Hay tipos que no saben tomárselo deportivamente.

—Sí —admití—, en condiciones normales sería un sospechoso de manual. Para más señas, pertenece a una familia de dinero, con lo que el pago al operario u operarios necesarios para llevar a cabo la faena no le dolería tanto como pueda doler a otros. La cuestión, mi joven pesquisidor, es que las teorías generales hay que pasarlas por el tamiz de la realidad particular que en cada caso se encuentra uno. Y aquí nos las vemos con un hombre cuya pusilanimidad parece acreditada, cuya devastación tiene visos de ser auténtica, y que resulta menos probable que llegue a dar semejante paso de lo que resultan otras hipótesis que están encima de la mesa desde el principio. Tu razonamiento abre, sin embargo, ahora que lo pienso, una posibilidad interesante.

—¿Ah, sí? ¿Cuál? —interrogó Chamorro.

—Hay un personaje próximo a él que me da que sí tendría las agallas para ordenar la supresión de Karen, si lo creyera necesario para el bien del pobre Cristóbal, al que Arny quiere cargarle el muerto.

—¿Quién? —dijo Arnau, intrigado.

—Su señora madre, Carmen Llorach. Por ciertas alusiones ambiguas en sus palabras, tengo la intuición de que no ignoraba, o no del todo, que su nuera tenía una vida por ahí, más allá del quehacer político, de la que no daba cuentas a su marido. La cuestión es por qué una señora de su porte y recursos iba a dar en afrontar ese problema, por lo demás bastante venial y superable, sobre todo si hay efectivo para engrasar las fricciones, mediante algo tan desproporcionado y tan peligroso como contratar a unos asesinos. Tiene el coraje para hacer lo que sea necesario por su hijo, pero también la cabeza y el temple para buscar formas mucho mejores de defenderlo. En fin, dejémoslo en una idea calenturienta debida al influjo nocivo de este vino peleón.

—No sé, yo opino como Arnau —apostilló Chamorro—. No lo descartaría del todo, por si las moscas. Al viudo y a su entorno. No me refiero necesariamente a la madre, aunque no la has visto más que un par de veces y yo no me fiaría mucho de ese perfil que haces de ella.

—¿Ah, sí? ¿Y qué impresión tienes tú?

Chamorro se tomó unos segundos para pensar.

—Poco más o menos la tuya. Lo que no excluye que, como a muchas personas cuerdas y serenas, se le vaya un fusible y se convierta en una fiera que se deja llevar por la llamada de las vísceras. No sería la primera vez, ni la segunda, que nos tropezásemos con algo así.

—Insisto —dije—, con vuestro permiso, prefiero juntar algunas razones más antes de dar el siempre delicado paso de convertir en sospechosos a quienes han sufrido la pérdida, por el efecto antipático que se produce si uno se mete en ese jardín y al final no saca nada. Máxime cuando hay otras opciones que podrían explicar lo sucedido.

Tous salió del mutismo en que se había mantenido durante nuestro intercambio de pareceres para hacer una lacónica aportación:

—Opino como el brigada. Teniendo una amenaza y

unas pruebas de chantaje, yo aparcaría por el momento lo del culebrón familiar.

Arnau encajó el comentario, que algo tenía de pulla, con la buena encarnadura que le caracterizaba. En la mirada de Chamorro, en cambio, percibí un brillo gélido. El cabo acababa de reclutar, de la forma más tonta, a una voluntaria para formar parte del pelotón de ejecución si alguna vez la vida lo colocaba de espaldas a alguna pared.

Antes de los postres, Tous se levantó aduciendo la necesidad de ir al servicio. Tardó algo más de lo que a un varón de su edad suele llevarle resolver ese menester, lo que ya me puso con la mosca detrás de la oreja. Mis sospechas se confirmaron veinte minutos después, cuando, ya camino de nuestra oficina, sonó mi teléfono y vi el nombre de su comandante en la pantalla. Atendí la llamada sobre la marcha.

—Hola, brigada, nos tenemos muy abandonados últimamente.

—¿Por qué dice eso, mi comandante?

—Hombre, has estado en Valencia y no te has pasado a hacerme una visita. Te aseguro que habría sido una buena anfitriona. Incluso te habría invitado a comer, y no el rancho que nos infligen aquí.

Vigilé de reojo a Tous. El informe había sido exhaustivo.

—No lo tome como un desaire —dije—. Se nos dieron bien las gestiones de la mañana, y me urgía regresar para hacer alguna otra esta tarde.

—¿Qué tal con Arturo *Superstar*?

—Mucho más suave que el otro día, sorprendentemente. Incluso diría que estuvo amable, y muy colaborador. Por si le interesa, tiene su teoría y su sospechoso y todo, y no se ha privado de contárnoslo.

—Claro que me interesa. ¿Quién?

—Miralles.

—¿Y el móvil?

—No concreta. Teme que Karen, en estos años, se

mostrara como una interferencia demasiado molesta para los enjuagues tradicionales de la gente con la que Miralles se relaciona y a la que representa.

—Primero la chantajean, y luego la matan —resumió—. La secuencia tiene sentido, pero seguimos sin tener nada que comprometa a Miralles de forma inequívoca. Te mandaré ahora la información que ha recopilado mi gente sobre el tema del casino: hay nombres, conexiones políticas y empresariales variopintas, pero ninguna con él, ni siquiera con la ciudad. Diría que tu única línea sigue siendo Antúnez.

—Un individuo conectado con Miralles, le recuerdo.

—Sí, pero sólo Antúnez te da algo concreto a lo que agarrarte. En otro orden de cosas, mi gente de criminalística se ha peinado los lugares que me dijiste: nada de nada. También, aprovechando el viaje, le han recogido la muestra de saliva al registrador Santos. Por si te sirve de algo la información, el tipo se la ha dado sin pestañear.

No me sorprendía, y así se lo hice ver:

—Nada tiene que temer, tampoco. De que su ADN coincida con la muestra tomada del cadáver no se sigue ninguna contradicción con su testimonio, ni ningún indicio de criminalidad. Sólo confirma que tenían un rollo y que esa noche se dieron una alegría juntos.

—Cuando tengamos los datos de su teléfono y su actividad en internet veremos si también son coherentes con lo que nos ha contado.

—Veremos, sí. Quería pedirle un favor, mi comandante.

—Tú dirás.

—Me gustaría hacerle sentir alguna presión a Antúnez, pero no puedo distraer a mi equipo de investigación en ese cometido. ¿Podría gestionarme que alguien de la comandancia, o la gente del puesto, haga acto de presencia en sus locales y hasta donde puedan, sin pillarse los dedos, le molesten y le espanten un poco a la clientela?

—Habrá que ir con cuidado. Ya sabes en qué país vives, brigada, algo así puede acabar con nosotros teniendo que dar las explicaciones y el angelito presentándose como víctima de acoso policial. Y vete a saber en qué términos y con qué agasajos nos tiene comprometida a la gente nuestra del lugar, que éstos no descuidan nunca ese flanco.

—Me vendría bien, para ponerle nervioso y ver si así se le suelta la lengua en las escuchas. Es un tipo vehemente, cabe la posibilidad.

—Te lo miro. Se me ocurre una alternativa, que nos permite tirar de gente con la que no creo que tenga ninguna relación: voy a pedirles a los del servicio fiscal que le revisen todas las máquinas de tabaco. No vaya a ser que le haya dado por hacer economías recurriendo a mercancía de contrabando. Para empezar. Eso ya le cabreará.

—Me parece buena idea. Y si se le ocurren más, mejor.

—Déjame pensar. No te entretengo más, seguimos en contacto.

—A la orden.

Como siempre que hablaba con Menéndez, hice un rápido examen mental de lo que había deparado el trapicheo que nos traíamos ambos. Ella nunca salía de vacío, pero esta vez tuve la sensación de que había logrado resistirme y sacarle a ella algo más de lo habitual.

Dejé a Tous con Arnau, tratando de poner orden al maremágnum de ficheros y datos que empezaban a arrojar nuestras intervenciones, y me llevé a Chamorro, sin quien no imaginaba la que había decidido que fuera nuestra diligencia principal aquella tarde. Había un fleco del caso del que necesitaba saber más para tratar de ponerle nombre y apellidos a su responsable. Y había una persona a la que las pruebas de las que se trataba apuntaban como la única que podía ayudarnos. En esta segunda ocasión (para mí, tercera para mi compañera) Sandra Valls no intentó rehuirnos pidiéndole a la recepcionista del ayuntamiento que se nos quitara de encima. Tardó menos que la anterior en presentarse en la sala donde nos indicaron que la esperáramos. Y se descompuso cuando le dije que prefería que aquella conversación, por discreción que ella sería la primera en agradecer, la tuviéramos fuera de las dependencias municipales. Sandra preguntó, angustiada:

—¿Dónde?

—Nuestro coche puede valer, si no le importa estar un poco apretada. Tampoco es algo para hablarlo en un lugar público.

Avisó a quien tuviera que avisar y reapareció con su bolso. Nos acompañó, visiblemente nerviosa, hasta donde teníamos aparcado nuestro vehículo. Por momentos me pareció que temblaba y todo. De pronto temí que volviera a desvanecerse. La tranquilicé:

—No se preocupe, señora Valls, tendremos esta conversación y podrá volver sin más a su oficina. Creemos que usted puede arrojarnos luz sobre algo, pero no es a usted a quien ese algo nos apunta.

Dejé que las dos mujeres se acomodaran en los asientos delanteros y yo me situé en el centro del de detrás. Chamorro, con un gesto, me pidió permiso para proceder. Con otro, se lo concedí. Sacó su ordenador portátil, que traía encendido, lo abrió y se dirigió a Sandra:

—Señora Valls, vamos a mostrarle unas fotografías y unos vídeos. En algunos de ellos sale usted. En otros, no. Nos gustaría que nos dijera, de entrada, todo lo que sepa de las otras personas que aparecen.

Sandra Valls me miró y tragó saliva. Chamorro continuó:

—Es posible que lo que va a ver la impresione un poco. Pero como ya le ha dicho mi compañero, de ello no se desprende, para nosotros, nada contra usted. Ni siquiera contra esas otras personas. Sólo necesitamos más información, que creemos que usted puede darnos.

Había preparado un PowerPoint con las imágenes más significativas, que empezaron a discurrir ante la mirada de Sandra Valls mientras ésta palidecía y se desencajaba por instantes. Cuando aparecieron las imágenes en las que se la veía a ella junto a Karen y una tercera persona, se llevó la mano a la boca y cerró los ojos. Chamorro dejó que pasaran todas y cuando hubo terminado la presentación volvió a cerrar el portátil y le puso la mano en el antebrazo a la jefa de prensa del ayuntamiento. Antes de preguntarle nada, se cercioró:

—¿Se encuentra bien?

Sandra sacudió la cabeza con energía.

—No, claro que no. ¿De dónde han sacado eso?

—No se lo podemos decir —respondió mi compañera—, pero sí le diré que allí donde estaba no tenía las condiciones de seguridad que debería haber tenido, al menos para mi gusto, un material tan sensible.

—Dios —exclamó Sandra.

—¿Reconoce a alguna de las personas que aparecen en estas imágenes? Aparte de usted misma y Karen, quiero decir.

Sandra asintió, en silencio.

—¿A quién? ¿O a quiénes?

—Reconozco... —titubeó—. Está bien, no tiene sentido ocultar nada, lo cierto es que reconozco a dos. Uno, el que no puedo negar. Y el otro, el hombre que sale con ella en el segundo vídeo.

—¿Está usted segura? No se le ve la cara.

—No, pero se le ven otras cosas que también son reconocibles, siempre que una las haya visto. Y yo las vi, creo que más vale confesarlo.

—Y dígame, ¿quiénes son?

—El chico del primer vídeo, si quiere que le diga la verdad, ni sé cómo se llama. No creo que llegáramos a preguntárselo siquiera. Íbamos demasiado borrachas. Lo que sí puedo decirles es dónde están grabadas las imágenes. En un hotel de Tenerife, a donde fuimos por una convención del partido. El chico era danés, por eso Karen se entendió bien con él. En fin, no sé qué añadir. Creo que pueden hacerse una idea de la historia sin necesidad de que les cuente mucho más.

—¿Dónde lo encontraron? ¿En el propio hotel?

—No, en una discoteca, de madrugada.

—¿Les abordó él, o fue al revés?

—Ni idea. Yo sólo vi que Karen hablaba con él, no sé quién empezaría. Luego bailamos y después, en fin, las imágenes lo cuentan.

—¿De quién fue idea grabarlo?

—De Karen. Lo hicimos con su propio teléfono, como esa otra foto. A veces tenía ese punto loco. Que no le negaré que me llamaba la atención, con lo seria que era para otras cosas. Lo malo es que a ella no podías oponerte. Siempre te convencía de lo que ella quería.

—¿Y qué hizo luego con las imágenes? ¿Le dijo usted algo? ¿No le sugirió que era mejor borrarlas, y más teniéndolas en un dispositivo portátil, que podía extraviarse o caer en manos indebidas?

—No me diga que las han sacado del teléfono.

—No —intervine secamente, desde mi posición—. No las hemos sacado del teléfono. ¿Puede responder a la pregunta?

Sandra, de pronto, parecía desorientada.

—Eh, sí, claro, claro que le dije que borrara eso en cuanto pudiera, y hasta le insistí, porque era el despiste en persona para lo que no estaba en el centro de sus preocupaciones. Fíjese hasta qué punto que otra cosa que tenía que andarle recordando siempre era que pusiera gasolina al coche. El gesto de renunciar al chófer le dio popularidad, pero no se acordaba de repostar y se quedó tirada tres o cuatro veces.

—¿Y le consta que le hiciese caso? —retomó Chamorro el interrogatorio—. En lo de borrar las imágenes, quiero decir.

—Ella me dijo que sí, que las había borrado de su teléfono y sólo había guardado algunas, para su disfrute, en un lugar seguro.

—¿No le preocupó que ese lugar no fuera tan seguro?

—Desde luego, pero qué podía hacer si ella me decía que lo era. Cuando le insistías más de una vez sobre algo que ella no deseaba oír, Karen podía convertirse en una persona muy desagradable.

—Dice que reconoce a alguien más. ¿Quién es?

Ahí Sandra tragó saliva aún más perceptiblemente.

—Santos. David Santos, el registrador. Y sí, la deducción que están haciendo es correcta. No pasó muchas veces, pero pasó. Siempre con Karen. Qué les voy a decir. Ya lo han visto, es lo que hay.

—¿Se guardó usted copia de estas imágenes u otras similares?

—No. Las grababa ella y las guardaba ella también. Decía que le venían bien para desestresarse en momentos solitarios.

—Muchas gracias, señora Valls —volví a intervenir, con mi tono más amable—. Creo que esto es todo por el momento.

—No utilizarán nada de esto contra mí, ¿no?

—No, descuide. No hay ningún delito en lo que acabamos de ver.

Dejamos a Sandra en la puerta del ayuntamiento. Apenas se hubo bajado del coche, Chamorro, que había hecho todo el trayecto especialmente pensativa, se volvió a mí con los ojos encendidos.

—¿Has tomado nota del detalle? —me preguntó, eufórica—. Solía llevar el coche pelado de gasolina. ¿No te sugiere nada? A lo mejor acabamos de dar, sin proponérnoslo, con el hilo para deshacer el ovillo.

Hube de rendirme a su perspicacia:

—Ostras, Chamorro. Si funciona, te levanto un monumento.

15
Tan guapo no eres

La idea de Chamorro requería un despliegue de medios considerable, por lo que me tocó afrontar una ronda de llamadas. Primero al coronel Pereira, que mantenía vigente su orden de ser el primero en conocer cualquier hito relevante de la investigación, y cuyo impulso podía ser de especial ayuda para movilizar los recursos necesarios. No me puso objeciones, y me dio vía libre para llamar a mi comandante y poner la operación en marcha. Desde que no era custodio de un secreto al que él estaba ajeno, mis conversaciones con Rebollo se habían vuelto mucho menos tensas, al menos para mí. Había sido peliagudo tener que hacerme el sorprendido cuando me llamó, la víspera, para contarme lo que yo sabía desde días atrás, pero lo había solventado hablando poco, que es la mejor forma de evitar mentir. Mi comandante, que estuvo de acuerdo con la propuesta, se ofreció para llamar a Menéndez. Le pedí que me dejara hacerlo a mí: después de todo era darle ocasión de lucirse con su gente en una acción que, si salía bien, podía ser determinante para resolver aquel caso, lo que creí que la movería a colaborar sin poner inconvenientes y de paso me permitía ganar algunos puntos frente a ella, útiles para hacer valer en algún momento ulterior de la ardua relación que manteníamos.

No me equivoqué. Menéndez escuchó con toda atención el plan que le expuse y se mostró casi entusiasta respecto de sus posibilidades.

—Sois buenos, brigada, hay que admitirlo —reconoció.

—Ponga la idea en el haber de mi sargento, que es quien la tuvo.

—Quizá deberíamos haberlo pensado antes.

—No hay mucha distancia hasta el lugar donde apareció el coche. De no ser por este detalle que acabamos de descubrir, no había razones para pensar que pudiéramos disponer de esta posibilidad.

—En todo caso, puede ser bastante tarea. Hay que contemplar todas las alternativas, por aquella zona y por el camino.

—Quizá me manden un equipo de apoyo desde Madrid, mi comandante lo va a hablar con el coronel. En cualquier caso, yo empezaría por trazar rutas posibles evitando las vías rápidas principales, que siempre son las más vigiladas. Aunque es verdad que no nos consta, mantendría la hipótesis de que fue alguien que tenía el conocimiento criminal suficiente como para tomar precauciones básicas.

—Le pediré a mi gente que haga un plan y te lo mando. La suerte es que desde hace años cualquier gasolinera, incluso la más dejada de la mano de Dios, tiene cámaras para registrar a los que se van sin pagar. Y que no han pasado muchos días, con lo que hay alguna esperanza de que conserven las cintas de esa noche. Voy a meterles prisa a los míos, mañana a primera hora tendremos ya gente recorriéndolas.

—Y por favor, apenas den con algún posible testigo, si es que dan, que nos avisen. Prefiero que lo interroguemos nosotros.

—Descuida, no olvido cuál es mi función. Apoyo logístico.

—No se me ofenda, mi comandante. Nosotros conocemos a todos los potenciales implicados. Es lo lógico, estará de acuerdo.

—No me ofendo, Rubén. Cuenta con ello.

—Gracias, mi comandante.

No pasé por alto el detalle de que la comandante utilizara mi nombre de pila. Admito que perdí un segundo preguntándome cuál había sido la intención de ese cambio en la forma de dirigirse a mí. Y que preferí dejar de pensar en ello. Ya tenía bastante lío encima.

Me pareció que no estaba de más poner al corriente también al juez Limorte. Nada de lo que íbamos a hacer requería, aún, de un papel que él debiera firmarnos, pero creí que la cortesía imponía anticiparle la posibilidad para que no la descubriera cuando hubiera que pedirle la orden de entregar las grabaciones, si es que la búsqueda daba resultado positivo. También me parecía obligado darle cuenta de cómo habíamos ido poniendo en marcha las intervenciones que nos había ordenado esa misma mañana, y que estaban ya todas activas. Además, no lo voy a ocultar, hablar con aquel juez contribuía a apaciguarme, en vez de transmitirme la tensión que el trato con la autoridad judicial suele traer aparejada, no sólo para mí, sino para cualquier funcionario policial que se tome mínimamente en serio su trabajo.

El juez escuchó mi informe. Según me dijo, le pillaba haciéndose la cena, por lo que procuré ir al grano, aunque él me animó a tomarme el tiempo que necesitara. Le hice un resumen de lo que nos había dado de sí el día y fue al final cuando le conté la idea de Chamorro.

—Una chica ocurrente, su sargento —opinó—. Ahora a ver si acompaña la fortuna. No vaya a ser que por una vez tuviera lleno el depósito.

—Cruzamos los dedos. Si sale bien, sería la primera vez que tuviéramos suerte en esta historia. Ya nos la vamos mereciendo.

—No diga eso, que es una forma de espantarla.

—También es verdad.

—Aquí me sigue teniendo, brigada. A cualquier hora.

—Gracias, señoría.

—Le dejo, que se me quema el aceite.

—A sus órdenes.

Al llegar a la cena estábamos tan agotados que ninguno habló mucho. Arnau, que era gracias a su juventud el que estaba más fresco, comentó los descubrimientos que había hecho rastreando la cuenta secreta de correo electrónico de Karen. Había numerosos mensajes cruzados con el registrador Santos, la mayoría de alto voltaje erótico, lo que sugería una relación basada principalmente en la atracción física y el disfrute sexual. También había algunos mensajes dirigidos a Sandra Valls, aunque de éstos no pocos tenían que ver con el trabajo, pidiéndole que se encargara de tal o cual gestión. En cuanto a la bandeja de borradores no enviados, además de los que llevaban adjuntas las imágenes que había almacenado allí, encontró Arnau otro con un archivo de texto de unas treinta páginas. Sólo ofrecía una pequeña dificultad para su comprensión. Estaba íntegramente escrito en danés.

—Se lo he mandado a la cabo Salgado. Dice que ella se encarga de que mañana lo tenga alguien que entienda esa lengua.

—Y se encargará —asumí—. Sólo espero que sea alguien de confianza.

—Sí, como el nigeriano —dijo Chamorro.

Aquel era un chiste que circulaba por la unidad, cuya autoría, aunque eso pocos lo sabían, correspondía al coronel Pereira, que no tenía mucha propensión a las ocurrencias humorísticas pero que cuando se ponía no dejaba de mostrar agudeza. Se refería al único intérprete de que disponíamos para traducir las conversaciones que interveníamos a los proxenetas nigerianos que controlaban las redes de prostitución de sus compatriotas en territorio español, y que se expresaban en varios dialectos locales que nadie entendía, salvo aquel individuo. En sus manos estábamos hasta el punto de suscitar la duda que Pereira había puesto una vez en palabras: «No sé si nos traduce a nosotros lo que de veras dicen ellos o si les cuenta a ellos lo que vamos averiguando y a nosotros nos cuenta la primera milonga que le pasa por la cabeza, pero como no tengo modo de comprobarlo y no tengo a otro, me toca cerrar los ojos y rezar para que esté de nuestro lado y no del suyo.»

Antes de las once estábamos de recogida en el hotel. Mientras subíamos en el ascensor, oyendo de fondo la música estrepitosa de la fiesta que los jubilados se daban por tercera noche consecutiva, Chamorro, que seguía dándole a la máquina de pensar pese a su expresión soñolienta, puso sobre el tapete una pertinente conjetura:

—Y si David Santos es el hombre sin rostro del vídeo, como dice Sandra, y conocía la cuenta secreta de correo de Karen, ¿no debemos considerar la posibilidad de que interviniera en el chantaje? Quiero decir, para *hackear* una cuenta, primero hay que saber cuál es.

—Se puede averiguar por otros medios —intervino Arnau—. Colándole un *spyware* en un ordenador desde el que accediera a ella.

—Tiene razón Juan, aunque sí, habría que considerarlo. Eso sí, por esa regla de tres, lo mismo a Sandra —deduje, con el auxilio de las tres neuronas y media que debían de quedarme de servicio.

—Cierto —asintió Chamorro.

—No sufras —la tranquilicé—. Hemos hecho los deberes. Les tenemos intervenidas las comunicaciones. Si sale algo raro, lo veremos.

—Por lo pronto —dijo Arnau—, los datos del teléfono y el acceso a internet de Santos respaldan su inocencia. Lo sitúan en su casa a la hora estimada del crimen y del abandono del cuerpo en la playa.

—Siempre pudo pagar a otro —rebatió Chamorro.

—No lo vamos a resolver ahora, chicos —les sugerí—. Os recomiendo que le hagáis un *reseteo* completo a la sesera hasta mañana.

Antes de darle las buenas noches, y cuando ya Arnau había desaparecido en su habitación, me permití preguntarle a Chamorro:

—¿Cómo vas? Si puedo decirlo, te veo mejor.

Asintió, sonriente.

—El trabajo ayuda. Dicen que es salud. Mental, desde luego.

—En todo caso, si esa terapia falla...

—Ya, ya lo sé. Te silbaré, descuida. Buenas noches.

Esa noche, más que acostarme, me derrumbé sobre la cama. Me tumbé boca arriba, aún vestido pero ya sin zapatos, y hube de hacer acopio de toda mi voluntad para alcanzar el teléfono. La noche anterior no había hablado con Carolina y a lo largo del día me habían llegado un par de *whatsapps* suyos, que había respondido de forma más bien sumaria. Me pareció que se imponía hacerle una llamada.

—Hombre, el ingenioso hidalgo —me saludó.

—De lo primero, cada vez menos, y de lo otro, nada de nada.

—No seas modesto. Me alegra ver que sigues vivo.

—Ha sido un día trabajado, te lo aseguro. Por suerte, tu colega al mando nos está dando toda clase de facilidades. Creo que hacía mucho tiempo que no me caía tan bien un juez de instrucción.

—Quieres decir desde que me tuviste a mí en tal menester.

—Por supuesto.

—Si te gusta tanto, no estoy tan segura de que sea un buen instructor. A veces la función del juez es precisamente desairar al poli.

—Para qué ensañarse. Ya vivimos bastante desairados.

Bruscamente, Carolina cambió de conversación:

—Di que me echas de menos, aunque sea mentira.

—Te echo de menos, y diría que es verdad. Con éste, llevo tres días dando vueltas a la noria. Necesitaría que alguien me cuidara.

—Déjalo. El romanticismo no es lo tuyo.

—No creas, te prometo que cuando no llevo quince horas de curro encima mejoro bastante. Incluso diría que a ti te consta.

—No sé, no me acuerdo bien. Me hago mayor. ¿Esta noche no has salido por ahí de marcha con tu desconsolada sargento?

—No, estoy ya en la cama. Con los dientes cepillados. A las once.

—Pobre. Con lo bien que le iría vaciarte su corazón.

No pude evitar reírme.

—Qué poco la conoces. No es de ésas, precisamente.

—Si tú lo dices.

Prolongamos la conversación, en este tono, durante unos diez minutos más. Al colgar, me quedó una sensación incómoda. Como si haberla telefoneado, después de todo y aunque no me gustara demasiado reconocerlo, no hubiera terminado de ser una buena idea. Con esta comezón mordiéndome por dentro, me quedé adormilado.

De la modorra vinieron a sacarme lo que parecían unos golpes en la puerta de mi habitación. No hice caso, suponiendo que eran imaginaciones mías, provenientes tal vez de un jirón del sueño embrollado que había tenido durante ese rato de adormecimiento. Sin embargo, los golpes se repitieron, más fuertes. No cabía duda, alguien estaba llamando a mi puerta. Miré mi reloj. Eran ya las doce, pasadas.

Trastabillando, me puse en pie, me calcé los zapatos y fui hacia la puerta. Cuando la abrí, me encontré con una inesperada aparición.

—Buenas noches —susurró Sandra Valls—. Le ruego que me disculpe, sé que esto le parecerá, en fin, fuera de lugar, pero necesitaba hablar con usted. Perdóneme, se lo suplico, y permítame...

—¿Cómo ha averiguado mi número de habitación? —pregunté.

—Los del hotel son amigos. No ha sido difícil. Lo siento, sé que esto es impresentable, pero es que estoy muy nerviosa. ¿Me deja pasar un momento? Me siento muy violenta hablando en el pasillo.

La examiné de arriba abajo. Se había cambiado de

ropa, y en lugar de la indumentaria más o menos recatada que llevaba en horario laboral, lucía una falda bastante más corta, un enorme cinturón y una blusa que tenía demasiados botones superiores desabrochados como para no encenderme todas las alarmas y no prevenirme contra la conveniencia de dejarla entrar en mi habitación. De uno de sus brazos colgaban el bolso y una chaquetilla de cuero de color rojo. Venía muy maquillada y despedía un aroma a perfume que tumbaba de espaldas.

—Espéreme un momento. Cojo la cazadora y salgo.

—No, por favor, mejor aquí.

—No me parece buena idea que entre usted en mi habitación a estas horas de la noche. Prefiero que hablemos en un lugar público.

—Eso es justamente lo que quiero impedir —repuso—. Este pueblo está lleno de ojos que ven y lenguas que largan. Déjeme entrar. Le prometo que no tiene de qué preocuparse. Quedará entre usted y yo.

Me vi en el brete de tener que arrastrarla hasta la calle. Y seguramente debería haberlo hecho, pero he recibido una educación que descarta de manera absoluta el ejercicio de la fuerza física sobre una mujer. De modo que cedí, no sin hacerle una advertencia previa:

—Está bien. Pero no se confunda.

—No se preocupe, de veras.

—Si se confunde, sale inmediatamente de la habitación. O salgo yo y no vuelvo a entrar hasta que el personal del hotel la obligue a despejarla, por los medios que ellos consideren convenientes.

—No será necesario.

Me aparté para que entrara. Dejé que buscara su camino y eligiera dónde acomodarse, sin apartarme de la puerta. Permanecí allí, de pie, después de cerrarla y de que ella tomara asiento sobre el borde de la cama. Me miró con gesto desvalido. Yo mantuve mis ojos clavados en los suyos, ignorando, y no era fácil, el reclamo de su escote y de los dos pechos morenos y redondos que desde aquel ángulo casi estaban más expuestos que ocultos. Recordé algo que decía un viejo compañero como mecanismo de defensa en los primeros años tras la entrada de la mujer en el Cuerpo: «Las guardias, de barbilla para abajo, no existen, Vila. Piénsalo de esa forma, y te ahorrarás problemas.»

—Tengo que confesarte que estoy muy avergonzada —dijo.

Aquel tuteo encendió las pocas luces rojas que quedaban por encenderse en mi tablero de control. Mantuve la calma, pese a todo.

—¿Por qué?

—Por lo que has visto de mí. Bueno, tú y toda tu gente. Me pregunto cuántos de tu equipo han visto ya esas imágenes.

—Los imprescindibles. Y no las verá nadie más.

De pronto, la expresión de Sandra se endureció.

—Debo de parecerte una zorra, ¿no?

—No. Ni tiene mucha importancia lo que me parezca. Yo he venido aquí a lo que he venido, no a juzgar a nadie. Ya se lo dije.

—Y Karen, también. Otra zorra —prosiguió.

—Al contrario. Karen es la persona para la que trabajamos tanto mi gente como yo, aunque el resultado de nuestro trabajo ya no pueda servirle de nada. Y lo haríamos igual aunque fuera una criminal, así que en su caso todavía pierdo menos tiempo juzgándola.

Sandra me ofreció una sonrisa desvaída.

—Sí, eres muy correcto. Pero debajo de toda esa corrección hay un hombre. Y aunque no lo quieras expresar, claro que juzgas.

—Aun si así fuera, sería irrelevante. No iba a variar en absoluto mi comportamiento a la hora de hacer mi trabajo. ¿Qué quiere de mí? O qué quiere contarme, si es que ha venido a contarme algo.

Se retorció nerviosamente las manos. Sus ojos eran un incendio azul.

—Estoy muy preocupada, ya sé que no vas a decirme

dónde encontraste eso, pero quería saber si crees que acabará saliendo a la luz. Mi familia es muy religiosa, si mi padre las ve, me deshereda.

—No puedo decirle nada, lo siento. Pertenece al secreto del sumario.

—Ten piedad. Estoy acojonada, ¿no me ves?

—Todo lo que existe puede salir a la luz. No estaría de más que se preparara mentalmente para la eventualidad. Lo que puedo decirle es que en nuestras manos el material está bajo control absoluto. No consentiría que nadie de mi gente las filtrara, y ellos lo saben.

—Dios, es que si salen será una puta catástrofe. Circularán por todas partes, acabarán en internet y ahí se quedarán siempre. Tendré que cambiarme de país, como poco. O de cara. Joder, joder, joder...

—Mire, cálmese —le sugerí—, y no adelante acontecimientos. Nosotros no vamos a sacarlas. Hasta ahora no han salido. Y si salen, ya se verá y ya sabrá cómo enfrentarlo. Esto es como la muerte: sólo se muere una vez, pero quien piensa en ella todo el rato muere todos los días.

—Perdóname, estoy muy nerviosa. ¿Te molestaría que pasara un momento al baño? Será un momento, nada más, ¿te importa?

Iba a decirle que sí, que me importaba, y que el hotel tenía aseos públicos, pero Sandra ya se había puesto en pie y había cruzado de tres zancadas la habitación. Me pareció el mal menor apartarme para que pasara al cuarto de baño. Cerró la puerta tras ella y yo me quedé allí, de pie en medio de mi habitación, como un perfecto imbécil. La inesperada situación había obrado el efecto de sacudirme el sopor, pero no tanto como para permitirme discurrir con claridad. Se me ocurrió la posibilidad de avisar a Chamorro, para que la sacara de allí, pero en el instante siguiente pensé que ya debía de estar dormida y que era una faena despertarla para lidiar con aquella pirada. Sopesé otras cuatro o cinco opciones absurdas e impracticables mientras los minutos corrían y el encierro de la jefa de prensa en mi baño se volvía cada vez más embarazoso. En cierto momento, no pude evitar preguntarle:

—¿Se encuentra bien?

—Sí, sí, estoy bien —respondió—. Salgo en seguida.

No mintió, al menos en esto. Un minuto después, la puerta se abrió y su silueta se recortó en el umbral. Desde mi posición, al otro lado de la habitación, pude advertir que estaba enteramente desnuda.

—Mire, ¿a qué demonios está jugando? Vuelva a vestirse y salga de aquí inmediatamente. No se lo voy a decir dos veces.

—Perdóname —dijo, con voz zalamera—. No puedo evitarlo. Cuando estoy muy nerviosa, me entran ganas de follar, y el caso es que me pones un montón. Desde el momento en que te vi. Va a ser verdad eso que dicen de que los uniformes tienen un efecto afrodisiaco.

—Mire, para empezar, no me ha visto de uniforme...

—Te imagino.

—Para continuar, no tengo por costumbre meter en los casos que investigo otra cosa que la nariz, que es a lo que obliga el oficio.

—Puedes meterme la nariz por donde quieras.

—Y para terminar, no tengo ningún interés en esto, esta noche, aquí, con usted. Creo que me estoy explicando, y lo siguiente...

—Te va a crecer, esa nariz. Mmm.

Aquella advertencia, pronunciada con una suerte de viciado candor adolescente, obró el efecto de dejarme sin palabras. Mientras la miraba, y no podía negar ante mí mismo que tenía un cuerpo lo bastante apetecible como para zambullirse de cabeza en aquel error, me acordé de algo que le oí a un compañero que había estado destinado en el puesto fronterizo de Melilla, y que una vez se las había visto con un Mercedes conducido por una marroquí de las de quitar el hipo que había empezado a coquetear sin disimulo con él. Así lo relataba: «Ahí fue donde me dije: Manolo, tú tan guapo no eres. La aparté y le hice abrirlo todo. Costó encontrarlo, pero llevaba un negro incrustado en el salpicadero del Mercedes. Me partió el corazón esposarla.»

También a mí me partía el corazón, en cierto modo, no morder aquella manzana apetitosa que se me ofrecía, pero estaba fuera de cuestión. Los detectives de las novelas son libres de revolcarse con todo lo que se tropiezan en sus pesquisas, pero yo no podía perder así los papeles con una sospechosa o una testigo, igual daba lo que terminara siendo. Y aunque no le había prometido nada a Carolina, ni en ese momento atravesaba la fase más intensa de mi arrobo por ella, también se cruzó su imagen por mi mente, fortaleciéndome en mi negativa. Quizá fuera, por encima de todo, que como mi jueza me hacía mayor.

—Vístete —dije, y en el tuteo no había la menor calidez, sino todo lo contrario—. Lárgate de aquí, ahora. Y olvidaré este incidente.

Sandra avanzó despacio hacia mí, masajeándose sensualmente el espacio que mediaba entre sus caderas y sus costillas.

—No pasa nada —dijo—. Darte un poco de gusto no te va a matar, ni vas a ser peor poli por eso. ¿Cuánto hace que no follas?

—No des un paso más —dije, mientras sacaba el teléfono móvil.

—¿A quién vas a llamar, a la Policía? Vamos, no seas tonto.

Chamorro respondió al segundo tono, aturdida:

—¿Qué, quién...?

—Virginia, siento partirte el sueño. Ven a mi cuarto, ahora.

—Pero ¿tú sabes qué hora es?

—Ven, te digo. Tienes que hacerte cargo de alguien.

Sandra no daba crédito.

—¿Cómo puedes?

—Ya está. Ahora le explicas a mi compañera por qué va a dormir menos esta noche. Te aseguro que tiene bastante mala leche.

Una nube de rencor enturbió su mirada.

—Tú te lo pierdes. Hay que ser gilipollas.

—No te diré lo que tú me pareces en este momento. Y procuraré que no me afecte. Esto va en serio, Lady Godiva. Alguien ha muerto y alguien va a acabar en la cárcel, por mis cojones. Lo de menos son las fotos, y no te digo ya tus picores. O los míos. Vístete, anda.

Chamorro se presentó un minuto después. Sandra Valls había vuelto a meterse en el baño. Le expliqué la situación a mi compañera, esperando que pudiera hacerse cargo del trance demencial en que me había visto sin comerlo ni beberlo. Le di una instrucción clara:

—La acompañas al coche y la sigues con el nuestro hasta dejarla en su casa. Yo no quiero volver a verla, por esta noche. Me bajo a tomar una cerveza a la fiesta de los abuelos, a ver si ligo allí también, ya que parece que estoy en racha. Te esperaré allí hasta que vuelvas.

—Y esto, ¿a qué viene?

—A que está como una cabra, a qué va a venir. Y a lo mejor su jefa también lo estaba, lo que no es una buena noticia. Te dejo con ella. Y ten cuidado, lo mismo le da por intentarlo ahora contigo.

—Allá ella. Si le tengo que meter un guantazo, yo no me voy a cortar. Soy mujer, no es violencia de género, ya se lo advertiré ahora.

—Tampoco es eso, Vir. En fin. Perdona el marrón.

—Nada, hombre, ve tranquilo.

De pronto, se echó a reír.

—Esto es para contarlo, ¿eh?

—Quita, y mantén la boca cerrada. Los que no me crean un capullo por dejarla entrar considerarán que lo soy por no tirármela.

—Probablemente.

—Me abro. Déjala en su puta casa. Dentro.

—A tus órdenes.

Mientras me tomaba mi cerveza y esperaba a Chamorro, la fiesta de los abuelos tocó a su fin. Sus carrozas se convertían en calabazas una hora después de la del cuento, a la una en punto de la mañana. Sudorosos, felices y disciplinados, desfilaron hacia los ascensores y el bar del hotel quedó desierto en un santiamén. El camarero que lo atendía, y que estaba ya cerrando la caja, me preguntó con acento eslavo:

—¿Va a *querrer* algo *máss*?

—Me tomaría un orujo, o varios, pero mejor no.

—Como *quierra* —dijo, con esa sonrisa hermética que a veces tienen los eslavos, y que le lleva a uno a sospechar que han calado de sobra lo inconsistentes que somos los mediterráneos y que sólo consienten en servirnos para poder sustraerse al frío de sus países de origen.

Chamorro apareció poco después con las llaves del coche en la mano. Traía el semblante agotado pero risueño. Se sentó sin prisa en el taburete contiguo al mío y dejó el llavero sobre la barra.

—Si quieres tomar algo, aquí el compañero está cerrando —le dije.

—Me hace una cerveza, si puede ser.

—*Clarro*, *sseñorra*, cómo no.

—¿Y bien? —pregunté.

Mi compañera ensanchó la sonrisa antes de dar su veredicto:

—No quiero que esto merme tu chute de autoestima, pero creo que todo ha sido fruto de una mezcla letal. Alcohol y pastillas.

Meneé la cabeza.

—Mira, Vir, a estas alturas de mi vida, lo que menos me preocupa es mi capacidad de resultar atractivo a niñatas zumbadas como la que acabas de llevarte, por jóvenes que sean y buenas que estén.

—¿Seguro? —dudó, malévola.

—¿Tú quieres ganarte un botellazo? —dije—. Bastante cabreado estoy. Me da igual que me acusen en el mismo viaje de abuso de autoridad, acoso, violencia sexista y de los puntos que haya que ponerte.

—Eh, cálmate. Que te va a dar una apoplejía. Era una broma.

Lo que quedaba de mi cerveza ya se había entibiado. Para acompañar a mi sargento, me pedí otra. Cuando el camarero me la puso sobre la barra, le entregué un billete de diez euros y le pedí que se cobrara todo. Alcé el botellín y lo entrechoqué con el de Chamorro.

—Perdona, y gracias. A tu salud.

—A la tuya, Casanova —dijo, sin poder aguantarse la risa.

—Oye, que lo del botellazo sigue en pie.

—Vale, vale.

Bebimos en silencio. El frío y el gas de la cerveza le hicieron bien a mi esófago. No solía beberla más que cuando tenía sed, pero aquella experiencia estúpida me la había provocado. Pensé en lo desnortada que parecía tanta gente, y no sólo Sandra Valls, en el mundo precipitado, chisporroteante y somero en el que me había tocado vivir.

—La gente ha perdido el sentido de todo —dije.

—A lo mejor es sólo que le molas de verdad. Y que quería darte una alegría. Pobrecilla, no se ha atrevido ni a mirarme a la cara.

—¿No se dan cuenta? Porque ya le tenemos pinchado el teléfono, que si no, después de esto, se lo habríamos tenido que pinchar de todos modos. Aunque sólo sea una chiflada, no habríamos tenido más remedio. Esto es una investigación de un asesinato, joder, no un *reality show* de descerebrados que se buscan las ingles debajo del edredón.

—Jefe, yo creo que sólo es una pobre infeliz que se está cagando patas abajo después de ver esas fotos y de pensar que puedan difundirse.

—Yo ya no sé qué es, ni me importa.

Mi sargento me pasó la mano por el hombro y me dirigió una mirada maternal. Que no diré que me desagradara, precisamente.

—Anda —dijo—, acaba la cerveza y vamos a dormir.

16
El golpe más doloroso

Digamos, para simplificar, que esa noche tuve sueños que no me apetece recordar ni contarle a nadie. A la mañana siguiente me reincorporé a la investigación procurando olvidarme de la escena delirante que se había desarrollado en mi habitación tan sólo unas horas antes. Hice mis mejores esfuerzos, también, por no extraer de ella ninguna conclusión que pudiera entenderse dictada por el resentimiento hacia la persona que me había preparado aquella encerrona, de la que quizá habría salido mal parado de no disponer del escudo protector de Chamorro. Gracias a ella, había podido desembarazarme de la intrusa limpiamente y sin que se diera ninguna situación que pudiera explotar en mi contra. Con todo, no me privé de llamar a primera hora a Salgado y pedirle un informe de todas las conversaciones telefónicas que hubiera tenido la víspera Sandra Valls. No arrojó ningún resultado que indujera a sospecha, como tampoco, aproveché el mismo informe para darme cuenta de ello, el examen de los posicionamientos de su teléfono móvil en la noche de autos. Hasta poco antes de medianoche había estado en el restaurante donde se había celebrado la cena benéfica. De allí se había desplazado directamente a su casa, donde había permanecido hasta la mañana del día siguiente. Los datos de la conexión fija de internet de su domicilio acreditaban que había estado navegando desde allí hasta las tres de la mañana. Según las direcciones web que obraban en el sistema, había estado viendo un par de capítulos de la cuarta temporada de *Mad Men*, descargados a través de un portal de enlaces piratas. Una actividad que, reprobable o no, de momento no se encontraba tipificada en ningún artículo del Código Penal.

Pasamos la mañana desbrozando toda la información que nos iban suministrando las intervenciones telefónicas y de comunicaciones, que era casi nula en relación con lo que nos interesaba, la resolución del crimen, aunque nos diera exhaustiva cuenta de la actividad diaria, los gustos y en buena medida las miserias de las personas a las que la autorización judicial nos permitía espiar. No entraré en detalles porque no son del caso, pero digamos que fueron especialmente celebradas por mi equipo, por su amenidad, las conversaciones y actividades de David Santos y de Francisco Antúnez, dos hombres que se hallaban el uno en las antípodas del otro en cuanto a respetabilidad social, pero que eran, cada uno en su estilo, una fuente inagotable de anécdotas. Ni a uno ni a otro, en cualquier caso, le sorprendimos ninguna conversación que los relacionara, así fuera tangencialmente, con el crimen que era objeto de nuestras pesquisas. Ni siquiera, para mi decepción, le pillamos a Antúnez nada que sirviera para pasárselo a nuestros compañeros encargados de otros delitos que podíamos tener la convicción moral de que estaba cometiendo. El pájaro sabía bien, a ese respecto, lo que podía y no podía decir por teléfono o de viva voz, como ya había tenido ocasión de comprobar al interrogarle. Si alguien quería acusarle de explotación sexual o de trata, tendría que hacer una investigación *ad hoc* y contar con otros recursos para obtener pruebas. Nada que, teniendo encima lo que nosotros teníamos, pudiéramos asumir sin apartarnos de lo que era el propósito de nuestros desvelos.

Por esa y otras razones, he de reconocer que recibí como agua de mayo la llamada que poco después del mediodía me hizo la comandante Menéndez. Me dio la noticia con su humor peculiar:

—Le debes una cena a tu sargento, Vila. Y ya puedes llevártela a un sitio caro, aunque tengas congelada la nómina.

—Dígame que no me está tomando el pelo.

—No te lo estoy tomando. Tienes ochenta kilómetros de carretera hasta allí. Ahora te doy las coordenadas. Ha habido suerte, mis chicos han clavado a la primera la ruta que siguió el asesino, una coincidencia que no sé si es para alegrarme o para preocuparme. Mandar a gente con esa capacidad para pensar mal me inquieta un poco.

—¿Testigos?

—Testigos, cámara, cintas. Todo. Lo tenemos. Y según me ha dicho el teniente Rojas, que te está esperando allí y ya ha visto la grabación, a uno de los dos tipos se le distingue perfectamente la jeta.

—¿Dos tipos? ¿Alguno que conozcamos?

—No. Y según el de la gasolinera, sonaban como extranjeros.

—¿De dónde?

—No puede asegurarlo. Dice que italianos, tal vez.

La ocasión lo merecía, de modo que puse en el techo la luz giratoria y le pedí a Chamorro que le sacara al V40 todo lo que tuviera dentro. En poco más de cuarenta minutos, lo que tenía mucho mérito si se consideraba que sólo pudimos hacer la mitad del trayecto por autovía, estábamos en aquella gasolinera situada al costado de una carretera secundaria, en uno de esos áridos parajes levantinos donde ya se intuye la proximidad de la meseta. El teniente Rojas, junto a otro compañero, nos esperaba apoyado sobre el capó de su vehículo.

—Buenos días —nos saludó, con aire satisfecho—. Habéis corrido.

—Cuando el caso lo vale, se corre —dije.

—El testigo os está esperando, hace ya tres horas que acabó su turno, así que yo que vosotros iría al grano. Tiene buena memoria.

Rojas nos acompañó al interior de la pequeña tienda,

atestada de estantes con refrescos, sándwiches, aperitivos, cedés, ambientadores y demás chucherías de gasolinera, donde nos aguardaba el empleado. Se llamaba Manuel Esquivias y cuando echamos las cuentas comprobamos que sus turnos infringían la jornada del Estatuto de los Trabajadores. Había atendido a nuestros sospechosos a las cuatro y media de la mañana, habiendo entrado a las doce y saliendo a las diez del día siguiente. No era el único que rebasaba la jornada legal en aquellos tiempos donde la negativa a hacerlo podía enviarle a uno a engrosar las filas ingentes del desempleo, y tampoco aquello era nuestra competencia, como me preocupé de aclararle a su jefe, a quien vi algo tenso antes de iniciar el interrogatorio. Me interesaba que el testigo me fuera completamente sincero y que no amañara ningún detalle por miedo a hacer de chivato y acabar ganándose un indeseado despido.

—Señor Esquivias, me dicen los compañeros que les han mostrado la grabación, y eso nos permite fijar la hora, las matrículas, la estatura aproximada e incluso la cara de uno de los dos sujetos, en fin, toda una serie de detalles por los que ya no le voy a preguntar. Lo que quiero es que me cuente usted, ahora, todo lo que recuerde y como lo recuerde, desde que aparecieron en la gasolinera hasta que se fueron.

Por un momento, el testigo pareció dudar. Verse rodeado de guardias civiles, y tener que volver a contar lo que ya había contado, debía de resultarle como poco intimidatorio. Aunque sólo fuera por la responsabilidad de mantener lo que había dicho en la primera versión. Con todo, cuando empezó a hablar lo hizo con seguridad.

—Eran más o menos las cuatro y media pasadas —recordó—, la cinta recoge la hora exacta, pero me fijé porque a esas horas la clientela es sobre todo de transportistas o de gente que madruga para ir al campo, es decir, sobre todo profesionales, y es más raro que vengan turismos. Vinieron en dos coches, el Audi Q3 blanco por el que preguntaron y un Ford Focus, azul. Sólo repostó el conductor del

Audi, mientras el del Ford le esperaba un poco más adelantado con el motor en marcha. El tipo del Audi vino hacia la tienda y me pidió que le abriera el surtidor para ponerle treinta euros, lo que me sorprendió un poco; los que conducen esos cacharros suelen llenarlo. Luego se volvió hacia el otro, el del Ford, y le hizo un gesto como preguntándole si quería algo de beber. El otro, eso no pude verlo, debió de responderle que sí, por gestos también, porque me pidió dos latas de Coca-Cola Zero. Fue al decir esto, lo de «zero», cuando se le notó mucho que no era de aquí.

—¿Se atrevería a decir de dónde?

—Italiano, rumano, no sé, de por ahí.

—Siga, por favor.

—Traía los treinta euros preparados, pero con las bebidas era algo más y se rebuscó en el pantalón unas monedas. Encontró más de lo que le faltaba y me dijo que me quedara con el cambio. Se fue hacia el coche y dejó las dos latas encima del techo. Repostó, no le llevaría mucho porque las bombas de estos surtidores son potentes y sueltan rápido el combustible. Mientras lo hizo, miraba al techo de la estación de servicio y estiraba el brazo que tenía libre. Una vez que lo llenó, cogió una de las latas y se la llevó al otro. Regresó, agarró la suya, se metió en el coche, arrancó y, cuando empezaba a moverse, el del Ford arrancó también y se incorporó a la carretera, bastante deprisa. El Audi salió detrás, pero algo más despacio. Tuve la sensación de que le dejaba ventaja al otro, desde aquí hay buena visibilidad y vi cómo le sacaba medio kilómetro en lo que tardaron en desaparecer.

—La lanzadera —comentó Rojas—. Por si se topaban con algo que no conviniese. Hemos comprobado la matrícula y es de alquiler, o sea, limpio. Todavía no nos han facilitado el nombre del arrendatario, pero ya te puedes imaginar que usarían documentación falsa.

—Profesionales —observó Chamorro.

—Tiene toda la pinta —confirmó el teniente.

Clavé en ambos, alternativamente, una mirada de reproche. No estábamos allí para comentar la jugada, y menos en presencia del testigo, sino para obtener su testimonio, tan objetivo como fuera posible.

—Quiero que nos describa a esos dos hombres con todo el detalle que recuerde —dije—. La cámara nos da la imagen de uno, pero nos falta el otro, y seguro que usted vio cosas que la cámara no registró.

Esquivias apretó los labios y sacudió lentamente la cabeza.

—Al del Ford casi no lo vi. Se colocó fuera del espacio que iluminan las luces, todo lo que les diga es más intuición que otra cosa. Me pareció más o menos de la misma edad del otro, sobre los treinta, moreno, y poco más. Ya les digo, no respondo mucho de esta impresión.

—¿Y el del Audi?

—Treinta y pocos, moreno de piel, pelo castaño claro, ojos verdosos, alto, sobre el uno ochenta y bastantes, fuerte. No mal vestido, pero informal, con zapatillas deportivas. No sé qué más puedo...

—¿Pendientes, tatuajes?

—Un tatuaje, sí, en la mano derecha, un símbolo de esos orientales, no sabría decirle de qué, ni en qué lengua. No distingo.

—¿Le pareció nervioso, alerta por algo?

—No, bastante tranquilo, la verdad. Incluso le oí silbar, mientras tecleaba en la máquina para desbloquearle el surtidor.

—¿Reconoció la música?

—No. Pero era más bien alegre.

—¿Se puso guantes de plástico para repostar?

—Ahora que lo dice, sí. Era un tipo que daba impresión de ser bastante limpio, en general. El pelo, la ropa...

—Vete a saber cuántas manos habrán tocado ese artefacto en los últimos cuatro días —dijo Rojas—. Aunque no se los hubiera puesto...

Opté por ignorar el comentario de mi colega.

—Muchas gracias, señor Esquivias —le dije al testigo—. Vamos a tomarle los datos y es muy posible que tenga que ratificar esta declaración ante un juez. No se preocupe, le avisaremos con tiempo, lo haremos en un momento que le venga bien, y si quiere venimos a buscarle y luego le traemos. —Y dirigiéndome a su jefe, añadí—: Tendremos hoy mismo la orden judicial para intervenir las cintas, guárdelas a buen recaudo hasta que vengan mis compañeros a entregársela.

—Ya le he dicho a su compañero. Llévenselas ya, si quiere. Ya me traerán la orden cuando les venga a ustedes bien.

Se notaba su afán por no poner el menor impedimento. No debía de querer que la autoridad se fijase más de la cuenta en él. Me interesaba que estuviera tranquilo, así que me apresuré a premiárselo.

—Se lo agradecemos de veras, nos hará ganar un tiempo que nos va a ayudar mucho. Ojalá todos los ciudadanos colaboraran así.

Antes de separarnos, ellos de vuelta a Valencia, nosotros a nuestra base de operaciones, el teniente Rojas aventuró una propuesta:

—Bueno, ahora que lo tienes, habrá que sacar el mejor fotograma de esa grabación y pasárselo a todos los medios de comunicación.

—No, mi teniente, no es eso lo que vamos a hacer.

Rojas me miró como si no entendiera.

—En otro caso —expliqué—, podríamos hacerlo. Pero en este no.

—¿Y eso?

—Hay razones que lo desaconsejan.

—¿Ah, sí? ¿Y qué razones podrían desaconsejarlo?

—Por ejemplo, que haya otro circuito alternativo por el que esta imagen nos pueda dar provecho para la investigación, sin necesidad de poner sobre aviso al sujeto al que tratamos de echarle el guante.

Rojas comenzó a entender, borrosamente.

—Ah, vaya. ¿Qué circuito es ése?

Le sostuve la mirada.

—Mi teniente, no puedo decir más. En cuanto pueda, se lo digo.

No lo encajó bien, pero era lo que había y Rojas era consciente de hasta dónde podía llegar. Se la envainó y se limitó a decir:

—Por favor. Me encantará saberlo. Buen viaje.

—Igualmente. Recuerdos a la comandante. Y gracias.

—De nada, hombre. A mandar.

Ya en el coche, lo primero que hice fue marcar el número de mi coronel. Dejé que nuestra conversación fuera el modo de enterar a Chamorro, por si no lo había deducido por sí misma, del motivo por el que había rechazado la sugerencia del teniente y de lo que me proponía hacer en su lugar con aquella imagen del presunto asesino.

Pereira no me cogió la llamada, por lo que interpreté que le había sorprendido en medio de algo que no podía interrumpir, pero cuando me disponía a compartir con Chamorro mis planes, sonó mi teléfono. Era él, mi gran jefe, que había dejado lo que estuviera haciendo.

—Hola, Vila, dime que tienes algo para mí.

—Lo tengo, mi coronel. Y tengo algo que proponerle también.

—Dispara.

—Hemos encontrado un testigo que vio al hombre que conducía el coche de la difunta, en la madrugada del sábado, cuando paró a repostar camino del lugar donde lo quemaron. Tenemos también su imagen, relativamente nítida, captada por las cámaras de la gasolinera.

—Coño, bien.

—Los de la comandancia querían publicar su foto cuanto antes, para buscar otros posibles testigos, pero creo que lo debemos hacer de otra manera, y si me permite le explico lo que se me ha ocurrido.

—Adelante, aunque creo que sé por dónde vas.

—Propongo pasarle la mejor imagen que tengamos al comandante Ribes para que se la envíe a su vez a sus amigos de los Carabinieri. Dice el testigo que el tipo hablaba con acento extranjero, probablemente italiano. Si es lo que parece, hay una posibilidad de que esté fichado allí, o cuando menos de que los italianos lo tengan controlado. Y en vez de largarle su foto a la prensa y levantarle la liebre de que vamos tras él, patearnos la zona con ella preguntando puerta por puerta hasta averiguar, si podemos, cuándo llegó, dónde se alojó, etcétera.

Pereira apenas tardó un segundo en responder.

—Desde luego, elijo tu opción. No hay color.

—Juego con ventaja. Tengo más información que ellos.

—Así y todo. Me alegro de haberte mandado a resolver esta papeleta. Ahora me acuerdo de por qué siempre me fié de ti.

—Me alegra que le alegre. Voy a proponer el plan a mi comandante. Si le parece, le envío la foto a él y que él se la pase a Ribes.

—Me parece, Rubén, relájate. Vamos de puta madre. Las curvas empezarán cuando haya que pasar a la segunda parte y abrir el melón de la trama de blanqueo. La gente de Ribes ha avanzado bastante en estos días, y tenemos a la jueza responsable deseando meter mano, pero queremos terminar de amarrarlo todo en condiciones. Tú vigila bien a tus sospechosos, y aprovecha el tiempo que vas a tener para ir atándolo todo. No deberíamos hacer nada hasta no tener a punto lo otro, y aún podemos tardar unas cuantas semanas en cerrar todos los flecos. Lo que nos convendría es reventar las dos cosas a la vez.

—Si le parece, mi coronel, le propondré al juez que les levante las escuchas al registrador y a la jefa de prensa cuando se cumplan las dos semanas, salvo que en estos días nos salga algo, que lo veo poco probable. Con esta información encima de la mesa, creo que podemos ir descartando la línea que consideramos del crimen pasional.

—No lo llames así, que ya no es políticamente correcto.

—Usted me entiende.

—Bien, pero no se lo digas a un periodista nunca, que la cagamos. También me parece. Llama a tu comandante. Yo voy a llamar a mi jefe, se va a ir a almorzar contento. Al menos, hasta que termine de entenderlo y vea la que se nos viene encima a continuación. Pero eso ya lo torearemos cuando nos llegue. Disfrutemos del momento.

—Visto el calendario, ¿le parece que rematemos por aquí esta semana, cerrando lo que podamos, y volvamos el viernes a Madrid?

—Eso, lo que decida tu comandante.

—Tenemos las escuchas activas, y ya hemos visto a todos los testigos relevantes. Si aún van a tardar en reventar lo otro, mejor seguir trabajando desde la oficina, para no quemar a la gente. Puedo organizar con la comandante Menéndez lo que haya que hacer por aquí.

—No me parece mal. Pero pregúntale a Rebollo. Lo que él diga.

—A la orden, mi coronel.

Apenas hube colgado, Chamorro, que pese a ir en apariencia concentrada al volante no había perdido detalle de mi conversación con el coronel, no pudo evitar preguntar por lo que a ella le concernía:

—¿Qué te ha dicho, nos deja tener fin de semana?

—Lo que diga Rebollo.

—Le convencerás. Baila en tu mano.

—Ojalá.

—Bueno, si te digo la verdad, a mí me da igual. Se te agradece que te batas el cobre por nuestro descanso, pero tampoco me parece tan horrible la perspectiva de quedarme y darme algún paseo junto al mar en vez de regresar a Madrid. Ya sabes, nada me espera allí.

Lo había dicho en tono distendido, pero no podía pasar por alto la carga melodramática que tenía implícita aquella última frase.

—Mujer, ¿tan mal está la cosa?

—Pse. Para qué engañarme.

—Si quieres, te invito al cine. Podemos ir a ver cualquier cosa que no sea de pensar. La que estén poniendo de superhéroes.

—No —se rió—, que siempre tienen un amor imposible.

—En serio te digo. ¿Qué te apetece?

—Gracias, Rubén. Ya tengo a mis amigas samaritanas.

—Si algún día te cansas de ellas, ya sabes.

—No, mi brigada —declinó, firme—. No vaya a estropearte por culpa de un malentendido innecesario ese amor crepuscular.

—Por eso no temas. Soy yo quien suelo estropeármelos.

—Pues estamos buenos los dos.

Nos quedamos en silencio, y callados nos mantuvimos hasta que llegamos a nuestro destino. No diré que abatidos, o al menos no era ése mi caso y tampoco me pareció que fuera el de mi sargento. A fin de cuentas, el instante era de esos que compensan todos los sinsabores. Gastados y derrotados por el tiempo, como en mayor o menor medida estábamos ambos, acabábamos de apuntarnos una victoria trabajada y nada despreciable. Teníamos un rumbo, donde hasta ese momento sólo habíamos encontrado caos y confusión. No me engañaba sobre lo que aún estaba pendiente: tener una fotografía del posible ejecutor y llegar a identificarlo a partir de ella no era ni mucho menos cerrar el círculo de nuestro caso. Y Manuel Miralles, a quien descubierta la conexión italiana todo empezaba a apuntar de forma principal, seguía sin cometer, ni al teléfono ni por ningún otro cauce que le tuviéramos controlado, ningún error que lo delatase. Sopesé la posibilidad de reclamar un equipo de seguimiento, por si estaba comunicándose de alguna otra forma, por ejemplo mediante encuentro personal, con alguien que nos ayudara a atar los cabos sueltos. Era una posibilidad que podía llegar a tener sentido, pero tendría que justificarlo muy bien. Los equipos de seguimiento eran un activo escaso y costoso, que no se concedía así como así. Y la alternativa de hacer un seguimiento artesanal con mi gente, aparte de que resultaba mucho menos eficaz y bastante más arriesgado, me daba una pereza considerable.

La jornada, a partir de la comida, transcurrió con una desacostumbrada ligereza. Todos éramos conscientes de que estábamos en el momento crucial, pero a la vez de que lo que podíamos hacer estaba hecho y había que limitarse a recoger los frutos y esperar a que madurasen algunos de ellos. Pacté con el comandante Rebollo lo que previamente había hablado con el coronel y obtuve su permiso, condicionado a lo que sucediera entre esa tarde y la mañana siguiente, para regresar con mi equipo a Madrid y descansar el fin de semana.

Hablé con el capitán de la compañía y le entregué la mejor imagen que pudimos obtener de nuestro sospechoso, la misma que le había enviado a mi comandante para que se la pasara al comandante Ribes. La idea era que su gente de policía judicial la paseara por algunos lugares estratégicos de la ciudad y la comarca, para ver si alguien lo reconocía y podía servirnos para reconstruir sus movimientos en las horas previas al crimen. El capitán, como ya me había anticipado la comandante, no sólo se mostró colaborador, sino que entendió, y me dejó con la tranquilidad de que así iba a transmitírselo a su gente, la discreción que la gestión requería. A media tarde llamó Salgado para hacerme el informe diario de los frutos que daba la intervención del teléfono de Miralles, y cuya incorporación a nuestras diligencias ya teníamos debidamente formalizada con autorización judicial. El resultado, y de aquí venía mi único foco de desasosiego, seguía siendo negativo. Me dijo Salgado que, por si me consolaba, la misma frustración tenía el sargento de la unidad de delitos económicos, que decía que era una de las intervenciones menos fructíferas de aquella investigación. En cuanto a lo que a nosotros nos interesaba, ni siquiera había vuelto a comunicarse con Antúnez. Salgado, tenía, eso sí, una novedad:

—He encontrado una traductora de danés.

—Vaya, has estado diligente.

—Nuestra base de datos. Una chica de Información, que resulta que es medio danesa. Se lo ha tomado con mucho interés, dice que se pasa el día leyendo euskera, que es una lengua que ha aprendido por gajes del oficio y con la que no termina de familiarizarse, y que le resulta todo un alivio reencontrarse con la lengua de su madre.

—Vaya. Otra turista que ligó con un autóctono.

—Eso mismo pensé yo. El caso es que el documento que me mandaste prometía mucho más de lo que al final da. Según la compañera, Kristin se llama, recoge sobre todo recuerdos de infancia y adolescencia de la difunta. Le he pedido que nos haga la traducción por si acaso, pero me dice que por lo que ella lee poco va a iluminarnos sobre el presente. Sólo le ha llamado la atención una cosa, una frase que parece separada del resto, como si fuera una anotación que intercaló en medio del ejercicio de nostalgia. Me la ha mandado por correo electrónico, en el original y con la traducción que ha hecho. Si te parece, te lo reboto.

—Por favor.

—Pues esto es todo, básicamente. Por cierto, le he pasado a Lucía lo de esa otra que tenemos intervenida, Sandra Valls, y me pregunta que qué le pasa a la tipa. Que le parece que está medio colgada.

—No me tires de la lengua.

—Hombre, si me dices eso, ya entenderás que me dan más ganas de saberlo. No me dirás que no me tienes la confianza suficiente.

—Entre otras cosas, va empastillada hasta las cejas, me temo. Es una chica un poco inestable y lo ocurrido no la ha centrado mucho.

—¿Puedo preguntar por qué la tenemos pinchada?

—Por si acaso. No creo que dure. Muchas gracias, Inés.

Nos quedamos en la oficina, mirando datos y adelantando todo el papeleo que no habíamos podido hacer en los días anteriores, esa parte del trabajo policial que cualquier policía odia y ninguna novela ni película cuentan, hasta las nueve de la noche. A esa hora consideré que nos habíamos ganado el jornal por aquel día y levanté el campamento. Nos fuimos a cenar al paseo marítimo y acabamos recalando, quizá por homenaje inconsciente a nuestros nuevos sospechosos, en una pizzería. Como no suelo comerlas, porque a partir de cierta edad el cuerpo de un hombre ya propende suficientemente a la expansión perimetral sin necesidad de ayudarlo, me supo a gloria la pizza napolitana de la que di cuenta junto a una cerveza bien fría. La noche de aquel jueves era templada, y quizá había algún transeúnte más que en los días previos de la semana, pero la ciudad seguía siendo un decorado dispuesto para una película que no terminaba de suceder. Me disponía a atacar la última porción de la pizza cuando sonó mi teléfono. La pantalla, con su habitual diligencia delatora, me anunció que era Rebollo.

—Buenas noches, mi comandante —lo saludé.

—Bingo, Vila.

—¿Perdón?

—Acaba de llamarme el comandante Ribes. De subidón. El mismo que tengo yo y el mismo que te va a dar a ti en cuanto lo oigas.

—Por caridad, dígame.

—Tenemos nombre para el tipo de la gasolinera. Maurizio Petrella, un soldado del clan que ha estado blanqueando sus ganancias en estos años a través de Miralles y el resto de los políticos corruptos de la zona. Los italianos están eufóricos, y nos hacen llegar su agradecimiento. Llevan años tratando de colgarle varias muertes que tienen la convicción de que son obra suya, pero allí el tipo es invisible, le favorece la ley del silencio, aparte de las habilidades que pueda tener. El descuido que cometió en la gasolinera la otra noche es el primero, y la primera prueba que tienen para llevárselo por delante en condiciones.

—Eso sí que es una buena noticia. ¿Lo tienen controlado?

—Absolutamente. Está de vuelta allí, en Nápoles, seguro y confiado.

—¿Y cuándo podremos echarle el guante?

—Ribes me dice que tendremos que esperar. También me lo dijo Pereira, pero por lo visto los italianos han insistido. Echarle la zarpa a Petrella por el asesinato de Ortí es alertarlos sobre la exposición de su red española. Pueden aprovechar para cortar vínculos y borrar pruebas. Es indispensable que vayamos coordinados con ellos.

—Está bien.

—Además, a nosotros nos falta también para cerrarlo. Necesitamos sacarle algo más al concejal Miralles. Aunque tenemos probado su vínculo con los que enviaron al sicario, no tenemos el móvil concreto. No me parece a mí que les pidiera semejante apoyo, y menos aún que los italianos se lo dieran, para vengar el agravio sufrido por su compadre Antúnez por el cierre del puticlub. O por él mismo, por el proyecto urbanístico ese que tenía para el polígono industrial.

Hube de admitir que mi jefe, cuando se ponía, era capaz de hacer finos análisis. Tampoco yo me fiaba de ir sólo con eso a juicio.

—La clave tiene que estar en el casino —dije—. Mejor dicho, es la única posibilidad que se me ocurre. Habría que ver si podemos conectar a Miralles con los promotores, pero aun así, no veo qué obstáculo podía representar Karen para un proyecto que no iba en su ciudad.

—Tendremos que averiguarlo.

—No se me ocurre otra cosa que poner tras Miralles a un equipo de seguimiento, veinticuatro horas al día. Quizá vaya a ver a alguien.

—Se lo propondré a Pereira. Que descanséis.

Esa noche nos recogimos pronto. Tanto que por primera vez pude plantearme sacar el kit de pintura que siempre llevo conmigo y dedicarle media hora a la única labor en el mundo que me relaja profundamente. La pieza que a la sazón me ocupaba, y que apenas acababa de empezar a pintar, era una de esas que suelen remover mis sentimientos por encima de otras. Se trataba de un caballero templario, con la indumentaria propia, según el fabricante, de la época en que la orden cayó en desgracia y fue disuelta. Estaba sin yelmo y con la túnica blanca hecha jirones, aferrando la espada con furia terminal. Me lo imaginaba defendiendo alguna de las últimas fortalezas del Temple, antes de sucumbir bajo la fuerza superior de sus enemigos.

Mientras pintaba la cruz roja sobre el pecho blanco de la figura de plomo, eché un vistazo al correo electrónico de Salgado, que me había impreso y tenía sobre la mesa. Leí, con la extrañeza propia del caso, aquella frase en danés: *Den største skuffelse er når ens egne forventninger løber ud i sandet*. Y la traducción española que nos había hecho la compañera: «El golpe más doloroso es el que viene de tu propia creencia.» Intuí que ahí estaba la clave de algo. Pero no supe vislumbrar de qué.

17
A medias

Las semanas que según Pereira iban a ser necesarias para que nuestra unidad de delitos económicos y anticorrupción, en coordinación con los Carabinieri, terminase de montar su golpe a la red de blanqueo, acabaron convirtiéndose en cuatro meses. Cuatro meses en los que hubimos de permanecer mordiéndonos las uñas, a sabiendas de que teníamos en Nápoles, paseando por la calle, al responsable directo de nuestro asesinato. Por fortuna, el entendimiento que había llegado a alcanzar con el juez Limorte me permitió convencerle de sostener tan dilatada espera. También su señoría tenía el sentido común suficiente como para percatarse por sí mismo de que, dependiendo la localización y detención del sospechoso en última instancia de los italianos, cursar sin contar con ellos la euroorden para obligarles a actuar antes de lo que ellos consideraban conveniente llevaría no sólo a enturbiar su voluntad de colaborar en aquella operación, sino también a comprometer de cara al futuro las relaciones que manteníamos con ellos.

En lo que se refiere a mí y a mi equipo, regresamos el viernes a Madrid, después de dejarle encargado al capitán de la compañía, bajo la supervisión de la comandante Menéndez, el seguimiento sobre el terreno del caso. Las gestiones del equipo de policía judicial de la compañía nos permitieron localizar el hotel donde se habían alojado los dos italianos, a cincuenta kilómetros de la ciudad, y ningún otro vestigio de su paso por la zona, lo que invitaba a deducir dos cosas: que habían sido precavidos y que habían contado con informadores sobre el terreno para poder controlar los movimientos de la alcaldesa y decidir cuándo, dónde y cómo acabarían con ella. A la vista de esa información, la comandante Menéndez, con el apoyo de su gente, y me pareció adivinar la mano del taciturno cabo Tous, propuso una reconstrucción de los hechos que, en tanto no aparecieran indicios para pensar otra cosa, resultaba bastante verosímil. Los italianos habían debido de abordar a la alcaldesa en el punto de su primera parada, y allí la habían amenazado, reducido y neutralizado. Desde ese punto, conduciendo uno de ellos ya el coche de la víctima y el otro el de alquiler, se habían desplazado al apartadero de la segunda parada, donde posiblemente, sin riesgo de ser vistos y sin contemplaciones, habían consumado el homicidio y la habían despojado de la ropa, bien para borrar huellas o para despistar sobre el móvil del crimen. Luego se habían dirigido a la playa donde la abandonaron, operación que habrían solventado con la máxima rapidez para escapar en dirección al lugar, muy poco transitado, donde habían decidido deshacerse del coche. Contaban con que dejándolo allí, en un paraje despoblado y en otra comunidad autónoma, no lo encontraríamos en seguida, y cabía suponer que para cuando lo localizamos ya estaban de vuelta en Italia, tal vez con otro vehículo que se hubieran traído desde allí.

Mes y medio después, a partir de la documentación falsa con que había alquilado el coche, y que pudieron vincular con otros de sus movimientos, los Carabinieri identificaron, en términos de probabilidad, al segundo sicario: Mario Pizzo. Cuando la gente de Menéndez le mostró su fotografía al personal del hotel donde se había alojado Petrella, lo reconocieron sin género de dudas como la persona que le acompañaba. Podíamos decir que por esa parte teníamos el asunto amarrado y bien amarrado, hasta donde lo permitían las circunstancias de un crimen cometido por profesionales que se las habían arreglado para no dejar ni una sola huella. Habían llevado la precaución al extremo de dejar en Nápoles los teléfonos móviles que utilizaban de forma habitual. No teníamos la más remota idea de los que podían haber usado para comunicarse en el curso de la operación. Seguramente habrían ardido con el coche en el barranco de Murcia.

Lo que no podíamos decir era que en el otro frente, en el de los posibles inductores del crimen sobre el terreno, que comprendía también el móvil preciso del asesinato, nuestros resultados fueran igualmente satisfactorios. Quince días después de ordenarlas, el juez Limorte levantó, con nuestra conformidad, las escuchas al registrador Santos (de quien resultó ser el ADN hallado en el cadáver, como cabía prever) y a Sandra Valls, que nos habían proporcionado distracción malsana, pero ni un solo indicio criminal. Mantuvo el pinchazo de Antúnez durante un mes más, pero la falta de resultados relacionados con nuestro caso le llevó a acordar de igual modo su levantamiento, al que tampoco me opuse, aunque le pedí a Menéndez, como favor personal, que le pusiera un equipo encima para verificar las condiciones en que tenía a las chicas. Eso acabó llevando a localizar a una menor que se prostituía en uno de sus locales, lo que le trajo a Antúnez unos cuantos problemas, que en cualquier caso tampoco nos permitieron relacionarle con la muerte de Karen Ortí Hansen y no pasaron de servirnos de desahogo.

Nos centramos pues en la intervención de Miralles, que seguía activa por el sumario de blanqueo y que el juez nos mantuvo la autorización para aprovechar en el nuestro. Incluso le pusimos durante dos semanas, todo el tiempo que nos lo dejaron, al equipo de seguimiento, que reconstruyó hora a hora todos sus pasos y todos sus contactos en esos días, sin que ninguno arrojara luz alguna. Pasadas esas dos semanas, el equipo de seguimiento nos despachó su informe y cambió de aires y de objetivo, atendiendo la petición de otra unidad.

Tampoco dio gran resultado el rastreo de las cuentas de correo electrónico desde las que se había chantajeado a Karen con la amenaza de hacer públicas aquellas imágenes, que por cierto fueron pasando las semanas y los meses sin que salieran a la luz. Estaba claro que quien las hubiera utilizado, fracasado su propósito en primera instancia, y conseguido luego por el medio mucho más contundente de la eliminación física, ya no tenía ningún interés en difundirlas. Lo que pudimos averiguar era que, en total, el chantajista había creado cinco cuentas, con cinco proveedores distintos de correo, desde las que había enviado otros cinco mensajes, sin repetir la cuenta nunca. Se había conectado desde cinco sitios distintos, todos ellos zonas wifi públicas: dos en Valencia, una en Castellón y dos en Alicante. La enorme dispersión, y la improbabilidad de que siguiera enviando mensajes, convertían ese conocimiento en algo completamente inservible. Porque no se dijera que éramos perezosos, fuimos a los cinco sitios y en tres de ellos obtuvimos las grabaciones de las cámaras de seguridad. Se trataba de centros comerciales, y el trasiego de gente a las horas que nos interesaban era enorme. Tuve a Lucía y a Salgado mirando durante horas aquellas grabaciones, pero no dieron con Miralles, ni con ninguna de las personas de su confianza de las que, por apurar del todo la diligencia, les facilitamos fotografía. Otra vía muerta en nuestras pesquisas.

Por suerte, la presión mediática, como pasa con todo, fue disminuyendo a medida que transcurrían las semanas y venían otras noticias a desplazar aquel crimen de la primera página. El asunto estuvo muy vivo durante más o menos un mes, en el que no fue fácil mantener el tipo cuando todo lo que se les podía decir a los ávidos medios era que teníamos dos líneas sólidas de investigación pero no podíamos revelar nada de ninguna de las dos para no perjudicarlas. Por suerte, ahí el juez, que no hizo ni una sola declaración a la prensa, nos cubrió bien. Otro frente que creó complicaciones fue el de los compañeros de partido de Karen, sobre todo Arturo Grau, que llegó a amenazar con pedir públicamente la destitución del coronel jefe de la comandancia por la inoperancia de la Guardia Civil en aquel caso. Sabiendo como sabía que no era él, ni su gente, quien llevaba la investigación, deduje que la inquina entre ambos venía de antiguo. En todo caso, una gestión del director general ante la dirección nacional del partido llevó a que ésta le diera a Grau órdenes de bajar el perfil y dejar trabajar a la justicia y a los investigadores, lo que también nos apagó ese fuego.

En cuanto al ayuntamiento cuya alcaldía había dejado vacante Karen, al final Miralles, tal y como el todopoderoso Grau le había vaticinado, no se hizo con el bastón de mando. En el sillón se acabó sentando uno de los concejales renovadores del grupo de Karen, a quien recordaba muy vagamente del tanatorio, tanto que hube de mirar varias veces la foto para reconocerlo. Según la prensa local, no tenía ni mucho menos el carisma ni el carácter de la alcaldesa asesinada, por lo que el diagnóstico casi unánime era que el alcalde en la sombra sería Miralles, confirmado como concejal de urbanismo. Para ese viaje, me dije poniéndome en el lugar de Grau, no hacían falta alforjas.

Vino y pasó la primavera, con otros muertos y otros afanes, porque la vida no se para y tampoco la muerte tiene esa costumbre. Llevábamos ya siete días de verano cuando el comandante Rebollo me llamó a su despacho, con una reserva que sugería algo importante.

—Acaba de llamarme el comandante Ribes —me dijo, apenas tomé asiento—. Los italianos y la fiscalía anticorrupción han dado luz verde. El número va a ser de órdago. Soltarán la caballería el lunes, en ocho ayuntamientos a la vez. Uno de ellos, el que nos incumbe.

—Bueno, llegó el día —constaté—. Siempre acaba llegando.

—Sí, y no tenemos mucho más de lo que teníamos hace cuatro meses.

—Lo hemos buscado, mi comandante, usted lo sabe.

—Lo sé. Y tú también sabes lo que viene ahora.

—Sí. O le arranco una confesión a Miralles, aprovechando el bajón que le produzca verse en uno de nuestros tétricos calabozos, o me voy a Nápoles a arrancársela a Petrella, a Pizzo o a sus jefes.

—Más o menos, así es.

—Lo primero lo veo oscuro. Y lo segundo, negro.

—Te tocará intentarlo, de todos modos. Y no descartemos que en los registros del ayuntamiento y domiciliarios, o en las diligencias que se hagan con otras personas, pueda aparecer algo. Uno de los que va a caer es el abogado de Valencia que urdía para la red toda la cobertura legal. En su despacho se fraguó la constitución de la sociedad para explotar el casino. Y también allí le gestionaron a Miralles los refugios andorrano y gibraltareño para guardar sus dineros ilícitos.

—Tampoco me da que el abogado vaya a confesar.

—Quizá, aunque él no lo haga, lo hagan los papeles que guarda en el despacho. Ribes está deseando meterles mano. Lleva un año tras él.

—Me lo puedo imaginar. Para él va a ser un gran día.

—No te veo muy contento. Para nosotros tampoco va a ser malo: simultáneamente, con la orden de nuestro juez, los Carabinieri les van a poner las esposas a Petrella y Pizzo. Después de cuatro meses. Lo va a gestionar sobre el terreno nuestro enlace permanente con ellos.

—Ya me conoce. Prefiero rematar la jugada.

—No te des por vencido. Anda, avisa a tu gente.

—Me llevo, si le parece, a Arnau y a Salgado, además de Chamorro.

—Bien.

—Quiero tener todos los brazos posibles durante las setenta y dos horas, por si hay que atacar en varios frentes al mismo tiempo.

—He dicho que bien, Vila. De acuerdo. Eso sí, tendrás que darles la mala noticia de que les robamos la tarde del domingo. La operación la van a lanzar a primera hora, cuando abran los ayuntamientos.

—Por suerte, el domingo el tráfico irá en sentido inverso.

Rebollo me dedicó una sonrisa comprensiva.

—Ya ves, no todo lo tenemos en contra.

Regresé a la pradera donde mi gente andaba en esos momentos enfrascada con otros casos. Vi que una de las salitas de reuniones estaba providencialmente vacía y les pedí que me acompañaran dentro. Una vez que estuvieron todos sentados, cerré la puerta tras de mí.

—Virgi, Juan, Inés, acabáis de quedaros sin domingo por la tarde. Lo siento. Lucía, el lunes te quiero aquí a las siete de la mañana, preparada para prestar toda la cobertura de retaguardia. Tenemos novedades, y de las gordas. Vamos a reventar, al fin, la Operación Freya.

—Nunca me gustó ese nombre —dijo Salgado—. ¿Quién lo puso?

—La comandante Menéndez —apuntó Arnau.

Chamorro me buscó la mirada.

—Lo que a mí no me gusta —dijo— es que vamos a medias.

—Es lo que hay, Chamorro. Llegó el día, no va más. Te ofrezco que te encierres conmigo y con Miralles y me ayudes a derrumbarle.

—Con mucho gusto. Por intentarlo que no quede.

—Y a lo mejor hay que hacerse un salto a Nápoles. ¿Lo conoces?

—Yo no, pero no me importaría —se metió Salgado.

—Lo siento, Inés, pero aquí mandan los galones. Y la tarea no es nada apetecible. Tratar de sacarles algo a los dos sicarios.

—Tú déjamelos. Lo mismo te sorprendo.

—Se viene Chamorro, he dicho. Pero también habrá trabajo para ti, y oportunidad de lucirte. Alguien se tiene que quedar al frente sobre el terreno si nosotros tenemos que viajar al final a Nápoles.

—Hablas en condicional. ¿De qué dependerá?

—De si Miralles se viene abajo o no. Si no, tenemos que tratar de sacar algo en las setenta y dos horas para que el juez pueda mandarlo a prisión incondicional con la imputación de asesinato tan atada como podamos. Lo de los napolitanos promete poco, pero habrá que probar. Por cierto, Lucía, ve gestionándonos dos billetes para Nápoles el mismo lunes, con vuelta el martes. Y que nos los reserven, por si acaso.

—¿Nos dejarán meterle mano a Miralles los primeros?

—Es lo mínimo que nos deben los de anticorrupción después de tenernos cuatro meses mordiéndonos los puños para no arruinarles lo suyo. Me aseguraré de que Rebollo les saca el compromiso.

—Más nos vale.

—Eso es todo —concluí—. Tened a mano toda la información, y tú, Lucía, quedas encargada del archivo y con la responsabilidad de localizar cualquier dato que pueda hacernos falta el lunes. Descansad lo que podáis el fin de semana. A partir del lunes, jornada indefinida.

Vi cómo Lucía palidecía. Tenía que endurecerse de una vez.

—Lucía, quédate un momento —le pedí, mientras los otros salían.

Cuando nos quedamos a solas, cerré la puerta.

—Lucía, voy a hablarte en confianza. Ya sabes cómo van las cosas en esta unidad. Lo mismo que entras, puedes salir, si no funcionas.

—Lo sé.

—Creo que tienes posibilidades. Por eso estás aquí: yo te entrevisté. Y por eso continúas aquí: has estado bajo mi responsabilidad.

—Gracias.

—De la misma forma, te digo que te falta algo. No digo que no lo puedas tener, digo que hasta aquí no veo que consigas tenerlo.

—Vaya. No sé si preguntar. Qué me falta.

Se había ruborizado intensamente, pero alzó la barbilla y me sostuvo la mirada, con una especie de rabia repentina en los ojos.

—Justo eso que te asoma ahora. Mala leche.

—No me malinterprete, mi brigada, yo...

—No te malinterpreto. Te ha cabreado lo que te he dicho y te ha salido el orgullo y la mala leche. Tienes que sacarla más, sin que te lleve a perder los papeles. Incluso conmigo, con tu jefe. Tienes que ser capaz de plantarte delante de un hijo de la gran puta y hacerle sentir que la que mandas eres tú. Si no, Lucía, no vales para este trabajo.

—Entiendo.

—El lunes estarás sola aquí. Yo voy a creer que tengo las espaldas cubiertas, porque lo quiero creer, quiero que te hagas con las riendas de esto. Y lo que quiero es que tú estés tranquila y te lo creas también. Que nos cubres las espaldas a todos. Y no quiero volver a sentir que tienes miedo, aunque lo tengas, como yo y como cualquiera. El miedo te lo comes, y que nadie te lo vuelva a oler más. ¿Estamos?

—Estamos.

—Antes de irte, arréglanos para el domingo con los del parque móvil que nos den un coche grande. Diles que vamos cuatro.

—A la orden.

—O mejor, si pueden estirarse, que nos den esta vez dos coches. Por si Chamorro y yo tenemos que separarnos del grupo.

—Se lo consulto. Me reclamarán la autorización del comandante. Lo mismo que para reservar los billetes de Nápoles.

—Vas y se la pides. De mi parte.

—De acuerdo.

Una hora después, recibí una llamada que ya me parecía que estaba tardando. El coronel Pereira, desde su teléfono móvil.

—Hola, Vila, ¿te interrumpo?

—A la orden de usía, mi coronel. Usted nunca interrumpe.

—Me imagino que estarás preparando la expedición.

—Imagina bien.

—Sabes lo que nos jugamos. Los de anticorrupción han trabajado como chinos para tener algo que convenza a la vez a los italianos, a la fiscalía y a su señoría que nos autoriza a echar abajo la puerta de ocho ayuntamientos a la vez. En toda mi cadena de mando están que no les llega la camisa al cuerpo. Todo es delicado, pero te llamo porque lo que tú tienes entre manos es lo más delicado de todo.

—Soy consciente, mi coronel. Y no estoy a gusto con esa conciencia, porque no voy a enfrentarme a la faena con todas las garantías.

—Por eso te llamo, Rubén. Todos preferiríamos tenerlo más atornillado, pero habéis hecho todo lo que podía hacerse, y la coincidencia de la empresa para la que trabajan tanto los dos napolitanos como el concejal es una prueba de peso. He hablado con el juez Limorte, y me dice que aun si Miralles no confiesa, él la comprará y lo procesará, y luego que la Audiencia diga lo que tenga que decir y que al final decida el jurado. Y si tiene que prevalecer la presunción de inocencia, pues mala suerte, para eso está y para eso acaban decidiendo nueve ciudadanos. Vamos cubiertos por él, y tú vas cubierto por mí.

—Se le agradece, mi coronel.

—En resumen, lo que quiero decirte es que no vayas allí acochinado. Hemos hecho los deberes, tenemos base, y el que nos quiera buscar las vueltas lo va a tener difícil, y le plantaré cara. Les vamos a poner un problemón encima de la mesa, a todos, porque tenemos corruptos de cuatro partidos, pero con su pan se lo coman y que limpien su casa. También viene a ser una ventaja que la mierda salpique a todos y, para qué te voy a engañar, que ningún pez sea demasiado gordo.

—Sí, eso es lo único que me tranquiliza.

—Pues nada, al toro.

Aquel fin de semana, que muchos aprovechaban para viajar a sus lugares de vacaciones, en la primera gran operación salida de 2013, mi hijo estaba encerrado preparando su último examen. En cuanto a Carolina, desde hacía un mes, más o menos, habíamos decidido poner en cuarentena nuestra relación. No había pasado nada, ninguno había ofendido al otro de ninguna forma, ni siquiera habíamos tenido algo que hubiera podido parecerse remotamente a una pelea, entre otras cosas porque los términos de nuestra entente hacían bastante difícil que se desencadenara esa clase de episodios. Lo único que sucedía era que los dos llevábamos el suficiente camino a las espaldas, y éramos lo bastante conscientes del poco y menguante que teníamos por delante, para atascarnos en una situación en la que sentíamos, cada uno por su lado y cada cual a su manera, supongo, que las cosas no funcionaban como hubiésemos deseado. Carolina me seguía gustando, y seguía apreciándola en todos los sentidos. Lo que me gustaba menos, y suscitaba menos mi aprecio, era la dinámica enrarecida en la que habíamos entrado desde mi regreso de Valencia, como si no acabáramos de fijar las reglas del juego entre ambos. La experiencia nos alertaba, tanto a ella como a mí, de que esa sintomatología, cuando uno no acertaba a pararse y aclarar sus ideas y sentimientos, solía ser preludio de males más graves. Y amistosamente habíamos puesto distancia entre los dos. Nos llamábamos de vez en cuando y la relación era tan cordial como siempre. Tampoco negaré que la echaba de menos, y que por su parte intuía a veces otro tanto. Pero así era como estaban las cosas.

De modo que pasé aquel día y medio de asueto en compañía de mí mismo. La mañana del sábado la devoraron las labores domésticas y por la tarde decidí ir al cine. Después de mucho dudar, y comoquiera que mi fe en Pixar empezaba a debilitarse después de sus últimas películas, en especial las de esa ininteligible saga de *Cars*, renuncié a *Monstruos University*, y opté por meterme a ver *Antes del anochecer*. Una elección bastante desgraciada, para qué ocultarlo. Mientras seguía los accidentados avatares de la desgastada pareja veterana formada por los antaño juveniles Ethan Hawke y Julie Delpy, me fue inevitable pensar una y otra vez en Carolina. A punto estuve de salirme a la mitad de la proyección, pero aguanté hasta ese final de reconciliación con más pena que gloria. Para compensar, por la noche me volví a ver en casa cierto episodio de *The Wire*, uno de mis preferidos: ése en que los viejos, gordos y estragados policías de Baltimore engañan a dos jóvenes camellos haciéndoles creer que una fotocopiadora es una máquina de la verdad. Me reí de buena gana, aunque nada hiciera prever que en los interrogatorios que esa semana iba a tocarme practicar pudiera salir del paso con una solución tan sencilla como aquélla.

El domingo desayuné con el periódico, terminé de preparar la maleta y me acerqué un rato a leer al Jardín Botánico, bajo la densa sombra del centenario olmo del Cáucaso al que me había aficionado gracias a una testigo que me había citado allí, en la investigación de otro crimen, años atrás. El libro que tenía entre manos iba con aquel árbol, o al menos con su lugar de origen: *Limónov*, la biografía novelada del pendenciero poeta ruso Eduard Savienko escrita por Emmanuel Carrère. Como todas las historias de personajes excéntricos y sin acomodo posible en la realidad, poseía un extraño magnetismo. Comenzando por su propio seudónimo, adoptado un día remoto de su juventud como juego compartido con otros poetas, y que para él era una alusión ácida y guerrera a la palabra *limon*, que significa limón en ruso, y a *limonka*, que quiere decir granada de mano. Según contaba Carrère, los demás no conservaron aquel seudónimo juvenil, pero él sí, porque, aseguraba el novelista, le complacía «deberse a sí mismo hasta el nombre».

Aquella idea me hizo recordar alguna lectura de juventud, cuando aún no sabía que la vida iba a conducirme a un oficio tan alejado del romanticismo y pasaba las horas empapándome de Stendhal o de Rilke. Si la memoria no me engañaba, era este último el que proponía inventarse el propio nombre, pero, en vez de proclamarlo a los cuatro vientos, como Limónov, guardarlo en secreto para Dios. El recuerdo me hizo sonreír. Venía de otro siglo, tan diferente del siglo de las redes sociales, de la exhibición permanente de uno mismo o del recurso a viles y oscuros alias para poder agredir al prójimo sin consecuencias. También aquel que yo era entonces me parecía otra persona.

A guisa de comida tomé unas tapas por el centro. Siempre que estoy lejos de Madrid echo de menos ese desparpajo mugriento de su hostelería, la lograda contundencia de la comida, sabrosa sin florituras, y la destreza de los camareros madrileños para tirar la cerveza, amén de esa mezcla de altanería y retranca que les caracteriza, y que se contagia, incluso, a los muchos que han venido del otro lado del océano o de lo que en otro tiempo fue aquel telón de acero tras el que Limónov, en la tediosa y gris Járkov, escribía sus rabiosos poemas.

Suficientemente empapado de mi ciudad, pues, antes de volver a tomar carretera para alejarme de ella, me presenté a las cuatro en la sede de la unidad, donde ya me esperaban mis compañeros junto a los dos vehículos que nos habían asignado. El inefable V40 rojo, que aún manteníamos, y un Citröen C5 de discreto color pizarra.

—Arnau, agarra tú el Volvo —le dije, por complacerle— y te llevas a la cabo. Chamorro, tú y yo vamos en el otro. Lo llevo yo.

Me apetecía conducir. Es una actividad que me relaja y que propicia en mi cerebro un curioso fenómeno de desdoblamiento. Mientras una parte de él se concentra absolutamente en las maniobras mecánicas y físicas que exige la conducción, otra, la más difusa, se abandona a la abstracción con un singular provecho. Les estoy muy agradecido a las horas de carretera que llevo encima. Muchas de las pocas buenas ideas que he tenido en mi vida se me han ocurrido al volante.

Durante buena parte del trayecto, Chamorro fue dormitando. No pude evitar espiarla de reojo en alguna ocasión. Había pasado un par de meses malos, pero desde hacía algún tiempo se la veía mejor. No más animada, sino más tranquila y resignada. El tiempo y la naturaleza, que son sabios, nos permiten reemplazar las capas de alegría y de ilusión que nos van arrancando por capas de comprensión y serenidad, sostenidas en la intuición de que, junto a lo que va deshaciéndose por el camino, hay algo que construimos y que no puede perderse, algo que terminamos siendo y desde donde nos cabe resistir.

Antes de llegar a Valencia empezamos a encontrar muchos coches que venían de frente, nada que estorbara nuestro viaje. Cuando nos unimos a la autopista que corría paralela a la costa, en cambio, padecimos los efectos de la densidad circulatoria. Pasaban diez minutos de las ocho cuando llegamos a aquella ciudad que no parecía la misma en la que habíamos estado cuatro meses atrás. Había coches por todas partes y el gentío inundaba las calles y las terrazas. Chamorro había intentado reservar habitación en el hotel donde nos habíamos alojado la otra vez. Lo tenían todo completo para las ocho semanas siguientes. Como observó Arnau, quizá fuera verdad que, como decía y repetía el Gobierno, la crisis había empezado a tocar fondo. Al menos la temporada turística, en aquella zona, se presentaba prometedora.

Para el alojamiento habíamos recurrido al capitán de la compañía, que nos había proporcionado una solución de emergencia: tenía un piso vacío en la casa cuartel, donde podíamos mal que bien caber los cuatro. El piso tenía dos dormitorios, uno con dos camas y otro con una cama de matrimonio, así que el reparto, determinado por sexos y jerarquía, fue rápido e inequívoco: Chamorro y Salgado compartirían el cuarto de las dos camas, yo me adjudiqué el de matrimonio, y Arnau, que para eso era el de menor grado y el más joven y el de menos castigada osamenta, tendría que apañarse con el sofá cama del salón. Nadie protestó, aunque tampoco hubo ningún entusiasmo.

Cenar fue toda una odisea. Al final, después de probar suerte en media docena de sitios, acabamos recalando en un bar de tapas del paseo marítimo donde nos dieron material de desecho a precios sensiblemente superiores a los del invierno. Quizá aquella recobrada confianza en la posibilidad de sablear sin pudor a los turistas fuera otro indicio sutil, pero poderoso, de la tan anhelada recuperación económica. Tras la destartalada cena, dimos un paseo entre la multitud de veraneantes vestidos para la ocasión. El paisanaje se repartía a partes casi iguales entre los españoles, muchos de ellos de mediana edad y propietarios desde hacía décadas de un apartamento en la ciudad, y los extranjeros, rubicundos, sonrientes y abrasados por el sol. La cabo Salgado, tras cruzarse con una pareja de británicos, cuya piel carmesí daba testimonio de una exposición solar casi suicida, observó:

—¿Nadie les ha hablado a ésos del cáncer de piel?

—Y que nadie les hable —dije—. Mal que nos pese, el sol, medio siglo después, sigue siendo de lo poco que podemos venderles.

Salgado se ahuecó entonces la melena, dio una palmada y se frotó las manos. Toda ufana, preguntó:

—Bueno, y aquí, ¿qué sitios de marcha hay?

—Ni idea —repuso Chamorro.

—Menudo reconocimiento del terreno que hicisteis, entonces.

—No sé vosotros, pero yo voy a recogerme —les informé—. Mañana hay que estar en pie bien pronto. He quedado a las seis y media con la comandante Menéndez y sólo hay un cuarto de baño. Con turnos de diez minutos, habrá que ponerse en pie a las cinco y media.

—Yo me recojo, también —dijo Chamorro.

Salgado se volvió hacia Arnau.

—Venga, Juanito, ¿nos vamos de exploración?

—La verdad es que yo no tengo sueño.

Lo dijo mirándome, como si necesitara mi aprobación.

—Tú mismo. Eres el guardia, así que te levantarás el primero.

—Bueno, me tomo una cerveza contigo —concedió a la cabo.

Regresé con Chamorro hacia la casa cuartel, caminando sin prisa. La tibia noche estival, que refrescaba a ráfagas la brisa marina, nos cubría como un manto protector. Hacía mucho tiempo que caminábamos juntos, y eran ya muchas las dificultades que juntos habíamos afrontado y vencido. También eran ya unas cuantas las que nos habían vencido a nosotros. Compartimos, durante aquella caminata, un silencio lleno de sobrentendidos. Al final, fue mi compañera quien lo rompió.

—Me acuerdo de aquel paseo, hace cuatro meses.

—También yo —dije—. Sigues sin contarme lo que te pasó.

—Sí, es verdad. Y a lo mejor debería.

—Adelante.

—Dame un poco más de tiempo. Cuando hayamos liquidado esto.

—¿Es un compromiso?

—Lo es.

Sonreía, y aquella sonrisa suya, de pronto, lo iluminó todo.

18
El hombre más inútil del mundo

La comandante Menéndez nos esperaba, junto a sus dos leales escuderos, el teniente Rojas y el cabo Tous, en una cafetería del paseo marítimo. Al vernos llegar, con los dos coches y nuestras ojeras hasta los pies (más pronunciadas en el caso de Chamorro y mío, aunque Arnau y Salgado habían dormido mucho menos, si es que habían dormido algo), no perdió la ocasión de exhibir su proverbial ironía:

—Caramba, Vila, qué despliegue. Eso sí, ofrecéis un espectáculo lamentable, pedid un café cuanto antes. Lo hacen decente.

—La cabo Salgado, otra compañera de la unidad —la presenté—. A los demás ya los conoce. Creo que sí, que nos tomaremos ese café.

Mientras amanecía y dábamos cuenta de los cafés y un desayuno generoso, Menéndez nos puso al corriente del protocolo de actuación. Las tropas acordonarían el perímetro a las ocho y cuarto, para dar tiempo a que se incorporase el personal, y en particular Miralles, que tenía el hábito de presentarse a las ocho en punto en su despacho. A esa hora se produciría la entrada con la secretaria judicial, y también, antes de hacerle presenciar la diligencia de registro, la detención del edil. Aunque formalmente ésta la practicaría la gente de Ribes, una vez reconocidas las dependencias municipales nos permitirían hacernos cargo de él, extendiendo la imputación al asesinato de la alcaldesa. Y a partir de ahí, quedaba en nuestras manos hacerle confesar.

—Ya te puedes imaginar lo contenta que está la peña en la comandancia —explicó Menéndez—. Han cancelado todos los permisos, ha habido que movilizar a todo el personal y aun así nos quedamos cortos. Deduzco que cuando estuvisteis por aquí ya sabías de esto.

—Algo —admití.

—Eres bueno guardando secretos. Ni lo olí. Ya se asume que en las investigaciones de los de anticorrupción sólo nos enteramos al final, cuando hay que ir a echar las puertas abajo, pero tenías que haber visto la cara de mi jefe el viernes, cuando le dijeron que había que armar este belén y que sólo tenía el fin de semana para prepararlo.

—Hay que comprenderles, la discreción es esencial.

—¿De qué va la cosa, exactamente? No me digas que por fin alguien ha decidido meterle mano de verdad al cachondeo de todos estos años. ¿O se trata sólo de cepillarse a cuatro gatos para hacer como si?

—Me temo que no soy yo quien puede responderle a esa pregunta, mi comandante —dije—. Esa parte no la controla mi grupo.

—Vale, me rindo. Eres impenetrable, ¿eh?

A las ocho menos cinco, pertrechados ya con nuestros chalecos con el rótulo de la unidad, nos unimos al dispositivo organizado en torno al ayuntamiento. Salgado saludó al sargento Arias, con el que había compartido la escucha a Miralles. El hombre entró en el edificio municipal respirando hondo. Después de tantos meses apuntalando la acusación, aquél era un momento catártico para él y su gente.

Para él empezaba la acción, pero a nosotros nos quedaba una espera que se hizo interminable. El concejal Miralles apareció en la puerta, esposado y conducido por Arias, sobre las nueve y media de la mañana. Me acerqué y me dispuse a cumplir con mi obligación legal.

—Hombre, usted —dijo al reconocerme.

—Señor Miralles, me toca informarle de que, aparte de los motivos para su detención que ya le habrán expuesto mis compañeros, tenemos uno más. Se le imputa a usted la autoría como inductor del asesinato de la alcaldesa, Karen Ortí Hansen, en febrero del año en curso.

El concejal abrió unos ojos como platos.

—¿Cómo dice?

—Lo que acaba de oír.

—Y eso, ¿por qué? ¿Porque pasaba por aquí y no tienen a nadie más a quien colgarle ese muerto? Por amor de Dios, qué disparate.

Me miró como si yo fuera un desaprensivo, y lo que más me fastidió fue sentir que pudiera tener razón para hacerlo, o lo que es lo mismo, que no podía descartar la posibilidad de que aquello que acababa de decirle, tal y como él sugería, fuera una falsa suposición.

—Tenemos tiempo para hablarlo —repuse, tratando de mantener la calma—. Ahora en el trayecto medite un poco, por favor. Piense que colaborando siempre puede salir mejor parado que si se empeña en no hacerlo. Le veo en nuestras dependencias dentro de un rato.

—¿Mejor parado? —repitió, incrédulo—. Ya veo de qué va esto. Ya veo que han decidido joderme hasta el fondo. Está bien la jugada: masacrando a un peón se lava la imagen y se contenta al público.

—Lleváoslo —le pedí a Arnau.

Subimos a los coches, Chamorro y yo siguiendo al que conducía Salgado, con Arnau y el concejal en el asiento trasero. Con las sirenas a todo trapo, en medio del fuego graneado de disparos de los fotógrafos, que ya habían llegado al lugar de la operación, nos dirigimos hacia la compañía, donde teníamos todo listo para el interrogatorio.

—Empezamos bien, ¿eh? —comentó Chamorro.

—Habrá que tener con él un par de asaltos, como mínimo. Ahora, por favor, llama a Lucía y pídele que compruebe si los italianos han detenido ya a Petrella y al otro y si podemos ir a verlos esta tarde. Y si es así, que nos confirme los billetes. ¿A qué hora salía el avión?

—A las cuatro y cuarto. De Barcelona, te recuerdo.

—Lo recuerdo perfectamente. ¿Cuánto tardamos en llegar?

—Si ponemos la pirula en el techo, menos de tres horas, fijo.

—Pues ése es el margen que tenemos para meterle la primera ronda. No mucho, francamente.

—Tranquilo, un par de horas pueden dar mucho de sí.

—Sí, mejor no precipitarse.

—Vísteme despacio, que tengo prisa.

—Eso mismo. Menudo marrón tenemos encima, Vir.

—Tranquilo, jefe. Saldremos de ésta.

En condiciones normales, habríamos dejado que el detenido tuviera un tiempo mayor de reflexión y de aclimatación al estado de privación de libertad, pero en aquel caso no había minutos que perder. Apenas un cuarto de hora después de su entrada en calabozo, y tras confirmar que en efecto a los ejecutores Petrella y Pizzo, en cumplimiento de la orden dictada por el juez Limorte, los habían detenido los Carabinieri esa mañana a primera hora, llevamos al concejal a la sala de interrogatorios. Chamorro y yo nos encerramos allí con el detenido.

—No gaste saliva —me espetó, apenas me senté frente a él—. Les he dado el teléfono de mi abogado. No pienso abrir la boca hasta que venga. Y no voy a declarar nada ante ustedes. Así que ya pueden ir llevándome a presencia del juez, y que él pregunte y decida.

—Eso nos va a llevar algún tiempo.

—¿Por qué? Pediré el *habeas corpus*, si hace falta.

—Lo hemos detenido por orden judicial, señor Miralles. Digo que llevará algún tiempo porque se trata de dos jueces, una de Valencia, por lo de la corrupción, y otro de aquí, por el homicidio.

—Homicidio. Esto es para mear y no echar gota.

—También le informo que va a tener que cambiarse de abogado. El nombre ese que nos ha dado, Pons, me temo que no le va a valer.

—¿Y eso?

—Lo están deteniendo también a él, en estos precisos momentos, en Valencia. Ya siento el contratiempo que esto le pueda suponer.

Aquella información obró el efecto de bajarle levemente los humos. Miralles era un tipo listo, y podía deducir que la detención del letrado implicaba una demolición a gran escala de la red, más allá de los cuatro o cinco trapos sucios que a él podían probársele. Implicaba, también, que estaba solo, más aún de lo que ya puede deducir cualquiera a quien le caiga la ley encima, lo que ya comporta un desamparo previo, que es el que le expone a recibir el estigma de la imputación.

—En cualquier caso —dijo, con aire aún abstraído—, no van a conseguir que me acuse de lo que no he hecho. ¿Qué pruebas tienen?

—No tenga tanta prisa —le sugerí—. Si le parece, vayamos a los antecedentes. Queremos entender bien lo que hay aquí, y quizá si nos ayuda a entenderlo las consecuencias sean más leves para usted.

—¿Leves? ¿Por un asesinato?

—Todos los indicios apuntan a usted. Lo que no quita que estemos abiertos a escuchar cualquier información que usted tenga y que sugiera que la orden de matar a Karen provino de otra persona.

—No estoy seguro de estar entendiéndole, brigada. ¿En qué demonios quedamos? ¿Me acusan o no me acusan?

—Le acusamos, pero esto no son matemáticas, y siempre puede haber algún error. Digamos que ahora la pelota está en su tejado. Salvo que acierte a devolverla y colarla en otro, todo le incrimina.

—Eso es diabólico. Yo no sé quién mató a Karen. ¿Tengo que hacer de detective o algo así para no verme acusado del crimen?

—¿Le importa que vayamos un momento al principio?

—¿A qué principio se refiere?

Crucé una breve mirada con Chamorro. Debía cuidar

aquel giro, y lo afronté con toda la parsimonia y con mi tono más mesurado.

—A ese día, de hace muchos años, en que decidió escuchar a alguien que entró en su despacho para proponerle algo que no tenía mucho que ver con el bien público, sino con su bien particular.

Miralles quedó callado. Casi desarmado, me pareció.

—Lo simplifica usted mucho —murmuró al fin.

—Disculpe, en mi oficio muchas veces las soluciones sencillas, incluso ramplonas, son las que valen. Complíquemelo usted.

—¿Y a usted, qué le va ni le viene eso? Si no he entendido mal, su asunto es única y exclusivamente el asesinato de Karen.

—Así es. Lo que ambos sabemos es que Karen no murió por cuestiones particulares, sino por algo que tiene que ver con ese ayuntamiento en el que era una recién llegada y usted un viejo inquilino.

—Eso lo dice usted. A mí no me consta.

—Lo digo porque puedo decirlo. Lo que no puedo contarle a usted es por qué no tengo duda de que detrás del crimen están sus jefes, quiero decir, ésos a los que hizo usted sus jefes al pringarse.

—Me ayudaría a entender algo.

—Pero a nosotros no nos ayuda desvelarle nuestras cartas, y somos nosotros los que llevamos aquí la voz cantante —dijo Chamorro.

La irrupción de mi compañera, con su particular sequedad, obró el efecto de desconcentrar a Miralles. Por primera vez, titubeó.

—Yo no... En fin, no sé a quiénes llama usted mis jefes...

—Está claro —le interrumpí—. Aquellos cuya voluntad uno cumple y cuyos intereses defiende, dinero mediante. Esa buena gente con la que conectó usted a través de ese abogado que no va a poder venir.

—No sé de quiénes me habla.

—Mire, ya se asume en este país, desgraciadamente, que muchos de los que están donde usted ha estado no tendrán freno para poner el cazo si alguien les ofrece llenárselo. Mal está, y no espere que algunos, y más con el sueldo reducido, lo comprendamos; pero de lo que aquí se trata es de ir varios pasos más allá. La gente a la que usted y otros como usted le pusieron el cazo no es gente cualquiera. Esas personas a las que les acabaron entregando las llaves de la caja de todos, señor Miralles, son otra cosa, están en otra dimensión. En esa dimensión donde quien estorba acaba muerto en una playa, por ejemplo.

—Me está hablando de gente a la que no conozco.

—¿Seguro? ¿Y tampoco tuvo nunca ninguna sospecha de dónde salía el dinero que entraba a espuertas en sus recalificaciones y en sus cuentas de Andorra y de Gibraltar? Dígame que creyó que venía, qué sé yo, del cepillo de la iglesia o de años de trabajo callado y paciente.

—No tiene ninguna prueba para vincularme con eso de lo que habla. Yo soy una persona honorable, no tengo trato con delincuentes, y mucho menos con asesinos como los que me está describiendo.

—No, no tiene trato, simplemente les ayudaba a lavar la sangre o la roña de sus billetes y a forrarse un poco más, ya que estaban.

—Le digo que...

—Me dice que cuando supo que a Karen la habían asesinado no pensó, ni por un solo momento, que esos que no son sus amigos, y de quienes no sabe ni nunca supo nada, podían estar detrás de la faena. Y yo, señor Miralles, soy la abuela turca de Vickie *el Vikingo*.

Miralles me miró con algo muy parecido al rencor. Congestionado, sin la corbata, que era lo primero que le habíamos quitado, y sin una buena respuesta a mano, parecía mucho menos imponente.

—Ríase, si quiere —dijo—. Yo no tengo nada que ver con eso.

—Señor Miralles —intervino Chamorro—. Le pido

que considere un par de cosas para poner en contexto lo que le estamos diciendo. Mi compañero y yo llevamos cuatro meses investigando este caso. Le aseguro que en ese tiempo hemos logrado reunir un buen pedazo de información, sobre usted, sobre la gente para la que trabaja, incluso sobre quienes hicieron la tarea sucia. Sí, todo acaba dejando rastros, por mucho cuidado que se ponga. Por otra parte, los compañeros que le han detenido llevan más de un año detrás de esta historia. Antes de escoger como defensa esa táctica pueril de negarlo todo, piense que el juez al que tendrá que contárselo dispondrá también de toda la información, y que le va a dar la sensación de que le está tomando usted el pelo. Algo que a los jueces, por si no lo sabe, no les predispone demasiado a favor de los imputados. Y ellos, que tienen menos tiempo, le aseguro que serán mucho menos comprensivos que nosotros.

El concejal pareció sopesar, al menos, las palabras de mi compañera. Cuando volvió a hablar, lo hizo como si quisiera convencernos.

—Mire, hay algo en lo que están equivocados, los dos. Y toda esa información que dicen que tienen se lo acabará demostrando.

—¿En qué nos equivocamos? —le pregunté.

—Quizá tenga que acabar admitiendo que hice alguna cosa que no debía. Y ya explicaré por qué lo hice y hasta dónde llegó, que desde luego estuvo muy lejos de implicarme en esa organización criminal en la que quieren meterme. Lo que también les digo es que hace varios años que me desvinculé de esas cuestiones, por completo.

—Acaba de pedirnos que llamemos a ese abogado de Valencia.

—Porque es el despacho con el que siempre he llevado mis asuntos.

—Ya. Sus inversiones.

Miralles se vino súbitamente arriba.

—Mis inversiones, sí. Dígame dónde pone que no puedo tenerlas.

—¿En paraísos fiscales?

—En paraísos fiscales, incluso. A usted le gustará más o menos, pero eso no es por sí solo delito. Todos los bancos tienen filiales allí.

—Yo que usted no pondría a los bancos como ejemplo cuando se siente delante del jurado —le advertí—. No vaya a tener la mala suerte de que a alguno de los miembros lo acaben de desahuciar.

—Eso es demagogia barata, brigada.

—No, es una sugerencia bienintencionada, créame.

—Señor Miralles, no tenemos mucho tiempo —dijo Chamorro—. En este momento se están produciendo varios registros simultáneos y hay mucha documentación que tenemos que procesar en las setenta y dos horas de que disponemos antes de entregarlos a todos a los jueces.

—Y por lo que se refiere a la sargento y a mí, tenemos un billete para Nápoles a las cuatro y cuarto de esta tarde. Desde Barcelona.

Me permití revelarle aquello, que en un principio había pensado ocultarle, por si le transmitía más presión. Mi compañera me miró con sorpresa porque iba más allá de lo acordado. La animé a seguir:

—Dale, Virginia, explícaselo.

—Eso, el brigada y yo estamos más apurados aún, ya ve.

—¿A qué van a Nápoles? —saltó Miralles.

—Le dejamos adivinarlo —respondió Chamorro—. Ahora le vamos a pasar a nuestros compañeros, que le traen un test todavía más largo. Mientras lo va respondiendo, piense si se va a quedar en lo que acaba de decirnos. Porque, si me permite el pronóstico, por ese camino se lo va a comer usted todo, doblado y hasta el fondo. Volveremos.

No me arrepentí de haber dejado que Chamorro le lanzara aquel último y conminatorio mensaje. Cuando mi compañera salió, sin volverse siquiera a mirarle, el concejal parecía de veras intimidado.

—Piénselo, Miralles —le dije—. Ha metido la pata, le

han pillado, pero ya no es usted un niño. Tenga un poco más de gallardía, hombre.

Eran las doce menos veinte y el tiempo empezaba ya a apretarnos. Les cedimos el testigo de Miralles a los de anticorrupción y, antes de salir para Barcelona, me reuní con Salgado y con Arnau.

—Éste está en la fase de negación —les dije—, dejaremos que el primer día de jaula le vaya ablandando. Inés, pídele a tu amigo Arias un contacto de alguien de su unidad que esté en el registro del despacho del abogado de Valencia y os vais para allá y fisgáis todos los documentos que podáis. El objetivo supongo que no tengo que explicároslo.

—Buscar cualquier cosa que se refiera a Miralles —dijo Arnau.

—Ésa es la tarea preferente. Y de paso, cualquier papel que veáis y pueda servirnos de algo, lo escaneáis y al macuto. ¿Está claro?

—Transparente, jefe —dijo Salgado.

Chamorro se las arregló para llegar al aeropuerto de El Prat, en Barcelona, antes de las tres de la tarde. Almorzamos unos sándwiches que nos costaron el triple de lo que valían y a la hora en punto estábamos en la cola de embarque con nuestras mochilas. Desde la cola llamé al sargento primero Abellán, nuestro enlace permanente en Nápoles con los Carabinieri. Me dijo que no me apurase, que estaría esperándonos en el aeropuerto y que a nuestros dos clientes los tenían a buen recaudo. Mientras esperaba, me fijé en la gente que componía el pasaje. Casi todos turistas, hojeando sus guías para decidir qué irían a ver en las vacaciones. Vi una guía de Pompeya y otra de la costa amalfitana. Nosotros íbamos a ver algo bastante menos atractivo, y no tendríamos apenas tiempo para disfrutar de las bellezas de la Campania.

Aterrizamos en Nápoles pasadas las seis de la tarde. El calor era bochornoso, pero Abellán, bronceado y sonriente, parecía aclimatado. Nos presentó a un hombre alto, rubio, de meticulosos ojos grises.

—El *maresciallo* Arpaia. Mi compadre napolitano. Gianluca, éste es el brigada Bevilacqua. Y su compañera, la sargento Chamorro.

—Vaya, vaya. Bevilacqua... Eso me suena, ¿veneciano, milanés? —dijo Arpaia, en un perfecto español.

—El veneciano o milanés emigró hace mucho —expliqué—. Mi padre era uruguayo. Y de italiano, poco. Tendrás que traducirme.

—No te preocupes —le quitó importancia—, a esos dos sujetos no los entendería mucho mejor un colega mío de Milán o Venecia.

Nos fuimos derechos al comando provincial de los Carabinieri, muy cerca de la Piazza della Carità y de la Via Toledo, en el centro histórico de la ciudad. Conducía Abellán y pude comprobar que no sólo se había habituado al clima. En un trayecto de poco más de veinte minutos hizo méritos que en España le habrían supuesto la pérdida de todos los puntos del carné. Debió de ver mi cara en el retrovisor.

—Cuando vuelvo allí, me lleva un par de días reacoplarme —dijo—. Pero aquí es lo que hay, cumplir resulta mucho más peligroso.

Una vez en la zona de los calabozos, y antes de que nos trajeran a los dos sospechosos, el sargento primero Abellán me preguntó:

—¿En qué orden los queréis?

—¿Cuál es el peor?

Arpaia se encogió de hombros.

—Me costaría decidirlo. Los dos son soldados veteranos. Si les encargaron a ellos el trabajo es que querían asegurarlo bien. Quizá Pizzo sea el que tiene peor fondo. Para entendernos, el más malo de los dos.

—Primero ése, entonces.

Lo trajeron a la sala de interrogatorios en medio de impresionantes medidas de seguridad. Llevaba a cada lado un *carabiniere* como un castillo y traía las manos esposadas a la espalda. Así, por incómodo que le resultara, fue como le invitaron a tomar asiento. Arpaia le explicó la situación, y deduje que también le informó de quiénes éramos nosotros y a qué veníamos. Pizzo nos escrutó sucesivamente, con una mirada glacial que parecía sólo a medias humana. O puede que fuera la sugestión, por mi parte, debida a lo que me llevaba allí y lo que acababa de decirme Arpaia. El *maresciallo* me invitó a preguntarle.

—Señor Pizzo, como ya le habrán dicho, se le acusa del asesinato de Karen Ortí Hansen. Tenemos pruebas y testigos que respaldan su autoría y la de su compañero Maurizio Petrella. Mi primera pregunta es muy simple. ¿Quién fue el autor material, Petrella o usted?

Arpaia le tradujo, sin que a Pizzo se le alterara ni un músculo de la cara. Me observó en silencio, hasta que sus facciones comenzaron a distenderse y se ensancharon en una plácida sonrisa bovina.

—*Seguente* —murmuró.

No me hacía falta traducción. Proseguí.

—Está bien. ¿Quién les dio la orden de cometer el crimen?

Después de oír a Arpaia, la sonrisa de Pizzo se volvió un poco más abúlica. Dejó de nuevo que se prolongara el silencio y reiteró:

—*Seguente*.

Saqué la fotografía de Miralles que llevaba conmigo.

—¿Conoce usted a esta persona?

Nuestro colega italiano le tradujo, pero Pizzo ni siquiera miró lo que le estaba mostrando. Arpaia le conminó entonces a mirar la foto.

—*No* —dijo al fin.

Le hice otras preguntas, pero ninguna de ellas tuvo ya respuesta. Aquel monosílabo, pronunciado con desgana, fue la última palabra de Pizzo. Mientras se lo llevaban, se quedó mirando a Chamorro. Antes de que lo sacaran por la puerta, le guiñó y frunció los labios.

Petrella, o eso me pareció, estaba algo menos blindado

que Pizzo. Lo trajeron con las mismas medidas de seguridad, y como a su compadre le obligaron a sentarse con las manos trabadas a la espalda. Le molestaba y no ocultó su mal humor. Arpaia repitió las explicaciones y al final le preguntó si había entendido. Por toda respuesta, Petrella escupió en el suelo. Arpaia lo miró y le dijo algo que entendí sólo en parte. Que la próxima vez lo limpiaría con la lengua, me pareció.

Varié el interrogatorio. Le puse sobre la mesa la imagen de la cámara de la gasolinera, la noche del asesinato de Karen. Arnau la había mejorado con el Photoshop y se veía estupenda. No cabía la menor duda de que se trataba del mismo hombre que tenía delante.

—Qué mala pata. Ese depósito vacío, digo.

Arpaia le tradujo. A Petrella no le hizo buen efecto. Por lo pronto, no le dio por sonreír, como a su compañero, ni mucho menos.

—Llevar el coche de alguien que acaba de morir es una mala idea. Y más si luego el coche aparece carbonizado. Este asesinato tiene todas las papeletas para serle asignado a un tal Maurizio Petrella.

Encajó la traducción sin decir nada, apretando los dientes.

—¿Ya le han dicho cuánto? Buscaremos todas las agravantes, era una persona muy popular. Y el jurado será receptivo. *Trent'anni*.

Hasta ahí, mi italiano llegaba. No le gustó oírlo.

—Claro que siempre puede decirme que usted sólo se limitó a hacer desaparecer el coche. O que la estranguló Pizzo. ¿Fue él? ¿Otro?

Arpaia le tradujo esta parte reproduciendo mi entonación. Creo que no fue del todo una buena idea. Apenas le oyó, Petrella se adelantó y me lanzó un escupitajo a la cara. Lo esquivé por muy poco.

—Vaya, ahora entiendo por qué decidió usted estrangularla —le dije, y Arpaia fue traduciendo—. La puntería no es su fuerte.

Petrella me clavó una mirada homicida. Luego masculló algo.

—No sé si traducírtelo —dijo Arpaia.

—No te preocupes —intervino Abellán—. Me temo que al brigada no es la primera vez que le amenazan. Dice que por chistes como ése hay gente a la que le cortan la lengua y se la meten por el culo.

—Dile que tendrá que pedírselo a alguien, o escaparse. Y que en España las cárceles las vigilamos nosotros, y que ya estaremos pendientes de que disfrute hasta el final de los placeres penitenciarios.

A eso Petrella ya no dijo nada. Se me quedó mirando con aquella mirada de lobo sediento de mi sangre y se negó a responder a mis restantes preguntas. Tan sólo volvió a romper su silencio cuando le enseñé la fotografía de Miralles y le pregunté si sabía quién era.

—*No.*

Y me sostuvo la mirada, como si me retara a descubrir si me estaba mintiendo o era verdad que no sabía quién era aquel tipo. Entendí que aquel interrogatorio, aunque no podíamos dejar de practicarlo, no iba a dar más de sí. Ya volverían a interrogarlos en España, adonde los llevarían antes de que finalizase el plazo legal de detención, para que el juez dictara contra ellos la orden de prisión incondicional.

—Está bien. Espero que le guste España, señor Petrella.

Apenas dije esto me previne, por si volvía a intentar escupirme. Pero esta vez Petrella no reaccionó. Se dejó levantar y salió de la sala de interrogatorios mirándome de reojo y arrastrando los pies.

—En fin. No te frustres. Era de esperar —dijo Abellán.

—¿Hay alguien más del clan a quien podamos interrogar?

—Han detenido a cinco más, del aparato de finanzas. Si éstos no dan resultado, esos otros van a dar menos, pero siempre podéis pedir a su señoría que pida auxilio judicial al juez italiano, y venir a verlos.

—Me lo tomaré por el lado positivo. No conocía Nápoles.

—Y no tenéis el avión hasta mañana. Habrá que cenar. ¿Queréis saber lo que es realmente una pizza, y no eso que ponen en España?

—Yo me dejo. ¿Y tú, Chamorro?

—También —asintió mi compañera.

Nos llevaron a un restaurante pequeño, familiar, en la parte alta de la ciudad. Las vistas eran verdaderamente portentosas, y en cuanto a la comida, nunca había probado una pizza tan simple y a la vez tan sublime. Mientras la despachaba, Abellán me dijo al oído:

—Entre nosotros, creo que el restaurante este es de la Camorra, pero qué se le va a hacer. Los muy cabrones saben lo que es bueno, y tienen una tendencia asquerosa a acabar quedándose con todo.

Después de la cena, nos dieron un paseo por el puerto y nos llevaron al hotel que nos habían reservado, modesto pero bastante bien situado, en las proximidades del Castel dell'Ovo. Cuando nos dejaron solos, y aunque al día siguiente teníamos que madrugar, Chamorro propuso que nos acercáramos a alguna de las terrazas del Isolotto de Megaride para tomar una cerveza. No tenía sueño, y la bahía de Nápoles se ofrecía ante nosotros como un regalo que no podía despreciarse. Ya que la rentabilidad policial del viaje había sido mínima, cosa por lo demás previsible, aunque no teníamos más remedio que intentarlo, más valía aprovechar en lo posible aquella noche sin otro quehacer. Mientras caminábamos hacia el islote, llamé a Salgado.

—A tus órdenes, mi brigada —me respondió—. ¿Qué tal todo?

—Nada, aquí, jodidos, mirando la bahía de Nápoles.

—Eso no se dice. Arnau y yo nos estamos tomando ahora mismo un kebab. La carne debe de ser de algún caballo de los que trajo el Cid.

—Y la jornada, ¿qué tal?

—Hemos recopilado y copiado toda la documentación que había sobre Miralles en el despacho de abogados de Valencia.

—¿Y?

—Nada muy concluyente, me temo. Eso sí, he pedido a los compañeros que me pasen todo lo que haya sobre el casino. Todavía están clasificando documentos. Me han dicho que me lo dan mañana.

—Bien, Inés. Descansad. Nosotros llegaremos antes de comer.

—¿Y los espagueti? —preguntó.

—Nada, puro pedernal. Imposible sacarles nada. Por eso nos hemos venido aquí a bebernos una cerveza, para olvidar el fracaso.

—Oye, haceos una foto y mandadla por el *whatsapp*.

—En fin, cabo. Haré como que no he oído nada.

Nos sentamos en una terraza con vistas a la bahía. La sensación era paradójica. Aquel día, en el que nada me había salido bien, iba a cerrarlo en uno de los lugares más hermosos que había visto en mi vida. Extravagancias del existir, que le apegaban a uno al pellejo. Chamorro dio varios sorbos seguidos a su cerveza, sin decir nada. Después de contemplar un rato las luces de la ciudad, se volvió y me dijo:

—¿Quieres saber por qué rompí con el periodista?

—Sólo si quieres decírmelo.

Habló pausadamente, mirando a la bahía:

—Éste es un buen lugar para contártelo. Aquí, tan lejos de todo. La historia tiene su gracia. En cierto modo, es el mundo al revés.

Se quedó rumiando esa idea, como si le sirviera para desdramatizar el hecho y tomar distancia frente a su propia tribulación.

—Resulta —prosiguió— que fue a él al que le pasó eso que dicen que nos acaba pasando a las mujeres. Le sonó el reloj, quería tener hijos. Lo intentamos, pero nada.

Me hice unas pruebas. Te ahorraré los detalles médicos. El caso es, resumiendo, que nunca podré ser madre.

Sus ojos se llenaron de lágrimas. Y mientras ella lloraba, frente a las luces de Nápoles, me sentí el hombre más inútil del mundo.

19

Algo que no la deja vivir

Después de hacerme aquella inesperada revelación, la sargento Chamorro se enjugó las lágrimas y se esforzó por poner una sonrisa en sus labios. Sólo cuando se hubo asegurado de que la sonrisa le resistía y de que no iba a llorar más, volvió su rostro hacia mí:

—Es curioso, alguna vez había pensado en ello —dijo—, pero sin mucho empeño. Cuando él me pidió que lo intentáramos, estaba en un momento en el que empezaba a asumir que nunca los tendría, porque se me estaba pasando la edad, más que nada. Sin embargo, no es lo mismo creer que no los tendrás que saber que no puedes tenerlos. Y menos cuando justamente has decidido que sí, que los quieres.

—¿Y por eso rompisteis? —dije—. No quiero juzgar a la ligera, pero si la condición para estar contigo era tu fertilidad, al final algo bueno te ha traído esa mala noticia, librarte de semejante gilipollas.

Chamorro me observó con indulgencia.

—Yo no soy tan severa como tú. Cada uno tiene derecho a desear lo que desea, y a buscarse el camino para conseguirlo. Y al revés, para apartarse del camino donde no está lo que desea. Por lo demás, fui yo la que le dijo que lo dejáramos. No me gusta retener a nadie.

—¿Y él se apresuró a decir que muy bien? Igual me lo pones.

—Mira, Rubén, el año que viene cumplo cuarenta. Me

toca empezar a decidir qué quiero ser de mayor. Esto aclara un poco las cosas.

—¿En qué sentido?

—Muchas veces pensé en el día en que tendría que dejar lo que hago ahora, si mi circunstancia personal cambiaba. Y me vi en una oficina, haciendo trabajo de secretaria en el mejor de los casos. Una perspectiva que, entre tú y yo, me parece peor que pegarme un tiro. En estos meses he pensado mucho, y ésa es la parte buena que ha salido de esto. Ahora lo tengo claro, ya sé dónde estaré cuando tenga tu edad: donde estás tú, arrastrando a una pandilla de chavales y no tan chavales adondequiera que nos pongan un muerto y haya que cortarle las alas a un hijo de perra. En la carretera, en la puta calle. Aquí —dijo, señalando la bahía con un ademán—. ¿Y sabes qué? Me gusta.

—Gracias, Vir. Por la parte que me toca. Nunca supe explicármelo de ese modo. Gracias por ayudarme a entender por qué esta noche voy a acostarme contento, aunque tenga un caso a medio hundirse.

—Te quedan muchas horas, todavía.

Miré el reloj.

—Sí. Cincuenta y siete.

—A tu salud, mi brigada —alzó su vaso.

—A la tuya, mi sargento. ¿Puedo pedirte algo?

—Claro.

—Como ahora ya sé que vas a estar ahí, cosa que me alivia, dicho sea de paso, ocúpate de impedir que cuando me jubile algún capullo sin imaginación imponga la idea siniestra de regalarme un reloj.

Se echó a reír, con una risa suelta y cristalina.

—Descuida. Me ocuparé.

El sargento primero Abellán se había ofrecido para llevarnos al aeropuerto, pero como nos habían invitado a la cena las dietas nos daban para pagar el taxi, por lo que le eximí del madrugón. De paso, tuvimos oportunidad de experimentar la emoción de viajar en un diminuto Fiat conducido por un taxista napolitano, sin poder dejar de calcular, con creciente pesimismo, la resistencia de aquella exigua carrocería frente a la colisión frontal que parecía imposible que no acabáramos sufriendo antes de llegar al aeropuerto. En comparación, la conducción de Abellán podía considerarse timorata. Por suerte, nuestros respectivos ángeles de la guarda estaban al quite y acabamos llegando a destino. El taxista, que no parecía pasar de las veinte pulsaciones por minuto, nos extendió el recibo que nos permitiría recuperar el gasto y partió raudo a seguir poniendo en peligro la vida propia y ajena.

En El Prat nos estaba esperando nuestro Citröen, al que Chamorro volvió a exprimirle el motor. Pasaban diez minutos de la una y media cuando llegábamos ante el edificio de la compañía, donde aguardaban ya Arnau y Salgado. Fue ésta quien se adelantó a recibirnos:

—A tus órdenes, mi brigada. Tenemos novedades. Importantes.

—Hablamos en la oficina —sugerí.

En la oficina estaba el cabo Tous, que había vuelto a unirse a nosotros como refuerzo y, ya lo tenía asumido, confidente de Menéndez. Estaba enfrascado con un ordenador. Salgado le preguntó:

—¿Los tienes ahí?

—Sí. He montado un archivo con todos.

—Acércate aquí, mi brigada. Creo que esto te va a interesar.

Nos arremolinamos como pudimos en torno a Tous, aprovechando el pequeño espacio y de forma que los cuatro viéramos la pantalla. El cabo trasteó con el ratón y se situó al principio del documento. Salgado nos puso en antecedentes de la información que contenía:

—Estos papeles aparecieron ayer por la noche, a última hora del registro del despacho de abogados de Valencia. Por cierto, qué pasada de sitio. Qué madera, qué cuadros, qué ordenadores...

—Inés, a lo que estamos —le pedí.

—Todo es información, ¿no? En fin, que estos papeles

no estaban en el expediente del proyecto del casino, sino en una carpeta guardada en un archivo secreto del despacho. Todo muy de película, una caja fuerte empotrada detrás de un cuadro que debe de ser la leche de caro, de un pintor de los famosos, no recuerdo ahora el nombre...

—Tàpies —apuntó Arnau.

—Ése. Los hemos estado mirando bien; en el archivo que te ha preparado Tous tienes los más importantes. Resumiendo, lo que hemos interpretado entre los tres es que se refieren a los terrenos donde tenían previsto levantar el complejo de ocio. Que no eran, agárrate, los que les estaban diciendo a los medios. Mientras la gente y los ecologistas y las plataformas vecinales peleaban contra la instalación del casino donde decían que iría, los muy zorros se habían dedicado a comprar a precio de saldo estos terrenos, la mayoría rústicos y alguno industrial, en otro municipio distinto, no muy lejano. ¿Adivinas cuál?

—Creo que sí. Éste en el que estamos ahora mismo.

—Correcto. Y hay más cosas. Enséñaselo, por favor.

Tous avanzó con el ratón hasta llegar a una especie de memorándum manuscrito. En la misma caligrafía, que luego nos dijeron que era la del abogado que servía de testaferro y muñidor a los napolitanos, estaban apuntadas una serie de fechas, la primera de ellas poco más de seis meses atrás, y a continuación de cada una, un breve comentario. Todos aludían a alguien a quien se identificaba como K. Y por lo que se desprendía de aquellas anotaciones, lo que el memorándum recogía eran las distintas aproximaciones que se le habían hecho y la respuesta, en todos los casos negativa, que de la persona identificada con esa inicial se había obtenido. En cuanto a las personas que habían llevado a cabo las distintas acciones persuasivas, estaban identificadas sólo con números, del 1 al 3. Quien más había hablado con K. era 2, quienquiera que fuera aquel o aquella a quien ese número ocultaba. La participación del agente señalado como 1 era mucho menor. Y la de 3, según las notas, se había reducido, en la última fase de la campaña, a tratar de neutralizar a K. por medios expeditivos. No pude evitar pensar en el chantaje con las fotos y los vídeos robados de la cuenta de correo de Karen Ortí. Puse en palabras aquella asociación de ideas:

—¿A alguno se le ha ocurrido cotejar estas últimas fechas con los mensajes recibidos en la cuenta de correo de Karen?

A Arnau se le iluminó la cara, pero no dijo nada.

—Sí —dijo Salgado—. A nuestro Johnny. Clavadas. Una por una.

—Bueno, aquí sí que tenemos algo —reconocí—. Voy a avisar a la superioridad, y creo que esto justifica volver a encerrarnos con Miralles y darle otra vuelta, a ver si ha reflexionado algo desde ayer.

—Por lo pronto no ha pasado muy buena noche —dijo Tous.

—¿Y eso?

—El que estaba de turno es colega, y me ha contado. Por lo visto ha tenido un medio ataque de ansiedad. Han llamado al médico y todo.

—¿Quién diríais que es Miralles? —preguntó Chamorro.

—¿Qué? —dije, sin entender del todo su pregunta.

—De esos números.

Ninguno se precipitó a responder.

—El 1 o el 2 —apostó Arnau—. No lo veo abriéndose todas esas cuentas chungas de correo y yendo a conectarse a los wifi públicos. Y menos aún le veo *hackeando* antes la cuenta de correo de Karen.

—¿Tenían informático en el despacho? —pregunté.

—Pues no sé —dijo Salgado.

—Averígualo, a toda leche.

—De acuerdo —se lo anotó en el bloc.

Chamorro seguía mirando absorta el facsímil de aquel memorándum manuscrito que mostraba la pantalla del cabo Tous.

—¿Y el otro? Quiero decir, del 1 y el 2, el que no sea Miralles.

—¿El abogado? —propuso Salgado.

—Podría ser —dije—. No estaría de más mirar en el registro de visitas del ayuntamiento si en alguna de esas fechas, o en otra, está registrada la presencia del individuo. Quién sabe, lo mismo hay suerte.

—El funcionamiento del ayuntamiento sigue un poco perjudicado, por el momento —dijo Tous—. Pero deja que me ocupe.

—Bien, pues ya tenéis tarea, todos. Chamorro, conmigo.

Antes de volver a interrogar a Miralles, hice tres rápidas llamadas. La primera a Pereira, la segunda a Rebollo y la tercera al juez Limorte. Los tres recibieron con alborozo la noticia que tenía para ellos, pero especialmente su señoría, que me fue inusualmente franco:

—Menos mal. No me considero un cagado, y si hay que asumir riesgos se asumen, pero no le oculto que me alivia tener más chicha para poner en el auto de procesamiento, antes del rollo jurídico.

—Trataré de conseguirle más chicha aún, señoría.

—Gracias, mis oraciones están con ustedes.

—Creí que no era muy religioso.

—Convenientemente acojonados, casi todos lo somos.

—También es verdad.

Miralles estaba muy desmejorado desde la víspera. La ropa arrugada, los cabellos revueltos y las ojeras no contribuían a aumentar su atractivo, pero impresionaba, por encima de todo, su mal color. Aquella tez antaño saludable se veía de un amarillo verdoso.

—Buenas tardes, señor Miralles —lo saludé—, ¿cómo se encuentra?

—Se me ocurren fácilmente quinientos momentos de mi vida en los que estuve mejor —contestó—. ¿Y usted? ¿Qué tal en Nápoles?

—Bien, hermosa ciudad. Allí la sargento y yo hemos conocido a unas personas muy particulares. No es el tipo de gente con el que me iría a dar la vuelta al mundo, pero todo te enseña algo, al final.

Sonrió con amargura.

—Me alegro por ustedes.

—¿Está usted bien, de veras? Si tiene algún problema avisamos al médico. Aunque bastantes conciudadanos y desgraciadamente algún colega creen que la principal técnica del policía para arrancar una confesión es maltratar al interrogado, a la sargento y a mí nos repugna esa estrategia. Preferimos el trato humano, lo que incluye naturalmente que se le atienda si no se siente usted en condiciones.

—Ya, ya vinieron a verme anoche. No es nada. Supongo que tengo que empezar a asimilar que estoy jodido. Dentro de quince días habré hecho amigos y cuando salga diré que la cárcel no es tan mala.

—Celebro que lo enfoque así.

—Es lo que hacen todos los corruptos, al final, ¿no?

—Ni mi compañera ni yo hemos utilizado ese adjetivo. Personalmente, prefiero evitarlos, los adjetivos. Vuelven demasiado superficial el pensamiento, con carácter general, y en lo que se refiere a los informes que me toca redactar por mi trabajo, no tienen ninguna utilidad en absoluto. Lo que se espera de mí es que sepa llenarlos de verbos y sustantivos, para lo otro ya están los abogados y los tertulianos.

—Es usted un guardia peculiar, se lo habrán dicho antes.

—Antes que guardia soy un ser humano. Eso me condena a ser peculiar, desde la forma del dedo gordo hasta los lunares. ¿Le parece entonces que empecemos con lo que nos trae a todos aquí?

—Sus compañeros de anticorrupción me interrogaron con abogado. Uno de oficio, no dijo gran cosa, pero todo parecía más formal.

—Prefiero que esta charla sea informal. Para que se sienta más libre, sabiendo que nada de lo que diga puede tener la menor consecuencia. Si quiere que esperemos a que nos traigan a ese abogado de oficio, esperamos. Antes o después tendremos que hacerlo con él delante, y con todo el teatro y todo el rollo legal, y cada cosa que diga y que escribamos y él firme podrá ser utilizada en su contra, a diferencia de lo que hablemos en esta charla de caballeros. Como prefiera usted.

Miralles sopesó mi ofrecimiento.

—A ver, probemos primero a su manera.

—¿Ha pensado en lo que le dijimos ayer?

—Qué remedio. Y en un millón de cosas más.

—¿Y qué me dice?

Miralles carraspeó, y el carraspeo se convirtió en una fea tos. Debía de ser por el tabaco, porque allí no hacía ni calor ni frío. Por suerte, las restricciones presupuestarias impedían que el aire acondicionado estuviera demasiado fuerte, y por su orientación aquella parte del edificio no se calentaba tanto como otras por la acción del sol.

—Si no le entendí mal, lo que esperan ustedes de mí es que me incrimine y reconozca mi implicación en el asesinato de Karen.

—Eso nos ayudaría, no se lo oculto, pero tampoco se trata de torcerle la voluntad. A estas alturas ya se habrá hecho una idea aproximada de lo que hay contra usted y de lo que tiene por delante. Exprese con libertad lo que crea que es más conveniente para sus intereses.

—Me gustaría que esto fuera problema de otro, para poder disfrutar plenamente de su sentido del humor, brigada.

—No se ofenda, ni lo tome como una falta de respeto. Tenemos un trabajo ingrato, hemos de aligerárnoslo de alguna forma.

—La cuestión es, señores, que no puedo acusarme de un crimen que se cometió sin mi participación, sin mi conocimiento y por supuesto sin mi consentimiento. Así que no sé si esto sirve de algo.

—Si le digo la verdad, me decepciona usted, señor concejal —dijo Chamorro—. ¿Nos va a decir que eso es todo lo que se le ha ocurrido después de pensar todas estas horas? Ahí estábamos ayer.

Alcé ligeramente la mano, para contenerla. Disponíamos de cartas nuevas y había que jugarlas antes de romper la partida.

—Señor Miralles, hay un asunto del que creo que no hemos hablado antes, y que quizá sea pertinente refrescar ahora, si nos lo permite. Le supongo informado del proyecto que pretende levantar un casino y un complejo de ocio a treinta y tantos kilómetros de aquí.

—Lo estoy, por los periódicos. Poco más.

—¿Seguro?

—Seguro. ¿Qué tengo que ver yo con eso?

—¿Y seguro que como concejal de urbanismo no sabía usted que el plan B era instalarlo en este mismo término municipal?

Miralles acogió aquella pregunta con estupor. Una vez más, hube de contemplar la posibilidad de hallarme ante un actor sensacional.

—¿Qué? ¿Quién le ha dicho a usted eso?

Me quedé observándole en silencio durante un buen rato, forzándole a sostener aquella actitud de asombro y poniéndola así a prueba, mientras pensaba qué podía dejarle saber de lo que sabíamos.

—Nadie, señor Miralles. A la gente como yo nadie le dice nada, lo que nos toca es desentrañarlo. Digamos eso, que lo hemos desentrañado. Y es mucho más que una suposición, le hablo de documentos, escrituras. Alguna de ellas, por cierto, referida a terrenos que me han recordado algo que me contó en su día sobre no sé qué planes que tenía usted para aprovechar unas parcelas que se le habían quedado sin edificar en el polígono industrial de la ciudad. Discúlpeme la buena memoria, sé que es un vicio muy molesto para los demás.

Miralles quedó callado. Y me pareció que también abatido.

—Reaccione, Manuel —le recomendé—. Mire, no

voy a tratar de entender el hecho, ni voy a hacer ningún juicio moral o simplemente racional sobre por qué alguien como usted acaba envuelto en una mierda como ésta. Ya le tocará hacer examen de conciencia y sopesar lo inteligente que fue o no dejarse enredar a cambio de lo que quiera que sacara. Lo que me parece, mirándole y comparando con lo que vi ayer por la tarde en un calabozo de Nápoles, es que usted no es un bicho irrecuperable, algo le queda de vergüenza y de humanidad. Juegue esa baza y redúzcase el castigo, que no va a ser sólo el que le ponga el juez, sino el que usted se impondrá durante el resto de sus días. ¿De verdad cree que le compensa jugar a ese juego de rufianes de la ley del silencio, a esa maniobra barata del «me niego a declarar»?

En ese momento, a Miralles se le humedecieron los ojos.

—¿Ha hablado usted con su familia? —le pregunté.

Meneó la cabeza.

Saqué mi teléfono móvil y se lo tendí.

—Tenga. Llame.

—¿Eh? ¿No se buscará un problema?

—Eso es asunto mío, no sufra. Llame. Luego seguimos con esto. Disculpe que no salgamos mientras habla, no puedo arriesgarme a que llame a quien no debe, me imagino que lo entiende.

—Lo entiendo.

Lo que viví a continuación lo he vivido unas cuantas veces, entre otras cosas porque reconozco que no era la primera que usaba ese truco. Lo había aprendido de mi maestro y mentor en mis primeros años como investigador criminal, el subteniente Robles. «Más eficaz que meterle a un detenido una hostia, que tal vez se espera —decía—, es sacarlo de golpe del calabozo y ponerlo donde no esperaba, delante de los suyos, explicándoles por qué lo tienen donde lo tienen.» Miralles llamó a su mujer, con la que mantuvo un breve diálogo interrumpido por los sollozos. Vagamente me acordé de algunas cosas que le habíamos oído espiándole el teléfono. En fin, la condición humana.

Tras aquel paréntesis, reanudé el ataque.

—Bueno, señor Miralles. Usted dirá.

Veía a Chamorro mordiéndose los puños por intervenir, pero la disuadí por señas. Frente a aquel detenido ella iba de poli malo, y me daba que mi papel, el de poli bueno, iba a resultar aquel día mucho más provechoso. De pronto, reparé en la hora que era.

—Por cierto. ¿Le han dado de comer?

—Sí, justo antes de traerme.

—Ah, como mi compañera y yo estamos en ayunas, pensé de repente que tal vez usted estaba igual.

—Hay algo que no entienden —dijo, desolado— y que veo que tampoco soy capaz de transmitirles. Yo no tengo nada que ver, ni con ese casino, ni con lo que le pasó a Karen. Nada que ver, más allá, eso no puedo negarlo, de lo que me implique conocer a ese abogado y haber hecho algún negocio con él, que tal vez no debí haber hecho, o tenía que haber preguntado algo más y mejor de dónde venía el dinero. Me creerá o no, pero en mi vida no les he visto la cara a más italianos que los que vienen aquí a la playa, y que tampoco son tantos.

—Volvemos a ir mal, señor Miralles —advirtió Chamorro.

—Déjeme hablar, se lo suplico. Como no puedo acusarme de lo que no he hecho, lo que sí puedo hacer, y no hice en su día, tampoco ayer, es darles las pistas que tengo y que por desgracia para mí son muy pocas. Investiguen a fondo a ese abogado, lo primero.

—¿Por algo en particular? —lo acorraló Chamorro—. De la necesidad general ya éramos conscientes, no le ofenda que se lo diga.

—Vino a ver a Karen un mes antes de que muriera. Lo sé porque lo vi salir de su despacho y pregunté a su secretaria. Karen no me dijo nada.

Le dirigí una mirada de reproche.

—¿Y no pensó, hace cuatro meses, que debía decirme algo así?

—Lo pensé, pero entonces tenía algo que perder. Ese hombre tiene mucha información sobre mí, que ahora ya no me preocupa, veo que ya está toda en su poder. Entonces sí me preocupaba.

—Qué más —le acucié.

Tomó aire, volvió a carraspear.

—Vayan a ver a Sandra Valls. Sé que la interrogaron en su día, y que les montó un número desmayándose, y por mis amigos del hotel donde se alojaron ustedes sé algo más, algo que tuvo que ver con usted, brigada, y que no sé hasta dónde llegaría, ni me importa.

—Hasta su casa, a donde la acompañó la sargento —le informé.

—Bueno, eso es lo de menos. La he podido observar durante estos cuatro meses. Antes de la muerte de Karen ya era una chica rara, pero desde entonces se ha vuelto completamente majareta. Si no fuera porque es un débil de espíritu, el alcalde actual habría prescindido de sus servicios hace meses. Se las ha liado de todos los colores.

—¿Y qué deduce de eso?

—Esa chica sabe algo. No sé qué es, pero sabe algo. Cuando murió Karen me dijo un par de cosas extrañas, que me pareció que sólo eran fruto de los nervios, pero ahora tengo otra sensación muy diferente. Algo carga en la conciencia. Algo que no la deja vivir. Vayan a verla. Apriétenle, así como me están apretando a mí. No lo resistirá.

Chamorro lo observó con gesto escéptico.

—¿Esto qué es, una cortina de humo?

Miralles se volvió a ella, con cara de cordero degollado.

—Sé que ya no es momento para jugar a eso. Y sé que estoy perdido. Es, simplemente, todo lo que puedo ofrecerles.

—Está bien, lo dejamos aquí, por ahora, señor Miralles. Volveremos, es posible que ya con el abogado. Piénsese bien lo que nos va a decir delante de él, porque eso pasará al sumario y de ahí al juicio.

—Lo pensaré, puede estar seguro.

Chamorro fue de nuevo la primera en abandonar la sala de interrogatorios. Tuve la sensación de que no iba muy contenta.

—Relájate, Virgi —le dije, cuando estuvimos a solas.

—Se enroca —replicó—. Mucho lloriqueo, pero el tipo se ha construido ya su caparazón, y como no le metamos caña se nos va a ir.

—Mira, vamos a hacer una cosa —propuse—. Si no sacamos nada más hoy, le damos otro repaso mañana y te dejo que le aprietes, siempre dentro de la legislación vigente, eso no hace falta que te lo diga.

—Tranquilo, me he dejado en casa las tenazas de arrancar uñas.

—En serio, Virginia. Y antes de que llegue ese momento, fíjate en lo que nos ha dicho, esta vez no salimos de vacío, como ayer.

—¿Lo del abogado? Casi estábamos ya ahí.

—Casi, tú lo has dicho. ¿Y hemos meditado suficientemente sobre ese hecho, es decir, que ese abogado, que era el cerebro de la red, visitara a Karen y ésta no se lo dijera a nadie? Yo diría que no.

—¿A dónde quieres ir a parar?

—¿Y si, piénsalo sólo como hipótesis, ese hombre que tenemos ahí dentro no miente, sino que acaba de jugársela para ayudarnos?

Chamorro quedó pensativa.

—¿Qué propones que hagamos?

—Voy a llamar al equipo. Hoy que cada uno coma como pueda, estamos de zafarrancho. Vamos a ver qué sacan ellos por su lado y, mientras tanto, nosotros vamos a hacer una diligencia rápida.

—¿Cuál?

—La que Miralles acaba de aconsejarnos. Vamos a hacer una visita a Sandra Valls. Es la última persona del mundo con la que me apetece volver a tropezarme, pero el servicio es el servicio. ¿Cómo lo ves?

Mi compañera no parecía del todo convencida.

—¿A esta hora? Estará comiendo.

—Más a mi favor. Llámala, yo llamo a la tropa.

Tal y como Chamorro había previsto, a Sandra Valls le estropeamos aquel día el almuerzo. Intentó posponer la cita, pero la sargento sabía ser convincente y le arrancó el compromiso de que nos esperase en su apartamento, a donde iríamos a verla en lo que tardáramos en desplazarnos hasta allí. La jefa de prensa seguía siendo una mujer atractiva y continuaba vistiendo pulcramente, pero era cierto que algo en su aspecto transmitía una sensación de deterioro. Sobre la mesita del salón de su apartamento, donde nos recibió, había una bandeja con los restos de una ensalada y una pieza de fruta. En el televisor tenía sintonizado el telediario, que apagó tan pronto como tomamos asiento.

Sandra evitaba en todo momento mirarme. Por mi parte, dejé que la conversación la llevara Chamorro. Había sopesado incluso la posibilidad de no ir yo, pero había podido más la curiosidad y la necesidad de estar allí, interpretando hasta el menor de sus gestos.

—En fin —dijo, nerviosamente—. Aquí me tienen. Desde ayer vivimos todos en el caos y ahora ya sé que todo es posible, pero les agradecería que me dijeran qué es eso tan urgente que no puede esperar. Ayer ya me tocó pasarme toda la tarde atendiendo a sus compañeros, buscándoles expedientes y dosieres sobre todo lo que me pidieron.

—¿Le ha pillado a usted por sorpresa todo esto?

La pregunta de Chamorro, formulada en un tono neutro, consiguió que Sandra se retorciera por primera vez las manos.

—Pues... La verdad, qué quiere que le diga, sí. Yo llevo en el ayuntamiento desde que llegó Karen. Hasta donde entendí ayer, las operaciones urbanísticas que están investigando eran todas anteriores.

—Vamos, que no tenía usted noticia de ninguna irregularidad.

—Con Karen, ni una sola, se lo aseguro. Era una talibán. La única alcaldesa, al menos que yo sepa, que le enmendaba la plana al interventor para que fuera más puntilloso con los expedientes.

—¿Y más allá de Karen?

—Yo trabajaba mano a mano con ella, más allá no sé.

—¿Le suena a usted un tal Jaume Pons, abogado de Valencia?

—Mmm, no. ¿Debería?

—Por lo visto, fue a ver a Karen, un mes antes de su muerte. Ahora mismo está en un calabozo de nuestra comandancia de Valencia.

—Primera noticia de su existencia, se lo juro.

—¿Está segura?

—Desde luego. Que yo sepa, no ha tenido ninguna relación con este ayuntamiento, al menos desde que estoy yo.

—Y del proyecto del casino, ¿tampoco sabe usted nada?

—Sí, como todo el mundo. Lo que sale en los periódicos. Pero ¿eso qué tiene que ver con lo que me estaba preguntando?

—Pons era, hasta ayer mismo, el asesor jurídico del grupo inversor. Lo ponía en los periódicos, también.

—No sé, se me pasaría el detalle. Todo lo que tiene que ver con esta ciudad lo miro con lupa, pero eso era de otro ayuntamiento.

Chamorro se la quedó mirando, con gesto adusto.

—Voy a ser muy directa con usted, señora Valls. Hace un rato hemos estado hablando con el concejal Miralles. En los calabozos, que es donde está ahora. Nos ha dicho que debíamos hablar con usted. Que oculta algo que nos interesaría saber, y que tiene que ver con el asesinato de Karen. Dice que desde hace cuatro meses es usted otra persona. Como si hubiera algo que le pesara sobre la conciencia.

—¿Yo? ¿Qué se ha...? Bueno, ese hombre es un corrupto, o eso dicen ustedes, ¿no? Qué credibilidad tiene lo que alguien así...

Sus manos habían empezado a temblar visiblemente. El color había huido de su rostro. Vi el momento y ataqué sin compasión:

—Dígame entonces otra cosa, quizá le resulte más fácil. ¿Con quién compartió usted esa dirección de correo secreta de Karen?

Al oír aquello Sandra palideció por completo.

—Por favor —empezó a llorar.

—Con quién —insistí.

—No haga que...

—Dígalo o se viene con nosotros. Derecha al calabozo.

Entonces, desvalida y sin nada a donde agarrarse, pronunció aquel nombre. De pronto, en mi memoria se agolparon imágenes, palabras, gestos. Dejé a Sandra con Chamorro y salí a la terraza a llamar. Hablé primero con Salgado. Me dijo que había localizado al informático del despacho: estaba detenido junto a sus jefes. Tous, por su parte, había confirmado la presencia de Pons en el registro de visitas del ayuntamiento. Luego marqué el número de la guardia Lucía, que me lo cogió como si estuviera esperándolo: al primer tono de llamada.

—Lucía, quiero que hagas algo muy importante. Vamos a mandarte unas fotos. Quiero que vuelvas a mirar las grabaciones de las cámaras de esos centros comerciales. Y que busques bien. Por tus muertos.

Colgué, sabiendo que lo haría. Y marqué el número del juez.

20
Un error de cálculo

Por una vez, me apetecía ser yo quien fijara el orden de prioridades. Es más: creía que me había ganado el derecho a hacerlo. Por eso decidí llamar al juez Limorte, al que comuniqué antes que a nadie nuestro descubrimiento. Con su respaldo, podíamos seguir avanzando por la vía que acabábamos de abrir. Si él no lo veía claro, nos enfrentábamos a dificultades insalvables. Su señoría escuchó mi informe y la nueva interpretación del caso que, a reserva de las comprobaciones que teníamos aún pendientes, se desprendía de nuestro hallazgo. Fui honesto con él: sin darla por confirmada al cien por cien, le dije que ésa era mi apuesta, y que si le llamaba aun antes de terminar de atar todos los cabos era por las consecuencias que tendría aquella imputación, y que apenas dispondríamos de un día para poder administrar.

—Se lo agradezco, brigada —dijo, una vez hubo recapacitado sobre lo que acababa de decirle—. Si acaba teniendo usted razón, mañana va a ser un día movido y complicado para mí. Me ha dejado sobre la almohada una linda preocupación, pero llegado el caso celebraré haber tenido esta noche para reflexionar y hacerme a la idea.

—Eso mismo pensé yo, señoría.

—Dicho esto, el resto lo adivina usted, sin necesidad de que se lo explique. Tienen usted y su equipo hasta mañana para amarrar todo lo que ahora no tienen amarrado. No le pido que me haga milagros, pero sí que las pruebas que me traiga sean sólidas y congruentes. Si cuento con ellas, no se preocupe, tiraré adelante. Dígaselo a sus jefes.

—Siento esta premura de última hora. Por desgracia, hemos estado siguiendo durante estos meses una pista equivocada, y ahora nos va a tocar recuperar a toda velocidad el tiempo perdido.

—No se torture. Todos nos equivocamos. Y por fortuna, aún estamos a tiempo, usted y yo, de no meter la pata de forma irreparable.

—Gracias, señoría.

Me vino bien tener la predisposición favorable del juez cuando llamé a mi coronel para contarle algo que no era, ni mucho menos, lo que deseaba oír. Pereira escuchó mi relato sin interrumpirme una sola vez. Cuando terminé, en la línea se hizo un silencio sepulcral.

—¿Lo tienes claro de verdad, Vila? —preguntó al fin.

—Al noventa por ciento, como poco. De pronto empiezan a cobrar sentido muchas cosas. Lo que falta espero tenerlo de aquí a mañana. Quería pedirle un favor. Sé que el comandante Ribes está muy ocupado con lo suyo, pero necesito que me eche una mano con un detalle. Me serviría para terminar de encajarlo todo. Puedo llamarle y pedírselo yo, pero una llamada suya previa me allanará el camino.

—¿De qué se trata?

—La agenda del abogado Pons. Sus llamadas. Con quién se relacionaba dentro de la red. Hizo alguna gestión con Karen, pero no nos consta su relación con quien tenemos que vincularlo. Hay un intermediario que no es él, estoy prácticamente seguro. Alguien menos visible. Alguien que representa la conexión que necesitamos.

—No sé si te pillo, Vila. Espero que no se te haya ido la olla. Llamaré a Ribes y le diré que te atienda. Pero mantén la cabeza fría.

—Lo procuro, mi coronel.

—Y llama a tu comandante. Lo quiero al tanto de todo lo que hagas.

—Y yo, mi coronel. Tan sólo cumplía sus instrucciones.

—Está bien. Tenme informado.

Fue una larga noche. Arnau repasó el historial de llamadas recibidas en el teléfono de Karen y lo cotejó con las fechas del memorándum de Pons: varias gestiones del identificado ahí con el número 2, ante la persona designada con la inicial K., coincidían llamativamente. El número 1, los datos recogidos por Tous en el registro de visitas del ayuntamiento lo confirmaban, no podía ser otro que el propio Pons. En cuanto al número 3, la guardia Lucía nos facilitó la pista que nos llevó a confirmar su identidad. Me llamó a medianoche para decirme que aquel individuo aparecía en dos de las tres grabaciones de las cámaras de seguridad de los centros comerciales a cuyo wifi se había conectado el anónimo chantajista electrónico. Pero había algo más.

—He buscado al otro. También lo tengo. En la otra grabación.

Confieso que no me lo esperaba. Había hecho que le enviaran aquella foto para probar fortuna, sin mucha esperanza. No terminaba de creerme que hubiera descendido a hacer algo así personalmente.

—¿Estás segura?

—Bastante segura —respondió.

—Haz una captura de la imagen y mándamela también.

—A la orden.

—Buen trabajo, Lucía.

Encontrar la pieza que nos faltaba resultó bastante más laborioso. Chamorro, Tous y yo nos trasladamos a la comandancia de Valencia y, gracias a la gestión que había hecho previamente con el comandante Ribes, con los auspicios del coronel Pereira, nos dejaron examinar todos los contactos del abogado Pons, los listados de llamadas de éste y los de los otros miembros de la trama, o sospechosos de estar relacionados con ella, cuyos teléfonos habían sido intervenidos. Fue Tous, a eso de las tres y media de la mañana, cuando yo he de confesar que ya prácticamente ni veía, quien encontró el número que buscábamos en uno de aquellos listados. No una, sino docenas de veces. Aquel teléfono era uno de los últimos que habían sido intervenidos. Pertenecía a un alto directivo de una entidad financiera que, por cierto, había atravesado recientemente por serios problemas de solvencia.

—Aquí lo tenemos —dije—. Éste es el enlace.

—Y a éste, ¿lo han detenido? —preguntó Chamorro.

Lo consulté con uno de los guardias del grupo de Ribes que, como nosotros, seguía trabajando para terminar de armar las pruebas antes de que se cumpliera el plazo para poner a los detenidos a disposición judicial. Tras comprobar el nombre del individuo, asintió.

—Lo tenemos en la jaula. Como Pons, tenía hilo directo con Nápoles, pero no se dejaba ver en las operaciones. Estaba en la retaguardia para poder ofrecer la cobertura bancaria sin despertar sospechas. Gracias a él, cumplir los trámites de las leyes antiblanqueo les resultaba mucho más fácil. Digamos que no se ponía estricto con los papeles.

—Ya está —suspiró Chamorro—. Ahora sí.

—No me lo creo —dije.

—Créetelo —dijo Tous—. Ya sólo falta ir por él.

—Eso se dice fácil. Ahora habrá que organizarlo.

Pese a lo intempestivo de la hora, cumplí el compromiso que había contraído con los tres y envié un *whatsapp* a Pereira y a Rebollo y un sms al juez Limorte. Mis superiores se limitaron a un escueto acuse de recibo. El juez me respondió con otro sms: «¿Mañana a las ocho en mi despacho?» Acepté que esa noche mi sueño, teniendo en cuenta que aún me quedaba una hora de coche, iba a ser insuficiente para recuperarme del cansancio que llevaba encima. «A la orden», tecleé resignado.

A las ocho en punto me presenté en el despacho del juez. Le llevaba todas las pruebas que teníamos. Antes de ir a verle, sobre las siete y media, había recibido la llamada del coronel Pereira. Le amplié la información y le dije que el juez me había citado a primera hora.

—Muy bien, si es así, en sus manos estamos —acató, estoicamente—. Deja que decida él, no le empujes en ningún sentido.

—Mal podría hacerlo, mi coronel.

—Tú me entiendes, Vila. Esto va a ser un escándalo del demonio. Que sea el juez el que lo protagonice. Por tu bien y el mío.

El juez Limorte examinó todas las evidencias que habíamos reunido. De una en una, alguna habría podido admitir, quizá, una interpretación alternativa. Juntas, sólo podían leerse de una forma. Aquella persona no sólo estaba implicada en la red criminal, sino que lo estaba también en la extorsión y asesinato de Karen Ortí Hansen, por un motivo que no dejaba lugar a dudas: su oposición a la operación urbanística que la red había decidido hacer en su ciudad. Después de repasarlo todo, el juez se quitó sus gafas para la presbicia. Me miró.

—¿Está usted casado, Rubén? —preguntó de pronto.

—Lo estuve. Me divorcié.

—Yo también lo estuve. Lo mío acabó peor. Soy viudo.

—Lo siento.

Limorte hizo un gesto, quitándole importancia.

—Hace diez años, está asumido. Aunque la sigo echando de menos. No acostumbraba a contarle los asuntos, pero tenerla al lado en noches como la que acabo de pasar me apaciguaba y me daba seguridad. Se va a reír: ahora que ya no la tengo, sí que se lo cuento todo.

—No me río. Lo puedo entender.

—Trato de imaginar qué me aconsejaría ella que hiciera. No tengo duda de lo que me habría aconsejado en este caso. Aunque voy a salir en todos los periódicos. Y usted también, como se descuide.

—Intentaré evitarlo.

—Dichoso usted que puede intentarlo, al menos. En fin, procesalmente esto es bastante complejo. Tengo que hacer varias llamadas y redactar un auto a toda castaña. El riesgo de fuga y el de destrucción de pruebas son evidentes, así como la gravedad del delito. Si me pusiera muy estupendo podría considerarlo flagrante, por la parte de la organización criminal, pero vamos a tratar de ir sobre seguro. No pretenderé que vaya usted en precario a comerse semejante estofado. Vamos a procurar que vaya con las espaldas bien cubiertas.

—Tampoco sé si iré yo. Tendré que consultar a mis jefes.

El juez me observó con simpatía.

—Pues yo creo que se merece ir. Es más: así lo voy a recomendar. Aunque el papel que estoy a punto de firmar, ya lo sabe usted, pondrá la decisión última en otra instancia que escapa a mi control.

—Lo sé. No se preocupe. Tal vez me convenga no ir.

Limorte dictó su auto e hizo sus gestiones para poner en marcha una pesada maquinaria judicial, que lo era incluso en aquella situación de emergencia. Por mi parte, informé a mis superiores y esperé junto a mi equipo a que quienes tenían la responsabilidad y la autoridad para ello tomaran las decisiones oportunas. Fue a media tarde cuando, por un lado, los jueces y la fiscalía y, por otro, mi cadena de mando cerraron el protocolo de actuación. Finalmente, se me concedió el honor de intervenir en la detención del sospechoso. Para no herir susceptibilidades, se decidió poner a la comandante Menéndez al frente de la operación. Supongo que en otras circunstancias me habría importado, después de haber hecho mi gente todo el trabajo, pero, en las muy excepcionales de aquel caso, casi era un alivio llevarla como parapeto.

Fuimos los dos en su coche. Era un Lexus todoterreno reluciente, que olía todo a nuevo y había pertenecido al cabecilla de una banda de narcotraficantes. La comandante comentó con regocijo:

—Por suerte, lo sacaba muy poco, hasta lo dejaba en casa cuando llovía. Ya le dije a mi gente que como le hicieran un arañazo en una persecución o algo se las iban a ver conmigo. Y ya ves, impecable.

—Ya veo. Y tiene todos los extras.

—Todos. Hace cosas que todavía no he logrado entender.

—Qué bien.

—Relájate, hombre, que me llevas a mí para dar las voces.

—Estoy relajado. Ya soy mayor y he quemado unas cuantas naves como para que lo que pase hoy me tuerza demasiado el camino.

—Si de mí dependiera, y una vez asimilado el disgusto, de ésta tendría que salir un par de cruces, como poco: una para ti y otra para alguno de los tuyos. Habéis sido tenaces cuando había que serlo y rápidos cuando tocaba. ¿No te apetecería venirte a Valencia? Buen tiempo, clientela ya ves que no falta, y tenemos coches cojonudos.

—No es que me quiten el sueño las cruces, a estas alturas, pero ¿qué se apuesta a que no nos cae ninguna? Y yo las pediré para los míos.

—El tiempo dirá. No seas tan cenizo. Por si ayuda algo, yo le comeré la oreja a mi coronel para que se fume la pipa de la paz con el tuyo. Le insistiré en que no deje de elogiarle la competencia de su gente.

—No es en mi coronel donde temo que se atasque la petición.

—Bueno, estamos llegando. ¿Preparado?

—Preparado.

—¿Quién le enseña el papel al de seguridad?

—Le cedo el honor, mi comandante.

La comandante sacó la orden de la carpeta y cuando bajamos de los coches y se formó el cordón y la comitiva, encabezada junto a nosotros por la secretaria judicial, se dirigió al guardia de seguridad que vigilaba la entrada. Al tiempo que mostraba en alto la orden, dijo:

—Guardia Civil. Traemos orden de entrada y registro. Apártese.

Repitió el ritual en todas las puertas que nos encontramos hasta llegar al antedespacho. Cuando nos vieron irrumpir, las dos secretarias se pusieron en pie, aterrorizadas. Menéndez fue expeditiva:

—Guardia Civil. Avisen a su jefe. Y aléjense de los ordenadores.

Una de las secretarias descolgó el teléfono y murmuró algo. Segundos después, la puerta del despacho se abrió y apareció Arturo Grau en mangas de camisa. Seguía siendo el mismo tipo elegante, incluso con la camisa arrugada y el nudo de la corbata flojo, pero el semblante desencajado delataba que aquello no sabía cómo asimilarlo.

—¿Qué hacen aquí?

La comandante Menéndez, sin alterarse, le explicó:

—Venimos a detenerle, señor Grau, y a registrar esto. Le ruego que colabore y le indique a su personal que haga otro tanto.

—No pueden hacer eso. Soy diputado. Tengo inmunidad.

Menéndez esperaba aquello. Yo también. Aquélla era la razón por la que casi no había dormido y por la que habíamos perdido buena parte de aquel día antes de personarnos en la sede del partido.

—Podemos —le rebatió la comandante—. Para eso traemos este papel, que es una orden firmada por el instructor de la sala de lo civil y penal del Tribunal Superior de Justicia de Valencia, ante el que conforme al vigente Estatuto de Autonomía de la Comunitat Valenciana se encuentra usted aforado en su calidad de parlamentario autonómico. Y para eso viene con nosotros su señoría la secretaria judicial, aquí presente, que puede ratificarle punto por punto todo lo que le acabo de decir y levantará acta. Sólo me queda añadir que el motivo por el que estamos aquí es el asesinato de la alcaldesa, y compañera suya de partido, Karen Ortí Hansen, en febrero de este año, del que se le acusa, junto a la pertenencia a organización criminal, con lectura de todos los derechos que como abogado ya sabe usted que le asisten, pero que si lo desea podemos detallarle uno por uno antes de proceder.

—Es todo correcto —confirmó la secretaria—. Aquí traigo el auto.

A Arturo Grau, acaso por primera vez en su vida, no se le ocurrió nada que decir. Luego supe que Menéndez, bien guardado se lo tenía, cursaba por aquellas fechas su doctorado en Derecho, que algún día remataría con una tesis sobre el régimen legal de los testigos protegidos. Una de las flaquezas más clamorosas de nuestro sistema penal, que su trabajo académico no iba a resolver, pero estaba seguro de que analizaría de forma original e incisiva. Y pensé que la cara de lelo que se le quedó a Grau al escucharla debía de ser muy parecida a la que se le habría quedado, años atrás, ante aquella joven abogada medio danesa que le ganó aquel pleito, dando comienzo a una relación que, como tantas otras que en la vida de las personas alcanzan una cierta intensidad, había de acabar mal para ambos. La mente, que es caprichosa, me llevó a imaginarla, a esa mujer a la que nunca había visto ni ya nunca iba a ver viva, con la voz aplomada y tranquila de la comandante Menéndez, que como ariete, reconocí, no tenía precio.

Mientras nuestra gente destripaba ordenadores y archivos, dirigidos por la sargento Chamorro, Menéndez y yo nos retiramos con Arturo Grau a su despacho. El diputado seguía en estado de *shock*, pero el orgullo le impelía a reaccionar de alguna forma, y reaccionó:

—Todo esto es un error descomunal. Recuerden lo que les digo, porque probablemente termine siendo el error de sus vidas.

—Pues mire que yo no lo creo así —repuso Menéndez, impertérrita—. El grueso del trabajo lo ha hecho el brigada, pero me ha demostrado que está muy lejos de ser un indocumentado. Yo que usted me iría preparando para una defensa larga y bastante penosa.

—No pueden tener nada, porque no lo hay. Yo no intervine de ningún modo, ni por acción ni por omisión, en la muerte de Karen.

No me sentía muy inclinado a hablar, tampoco aquello era una diligencia formal de interrogatorio ni tenía valor lo que nos dijera, pero de pronto sentí el deseo de enfrentar a aquel hombre con sus actos y, sobre todo, con su burda y ruin manera de encubrirlos, que parecía dispuesto a prolongar ahora que la justicia le pedía al fin cuentas.

—Ya —dije—. Por eso montó usted aquel número en el tanatorio el día que nos conocimos. Para dejarlo bien claro y con muchas voces. Le reconozco que me metió el gol, y que me fastidia, porque ese comportamiento excesivo tendría que haber despertado mis sospechas.

—¿Aspira a encausarme por cómo me porté en un funeral?

Sostuve su mirada y noté que él aguantaba la mía a duras penas.

—Procuro no aspirar nunca a lo que no puedo hacer. Quien ya le ha encausado es el juez competente. Debería suponer que le hemos puesto en las manos algo más que indicios de su mal carácter.

—Insisto. No se me ocurre qué pueden tener.

Crucé una mirada con Menéndez. No me animó, pero tampoco me disuadió. Incluso diría que su sonrisa me invitaba a dar el paso.

—Ya se lo notificarán a su abogado en el momento procesal oportuno —respondí—, y podrá examinar las pruebas una por una e impugnar las que no le parezcan pertinentes, o suficientes o satisfactorias. Pero ahora que lo dice, me gustaría saber qué hacía usted aquí.

Había abierto mi carpeta, mientras hablaba, y le tendí una impresión de la fotografía captada por las cámaras de un centro comercial de Valencia el mismo día y a la misma hora en que desde la wifi pública de dicho centro se había abierto y utilizado una de las cuentas de correo electrónico con las que se había chantajeado a Karen. Grau tomó el folio con ademán inseguro. De entrada no pareció entenderlo.

—Puede quedárselo, tengo más copias. Lo que me pregunto, y aún no he acertado a responderme, es cómo tuvo usted el cuajo de hacer eso personalmente. He releído el mensaje que le puso ese día a quien se suponía que era su amiga y colaboradora. Incluso he memorizado una de las frases. Tiene su estilo, más barroco que el del otro extorsionista, he de reconocerlo: «Crees que podrás librarte de la vergüenza poniéndote torera, pero tú no sabes lo que es la máquina de picar carne cuando se pone en marcha: vas a desear no sólo no haber sido tan guarra, sino no haber asomado nunca la cabeza entre las piernas de tu madre». Bueno, a lo mejor he cambiado alguna palabra, pero recuerdo muy bien las ideas. Tampoco se le da mal la vulgaridad, cuando cree, como debió de creer aquel día, que puede darle algún rédito. Lo que sigo sin entender, le repito, es que descendiera usted a hacer un trabajo tan sucio.

A Grau lo abandonaron a la vez el color y el temple. Esta vez no se apresuró a responder. Seguía mirando aquella fotografía que lo revelaba y exponía ante cualquiera en aquella acción ominosa que había pretendido mantener en la clandestinidad. Quizá ése fue el momento en el que atisbó que en efecto teníamos más pruebas que, como aquélla, no se quedaban en el terreno de las suposiciones vaporosas, sino que plasmaban, en su sórdida concreción, los pasos en falso que había dado y nunca podría justificar. Su inteligencia le movió entonces a variar la estrategia. Si podíamos acreditar más instantes y acciones incompatibles con su ignorancia de todo, su única esperanza estaba en tratar de propiciar una interpretación alternativa. Y a ello se aplicó, recobrando momentáneamente el dominio de sí mismo:

—Admito que no es un momento de gloria —dijo, con voz firme y precisa—, pero ¿no se les ha ocurrido, ni a ustedes ni al juez que firma esa orden, que hay ocasiones en que las cosas no son lo que parecen? Que a veces la única forma de evitar un mal es hacer otro.

—Discúlpenos, pero no tenemos tanta imaginación, somos simples picoletos —dijo Menéndez, cuyo rostro se había vuelto granítico.

Me quedé sopesando las palabras de Grau. No porque estuviera tentado de creerle, sino porque tenía curiosidad por conocer la maniobra de evasión que su cerebro acababa de pergeñar a toda velocidad.

—¿Qué mal evitó usted, señor Grau? —le consulté.

El diputado adoptó un aire melancólico.

—Cierto es que no lo pude evitar, pero lo intenté. De la única manera en que podía, haciendo algo de lo que no me enorgullezco.

—No le sigo, señor Grau —dije.

—Karen era testaruda, y le dio por demostrárselo a gente muy poco paciente. Llegados a cierto punto, la única forma de salvarla era apartarla. Primero me ocupé de que intentaran persuadirla, por las buenas, de no oponerse a algo que representaba intereses muy difíciles de contrariar. Ante su resistencia, yo mismo traté de hacerle ver que no ganaba nada con esa intransigencia, y que valorara las contrapartidas. Cuando eso falló, me avine a que ejercieran más presión sobre ella, tirando de algo que detesto que se utilice, la vida privada, pero que parecía la única opción. Y finalmente, como esa presión no surtía efecto, traté de agotarla yo mismo. Puede considerarme un ser despreciable, o razonar que ni una sola de esas palabras ofensivas pretendía otra cosa que apartarla de un peligro que empezaba a amenazarla.

Menéndez dio un respingo.

—¿Usted toma algo, señor Grau? Mire que en mi trabajo he oído excusas peregrinas, pero para cocinarse ese potaje hace falta una mandanga bien potente. Y para aspirar a que le crean, ni le digo.

—Búrlese —dijo Grau, desafiante—. De todos modos sigo sin ver que tengan nada que les permita imputarme un asesinato. Justamente porque soy incapaz de consentir algo así, y más con alguien a quien apreciaba, llegué a lo que llegué para apartarla de otra manera.

—Usted mismo, me imagino que está demasiado aturdido en este momento como para darse cuenta, se está poniendo la soga al cuello con cada cosa que dice —intervine—. Ha venido a reconocer, nada menos, que sabiendo que una persona estaba en riesgo de muerte no se le ocurrió otra respuesta que chantajearla. Me permito advertírselo, ofreciéndole así la posibilidad de que no lo repita ante el juez, porque de su vínculo con la organización y de su comunidad de intereses con ella tenemos alguna que otra prueba. Sin contar con las que aparecerán. Nuestros compañeros de delitos económicos ya le están poniendo el microscopio a su patrimonio, y le aseguro que tienen cierta experiencia identificando enriquecimientos injustificados y rastreando su origen, incluso si lo guarda fuera de nuestras fronteras. Mi objeción principal a la película esa que acaba de sacarse de la manga es que, en vez de hacer todas esas cosas tan raras, podía haber hecho otra tan sencilla como irse a una comisaría a poner una denuncia. Me temo, y los hechos lo corroboran, que eso le habría dado a Karen una protección algo mejor, por torpes y negligentes que podamos llegar a ser.

Creí que aquello le desarmaría, a mí me habría desarmado, pero lo que hizo Grau fue observarme con gesto condescendiente.

—Le envidio, brigada, por seguir creyendo que el mundo es un lugar tan simple y tan transparente como acaba de sugerir.

—Vuelvo a no seguirle. Oiga, si no quiere hablar, tampoco tiene por qué hacerlo. Como ve no estamos aquí para interrogarle, sino para buscar más pruebas y llevarlo todo, las pruebas y a usted, ante el juez que le hará las preguntas y decidirá lo que corresponda.

—Eso —confirmó Menéndez—. Podemos estarnos calladitos mientras terminan con el registro y la secretaria levanta acta. Ni mi compañero ni yo tenemos especial interés por sus dilemas morales ni cumplimos otra misión que la de conducir a un imputado ante la justicia.

Grau meneó la cabeza, como si se hallara ante dos niños que no terminaban de entender cómo funciona el mundo de los adultos.

—No saben ustedes el cable que han pinchado con su excavadora. ¿Creen que yo hacía lo que hacía por mi cuenta y riesgo?

Si se trataba de otro farol, éste era de los aparatosos.

—Nuestras creencias no son relevantes —le aclaré—. Sólo los hechos que podemos afirmar con alguna base para demostrarlos. Lo mismo vale para usted, a partir de ahora. Si quiere poner encima de la mesa algo que le salve, más le valdrá poderlo demostrar. Y no es a nosotros a quienes tiene que persuadir, como dice la comandante.

—Ustedes nunca lo entenderán, pero los tiempos de emergencia imponen a veces soluciones de emergencia —explicó—. Eso es lo que Karen tampoco supo entender, y si no hubiera sido tan tozuda y tan orgullosa sólo le habría costado la carrera política. Lo que a lo mejor habría sido una suerte para ella, era una magnífica abogada. Yo hice lo que pude, dentro del margen de maniobra que tenía, que era el que me dejaba esa situación de emergencia. Ese dinero arreglaba muchos rotos en muchos ámbitos. Y no precisamente a mí, a título personal.

—¿Viniera de donde viniera?

—Hay otra forma de verlo. ¿No es mejor que el dinero de origen dudoso acabe sirviendo para crear empleo, por ejemplo, o solventando deficiencias y disfunciones de nuestro sistema que no hay otro modo ni recursos para solventar? Y no me tire de la lengua, porque de esto último es de lo que no debo hablar, por el bien de todos.

—No pienso tirarle de la lengua, señor Grau. De veras. Lo que me pasma es que un hombre inteligente y astuto como usted, que nos recuerda a la comandante y a mí, acaso con motivo, lo ingenuos que somos, caiga en la mayor ingenuidad en que uno puede incurrir, que es creer que los tigres son animales aptos para ser cabalgados.

Grau bajó los ojos y exhaló un suspiro.

—En eso, brigada, no tengo más remedio que darle la razón. Lo que me convierte en alguien que pudo cometer un error de cálculo, un error, es verdad, terrible y doloroso. Pero no en un asesino.

—Si va a consolarse así, que le aproveche —dijo Menéndez—. Yo me niego a tragármelo. Voy a ver cómo van con el registro.

Nos dejó solos y Grau se quedó mirando por la ventana con aire ausente. Permití que se sumiera en sus pensamientos, observando la calle que iba a tardar en volver a pisar. La diferencia, respecto a tantos de sus pares que vivían imputados y en libertad durante años, e incluso se presentaban a las elecciones y salían reelegidos, la marcaba el cadáver de Karen, que en ese instante se pudría en un nicho situado a varias decenas de kilómetros de allí. Grau lo sabía, y quizá por eso escogió insistir en aquel punto, que iba a ser su caballo de batalla:

—Le aseguro, brigada —dijo, volviéndose hacia mí—, que sentí la muerte de Karen como un mazazo. Pensé que podían asustarla de otra manera, secuestrarla, qué sé yo. Todo menos esta burrada, que lo único que ha conseguido es hacer saltar todo por los aires.

—Sí —concedí—, en algún zulo inmundo, hasta el que acaso no lleguemos nunca, malvive como una alimaña un capo con muy malas pulgas y no demasiado propenso a la diplomacia. Supongo que se trata de creer que la culpa es toda suya, y que eso es lo que intenta venderme. No se gaste, señor Grau. En primer lugar porque yo aquí ya ni pincho ni corto. En segundo lugar, porque esa moto sin ruedas no se la voy a comprar jamás. Si usted hubiera tenido la vergüenza o el par de huevos que no tuvo, Karen seguiría viva. Prefirió jugar a no perderlo todo, lo entiendo, pasa todos los días, el mundo está lleno de personas que eligen especular con la desgracia ajena en vez de pagar puntualmente lo que deben; pero no espere que lo justifique y menos aún que le compadezca. Debió saber perder entonces, cuando ella todavía podía vivir, en lugar de hacerlo a rastras ahora, cuando ya de nada sirve, ni a ella ni a usted. Por no hablar de sus otras hazañas.

—¿A qué se refiere?

—Manuel Miralles sigue a estas horas en una celda, temiendo tener que responder de una muerte. No está ahí porque usted me lo señalara, hubo otras pistas que nos condujeron a él, pero usted no dejó de exponerlo a un mal que no le correspondía y que iba más allá del que va a tocarle merecidamente. Y lo peor es lo que hizo usted con esa pobre chica chiflada, Sandra Valls. En su día pasé por alto desde dónde llegó al ayuntamiento. Venía de su equipo. Era la espía que le puso a Karen y a la que podía manejar sin que la pobre se diera cuenta. Y ahora, aunque se niega a entenderlo, Sandra sabe en el fondo de su alma para qué llegó a servirle. Y no sé si lo va a superar.

Grau inspiró hondo.

—En resumen, que soy un canalla.

—No le juzgo. Me limito a describir lo que hizo. Fue el que abrió la puerta. Y era el único que habría podido cerrarla, si hubiera aceptado sacrificarse. No quiso y sacrificó a otros. Ahora, viva con eso.

Grau ya no dijo nada. Sentí que había dejado de estar allí. Incluso vencido y en camisa, mantenía aquella elegancia suya, tan vana como sus excusas, como su elocuencia, como su astucia estéril.

Epílogo
Los cuerpos extraños

El coronel Pereira se recostó en el sofá y alzó la vista al techo, como si ello le ayudara a convocar mejor a los espectros de la memoria. Sentado en otro sofá, dispuesto como el suyo frente a la mesita baja que presidía aquel rincón representativo de su despacho, el destinado a atender a las visitas ilustres, se hallaba su único oyente: yo. Que me hiciera objeto de tal deferencia, y me refiero al sofá, pero también al gesto de compartir su recuerdo, era, interpreté, una forma de expresarme su estima, y como tal lo acepté, aunque el objeto de aquella entrevista no fuera otro que darme cuenta de una denegación.

—Debió de suceder allá por los primeros setenta —calculó—. Trataré de contarte la anécdota como me la contó él, mi primer jefe, aunque no tenga ni de lejos su gracia. Él era entonces un teniente recién salido de la academia, y estaba destinado en una comandancia que regía con mano de hierro un cacique con estrellas de teniente coronel. El hecho ocurrió durante una inspección rutinaria, aunque con aquel tipo, autoritario y despótico a más no poder, hablar de rutina venía a ser una licencia poética. La víctima de aquella inspección era un sargento, comandante de un humilde puesto rural. El teniente coronel exigió ver todos los expedientes y el sargento los puso a su disposición.

Aquí Pereira hizo una pausa, que no creo que fuera para asegurarse de mi atención, con la que ya sabía que contaba de sobra.

—El cabrón lo tuvo allí, al sargento, firme, durante las dos horas que tardó en revisar los expedientes. Por llamarlo de alguna manera. A lo que básicamente se dedicó fue a abrir carpetas, encontrar faltas reales o imaginarias en casi todas y arrojar con desprecio los papeles, que revolotearon uno detrás de otro y se fueron amontonando en el suelo. Mientras hacía aquello, se despachaba a gusto. Esto es una mierda, esto es impresentable, etcétera. Cuando lo hubo visto todo, el suelo del despacho del comandante de puesto estaba literalmente alfombrado de papeles. Dejó caer la última carpeta, dando un golpe sobre la pila que había formado con las anteriores, le echó una bronca suplementaria al sargento y le dijo que esperaba que para la próxima vez hubiera tomado nota y no tuviera que ver tanta porquería junta.

—Verdaderamente, mantener el tricornio en la cabeza sin estamparlo contra algo tenía su mérito en aquellos tiempos —observé.

—Tú imagínate la escena —prosiguió—, el hombre aguantando el chorreo, hasta que el tío aquel suelta toda la bilis, y entonces va el sargento y le pregunta: «Con su permiso, mi teniente coronel, ¿manda algo más, mi teniente coronel?». El otro le suelta un no como un bufido y entonces el sargento abandona la posición de firmes, cruza el despacho, cierra la ventana, que estaba abierta, le echa a la puerta el pestillo, se planta delante del teniente coronel, desenfunda la pistola, la monta y le apunta a la frente. Y sin temblarle un músculo de la cara, le dice: «Y ahora, mi teniente coronel, va usted a levantarse, va a recoger todos los papeles que me ha dejado tirados por el suelo y va a volver a ponerlos en sus carpetas, tan mal como yo los tenía.» El teniente coronel, blanco como la pared, le sostiene la mirada durante unos segundos, y me contaba mi jefe, testigo de ese incidente memorable, que ahí creyó que cualquier cosa podía pasar. Lo mismo terminó creyendo el teniente coronel. De modo y manera que aquel energúmeno se levantó, se agachó y recogió uno por uno todos los papeles que había tirado antes, mientras el sargento, impasible, no dejaba de apuntarle con la pistola. Cuando terminó, el sargento se guardó el arma, le saludó haciendo chocar los tacones y salió de su despacho. Nunca le pasó nada.

—¿Nada? —dudé—. Cuesta creerlo.

—Nada, me lo juró y perjuró quien me lo contó. No sé si es que el teniente coronel comprendió que no podía explicar satisfactoriamente su conducta previa, o si fue lo que vio en los ojos de aquel hombre: lo mismo que le movió a humillarse, con toda su soberbia, para salvar su pellejo. Porque aquel sargento iba a dispararle y a regar sus sesos por el despacho. A veces, en la vida, uno se tropieza con gente así, y si uno está del lado del cañón de la pistola, más le vale agacharse, y si es al revés, y quien empuña la pistola no tiene escrúpulos y quiere lo que el otro impide, aprieta el gatillo. Lo que está fuera de cuestión es intentar negociar o forzar una forma de arreglo. Es gente que no se dobla, no queda otra que partirla. Salvando todas las distancias, así debía de ser nuestra alcaldesa. Y no sé si Grau logrará convencer a quienes han de juzgarle de que él tenía otros planes y fueron los italianos los que tomaron la decisión de cargársela, pero sí sé que no había otra forma de quitarla de en medio una vez que se cruzó en su camino. Una prueba de que quizá acabó estando donde no debía, ni encajaba.

—Es triste llegar a esa conclusión, considerando que no hizo más que lo que en conciencia creía que le convenía a su ciudad.

—Es la base sobre la que debemos entender que me hayan denegado las medallas que pediste para tu gente, y la que yo pedí para ti. Karen Ortí Hansen es una muerta incómoda, que le ha costado la carrera a una figura política emergente, en medio de una trama que salpica a demasiada gente y deja en demasiado mal lugar muchas cosas. Con reparto generoso de inmundicia para todo el mundo, eso sí, que otro gallo cantaría si hubieran caído todas las tortas en el mismo moflete. No nos van a castigar por haberlo puesto al descubierto, porque no tienen valor para eso y porque hicimos lo que los jueces mandaron o bendijeron, pero no es de los servicios que gustan de premiar. Ni éstos, ni los otros, no nos engañemos. Quizá por eso debamos seguir existiendo, mi subteniente, porque somos tan idiotas como para dejarnos los cuernos en guerras que no tienen ninguna recompensa.

Aún no me había acostumbrado a aquel nuevo grado que ostentaba. Por lo demás, mi ascenso, con el que alcanzaba mi nivel máximo de incompetencia (en teoría me quedaba otro, suboficial mayor, pero ése era por elección y estaba reservado a un perfil modélico que distaba de ser el mío), no había tenido que ver con aquella historia: se debía a la antigüedad, que permite que incluso los individuos más negligentes y menos aventajados acabemos labrándonos una posición en la vida. Con medio siglo cumplido a mis espaldas, ya iba siendo hora.

—En fin, sabes que no vale nada —concluyó mi coronel—, y dirás que tampoco me cuesta, pero quería decirte que para mí merecéis esa cruz y, más allá de ella, el apoyo incondicional de vuestro jefe.

—Algo vale. Se lo agradezco. Y se lo transmitiré a mi gente.

El coronel se puso en pie. Conforme al protocolo castrense, yo hice otro tanto. Me tendió la mano y estrechó la mía con fuerza.

—Que vaya bien en Valencia —dijo—. Y ve tranquilo, cuenta lo que debas contar y que sus señorías decidan. El pescado está vendido, Grau está amortizado y no sé cómo ni en qué condiciones pero en él queda fijado el tope de las responsabilidades. Esto ya es historia antigua, que ahora la justicia retransmitirá en diferido, como suele, y aquí paz y después gloria. Ojalá sirva para que alguno aprenda algo, aunque no soy demasiado optimista. Volverán las oscuras golondrinas.

—Poético lo veo hoy, mi coronel.

—No te voy a engañar, no he vuelto a leer una puñetera poesía desde el colegio, pero ésa es de las que no se te olvidan. Buen viaje.

Me tocaba regresar a Valencia para prestar declaración ante el instructor de la causa que se seguía en el Tribunal Superior de Justicia de Valencia por el asesinato de Karen, dada la condición de aforado de Grau, que no había renunciado a su acta de diputado autonómico. Dicen que el abogado que se asesora a sí mismo tiene por cliente y abogado a un imbécil, y en este punto el letrado Grau parecía confirmar el dicho: en un juzgado ordinario y en una audiencia provincial, la causa tendría un perfil más bajo, lo que solía ser preferible en estos casos. A menos que contara con bazas que desconocíamos y para las que la exposición mediática pudiera serle en algún modo favorable.

De todos modos, las cosas no pintaban bien para él. Desmintiendo esa imagen de heterodoxo benefactor del común que había intentado proyectar durante su detención, la investigación de su patrimonio detectó cuentas en las islas del Canal y en Suiza, en las que guardaba la sustanciosa retribución que le había correspondido por favorecer con discreción y eficacia los negocios de la red criminal. Él venía a ser su carta de más peso, la que reservaban para engrasar y favorecer operaciones estratégicas como el casino que había frustrado la rocosa fidelidad a sus ideas de aquella alcaldesa. A alguno le sorprendería el contraste entre los persuasivos discursos de Grau en torno a la regeneración de la política y aquel gesto obsceno de llenarse el bolsillo. No a quien, como yo, llevaba ya unos cuantos años viendo a los seres humanos mentir con desparpajo y rotundidad sobre casi todo.

La diligencia en sí no tuvo mayor interés. Sabía lo que me iban a preguntar, sabía bien qué decir, incluso sabía de qué modo iba a tratar de ponerme nervioso el abogado de Grau, un penalista de campanillas que se ganaba su jornal atravesando palos en las ruedas del proceso y que en aquella declaración trataba de demostrar la obtención irregular de pruebas en contra de su defendido por nuestra parte. La pretensión era sembrar las dudas suficientes sobre cómo lo habíamos vinculado con el asesinato para que el instructor, o en su defecto la sala, acordara la puesta en libertad del diputado hasta que se celebrara el juicio. En fin, el pan nuestro de cada día de una justicia que sólo era fulminante e implacable con quien era demasiado pobre como para tener quien saboteara la aplicación de la ley con la propia ley en la mano.

Aproveché el viaje, al que me acompañó Chamorro, para hacer otra cosa que era para mí mucho más importante. En su día no había podido, por la acumulación de tareas y por el lío que se había montado tras la detención, como implicado en un asesinato, de un representante de la soberanía popular. De algún modo, sentía la necesidad de ir a presentar mis respetos a lo que quedaba de Karen en el mundo. No podía hacerlo con su hija, demasiado pequeña para comprender, tampoco sentía que pudiera hacerlo con su viudo, un hombre al que *de facto*, y pese a las apariencias, había desalojado de su vida antes de morir, y menos aún con esos amantes que tal vez no fueran más que una forma de escapar al vacío que sentía abrirse en su interior. De modo que resolví ir a ver a Ferran Ortí, su padre, a quien había avisado la víspera y que nos recibió, a Chamorro y a mí, en su despacho.

Pudo ser una falsa sensación, pero lo encontré más encanecido que diez meses atrás. Sin embargo, y pese a ello, tenía buen color y había recobrado una cierta prestancia. Escuchó mis explicaciones, preguntó un par de detalles y nos agradeció que hubiéramos ido a verle.

—En especial, le agradezco la delicadeza con que manejaron los aspectos sensibles de la vida personal de mi hija. Sé que hay por ahí unas imágenes, y no saben cómo aprecio que no hayan salido a la luz. No por mí, que a mí ya nada pueden quitarme, sino por mi nieta.

—No puedo asegurarle que no haya por ahí alguna

copia que alguien en algún momento pueda soltar para enredar en el juicio, por ejemplo —me sentí obligado a advertirle—. Pero las que están en nuestros ordenadores, y las que estaban en poder de quienes quisieron chantajearla, le aseguro que las tenemos neutralizadas, y así seguirán.

—Confío en ustedes, me han dado motivos. A propósito, quería enseñarle algo. Lo encontré el otro día, entre mis papeles. No deseo guardarlo, y quizá a ustedes les sirva. O les interese, no sé.

Sacó de uno de los cajones de su mesa un sobre pequeño con el membrete de su despacho. Me lo tendió. Como no estaba cerrado, y tras cruzar una mirada con él, levanté la solapa y saqué lo que contenía. Era una fotografía, de unos cinco años atrás. En ella se veía a una jovencísima Karen Ortí junto a un algo más joven Arturo Grau, en un acto político, bajo un eslogan lleno de buenas intenciones. Karen parecía exultante. Grau la abrazaba por el hombro y la miraba con arrobo. Era una hermosa imagen, llena de energía y promesas. Lo malo era tener que mirarla después de haber visto el informe de una autopsia y los extractos de una cuenta bancaria en Suiza. Recordé, también, aquella frase enigmática que Karen había escrito en danés: «No hay golpe más doloroso que el que viene de la propia creencia.» Y algo que había leído en el libro de Alberto Bevilacqua que me había recomendado Grau, *El Gengis*, un panfleto antiBerlusconi apenas encubierto y algo deslavazado, pero que contenía esta idea sobrecogedora: «Mi mayor arte es generar en mis enemigos una soledad que es mil veces peor que la muerte.» Resultaba escalofriante mirar la fotografía e imaginar la soledad y la decepción que aquella mujer debió de sentir antes de que acabaran con ella.

—¿Tan irresistible es lo que les ofrecen como para llevarse todo por delante? —se preguntó el abogado Ortí, con amargura.

—No para todos —dije—. No para Karen. Ella demostró que siempre se puede decir que no. Y nos hace falta gente que dé ese ejemplo.

—Gracias por venir a verme, brigada.

—Ahora soy subteniente. He ascendido.

—Enhorabuena. ¿Por su trabajo en este asunto?

—No precisamente.

Esa noche nos quedamos a dormir en Valencia, invitados por la comandante Menéndez, que quería agasajarnos y compartir una cena con su equipo. Nos llevó a un restaurante típico del centro, donde cometimos lo que era casi un sacrilegio para un valenciano: tomarnos una paella fuera de casa y para cenar. Tous lo explicó así:

—Cuando estábamos enfrascados con el curro no hubo oportunidad de invitaros a tomar una paella en condiciones. Os la debíamos.

He de reconocer que, intempestiva y todo, aquella paella me supo a gloria, y que la regamos con más vino del que convenía a quienes tenían que coger después el volante. Prolongamos la sobremesa hasta la una, y antes de separarnos, con esa desenvoltura inoportuna que el alcohol nos pone a todos en la lengua, le dije a Menéndez:

—Alguien me dijo que algún día la vería vestida de general. A mí me pillará jubilado, pero ese día le prometo brindar a su salud.

—Queda mucha mili para eso, Rubén. Por lo pronto, tutéame, y en adelante me llamas Cristina. Si llego a lo que dices, te invitaré y recordaremos, con otra paella por medio, que un día le echamos la puerta abajo a un diputado y le leímos los derechos. Con un par.

—Serenos en el peligro.

—Faltaría más.

Como los dos habíamos bebido y yo era el jefe, juzgué que debía jugarme yo los puntos y le quité a Chamorro las llaves del coche. Mientras conducía por las calles de Valencia, apenas transitadas en aquella suave noche de diciembre, recordé de pronto algo. Pocos días atrás, en la Nochebuena de aquel 2013 que agonizaba, se había muerto Germán Coppini. Pudo ser también por efecto del alcohol por lo que tuve el capricho de enchufar el teléfono a la toma del coche y buscar aquella canción suya que había oído el día que supe de Karen, *Pepito, el grillo*. Me hizo pensar, cómo no, en Carolina, y en que tenía que llamarla antes de que el año tocara a su fin, aunque no terminaba de saber muy bien con qué propósito. A la luz de la muerte de su autor, aquella letra adquiría otro sentido. Sobre todo estos versos:

> Qué nos queda ya,
> este grillo abatido
> no puede ahora cantar.

Pasamos junto al perfil irreal de la Ciudad de las Artes y las Ciencias, que iluminada en plena noche parecía aún más fantasmagórica. Su imagen, la de esos cuerpos extraños emplazados en la médula de aquella vieja ciudad, se me antojó simbólica, de un tiempo y un lugar que eran los de la historia que nos había tocado reconstruir. Una historia en la que algunos, desoyendo las advertencias de ese grillo abatido por la ciega codicia, habían dejado que elementos extraños, tan tóxicos como perturbadores, entraran en el reducto al que no pertenecían y donde nunca habrían debido ser admitidos, el de los intereses y los asuntos públicos, con trágicos resultados. No dejaba de ser una paradoja que el obstáculo con el que habían tropezado hubiera sido alguien como Karen, que era a su vez un cuerpo extraño entre los suyos, una persona capaz de anteponer sus principios a las componendas, alguien que, como decía Pereira, ni encajaba ni debía estar allí.

—Cuerpos extraños —dije, poniendo en voz alta mi pensamiento.

—¿Qué? —preguntó Chamorro.

—Me ha venido la idea viendo esos edificios. Se supone que el organismo los rechaza y por eso suele delatar su presencia con molestias, o expulsarlos, pero a veces se instalan, el cuerpo se acostumbra, y no es posible librarse de ellos a menos que alguien los extraiga.

—¿Y a qué viene eso, ahora?

—A lo que nos trajo aquí. Unos cuerpos extraños que se esconden entre nosotros, que a veces dan señales, los detectamos y los extraemos, pero otras veces no, se acomodan, se rodean de una cápsula de tejido y ahí se quedan, minándonos poco a poco. Nuestra pobre alcaldesa no tuvo tanta suerte. También era, a su modo, una intrusa en el organismo al que había ido a parar. Pero a ella sí que la expulsaron.

—Entre extraños anda el juego —dijo—. Te falta uno, aún.

—¿Cuál?

Chamorro sonrió.

—Nosotros. A veces, por ejemplo esta mañana, mientras el abogado ese te acribillaba, me preguntaba qué somos y qué pintamos en esta función. Para qué nos sueltan por ahí a buscar la verdad que tanta gente no quiere que se encuentre, y que si llega a encontrarse prefieren que se olvide y que no se tenga en cuenta, para seguir con la partida amañada en la que siempre ganan y pierden los mismos.

—Cuidado, Vir, estás a punto de convertirte en una escéptica.

—Voy a cumplir cuarenta. No voy a tener nunca hijos. Entre tú y yo, mi subteniente, mejor escéptica que acabar coleccionando gatos.

—Ésos sí que son extraños.

Me acordé una vez más de Karen Ortí Hansen, de su cuerpo abrazado a esos otros cuerpos donde nada había, que de nada la salvaban, mientras descuidaba a su hija y a la vez daba una batalla suicida contra hombres inicuos. Me permití esperar que no se olvidara su coraje y que el tiempo, piadoso, acabara desdibujando sus flaquezas, como las de todos los que no siempre habíamos sabido estar a la altura.

Nueva York - Getafe -Viladecans - Cadaqués -
Calcuta - Madrid - Adeje,
27 de noviembre de 2013 - 17 de abril de 2014